李调元著作选

罗江县文化体育广播影视新闻出版局
四川省民俗学会李调元研究委员会
编

四川出版集团 巴蜀书社

编选委员会

主　任　罗宗志　曾长江

副主任　张　旭　唐维露

成　员　（以姓氏笔画为序）

肖　勇　吴　倩　杨文龙　陈长斌

郑文斌　曹传海　蒋寿军　赖安海

主　编　赖安海　肖　勇

副主编　蒋寿军

校　注　《童山诗选》：赖安海

《蠢翁词》：赖安海

《雨村词话》：赖安海

《雨村赋话》：肖　勇　陈仕恩

《雨村曲话》：米运刚

《雨村剧话》：李宜家　李　晢

《弄　谱》：赖安海

总目录

童山诗选

蠢翁词

雨村词话

雨村赋话

雨村曲话

雨村剧话

弄　谱

前　言

李调元（1734—1803），字羹堂，号雨村，鹤洲、赞庵、蠢翁等。四川省罗江县人，清代文学家、历史学家、教育家、艺术家、民俗家、社会学家、文献学家、藏书家、出版家。乾隆二十八年（1763）进士及第，改翰林院庶吉士，历官吏部主事、广东乡试副主考、吏部考功司员外郎、广东学政、直隶通永道员。乾隆四十八年（1783），因护送《四库全书》一份至盛京（今沈阳），途中遇雨沾湿黄箱，与下属永平知府攻讦遭诬入狱，拟发伊犁，后以母老赎归乡梓。其为官，刚直不阿；罢归居乡，“笑傲山水，潜心著述，”志在“宣乡梓之邦”，以复兴蜀学为己任。一生著述宏富，遍及四部，达 80 余种 600 多卷，辑刊《函海》丛书 165 种、873 卷（嘉庆六年万卷楼版《函海》本），《续函海》10 种、62 卷。其在《函海序》中云：“余蜀人也，故各书中于锦里诸耆旧著作尤刻意搜罗。”“而新都杨升庵博学鸿文，为古来著书最富第一人，现行世者除文集、诗集及《丹铅总录》而外，皆散佚不传，故就所见已刻未刻者但睹足本靡不收入。书成，分为四十函，自第一至十皆刻自晋、六朝以来至唐、宋、元、明诸人未见书；自十一至十六皆专刻明升庵未见书，参以考证；自二十五至四十则附以拙纂。名曰《函海》，盖非夸富丽，实恐年衰，欲借读书以化其凿枘不入之顽质也。”“则不特余之能化而大而化之，将不在风云鼓荡之内也。”

李调元呕心沥血编刻《函海》，“有大功于文献（特别是蜀中文献）之传存。”其“治经，宗主郑氏”、“发明郑学，以勘定后来诸家之说”，“治学趋向因与惠、戴同归”。诗主“性情”，论诗曰“爽、响、朗”；为文“立言先知有我，命意不必犹人”；“文章妙处，具在虚空”。在戏曲理论上，大肆张扬“古今一场戏”这一唯物史观，指出戏曲的作用在于“入人心脾，发人深醒”。由于李调元的诸多成就，时人至今，皆誉其为“四川文坛主盟”、“西蜀一大宗师”、有清一代“四川文化复兴的一面旗帜”。

为弘扬和传承优秀历史文化遗产，中共罗江县委、罗江县人民政府于2007年邀请研究李调元生平与著述的知名学者詹杭伦、沈时蓉两位教授校证了《雨村诗话》二卷本、十六卷本、《诗话补遗》四卷本，并由巴蜀书社出版。2011年底，中共罗江县委、县人民政府再次做出决定，陆续校点、出版《李调元全集》，该项工作由罗江县文化体育广播影视新闻出版局组织实施，并委托四川省民俗学会李调元研究委员会予以校点。第一辑计有《童山诗选》、《蠢翁词》、《雨村词话》、《雨村赋话》、《雨村曲话》、《雨村剧话》、《弄谱》等七种。其中：《童山诗选》（另出《全集》）以罗江李调元纪念馆影印四川大学图书馆藏嘉庆六年《函海》万卷楼版《童山诗集》四十卷本作底本，四川省图书馆道光《函海》版《童山诗集》四十二卷本作参本，选注者以李调元生平行事及诗学主张为主选诗248首入编；《雨村赋话》、《雨村曲话》亦以嘉庆万卷楼本作底本校注；《雨村剧话》、《弄谱》，以国家图书馆所藏《函海》甲辰本为底本校注。本选集校注中有以下几点需要说明：一、本书正文、注文，一律采用新式标点；二、改繁体字为规范简化字；三、对原书文字有明显讹脱衍倒之处，则依据改动原字；四、对《童山诗选》所选诗中涉及的地名、人物作了简注；五、订释与简注文字为［校注］。［校注］附于每则（首）文（诗）之后；六、旧本文字，凡避清帝讳改“玄”为“元”之类，一律改回，不出校注；七、凡用异体字、古体字亦改为通行字体，不另出校。鉴于校注者的水平及条件，此本校注中之舛误，敬请专家学者批评教正。

童山诗选

清·李调元著　赖安海选注

目　录

童山诗选

卷四　笑傲山水　潜心著述（五十二—五十八岁） ………… (049)

《童山诗集序》

清·程晋芳[①]

天下之理常顺，而文章常恒以逆。而成水之就下，势则然也。风挠之，石掎之，回曲而纹生，激荡而澜泛；山蹙缩，复叠，必有奇峰峭岫出乎其间。是殆文章之示象也乎。士生早掇科第，取富贵终其身，偃仰庙廊，发为诗文，玉节而金和，宜为世楷则矣！徐按其中，则体势平易，虽纡徐淡衍，求其感动人之心魄，欲置不能者罕矣！盖境顺则气顺，奇峭之思无由振刷以出也。吾友李君雨村，生峨眉秀异处，卓荦自负，于书无所不读，发为诗歌，嵚崟磊落。其为人，弱冠中乙科，三十而成进士，授庶常，既而改官文选主事。君素不好吏事，独以翰林为易，读书既不得以此终，则又往往以诗自雄，虽悲诧不形，然其中郁折往复之致多矣。岁己丑，遭尊人石亭先生大故，先生为北路同知，摄密云县事。其殁也，虽由疾病，亦有忧患迫之使然者。雨村力疾居丧，摒挡后事，艰难怛悼，半载之间得诗二百余首，皆以写其悲哀靡诉之情。余三复其诗泫然，闵然而告之曰：合观全集，大矣！美矣！而就其大指论之，改官后工于翰林时，近作且又工于改官时，非所谓逆则成文，非有无谬不平即不能出奇以惊世者耶！雨村亦相视而笑，以余为知音。嗟乎！余之好为诗，类雨村而处境拂逆，视雨村尤甚。顾余诗多平易，近情远不逮雨村。是则，挠之，掎之，蹙缩复叠而不能成文，亦天分所限。然也，余方将请假南归，雨村亦于秋杪归蜀。因为序其诗以志别。昔东坡答王定国[②]寄诗“深美其艺之进”而云：“穷人之具，将以交割与公。”余于雨村亦云：“然矣。”己丑夏四月，新安愚弟程晋芳序。

【校注】

①程晋芳：初名廷矿，又名志钥，号蕺园，江南歙县（今安徽）人，迁徙江都。乾隆二十八年南巡，召试第一赐中书舍人。三十六年成进士，历官吏部文选司主事，翰林院编修，武英殿分校官，会试同考官。与李调元善。著有《勉行斋文集》、《蕺园诗集》、《周易知旨编》、《尚书今文释义》、《尚书古文解略》、《诗毛郑异同考》、《春秋左传翼疏》、《礼记集释》、《诸经答问》、《群书题跋》、《桂官书目》等。

②王定国：李调元《看云楼集》乾隆二十二卷本作王定图。"图"，刻误，此从李调元《童山诗集》万卷楼本改。

《看云楼集诗序》

清·钱香树[1]

自古诗人多蜀产，西汉杨、马而后，如唐之太白拾遗，宋之眉山父子，元之道园，明之升庵，皆是也。盖岷为井络，导江之源，居四渎之首，蕴蓄深，故其流长。而又蜀山万点积翠，西南如剑阁之峥嵘，峨眉之耸拔，劖刻不已；则又有锦江玉垒之秀丽，瞿塘滟滪之险状，青城、黑水之离奇。其磅礴郁积之气，类必钟乎人以发为文章，故不特生其地者，雄长一世而流寓其间，如少陵、放翁及我朝阮亭诸君子，读其诗者莫不谓得江山之助，况含贞抱璞而独秉其秀者哉！李君雨村，少从其尊人石亭先生来谒于余门，先生为予邑神明宰。其来也，翩翩公子。余初不知[2]奇也，既而观其诗文百篇，奇气蓬勃，骎骎乎！沂汉魏而上，而古歌行在其乡先哲中亦几直接大苏。嗟乎！何蜀之多诗人也？余且惊且喜，已决其必名于世。既闻雨村捷南宫第二人，入翰林，改官吏部，乃益叹余言之不谬。去年春，余婿王镇之与雨村同乡、同官，其文章亦能自拔于世，请假南归，袖雨村所寄诗又数百首，且嘱[3]余为序。余读之，见其学益富，其气益老，则又不禁狂喜竟日。然余老矣，又时时抱疴，不耐为人作序，顾雨村少出于余门，添一日之知。今观其所为，卓卓已能成就如是。虽不序可乎？爰历考名辈之间出，地气之所钟，以使后之人知其从来者远。昔欧阳公令晁叔美与东坡定交，谓“老夫须放此人出一头地”。余何敢然乎！顾雨村必有合矣。镇之去，为我语雨村。香树老人钱陈群，时年八十又四。

【校注】

①钱香树：钱陈群（1686—1774），字主敬，号香树，一号集斋，又号柘南居士，浙江嘉兴人。康熙六十年进士，改庶吉士，授编修。雍正间五迁右通政，督顺天学政。乾隆三迁内阁学士，屡有谏，擢刑部侍郎，治狱谨慎。十七年以病辞归，令家居食全俸。二十六年、三十六年两与香山九老会，先后加尚书、太子太傅衔，卒谥文端。平生以文学结主知，诗风纯朴，有如其人。著有《香树斋诗集》十八卷、《续集》三十六卷，《文集》二十八卷、《续集》五卷。

②知：原本作“之”，据文意改。

③嘱：原本作“属”，改。

卷一　居乡读书　问学江南

（选五十二首）

李调元十五—二十八岁（乾隆十三年—二十六年）

游　山①

游山如读书，一里当一叶。山行数百里，日与异书接。坐令书卷气，充腹复浮颊。吐出游山诗，清若风生胁。人言我看山，胡不携卷帖？云烟供染翰，初不借鼓箧。不知读书人，内外同涉躐。山乃外之书，奇文各领惬。书乃内之山，插架仰重叠。内外皆有书，何用书自挟。善读即善游，理不隔眉睫。譬如多金人，饱载马驼蹑。岂在露财宝，岂不妨盗劫。君莫笑出门，外书趋蹀躞。君莫笑闭户，内山恣渔猎。君看万卷楼，只作万嶫岦。

【校注】

①为李调元十五岁诗，《童山诗集》编年至本年始。

巫山高

巫山高，高入云。云中十二峰，五色何氤氲？琪花玉树纷难详，遥见碧城开天阊。黄金为门白玉墙，中有云鬟明月珰。含情弄态如相望，亦尤藐姑射山旁。飘飘似仙云中翔，阳台何山无斜阳！为云为雨山之常，底事诬山诬襄王。

苦雨行

云滃深林色如墨，勃鸠呼妇林间匿。倏而狂风卷地来，蓑笠无功雨似织。忆昨蕴隆黑蜧凝，共祷田神火螟螣。瓮中蜥蜴击欲死，龙无点滴救生植。迩来天漏诚有之，娲皇不补听其缺。田禾皆作浮萍飘，禹王何以画沟洫。阴阳在天雨有数，社鬼毋来失其职。我虽无田耕石砚，亦有破屋遮寝息。书生一命本蝼蚁，徙穴返逊微物识。愿天悯此菜色民，拨云一露青天色。我虽饿莩亦何撼？免使穷簷戴盆泣。

雨夜和郭秀才有声①韵

晚来骤雨忽翻盆，闷向糟丘倒一尊。正忆高人居北郭，忽同素友到南村。论诗务使陈言去，酌酒空余旧酿存。洗净铅华出新颖，天公此雨不无恩。

【校注】

①郭有声：名大有，四川省罗江县人，乾隆辛酉拔贡，官越西厅教谕。

鹿头关谒庞靖侯墓祠①内并祀武侯

江锁双龙合，关雄五马侯。益州如肺腑，此地小咽喉。事急争鸡口，时平失鹿头。至今松柏冢，风雨不胜愁。

谁言此州小，曾有凤雏②来。首献三条计，洵非百里才。生无惭骥足，死合遣龙陪。一自星飞后，千山涧水哀。

【校注】

①庞靖侯墓祠：位于四川省罗江县西南鹿头山。

②凤雏：三国蜀汉先主刘备军师中郎将庞统，字士元，号凤雏。

游富乐山①

但觉林峦密，不知烟雾重。缓步入修竹，夹道吟长松。细鳞漾深涧，矫鹤盘苍穹。摇指精舍好，遂登最高峰。当时龙战野，此地等蒿蓬。富乐独入眼，方知始君雄。事历千年劫，空余一亩宫。惟有古源泉，日夕鸣悲风。

【校注】

①富乐山：在四川省绵阳市东。

游云龙山①

雨歇数峰晴，斜阳下乔木。溪西闻暗泉，夜气侵丛竹。何人啸空林，冷然出幽谷。

上山采紫薇，携锄过别墅。薄雾遥冈来，苍然下平楚。时闻人语声，不见人行处。

支筇步清溪，峰岚出林表。空山一叶闻，惊起双栖鸟。飘然下层巅，前村树烟渺。

松风谷口来，吹谷上峰顶。绀宇出林端，遂达招提境。疏钟时一声，微见寺灯耿。

溪回树色浓，日暝涧光暮。蓊然白云归，遮断前山路。时有采樵人，长歌隔林去。

苔华石气清，云砌寒虫响。古道瀑侵衣，云洞坐幽敞。山深夜不眠，孤月树杪上。

【校注】

①云龙山：四川省罗江县北二十五里，上有云龙寺。

迎。不共蜗居角蛮触，要从鳌背上蓬瀛。此行颇慰桑弧志，负米兼怀负笈情。

【校注】

①范士颢：四川省罗江人，岁贡生。读书过目成诵，尤工时艺，一时学者多宗之。

②巩建昌：四川省罗江人，岁贡生，选龙安府训导。

渝州①登朝天城楼

五鼓城楼画角催，四山云雾黯然开。三江蜀艇随风下，万里吴船卷雪来。剩有小舟来卖酒，更无诗客共衔杯。少年壮志无人识，袖手寒天寂寞回。

【校注】

①渝州：今重庆市。

大风渡鄱阳湖①

平生浩荡不羁志，忽有奇愁眼底来。日涌波涛连地动，风驱樯橹自天回。山趋湓口千层合，水绕浔阳万里开。莫到天涯便飘泊，此中还有济川才。

【校注】

①鄱阳湖：在江西省。

登宁波城楼

雉蝶凌云脚下开，鲸波带日岛边回。江中船出海中去，洋外帆从天外来。地近东溟先见日，云垂南浦忽闻雷。不知何处蓬莱是，遥看沧沧贝阙开。

二月二日孝廉施乐莘[①]礼畔同游西湖二首（选第一首）

不因携酒到湖边，谁识东风满画船。燕剪分开红杏雨，莺梭穿破绿杨烟。山如屏障云中展，天似玻璃水底悬。却笑香山老居士，风流早占大苏先。

【校注】

①施乐莘：《雨村诗话》卷四云："仁和施乐莘礼畔，先北路公浙闱所取士。"

朝天关登舟至广元午炊晚至昭化县[①]宿道中得绝句四首（选第三首）

石巉巉处是龙门，上有雕镌万世尊。千佛[②]名经龙定许，莫令烧尾却回奔。

【校注】

①朝天关：在四川省广元市朝天区。昭化，旧县，1959 年撤县并入广元；今属广元市元坝区。

②千佛：唐千佛岩摩崖石刻在广元市北嘉陵江东岸。

榜发不第买舟将南诸同人携酒饯行留诗作别

才得归来又买舟，相携话别各言愁。一时气味真如醉，千古文章肯类优。枫叶初红是新染，蕉心含绿颇全抽。他年伯乐如垂顾，看我来修五凤楼。

将复至浙留别唐尧春乐宇①

行李依然逐逝波，年年为客走关河。黯然一别魂销矣，去也相看唤奈何！世上怜才休恨少，平生失学本来多。天公有意君知否？大器先须小折磨。

【校注】

①唐尧春：唐乐宇，字尧春，号九峰，今四川省绵竹市人。乾隆三十一年进士，官至贵州南笼知府。著有《东络山房文集》、《鸳港诗集》、《奇门纪要》、《步天简法图》、《佛经译篡》、《风后遗经》、《南笼遗稿》、《黔南诗存》。

峡中二首用范石湖①韵

峡山②江之滨，嵯峨叠乱石。怪状难殚述，丑态恣惊哑。赤比牛火红，黕类鼠胶漆。攒疑蛤壳聚，脱似龟背圻。其高若垣墉，其牢若瓴甓。或似夺鲸鬣，又如曝鳞骼。倒垂挂霜蜕，壁立支云锡。霞盖朱绂萦，岚染黄裳襞。蹲踞虎豹威，杈枒熊罴力。斑斑鹳鹆眼，细细蜿蜒迹。睹兹光怪姿，穷我宜搜癖。大哉造化功，状此崦嵫色。经纪肖营媵，啸吼肆扒击。厥初谁抟沙，弄嬉空潭侧。巧力多劳疚，锻此千片碧。无乃神禹功，谱此大荒籍。平生多倦游，奇石未尽觌。朅来巫峡中，刺眼纷如积。我家南村南，旧有三亩宅。纵有竹林趣，未称泉石国。何当掬玲珑，归家细炼液。顾犹在孤舟，远作天涯客。

平波行峡底，遇石则斗变。尽日防暗滩，盘涡递隐见。始觉中流静，荡骇忽缘间。少顷便坟起，旋绕复横贯。初如拖青紫，渐似翻白练。谡谡疑汤沸，齿齿若磨旋。鲸牙吐浮沫，鱼尾掉碧潭③。山飞岸忽高，地动水相眩。平铺若熨帖，上冲忽喷噀。转瞬成颒窠，荡摩作股抃。突然殊叵测，安定乃惭汗。舟子持篙立，勇若操水战。桡折还冲突，蓬飞怕终转。捩柁几并人，招竿幸未断。中窪更拿楫，半陷尤如牵。喧呼捷过雨，顾盼快惊电。愀愁倾跌屡，防维设法遍。我来立船头，常有浪沃面。不少扣舷歌，翻笑客舟乱。阳侯量自容，岂便憎吾慢。设机恐人心，无乃太相玩。君壁不可投，按剑力犹健。

【校注】

①范石湖：范成大（1126～1193），字致能，号石湖；南宋时江苏吴县人。著有《石湖诗集》。

②峡山：巫峡山。

③碧潭：万本作“碧覃”，据韵即诗意当为“覃”刻误，改。

金陵①怀古

大江划断两边天，几度临江意黯然。折屐至今思谢傅，投鞭终古笑苻坚。雪消水榭闻吹笛，日落新林有渡船。试问从前赋词客，谁能写尽六朝烟。

【校注】

①金陵：今南京市。

金　山①

自是人间第一山，孤峰涌出乱流间。琼楼倒映波中影，玉塔高盘水底鬟。吴楚万象归掌上，江淮两岸落眉弯。停舟渐俟风涛息，伫看帆樯历历还。

【校注】

①金山：在江苏镇江市丹徒县。

钱塘①怀古

宋家事业已全销，漫把余杭说故朝。江上只应寒月照，湖边偏见暮云饶。王师不抵黄龙府，帝子空余白马潮。日落诸陵何处是，冬青树老雨潇潇。

【校注】

①钱塘：今杭州市。

除　夕

岁华已去不能招，又见春光在树条。淡白梅花先索笑，嫩黄杨柳渐伸腰。人情念旧还如昨，世事翻新只隔朝。把酒围炉度今夕，好将风雪压寒宵。

观绳妓歌在钱香树先生座上作

平场如削城西隅，长寻挂竿寻丈余。美人卷袖向空掷，观者如堵争喧呼。一发千钧等儿戏，弓鞋来往如平地。乍惊波上洛神游，却讶楼头绿珠坠。游丝袅袅动长索，应是五铢仙体著。翻身忽跃入云霄，但闻环佩风中落。别有循环姊妹行，掣电流星曜睒光。闪然欲下不肯下，纤腰倒挂学垂杨。舞罢人看倾国姿，粉汗钗斜态亦奇。数声雨点催花鼓，六街风细裙带垂。树影西斜日卓午，坐见此伎世无伍。乃知人间蹈险人，挹其容颜正媚妩。

观钱塘潮①歌

八月十五钱塘潮，吴侬拍手呼相招。士女杂坐列城下，人声反比潮声高。江头日上潮未起，渔子拿舟泊沙嘴。笳鼓乍鸣人竞看，一齐东向沧溟指。忽闻江上声如雷，迢迢一线海门开。万马奔腾自天下，群龙踣跳自波来。潮头十丈飞霜霰，水气横空扑人面。天为破碎城为摇，百万貔貅初罢战。迨逻不闻市声死，群儿夸强弄潮水。小舸颠簸似浮萍，一时出没烟波里。我是人海中一粟，睹此目眩身为缩。明朝风静渡钱塘，犹恐再遇灵胥纛。

【校注】

①钱塘潮：浙江钱塘江入海口呈喇叭状，海潮倒灌，故名。

将归剑南之鄞①别俞醉六②师经

杖履春风坐有年，担囊行色又苍然。后堂此日辞张禹，前帐当时授郑元。蜀道如天云渺渺，吴船连月雨绵绵。闻鸡起舞寻常事，肯让加鞭祖逖先。

【校注】

①鄞：浙江省鄞县。

②俞醉六：浙江壬申举人，李调元赴浙江父亲任所从其学。

别烟雨楼①

鸳鸯湖上一飞楼，得荷同人十日留。此后联同鱼艇散，何时再与酒船浮。唤人有意惟黄鸟，对我无心是白鸥。嘱咐矶边鳌莫钩，会乘烟雨占渠头。

【校注】

①烟雨楼：位于浙江绍兴南湖小岛，为江南名楼，李调元曾于此从钱香树学诗。

汉阳①感怀

寥落风尘又一秋，无聊仍到酒家楼。救贫岂更无长策，多病何当更远游。巴峡啼猿犹入梦，武昌哀雁不胜愁。晓来无限离乡恨，付与长江天际流。

【校注】

①汉阳：在武汉市西，汉江下游南岸。

南宋宫词百首[①]（百首选第一百首）

一掬河山如锦绣，三千玉貌似花丛。一朝放出君门去，不忍回头忆故宫。

【校注】

①《南宋宫词百首》：符保森《寄心庵诗话》评云："李调元《南宋宫词百首》可媲唐之王建，而与樊谢之《南宋杂事诗》并垂不朽。"

石门[①]道中

崇德片帆过，停舟问土风。人家桑柘外，村市竹林中。雪落逢知鹭，霞横近似虹。东吴栖泊久，渐已作吴侬。

【校注】

①石门：在浙江崇德县北石门镇西。

试毕仍归鹤鸽寺[①]

归山重扫读书床，一路寒山木叶黄。游浙有师皆老宿，归川无试不高庠。扫窗已见蛛悬网，翻盎先看鼠自忙。一秀才回诗亦贵，吟笺才写有人藏。

【校注】

①鹤鸽寺：四川省罗江县北三十里，李调元少时读书处，其有《井蛙杂记》记旧。

牧童词

奕世为农家，颇念牛力苦。既耕亦且种，原上草方朊。大牛穿林去，小犊鸣远浦。牵牛浴前溪，水浅不及肚。驯扰既可欣，相触亦不怒。日暮骑牛归，遥村笛无数。

夜　雨

晚雨飘萧阵阵凉，惊闻风树摆琳琅。一窗灯火飞蛾扑，几点芹泥乳燕忙。急遣儿童收画局，愁看客子揽衣裳。寒天束手浑无事，独向高天数雁行。

邯郸行①

妾家本是邯郸妓，明妆坠马冰肌腻。绣襦窈窕弹朱弦，龙婉鸾惊舞交翠。折腰错落鸣六铢，合弹小转劝君醉。劝君醉，冀君怜，愿为天池并蒂莲。鸳鸯双双飞上天。君怜不怜妾自知，无端纨扇秋风吹。夜来多少伤心事，皆立银屏泪暗垂。

【校注】

①邯郸行：《乐府》旧题。

卷二　翰林唱和　吏部供职

（选诗五十二首）

李调元二十九—四十岁（乾隆二十七年—三十八年）

蒙恩典翰林院庶吉士恭纪

颔髭敢诩掇巍科，献策彤庭答拜歌。两载抽毫趋凤阁，一朝曳裙上鸾坡。散班玉笋青衫少，仙侣金华黑发多。盛代崇文真忝彻，小臣报称应如何？

送朱子颖①孝纯之蜀作宰

十年聚首兴何长，分手无端各一方。尘世知交人寂寂，天涯客路海茫茫。猿啼万树褒斜月，马踏千峰剑阁霜。自古诗人例到蜀，好将新句贮行囊。

此行携鹤历蚕丛，走马盘关一线通。栈树远分残雪外，人家多在夕阳中。故人他日思今雨，大雅当时想古风。到蜀若烦开石室，也应化俗似文翁。

【校注】

①朱子颖：朱孝纯，字子颖，乾隆二十七年举人，历官四川珙县令、重庆知州、泰安知州、两淮盐运史，工画能诗。

读祝芷塘诗稿①

我家岷之滨，柴门对江静。哦诗二十年，空谷只孤咏。抒怀思古人，屈指曾窃评。缅维炎汉初，文章我蜀盛。司马与王、杨，洪钟破幽磬。词坛列俎豆，万古残膏剩。子昂起射洪，高蹈寡声应。感遇篇三十，丹砂金碧莹。删述志非夸，垂辉千载映。眉州苏父子，玉局我所敬。大海扬鸿波，余流空汀滢。后来颇落落，道古或差胜。断狱老吏能，《遗山集》可并。有明三百年，升庵独雄横。百代为牢笼，肯与何李并。其余郐无讥，数子独遒劲。曰余生也晚，狂愚颇自命。少年走吴越，文薮林是邓。岂惟饱名山，兼多缟纻赠。一自游京师，名流交遍订。曹、赵富词藻，吴、沈才华称。丹徒我之师，赵、宋驱驰并。程翁气无敌，持议或倒柄。常其掀髯时，濡笔何豪兴。杰起有东海，俊鹘扫凌竞。天罚彻骨穷，敝衣不掩胫。明时盛文彦，络绎多唱赓。遍识我不能，为坐健忘病。忆昔初识君，得朋良窃庆。颇闻束笋多，全豹窥未请。握手不须臾，归思挂吴榜。去岁曲江头，并马日未暝。又理南征帆，春秋重亲迎。雁去燕复来，鸠唤妇寡应。今来同华省，新诗获细证。秋水出芙蕖，不饰晨妆靓。余霞绮满天，散作珠光孕。遗音闻正始，韶乐放淫郑。向日低头拜，今且刷目更。嗟世曰蛙黾，众嚣纷勃诤。岂无独弹者，改弦不堪听。岂无锦绣段，文理昧丝经。长笑白赞元，还疑韩誉孟。温李亦堆垛，皮陆苦饾饤。个中知者谁？局内自无懵。乡风敢云继，庶几有独醒。大雅君扶轮，前贤我作镜。君当为羽翼，我亦堪佐乘。谁蹠巨灵掌，一手湮河堋。谁持照妖鉴，遏断邪魔径。伪体尚不裁，风骚灭真性。齐名谁侧目，主张须啄硬。请君玩此篇，知余言不佞。

【校注】

①祝芷塘：祝德麟，号芷塘，浙江海宁人。乾隆二十五年十四岁中举，癸未与李调元同科进士，改庶吉士，授编修。历官御史。曾任四川主考，为李调元从弟李鼎元乡试座师。

感 兴

起草金銮气吐虹，孤罴人说坐深丛。大鹏已看翔云外，小鼠何来斗穴中。身后茫茫频问卜，目前咄咄只书空。归来万卷纵横甚，自此全教付蠹虫。

从今开口再休谈，世事经过彻底谙。失意韩樊羞等伍，得时韦杜近魁三。心知朱紫传闻惧，话到青蓝授受惭。若道文章原有价，向来落笔颇思覃。

送萧大超群①倅山阴

本为同里客，偏在异乡亲。家富难为吏，官贪易傲人。草痕千里暮，柳色一鞭春。此去山阴道，千岩万壑新。

【校注】

①萧超群：四川德阳监生。

水峪寺

茂竹丛林亦夙缘，小亭一望便悠然。云岑积有千年雪，风磴凉无六月天。怪石能邀佳客坐，清泉只许老僧煎。尔来陡觉登山健，更欲扪梦到绝巅。

重经大悲庵①有感

再来萧寺黯伤神，风景依然似隔旬。幻影泡花生死梦，鬓丝禅榻去来因。云烟有态徒过眼，天地无情不庇身。到底虚名竟合益？如今真是大悲人。

【校注】

①大悲庵：在北京市三山庵西北。

自密云[1]回京

阴云四野黯天低，细雨惺忪酿作泥。人正归时花已落，天当春尽草初齐。才看漏日翻鸦背，便有轻风送马蹄。只堠道旁应笑我，长亭又见好诗题。

【校注】

①密云：今北京市密云县。

石匠行

有翁折脚啼道上，皮肉淋漓新吃杖。如狼差吏驱出门，不许拦街呈诉状。旁人指点翁来因，旧是南山伐石匠。问翁胡为遭鞭箠，眉皱胸填气沮丧。往时县中倒立碑，去思德政屹相向。不知有益黔首无，各谓甘裳何足让。十字市口树如林，几欲砍尽青山嶂。自吾祖父供此役，日往高岩亲度量。车辇夫扛百不停，巍巍鳌戴万人仰。立时官府颜色欢，给赏才足沽村酿。此项名为里下派，何曾一家解索偿。而今室内无一丁，只余老汉权补放。字刻青天过手多，至今名姓半遗忘。朝来新令初升堂，便有循声千口飏。不即鸠工垂不刊，龚黄未免心怏怏。昏夜传呼急于火，天明县前听点唱。可怜萧条一细民，囊橐无钱欠[1]谁饷。今者稍稍诉私情，拍案立即遭考掠。君看腰间锤与凿，薄技陷人无地葬。但使官名果不朽，身虽饿莩亦何妨。

【校注】

①欠：嘉庆六年万卷楼本作“倩”，据诗意疑误，改。

窑户行

洵阳城外逢窑户，面目黧黄衣蓝缕。见人自指肠中饥，唏嘘欲说头先俯。自言本是村中农，薄田不足疗贫窭。闻道县官方筑城，砖甃所需亿万数。手胼足胝力能为，人言利可垄断取。鸡鸣岂惜孳孳为，踉跄首自充官顾。窑穽直入九地深，引水乞得蛟龙吐。积薪欲与南山平，烘炉日夜雷风鼓。鸠工辇运动成群，嗷嗷索食一何怒。皆云颁出水衡钱，暮四朝三待分剖。岂知命穷天亦忌，屡闻县中换官府。凡百工作俱饬停，国帑封固动不许。可怜物价皆称贷，索者日日叫阿堵。何尝博得温饱资，翻为官工守不去。即今散砌堆四门，漂流顷刻愁山雨。已成不见料直酬，再失何由买充补。无钱坐食山为崩，残冬渐已过炎暑。昨闻监司经此地，攀辕伏诉逢猛虎。零星坏砖偶拾遗，反以盗卖遭笞股。请君看我窑中人，十人去者已得五。眼看麦垅尽双岐，反羡耕农得其所。劝君止此勿复言，我亦为此留兹土。

北　邙[①]

有生必有亡，何独此平冈。粉黛啼黄土，英雄聚白杨。四时多杀气，万古总斜阳。大抵山俱骨，微高是帝王。

【校注】

①北邙：即邙山，在河南省西部，多古代帝王陵墓。

石　壕[①]

渑水唤舟渡，石壕剪灯宿。何处催租吏，又来打人屋。

【校注】

①石壕镇：在今河南省陕县。

硖　石①

峭谷云高晓霁登，居民架屋住层层。山连熊耳趋三晋，阪折羊肠上二陵。斩辘渐闻牛铎近，崎岖却仗马蹄能。平生夙凛垂堂戒，纵履夷途亦战兢。

【校注】

①硖石：在河南孟津县西。

木寨山①

季冬携童稚，辛苦经秦山。庚寅正月初，始抵蜀边关。石门洳霜雪，古镇稠峰峦。老松不肯死，根走坏栈间。暗水白刃涩，岩柳青芽还。嗟我远游子，逾年无改颜。何日芙蓉溪，下听水潺潺。

【校注】

①木寨山：四川省广元市北十里。

朝天关①

朝天在天上，嵯岈少人行。怒目似相待，意气如不平。不知我亦谲，轻舟过无声。双浆不惊鸥，玩此一水清。仰看头上石，仍见空中横。冰牙缀颓岸，啮攫何狰狞。为我谢山灵，无为腹膨脝。

【校注】

①朝天关：在四川省广元市朝天区朝天岭上。

咏新竹二十韵

嫩竹初生坞，新阴便满庭。何年承露霭，此日拆雷霆。出笋非从馔，行鞭忽走坰。通天攒箭括，辟地长箅篁。不拟淇园见，能留嶰谷听。抽梢逾菜甲，扶干赖园丁。加壅勤锄畚，频浇倒罂瓶。啸时观自足，醉日种方醒。正欲烧羊角，旋看集凤翎。湘妃迟染泪，稚子早添龄。潇洒姿犹怯，婵娟貌亦婷。闲来行小阁，坐去望高厅。细雾前轩护，轻烟别院停。斜阴穿北户，疏影映南棂。润滴莓苔砌，鲜连藻荇汀。几杆偏袅袅，数尺自亭亭。箨落因风舞，枝低为雨淋[①]。呼郎原是绿，唤士可鸣青。直节多中蕴，虚心实外形。清贫馋不得，何问渭同泾。

【校注】

①淋：原本作“零”，据诗意改。

夜　归

遍身衣露月朦朦，夜静初归仲蔚蓬。山犬吠来茅屋外，水禽啼入稻花中。开胸幸遣炎炎暑，刮面先愁猎猎风。多少心情如绪乱，一齐付与草间虫。

山　中

世路崎岖处处同，往来浑不畏霜风。遥山一点灯如豆，谁在寒松古柏中。

剑州[①]道中

高低石蹬驾长虹，马上行人在碧空。昨日雨兼今日雨，不堪又冒利州[②]风。

黄茆白石满平岗，那得诗情入锦囊。唯有两行李公柏，葱葱翠色扑征裳。

【校注】

①剑州：四川省剑阁县。

②利州：今四川省广元市。

腊月郎中冯星实①应榴视学蜀中余适北上相遇于凤县心红峡见示道中诗余亦出诗相质蒙赠四绝奉和原韵

诗筒一叶倩邮传，惊看光芒万丈悬。跻壮子平吾岂敢，褒词虚负玉堂仙。

使者持旌万里游，心红峡里暂相酬。临邛不少相如赋，休令诸生叹白头。

国华堂构擅才雄，千载文名凤阁中。北斗以南人望久，锦江桃李笑春风。

才子怜才意倍殷，纶扉忆慰泪沄沄。如今衰病无卑补，辜负当年嘱咐勤。

【校注】

①冯星实：冯应榴，字星实，浙江桐乡人，乾隆二十六年进士，授内阁中书，迁宗人府主事，屡充湖北、顺天、山东乡试考官，四川学政。官至鸿胪寺卿。

晓发渭城①逢家应宿以武闱落第归西山隐居沽饮为别放歌

昨夜黄河雪，我自潼关发。万里寒云卷苍海，三山飞上一轮月。月色杨柳枝梢横，长庚星下相见惊。下马沽饮新丰市，看君意气何峥嵘！人生闪烁百年内，胡为万古怀不平。君不能学伶人摘阮郁轮袍，岐王宫里科第高。又不能学将军三箭定天山，封侯挂印须臾间。王好竽而子鼓瑟，三年齐门复谁恤。小儿闻此皆摇头，有如人笑柳下黜。燕雀亦相嘲，欲与鸿鹄争。鲁人不识凤，山鸡朝阳鸣。驿亭津馆歌呜咽，与君击碎唾壶缺。巴讴岂解和阳春，渔夫还能鼓柁枻。交尽黄金无一亲，纨绔嗤我儒误身。笙管丛里失谈笑，苍蝇贝锦如有神。班超岂事笔砚者，韩信亦非跨下人。与子论交立道左，穷通于我无不可。千金屠龙伎何用，百战健儿终轗轲。得亦不足喜，失亦不足愁。卢生岂非落第客，留侯乃与黄石游。君不见陶元亮，解组归来山水放。君不见郭子仪，功高天下冢垒垒。我亦欲随范蠡去，焉能与俗长低眉。

【校注】

①渭城：在陕西省咸阳市东。

旅店对月

迩来宦迹苦栖迟，赢得风尘两宾丝。日落易从投店后，月圆多是别家时。谁同竹叶三杯酒，自嚼梅花一卷诗。闻道郎官应列宿，坐观星斗为谁移。

辛卯除夕在行唐县①作（二首选一）

不为穷途泣，其能绕道过。人逢相暖少，自笑卖痴多。踪迹疑张禄，留行想孟轲。生涯真是梦，又作一南柯。

【校注】

①行唐县：《清一统志》云："直隶正定府北七十里。"

壬辰元旦发行唐至定州①道中

爆竹声惊五鼓头，人情淡薄客难留。殷情只有青山送，明月清风过定州。

【校注】

①定州：今河北省定州县。

和同年比部姚姬传鼐①见访原韵

天遣余闲事亦奇，竟无一事可相羁。故人相见清风后，新句如歌白雪时。颜驷只今容愈醜，潘郎谁念鬓成丝。当年共展鸾凤志，此日应歌二鸟诗。

【校注】

①姚鼐：字姬传，安徽桐城人，桐城派主要作家，癸未进士，历官刑部郎中，历主江宁、扬州书院四十年。有《惜抱轩全集》。

送刑部郎中吕陶村①元亮同年督运川饷

执法西曹又吕刑，新衔诏命下虞廷。天悬蜀道当三伏，地入秦关走五丁。飞挽不教民力竭，佩囊好奏圣人听。邛崃指日旌头落，鸿笔还看泐剑铭。

【校注】

①吕陶村：《雨村诗话》卷四云："余同年凤台吕陶村元亮……由庶常改刑部，以郎中授川北道。"

江　柳

春尽东风草色青，鹃啼日落客愁生。江流不断暮烟合，一树垂杨万种情。

题醒园①图有感（六首）

车家山下老农夫，走上长安十二衢。昨夜乡愁眠不得，呼灯起看醒园图。

自分途穷命里该，君平不必太惊猜。虎头不是封侯相，款段他时归去来。

每到花开踯躅频，故山不见共谁春。生憎一幅桃源画，付与鱼郎去问津。

再向天涯理客衣，回头三十九年非。蓉溪春色花如锦，不为尊鲈也合归。

烦恼诗人二月天，长安买醉日高眠。不须怪我朝参懒，梦里醒园只枕边。

故山茅屋傍云龙，欲寄新诗再拆封。寄语儿童墙角外，明年添种几株松。

【校注】

①醒园：位于四川省罗江县北云龙山首北象山。李调元之父李化楠建，李调元扩修。朱子颖曾访之，绘图赠李调元。

送农部吴鉴南熼①以刺史之蜀筹饷二首

蜀道青天上，青天我故乡。夷民思向化，天子念循良。地本江为锦，人称国是香。君今从此去，遥听说龚黄。

困兽穷犹斗，王师纲尚宽。三军泸水渡，六月雪山寒。聚米知形势，飞刍戎饱餐。赠君腰下剑，好去斩楼兰。

【校注】

①吴鉴南：吴璜，号鉴南。浙江山阴人。乾隆二十五年进士，授农部主事，改官湖南澧州知州。用兵金川，入蜀治粮，殉难，赠道衔，入祀忠烈祠。

忆杂诗①十首用元微之韵

原无金屋为吾开，敢向仙源问渡来。忆得天台初入洞，落花片片委苍苔。

牵来一线岂红丝，正是瓜瓤未绽时。忆得羞人呼不出，欲前仍傍绣簾攲。

归宁几日恨偏生，欲见无因借别名。忆得隔门通一笑，阿娘厨下已闻声。

雁声九月镇相催，陌上香车缓缓回。忆得六亲相见后，共传携得月娥来。

醒园家宴届凉秋，白石栏杆俯碧流。忆得采菱分剥罢，鸳鸯来处一停眸。

艰难万里历关河，不使风尘涴翠蛾。忆得驼舆垂小幔，温柔乡比在家多。

三竿高卧日偏长，正值春云捧玉皇。忆得欢娱长闭户，早朝不羡侍中香。

每因去住两难时，万种愁来乱所思。忆得闺中尝劝说，长安久住岂非痴。

冬来霜重渐支离，镇日围炉共酒卮。忆得裁缝京样好，旧衣先遣试参差。

离家未惯亦人情，每听更深出禁城。忆得病时长不寐，拥衾共话到天明。

【校注】

①忆杂诗：李调元悼亡妾万氏作。清孙桐先《国朝诗钞》："万氏，成都人，罗江李调元簉室，著有《垂绒小草》。"

答王梅溪怡问诗

岳耸须如岱，江源要倒泯。四时春日好，万象夏天新。格调宗唐律，杼机采宋人。大都先忌俗，乃可望清醇。

卷三　文柄百粤　蒙冤直隶

（选诗三十八首）

李调元四十一—五十一岁（乾隆三十九年—四十九年）

奉命典试粤东再叠前韵寄呈定圃①座师大中丞（四首选三）

南交火位柄文华，何意微名署五花。手执弓旌原为国，心欣衣钵得传家。三年坐忆谈风月，六月行看趁晚霞。师友一时皆遇合，主恩真是浩无涯。

子固文从六一堂，当年指示得周行。舞来鸣凤皆谐律，吟出雕虫似鼓簧。天使绛纱仍待马，人传绥带似过羊。诸生欲识渊源自，濯汉应知并暴阳。

海山一气杳茫间，万里迢遥记往还。自古文人宁有种，只今圣化不分蛮。后生雨泽恩皆沐，前辈风流尽可攀。好向龙门争鼓浪，穷源槎只在河湾。

【校注】

①定圃（1717～1789）：德保，姓索绰络氏，赐姓石，号仲容，一字润亭，号德圃，满洲正白旗人。乾隆二年进士，改庶吉士，授检讨，十年入南书房。五充会试考官，历抚广东、福建，擢吏部、礼部尚书。

隋堤曲

玉蛾金茧忆繁华，锦缆牙樯帝子家。殿脚三千宫女尽，隔江无复唱杨花。

至潜山县①县令光斋兄载阳来见

梅山初至使车安，况复乡情触万端。水亦如人清到底，山能迎客笑相看。日斜茅舍归豚笠，雨过萍池放鸭栏。到处风光全似蜀，羡兄只作蜀中官。

【校注】

①潜山县：在安徽省西南部，皖河上游。

甘露庵看竹

柱杖敲门兴忽浓，寺前修竹白云封。何方乞得湖州笔，烟节云幢写万重。

挂榜山①

云汉天梯近可攀，迢迢驿路下韶关。使臣素凛求贤意，此日惊心挂榜山。

【校注】

①挂榜山：广东省佛冈县西，一名榜山。

沓潮歌

沓潮来，沓潮去，来如乘风去如雨。与郎朝暮同沓潮，不知郎船在何处？虎头门外波淫淫，羊城门内倍沉沉。春汛冬汛尚有定，惟有郎心无定心。郎心不似潮，侬心与潮赴。与郎今往来，但以潮为度。

草榜初成观封落卷箱有感而作示同事诸君

聚奎堂内卷初封，共喜论文矢靖共。鸡肋弃馀犹有味，骊珠探尽恐难逢。从来捞月空盈手，大抵奇云必荡胸。寄语诸公再披拣，此中恐有暴腮龙。

晚行曲江①道中二首（选第一首）

秋浪一江急，风帆半日悬。波中先见塔，城外尽归川。点点岩边火，依依野际烟。心如南去水，却坐北归川。

【校注】

①曲江：今广东省曲江县。为广东北部门户，东北入江西，西北入湖南。

登密云城楼二首（选第一首）

飞楼立处两崇墉，第一岩疆此要冲。拔地风声来上党，攒天雪色射居庸。万峰北向星环拱，一水东趋雨挟从。烟火只今通徼外，笑他畛域昔年封。

石匣营①

不见金沟馆，空余石匣营。溪流多见石，路转忽逢城。枣熟妇欢色，禾收鸟噪声。今朝沙土软，得得马蹄轻。

【校注】

①石匣营：亦名石匣城。在今北京密云县东北六十里，营西有石如匣，乾隆时曾建行宫于此。

桦树沟

凿开小径仅车容，百折垂崖不计重。黄叶初辞三两树，白云已露万千峰。泉喷石吻龙难上，路转山腰鸟易逢。今夜欲谋佳处宿，前村却少道旁农。

新开岭①

何年凿石辟峥嵘，老树悬崖半火耕。风摆松声树鼠落，雨摇竹影竹鸡鸣。同来喜得鹓行伴，异地愁同鸟道行。莫厌地寒沙扑面，巡舆过处万人迎。

【校注】

①新开岭：今天津市宝坻县新开镇。

怀柔县望黍谷山①

苍翠微风一抹收，风烟三辅接皇州。天连白水平沙碛，地近黄花古戍楼。野渡无船波漫漫，寒山有吹黍油油。还闻父老田边说，每岁常逢御辇留。

【校注】

①怀柔县：今北京市怀柔县。黍谷山，怀柔县西南十五里。

登泰山①二首

岳长东皇势郁蟠，崔巍上逼九霄寒。天开翠黛三千里，地耸青螺十八盘。远接黄河环似带，近探白日小如丸。平生登览寰区遍，始觉今朝眼界宽。

果是阴晴各异形，芙蓉朵朵变青冥。鸡鸣海日三更赤，鸟人齐烟九点青。地府黄昏飞夜雨，天门白昼走风霆。昨宵偶到层巅宿，亲见灵斿信有灵。

【校注】

①登泰山：乾隆四十二年二月，李调元随乾隆东巡，登泰山。沿途皆记有诗。

八月中秋同人燕集云谷①借树轩分韵得相字

今夕置酒乐未央，自有此月无此光。对月当歌歌慨慷，满堂听我声洋洋。我歌乃在岷山之麓广汉之阳，沱江东下千里百里欲入海，至此回澜有似临崖勒住奔马缰。沉犀渗漉毓清气，丰城剑冲牛斗旁。天遣下视何吉祥，中有一人其姓张。手织云锦分天章，鲛梭劄劄皆鸾凤。二十八宿惊避藏，不敢报天听其狂。遂使纵横词墨场，迩来便觉锋增芒。云霞五色金玉相，当其冥心造化忙。下笔直倒三峡江，翻涛搅浪不肯住，竟欲手摘龙耳，刳鳌腹，拔鲸尾，以与光焰万丈之李杜争豪强。海骊不复抱珠睡，老蚌含胎空噏张。故令今夜月倍皎，恐君与月争寒芒。斗转河汉云茫茫，君当膏车归大梁。明年此月知何常？青天雁字遥相望，对月当歌歌慨慷。

【校注】

①云谷：张云谷，名邦伸，四川省汉州（广汉）人，与李调元同科中举，大挑一等授固始县令。李调元第四女适其子张怀泩。著有《锦里新编》、《云谷诗钞》等书数十种。

和铁冶亭保①听程鱼门晋芳说鬼元韵

李子粗豪胆无比，一生畏人不畏鬼。髯翁偏以鬼骇人，千万魑魅出稗史。言虽凿凿事不经，月黑夜静风初停。狰狞仿佛灯下见，纸窗飒沓来刍灵。幽冥百怪如亲瞩，四座闻之颈为缩。坐令阴风透体寒，拥衾不敢开双目。髯翁说鬼极鬼奇，铁子诗更分妍媸。窃疑二子是二鬼，十日不谁来吾帷。君不见，阮瞻作论少人测，疑心皆自生暗棘。世间为蜮莫如人，人若为厉禳不得。安得东南尺郭人，兼铸南山钟馗神。吞尽鬼人不作孽，彼鬼彼鬼何足瞋。

【校注】

①铁冶亭：又名铁保，姓觉罗氏，满洲长白人，乾隆三十七年进士，官至两江总督、吏部尚书。著有《梅庵诗钞》、《应制诗》、《玉门诗钞》。

将归剑南留别京中诸子二首（选第一首）

十亩田园归去来，图书万卷[1]手亲开。并无天厄谁当怨，岂有人挤自不才。宦志已经尽销铄，君恩苦未报涓埃。他时曝背柴门下，长望南山[2]献寿杯。

【校注】

①自注："谪官后买书万卷。"

②自注："罗江醒园对岸南山。"

五月二十九日蒙恩复官[1]恭纪仍用原韵二首（选第二首）

圣恩浩荡本无津，何意偏加虮虱臣。长笑相如缘狗监，漫夸太白试龙巾。樗材自合为时弃，枯木宁知遇日春。从此自期如李泌，别无他物献孤身。

【校注】

①复官：乾隆四十一年十二月，李调元因与权臣议稿不和，停职。四

十二年五月，乾隆得实情后允其复官。

寄题徐副使浩修①见一亭二首并序

副使来启云：仆官虽清华，志在林泉。去京百里之地，有白鹤岭，颇有邱壑之胜，新建一亭，名曰见一亭，取林下何曾见一人之意也。乞题诗携归，以侈园林之观，不忍辜其意，为题二首。

急流勇退古难寻，果见飘然返故林。自古诗人无假语，如今若个是真心。世传永叔《归田录》，客夺昌黎谀墓金。闻道羊肠无限险，见几谁是早投簪。

得归三径就荒无，点检松杉十倍粗。尚有头巾堪漉酒，绝无手简问催租。鹿迷雪崦逢樵叟，鱼掷烟流访钓徒。莫学放翁太颠剧，家家团扇画成图。

【校注】

①徐浩修：朝鲜国副使。

八月二十日奉恩命督学广东恭纪再叠前韵（选第二首）

海南文物丽云津，培养由来重学臣。昔忝持衡羞称服，今重秉鉴泪沾巾。九天枫陛方承露，五岭梅花已放春。犀贝龙珠非所志，我生原是赤穷身。

良乡别墨庄①

又作南天万里行，邮亭促坐达三更。季昆言浅情偏重，圣主恩深别易轻。此后瞻乌定谁止，从前料虎太相惊。莫云四海无知己，万卷书中觅友生。

【校注】

①墨庄：李鼎元，字味堂，亦字和叔，号墨庄，四川罗江人。李调元从弟。乾隆四十年进士，改翰林院庶吉士，散馆授检讨。历官内阁中书，琉球副使，宗人府主事。著有《师竹斋集》、《使琉球记》。

南安①早发

争利争名并此程，山头晓月最关情。也同行里一肩上，忽见野梅双眼明。云里白猿冲道过，雨中翠鸟隔溪鸣。此来赢得韩苏羡，两柄文旌百粤行。

【校注】

①南安：今江西省大余县，地处大庾岭北麓。

呻吟行

呻吟复呻吟，乃在浈阳之江皋。沙汭云锦浅露脊，河阔如掌船如刀。忽闻呻吟声嚣嚣，疑是远村嫠夜哭，凄凄松壑来风涛；又疑庚癸呼饿孚，乞怜摇尾相嘲嘈；又疑饥鸢唤、哀鸿嗷，鞭血负屈冤吁号。八月寒蛩三更雁，孤臣孽子悲离骚。一时鸣啼骈集充两耳，使人沁心动魄斗觉头霜毛。细听非近亦非远，声乃出自所坐舠。黄帽敝衣不掩骭，伏舷长叫身横篙。不知鴂舌喃喃作何语，但见赪肩赤足连脽尻。我闻筑者邪许春者相，只以助力写作劳。何为无疾无痛楚，不为后笑为先咷。愧无栾巴噀，安得一簞醪。投之上流之高高，千人万人沾琼膏，使汝温饱舟自操。吾亦销金帐里烹羊羔，嗟嗟呻吟奈汝曹。

雨中校射示诸生

天公未许骤抡才，匝月阴云黯不开。为趁小晴巡郭外，乍逢猛雨截江来。惜泥骄马跑空立，腰箭群英拥队回。毕竟为霖谁勿负，龙门争看一声雷。

顶湖①示诸生二首

呗语钟声响入云，林端泉有万重闻。我来忘却山行远，要趁山深好论文。

我本岷山一腐寒，读书酷爱品行端。荆公文章蔡京帖，高阁从来未一看。

【校注】

①顶湖山：广东端州镇山。

惠州①新试院落成兼贺澹圃

凌云棘署绝嚣尘，画槛朱栏结构新。月桂定多攀折客，风簷俱是过来人。三年矢志金沙拣，十日华居酒盏频。闻道苏公遗教在，西湖定少暴腮鳞。

【校注】

①惠州：今广东省惠州市。

放猿（并序）

猿自高州携来，养之学署，已三年矣。遍体纯黑，性极慧黠，通臂善缘，能半空转。不喜著地，非荔不食。今任满回京，舟过峡山，因系诗于项放之。

啸咏相从已二年，野宾忽去转凄然。预知过岭难寻荔，故遣攀岩任饮泉。喜暖为生南海地，畏寒岂惯北风天。此山旧有归猿洞，逐伴追随好听禅。

马厂大雪

大雪从风下，边荒四月天。花开无叶树，径糁未铺毡。毳帐人何往，霜骢马可怜。沉霾何处豁，见觇出云烟。

游偏桥湾①观荷

一片浓阴不似秋，出城数步即沧州。残荷更比新荷好，芦叶还如竹叶稠。亦有高桥能过马，若非防汛敢停舟。歌声唱出莲珠转，惊起双飞水上鸥。

【校注】

①偏桥湾：位于清直隶通州通惠河。通州今为北京市通州。

和程鱼门索余所刻《函海》原韵

我虽生于蜀，吴越长在怀。十八便游浙，书籍得恣窥。摊钱向市购，书贾怜我痴。凡我之所欲，任意携归斋。我父悯其癖，广延友与师。端诵同队中，不顾纨绔哈。回蜀捷文战，花样实南来。我父尝谓人，宦囊在此孩。以此通籍后，万卷左右堆。兼之好抄校，志欲百家该。譬如匠氏门，长短各取材。编著事裁尺，兼呈钒与掜。积今所储蓄，多于鱼子胎。敢曰皆饱腹，差胜俗士怀。君书无不读，名久冠江淮。古人多遗文，幽光当未埋。尚异启箱縢，罄赠家藏碑。博学如髯翁，岂犹有未知。何以仍不足，搜古乃我侪。书经秦火后，灏瀚益无涯。天地之大也，岂能尽愿谐。充子嗜书性，贪残不让豺。而乃妙于乞，来语吐琪瑰。行将尽付君，覆瓿物亦偕。网罗遍名山，所阙吾川西。新都夙所嗜，余书雕始开。书成曰《函海》。其卷尚未排。明窗安大几，已贮龙麝煤。若问注疏事，此事唯君推。

十二月初六日由通州至固安[①]

晓马驹桥夕固安，官斋新饱故人餐。孤城寂寞民居少，画戟森严客到难。春忆桥边同听水，秋当河上话安澜。风波看贯寻常事，报国唯凭一寸丹。

【校注】

①固安：河北省固安县，境内有永定河。

除夕[①]寄唐尧春（二首）

更无雁到潞河滨，消息传来总未真。顷刻风波由我孽，一家儿女赖君亲。天回阳气年逢卯，地入霜台日受辛。纵有椒盘乡味荐，目前谁是可言人。

先生于我似苏黄，必折由来忌太刚。作赋只今数孙绰，上书自昔笑邹阳。直由天性难更改，清偎人知易中伤。万卷图书烦检取，童山深处付儿藏。

【校注】

①除夕：乾隆四十七年十二月三十，李调元于狱中。

卷四 笑傲山水 潜心著述

（选诗五十九首）

李调元五十二—五十八岁（乾隆五十年—五十六年）

四月二十九日抵家①

得归全感圣明恩，赢得生还入剑门。妇子团栾如梦寐，此身恐有未招魂。

【校注】

①抵家：乾隆五十年（1785），李调元时年五十二岁。

独游醒园

自从从辛卯①赴修门，十五年来梦始醒。今日归家谁是客，鸥来隔浦鹭来汀。

【校注】

①辛卯：乾隆三十六年，李调元罗江丁忧期满，赴京。

移居醒园四首

出仕囊羞涩，归田食訾警。猢狲一朝散，雁鸿半天高。忽忆先庐在，无烦卜筑劳。溪边有渔夫，候我入蓬蒿。

不用移文至，先回旧草堂。友朋游鹿豕，山水奏笙簧。深柳同莺坐，高松看鹤翔。沙鸥知我意，江上弄斜阳。

自是山居好，其如识者难。妻孥愁说隐，父老爱谈官。但使笙歌续，焉知米瓮残。朝来一鼓吹，又缺半年餐。

尽道居官乐，终年沸管弦。华筵添一笑，篑库少千钱。祸福谁能料，功名总听天。不如闲富贵，可当小神仙。

戏　作

世事无非戏，何妨偶作谈。先生实苏产，弟子尽川孩。书塾兼伶塾，英才杂俊才。小中堪见大，此亦费栽培。

喜门生董睿昌①试得案头

谢却尚书锦江聘，却来村塾振金声。乘闲小试春风手，高掇难居化雨名。康海席前皆乐府，马融帐后尽门生。他年造就如无负，定说真才自我成。

【校注】

①董睿昌：罗江诸生。

喜侄朝杰岁试第一

骅骝汗血气凌云，杜甫诗中得杜勤。却喜小儿能破贼，自夸老子尚能军。芹宫早步入原异，柳汁弹来尔应闻。衣钵相传何足诧，吾家两叶忝衡文。

客劝求田答诗言志二首

不是田园绝不谈，吾家未至石无甔。从来祸首皆由富，几见焚身弗为贪。渤海无牛顽未化，泰山有虎视方耽。况兼万里身方赎，落得余资佐醉酣。

非爱笙歌逐队巡，军输幅辏扰乡邻。方思披发峨山顶，肯复羁身纹水滨。书籍购多空万卷，泥沙用罄已千缗。凭君寄语诸亲串，我岂求田问舍人。

醒园晚兴（二首）

寂寞掩柴扉，村鸦带夕晖。牛知望栏返，鸭自认门归。况有栖迟乐，宁忘倚覆几。流萤谙引路，光我照前扉。

两边山气合，一派水光曛。渡口人归晚，溪头犬吠云。蕉荷愁肘腋，机械起妖氛。安得鹰鹯逐，歼驱鸟雀群。

魏城驿①

古来城郭半荒丘，山水凄凉暮色愁。八百羽书方驿递，六旬老叟正衾裯。孤灯人语谁家店，野寺钟声底处楼。睡起诗人无个事，淡烟乔木望绵州。

【校注】

①魏城驿：今四川省绵阳市游仙区魏城镇。

匡山①谒李太白祠

太白祠前草欲芜，米颠碑迹半模糊。平生亦有清平调，诗到匡山一字无。

【校注】

①匡山：在四川省江油市青莲镇。有大小匡山，此指小匡山。

落凤坡谒龙凤祠[1]

危坡下踞气如虎，鹿头忠气白虹吐。出城风雨何纵横，士元墓在罗江浦。先生早为德公器，冠冕南州名始普。颍川夙有知人鉴，曾听洪钟伐雷鼓。二千里往桑下谈，预知欲得贤君辅。刘备岂是田舍翁，童童车盖真人主。伏龙凤雏士无双，并驾齐驱竟谁伍？璋也焉能死先生，幸有不幸矢如雨。莫以成败论英雄，只须中计西川取。其时杯酒真相负，鱼水君臣无此侮。至今松柏夜哀号，同一定军山下土。二公并祠诚有哉，当年应唤双忠府。

【校注】

①落凤坡龙凤祠：即白马关庞统祠，在四川省罗江县西南十里鹿头山。

醒园遣兴二首

笑对青山曲未终，倚楼闲看打鱼翁。归来只在梨园坐，看破繁华总是空。

生涯酷似李崆峒，投老闲居杜鄠中。习气未除身尚健，自敲檀板课歌僮。

元　宵

花灯岂肯到园林，绝小红楼试一登。近水喜闻下河调，居山只挂上年灯。雨来花上两三点，月在松梢七八层。老大徒伤豪兴短，一杯到手已瞢腾。

挽刘一飞[1]先生

惟我刘夫子，当今第一流。大才屈庠序，小隐见谋猷。幼荷栽培笃，宽威夏楚收。勾余山水窟，名士陆潘俦。万里扁舟共，三年幕府留。从此飞翰苑，尽是出蒙求。何意衰归里，旋闻病不瘳。束修何处献，涕泗迸双眸。

【校注】

①刘一飞：四川中江县一碗水人，李调元启蒙塾师。

答张林川①（怀泗）

万里火云烧益州，问余何事作峨游。饱闻顶积千秋雪，已备行李六月裘。勇气虽惭搏猛虎，狂心竟欲退猿猴。洞天福地吾川胜，舍此安论十二州。

【校注】

①张林川：张怀泗，字环甫，号林川，四川广汉人。乾隆己亥举人，官顺天宛平知县，著有《榴榆山馆诗钞》。

冬　夜

小斋兀坐拥书城，长夜如年笔砚横。早兔拨云惊已上，寒鸡惊漏诧先鸣。铁衾也学人情冷，灯烬偏於吾道明。不是避人人避我，三冬文史足平生。

醒园杂诗八首同墨庄作（选二首）

清溪草堂

清溪溪水清，照见溪上屋。幽人正著书，灯光映修竹。

临江阁

俯视江天青，仰观江月白。年年江上人，阅尽往来客。

得归茅屋①

幅巾藜杖得归来，心已全灰眼倦开。宦海波涛都似梦，敝庐风雨幸无颓。万竿恶竹不胜斩，数寸新松尚可培。却喜闾阎非揖让，尽容疏懒不须陪。

【校注】

①自注："在四桂轩南，用杜少陵再至草堂首句意也。"

囦园杂咏四首

囦园初筑亦悠然，地狭偏能结构坚。叠石为山全种竹，穿池引水半栽莲。拈花偶笑人称佛，戴笠行吟自谓仙。曾到眠山游脚倦，此生只合老丹铅。

独坐园林百不思，细观物理识安危。鸟巢密树飞方觉，鱼在深渊跃始知。瓮面常留新漉酒，案头时有自圈诗。本非毕卓何妨醉，莫怪长年独把卮。

老来意气尚纵横，指点前贤人品评。未许陶潜称酒隐，肯教杜甫占诗名。好官市上优兼儡，佳客门中弟与兄。看透世情惟冷眼，知予不是不平鸣。

一年一度出游遨，多所枝梧少所遭。题壁草书惊太怪，逢场作戏诧犹豪。不能酒却常求醉，略解棋偏自诩高。汉帖唐碑是知己，归来何惜校雠劳。

【校注】

①囦园：位于醒园北六里南村坝李家湾。乾隆五十三年（1788），李调元将醒园让与其弟谭元，另于父亲石亭公于南村坝祖宅旁所筑补过亭扩充之，辟为一处别墅，名曰囦园，是年中秋后二日移居。

移居圂园二首

奚童随我蹇骡回，水栏山亭次第开。林下鸟声偏聒噪，杯中蛇影尚惊猜。北窗暂卧凉风至，西圃方浇骤雨来。经济一生如此了，天年只合老樗材。

岭上多云只自怡，山中幽事许谁知。奴谙买药回场早，婢解浇花汲水迟。谢客不藏家酿酒，教儿重写近吟诗。合家只要团圞乐，富贵何须羡扊扅。

豆腐四首（和心斋[1]韵）

诸儒底事口悬河，总为夸张豆蹭磨。冯异芜蒌嗤卒瓣，石崇薤韭笑调和。捆来盐卤醍醐腻，滤出丝罗湩液多。富贵何时须作乐，南山试问落萁么。

家用为宜客用非，合家高会命相依[2]。石膏化后浓于酪，水沫挑成绉似衣（豆腐皮）。剁作银条垂缕滑（豆腐条），划为玉段截肪肥（豆腐块）。近来腐价高于肉，只恐贫人不救饥[3]。

不须玉豆与金笾，味比佳肴尽可捐。逐臭有时入鲍肆（酶者为臭豆腐），闻香无处辨龙涎（干者名五香豆腐干）。市中白水常成醉（白水豆腐），寺里清油不碍禅（清油豆腐）。最是广文寒傲骨，连筐称罢卧空毡[4]。

敏捷诗惭七步成[5]，到门何敢荷欢迎。菽吟秀水难追和，乳让苏州独擅名（姑苏槽豆腐）。华未撷时清可点[6]，渣全净后白莲城（豆腐渣）。家园浆果红于染[7]，却悔屠门逐队行。

【校注】

①心斋：即王心斋，四川华阳人。李调元锦江书院学友，同科举人。官广东怀宁县令，以事入狱，李调任广东学正时为之缓颊。回川后经商往来于南京，李调元与袁枚往来信函、书籍皆由其贩药之红花船转送。

②自注："明末吴宗潜有'大烹豆腐瓜茄菜，高会荆妻儿女孙'句。"

③自注："谚云：'豆腐搬成肉价钱'。"

④自注："世谓广文有连筐秤豆腐三斤之谑。"

⑤自注："曹子建七步成煮豆诗。"

⑥自注："豆华加米为点清饲。"

⑦自注："染浆果叶煮豆腐极嫩。"

十二月二十六日再宿罗真观①

信是山人不肯闲，天风落木走深山。今宵直到云深处，要看龙车夜往还。

【校注】

①罗真观：清嘉庆《罗江县志·寺观志》："罗真观：县西南十里，康熙间云海重修……"《名胜志》："大霍山，罗公远修道处，上有罗真宫。"

雨中望金顶山①

一山孤立众山宗，盘绕青螺万万重。云里长疑披絮帽，雨中偏喜着轻容。人言海内无三岛，我道村中第一峰。倚得孤峰唤金顶，问他可也受秦封。

【校注】

①金顶山：清嘉庆《罗江县志·山川》："金顶山，县东北二十五里，山顶有松一株，为元、明间物。"

游玉京山景乐宫①听道官刘虚静②弹琴二首

到门琴忽止，羽扇出前轩。便请闭双户，凝神为一弹。焚香翔白鹤，度曲引青鸾。此去蓬莱近，微嫌尚作官。

绕屋萧萧竹，人间无此幽。忽闻过战马，惊退出关牛。地好偏邻郭，仙居只爱楼。知君日无事，坐对水悠悠。

【校注】

①玉京山景乐宫，清嘉庆《罗江县志·山川志》：“玉京山，县东一里。即东山，又名景乐山。列县八景之一，上有寺。乾隆五十五年（1790）道士于地掘出成化八年（1472）古碑半截，有玉京山景乐宫四十八字。

②刘虚静：清嘉庆《罗江县志·仙释志》：“刘理德，号虚静，工书、画、琴、棋，能诗。邑绅李调元与游，有诗载《红梅唱和集》及《雨村诗话》。

西昌①道中二首

西山白鹭下晴皋，金妇桥②边水满槽。磨罢秧田平似掌，一簑夜雨下鳅篆。

村村处处看蔷薇，客路春光渐觉稀。四月农家蚕豆熟，满筐剥得绿珠归。

【校注】

①西昌：宋熙宁废县。位于四川安县旧城东，今名花垓镇。2008 年 5 月汶川大地震后，安县县政府移此。

②金妇桥：清嘉庆《四川通志·舆地·津梁》：“金妇桥在（安）县东四十五里。”

耸翠亭①

参天柟盖影童童，耸翠新看立水中。何必楼高方得月，应知亭敞最宜风。莺从柳底穿梭似，鱼跃渊中破镜同。毕竟红颜多命薄，开花无子为谁红。

【校注】

①笋翠亭：位于新繁县东湖。1959年新繁县并入新都县，今为成都市新都区新繁镇。李调元《童山诗集》卷二十九另有《辛亥（乾隆五十六年，公元1791年）六月五日，新繁莳芥汤明府六十初度，是日讌集东湖笋翠亭，调适由濛阳趋祝，忝居坐首。天光树影、清风徐来；荷气袭人，酒香扑鼻。咸曰："今日不可无诗以畅雅怀。谬作首联，诸公以次。秉笔，主人诗伯也，谊不容辞。诗成，共得二十韵，主人郎婿皆能诗，例得备书诗。"》记之。

秋　兴（二首）

屈原撰《卜居》，王粲赋《登楼》。出处虽不同，感秋同一愁。我老筋力衰，岂真好遨游。况复寡素心，游亦无朋俦。岂无好花竹，荒芜不自修。岂无好亭台，有户多莫由。仓箱亦千万，岂无稻粱谋。室家非不宜，岂为缺温柔。如何春徂秋，车马尚不休。朝向邮传过，暮向酒家投。凤既换高岗，百鸟群相啁。虎既失旷野，犬亦交相羞。归与竟何时，毋乃非良谋。莺鸠笑鹍鹏，知者惟庄周。

我蜀多才人，皆为文字官。皆不择细行，又皆窜夷蛮。唐之李供奉，长安酒家眠。朝赋清平词，暮窜夜郎天。宋之苏学士，归院撤金莲。再贬至儋耳，行歌馌妇前。新都杨修撰，博学冠明贤。撼门谪金齿，付粉双髻鬟。古人不得意，大抵皆放颠。吁嗟俗眼人，焉能窥圣贤。

闻孙补山①相国重膺简命节制四川喜而有作四首（选第四首）

归来鸳鹭化鸥凫，只把烟霞自乐娱。得句每遭人败兴，清狂非是自卑污。愧非徐孺蒙分榻，岂料文翁再剖符。从此渔樵亦安堵，残山剩水住妻孥。

【校注】

①孙补山：孙士毅补山，浙江仁和人，乾隆二十六年（1761）与李调元同科会试（孙中进士、李中副榜），官至文渊阁大学士。乾隆五十四年（1789）任四川制军，五十五年调任两江总督，离任过罗江时斥责绵州知府陆鼎派李调元当里长，催车马钱。陆三日而卒。

重过丰都庙[①]有感余旧启蒙塾也

此是当年旧书塾，童蒙于此课初爻。晨兴拨草寻蛇窟，晌晚攀枝探鹊巢。每以收威遭夏楚，偏于觅句解推敲。如今老矣全无用，回忆趋庭泪欲抛。

【校注】

①丰都庙：李调元《罗江县志》卷二云："丰都庙，在大东街后，明初所建。"清嘉庆《罗江县志·寺观》："三圣宫，县治东街后，旧名丰都庙，明初建，即三迁文庙地也。"

元旦[①]三首

昨夜岁仍旧，今晨岁忽新。同此一夜中，已分两年人。人老添是减，人少缩是伸。老怯筋骨礼，不取出迎宾。少夸脚力强，走遍东西粼。不如且高卧，庶免客生嗔。待其酒食去，然后起着巾。晨钟发深省，默数平生因。

天既生吾身，必有吾生事。就身所应为，暗必合天意。寡过时内悔，知昨尚无愧。究竟不知天，置我身何地。譬如产木材，雕斫为人器。芒刃用既钝，岂免投闲置。蛛网与尘封，不复珍篋笥。变化亦有时，数为管辂识。

我归今八年[②]，成功甘早退。山林岁月宽，尚可任恣肆。优游养性天，聊以守素位。以云身衰耗，须发尚青翠。以云身刚强，行必藤杖侍。似弱又似强，不知天所畀。旺羸与盛壮，我闻有元气。金丹诳愚儿，往往翻受累。神仙吾不为，期颐由自至。书此以自贺，诗成身已醉。

【校注】

①“元旦”诗：诗载《童山诗集》卷三十一。壬子，即乾隆五十七年(1792)。旧历正月初一日称元旦。

②八年：李调元乾隆五十年乙巳（1785）春归居故里至乾隆壬子（五十七年），适满八年。

担炭行

路入雎水关[①]，巑岏通一线。诘曲遇来人，背挑无非炭。斑白亦负载，单衣才至骭。任重杖乃兴，浃髓皆流汗。满面烟火色，十指黑如溅。问翁炭何为，答言衣食衒。关内有黄敞，记里三舍半。山高多杼栎，伐薪利用锻。其地鲜稻秔，斗粟百斤换。炭卖复易钱，钱复易米爨。以此老筋骨，顾口复顾眷。岂无高岸坑，屡蹶胫辄断。岂无蛇虎伤，岂无奉头窜。隆冬雪霸天，努力尤不倦。岂不畏饥寒，但忧炭直贱。去年成都府，钱小不堪贯。私铸塞其间，其为民不便。大吏闻当宁，行文各州县。尽缴青蝦蟆，洪炉重鼓煽。开局摩诃池[②]，催炭急于箭。雎水炭所出，奉令孰敢谩。老少具供役，牵挽走山栈。十日一往还，得镪甫一串。烧木罄南山，尚不输镕炼，公铸私又挽。新钱旧复捡。今年府东南，民好又改变。只用辫子钱，一概斥为赝。官禁抗不从，那复惧鼎镬。渐至钱不行，贸易只米面。以此代忧天，常抱杞人患。斑白何足惜，疲癃亦已惯。今年复来年，聊借炭为豢。但使不择钱，沟壑填不怨。

【校注】

①雎水关：清嘉庆《四川通志·舆地·关隘·绵州直隶州·安县》：“雎水关在县西四十里，西南至绵竹县四十五里。面山负水，平衍饶沃，有柏水溪、毛香坪、西河口、院岩堡、白苦、罗竹等处番夷通茂州后路。”

②摩诃池：在四川成都市内。宋《太平寰宇记》：“昔萧摩诃所置，在锦城西。”

答何云峰[1]

竹林喜共阿戎语，闻道鸡林[2]问雨村。漫把诗名传海外，为言寂寞老柴门[3]。

【校注】

①何云峰：名人鹤，字九皋。四川绵州诸生，诗人，李调元姻亲何人麟（玉书）弟。著有《台山诗草》、《台山文集》。

②鸡林：古朝鲜国之别名。

③自注："云峰自京师归，言朝鲜正副使者入贡，俱能背诵予诗，并问余消息。"

金堂[1]署观戏

云顶[2]召予已遍游，行縢何意又攀留。虚名每愧陈蕃榻，佳句谁传李白楼。祸福无凭皆自召，功名有定只看优。若将我辈登场演，粉面何人可与侔？

【校注】

①金堂：四川省金堂县，今属成都市辖。

②云顶山：清嘉庆《四川通志·舆地·山川》："金堂县……云顶山，在县南十五里。《寰宇记》'云顶山旧名石城山，在县西十五里，上平十亩，有神泉方丈，澄清如照，云霞容与，唐天宝六年改为云顶山'。"

得魏宛卿[1]书二首

魏王船上客，久别自燕京。忽得锦官信，来从绣水城[2]。讴推王豹善，曲著野狐名[3]。声价当年贵，千金字不轻。

傅粉何平叔，施朱张六郎。一生花底活，三日坐中香。假髻云霞腻，缠头金玉相。燕兰谁作谱，名独殿群芳。

【校注】

①魏宛卿：即魏长生，行三，又称魏三，四川金堂县人。从小入陕西西安船山镇学戏。后到北京、扬州、苏州等地演出。乾隆五十六、七年间回四川成都。

②绣水城：金堂县称绣水城。清《四川通志・山川》："绣川河上流即督桥河，亦自新都县流入东南，曲流十五里过县城，西南至斜滩渡入湔江。"

③野狐：《燕兰小谱》卷三云："魏长生当时号称'野狐教主'。"

病中和四婿张玉溪（怀溎）① 匊云亭二首（选第二首）

年衰难买健，时过假称高。日月双芒屦，乾坤一敝袍。摩碑思补史，谙药解笺骚。赢得妻儿笑，胡为不惮劳。

【校注】

①张玉溪：《国朝全蜀诗钞》卷三十："张怀溎，字玉溪，汉州人，邦伸子。乾隆甲寅（1794）举人，官直隶甯晋县知县。著有《磨兜坚馆诗钞》六卷。"

鹰觜崖①

何年一只鹰，垂天下云翅。竦然不受韝，朴颣和裂眥。一旦化为崖，犹见鹰觜利。其立若愁胡，其贪如伺饵。狐兔未秋肥，问何侧目视。毋乃鼠窃多，职掌失其位。我来有追逐，正坐少趫鸷。安得借苍隼，为我一纵臂。吁嗟速归来，人鹰正满地。

【校注】

①鹰嘴崖：在四川省安县桑枣镇西南罗浮山。

江　涨

江涨奔千里，山高隔九龙。已惊桥尽漫，又报路全冲。云阵连天压，风涛入夜汹。何时霾尽扫，稳杖一枝筇。

小西湖①看荷

谁看玉镜泻天光，占断人间六月凉。长羡鸳鸯清到底，一生受用藕花香。

【校注】

①小西湖：李调元于囦园所筑之荷塘。

入　山

入山恐不深，更入茶山坪①。父老知我至，招呼相逢迎。彼此邀还家，以我为人情。瓦煤与苇管，涂抹徒纵横。草书不入格，亦复龙蛇惊。何以为润笔，村醪浊复清。烹鸡冠爪具，蒸豚椒姜并。醉中何复言？无非读与耕。我为父老歌，作息荷升平。父老亦不解，歌罢双目瞪。

【校注】

①茶山坪：即茶坪。清嘉庆《四川通志》卷二十《舆地·山川》："安县……茶坪河在县西，源出县西北三十里之松岭，一名千佛山。"今有茶坪镇。

卷五　复兴蜀学　至死不渝

（选诗四十七首）

李调元五十九—六十九岁（乾隆五十七年—嘉庆七年）

清江行（并序）

为福公[①]出征后藏过绵[②]作也。公馆之盛亘古所无，因用杜诗“绵州公馆清江渍”为起句。

绵州公馆清江渍，榱题画桷高闬闳，水晶为柱玻璃楹，四面光射窗棂明。红罗细叠氍毹平，剪锦百匹悬为棚，两廊陈列充琇莹。金枝向夕飞流星，九华照耀铜龙檠。洞房尚少卓倚屏，花榈紫檀民不宁。借问何官不敢名，田禾将军方进城。一齐钟鼓声铿锵，肉山酒海人纵横。三声炮作晨登程，花榈紫檀具随行。

【校注】

①福公：即福康安（？－1796）。清满洲镶黄旗人，富察氏，字瑶林。大学士傅桓子。乾隆以勋戚由侍卫授户部尚书、军机大臣。出从阿桂用兵金川，事后即任封疆大吏。嘉庆元年病死军中。受高宗殊宠，历任云贵、四川、闽浙、两广总督，官至武英殿大学士，封贝子。

②绵：即绵州。清嘉庆《罗江县志·沿革》：“乾隆三十二年，涪水大溢，绵州城坏。三十四年，总督阿奏裁罗江县，徙州治于此。嘉庆七年，爵督勒奏该州仍回旧州，复设罗江县治。”

九日登函海楼①

底事登高向岭巅，危楼百尺可攀天。稻看获尽黄云后，菊喜初开白露前。灶婢能谙作菰饭，家僮闲荡採菱船。年来佳节无丝竹，长笛声从何处传。

【校注】

①函海楼：李调元从醒园移居县北南村坝所造，内贮李调元《函海》丛书刻版七千余片（《童山自记》）。

谒杜少陵草堂祠①

诗自三百后，正声沦宪章。流传经丧乱，史官失其详。惟公起大唐，雄文独有光。天宝初应举，起家从巩昌。进士屡不第，歌声益琅琅。召试校兵曹，感涕矢身亡。谪遭禄山陷，奔走逾河梁。官拜左拾遗，始露列宿芒。吁嗟中原扰，兵戈沸蜩螗。其时支大厦，独有一汾阳。司徒惟不朝，遂令冷战场。更兼燕兵来，回鹘何扬扬。腥膻遍宇宙，驰突气益昂。练卒不得休，至尊谁扶将。坐令忧国泪，斗斛不可量。时议鄙房琯，保奏披天阊。遂触逆鳞祸，谪与凡鸟颃。关辅复大扰，孤声复何望？窜居同谷间，救饥日不皇。采松复拾橡，难以充饥肠。虽未赴京兆，圣恩何敢忘！读公《八哀》诗，其音皆金商。幸有严郑公②，素厚知公狂。奏明列工部，赐绯出庙廊。结庐浣花里，终陨耒阳乡。至今草堂寺，名与江水长。医国少灵药，疾恶如探汤。我公真诗史，俎豆谁同香。

【校注】

①杜少陵草堂祠：即成都浣花溪杜甫草堂。

②严郑公：《旧唐书·杜甫传》："上元二年冬，黄门侍郎郑国公严武镇成都，奏为节度参谋，检校上书工部员外郎，赐绯鱼袋。"

【校注】

①余秋室：名集，浙江仁和人，乾隆三十一年（1766）进士，官至侍读学士。乾隆五十九年（1794）充四川乡试副主考，道过罗江访李调元并索其《函海》。著有《秋室诗钞》、《漫庵賸稿》、《梁园归擢录》、《百衲》。

红梅八首并序（选第一首）

陆生[①]见麟家，有红梅一株，大可拱把，色分深浅，盖燕支点绛二种接成也。每年春开，烂若赤雪。生曾分二本贻余，余红梅书屋所由名也。今年乙卯（乾隆六十年，公元1795年）人日，自携家乐，邀何九皋同观，主人置酒其下，听演《红梅传奇》，为作一律。异日州尊庐陵王云浦（用仪），首以诗和，继而绵竹令清江杨实之（学光），什邡令会稽甯湘维（锜），彰明令河阳马海门（元龙）陆续继和，于是远近闻之。自仕宦缙绅，以至禅道女媛，和者不下百余人。余亦自和，叠至八首，遂成红梅诗社，可为此花生色矣！陆生汇为《红梅唱和集》，余可谓好事也。为缀数语于首。

一种春风两样分，漫言间色夺缤纷。浅深绛染江边雪，远近赮烘岭上云。人倚栏干同笑语，天教闾苑入芳群。当筵更奏红梅曲，要算霓裳再得闻。

【校注】

①陆生：陆见麟，清乾隆罗江诸生。

得袁子才书奉寄二首[①]并序（选第一首）

钱塘袁子才（枚）前辈，己未馆选宰溧阳调江宁，遂解组不出，于金陵筑随园以终老。余尝读其诗，想见其人，曾于视粤学时刻其诗示诸生。乙卯，余同年王心斋纯一回金陵乃肃楮候问。今年五月十四日下江红花客船到，从心斋信，得接子才书娓娓千言不啻觌面，兼寄近刻七种并索余

《函海》。以数所倾慕之人，一旦得闻謦咳不胜狂喜，因作二诗奉寄。

仙山无路得登龙，忽得随园书一封。七集寄来如拱壁，千诗读来若撞钟。天分吴蜀何时聚，人是东南一大宗。只合黄金铸临汝，几多名士瓣香供。

【校注】

①该诗后附袁枚接李调元复信及《函海》后，寄《奉和李雨村观察见寄原韵》诗二首。其一云："访君恨乏葛坡龙，接得鸿书笑启封。正想其人白如玉，高吟大作似黄钟。《童山集著》山中业，《函海》书为海内宗。西蜀多才今第一，鸡林（朝鲜）合有绣图供。"其二有句云："醒园篇什随园句，兰臭同心更有谁。"

再游嘉定①凌云寺僧涵池请诗为题大佛岩上

老来久弃游山屐，又上凌云陟九巅。山色恋人留不得，滩声恐客渐思旋。花能解语工勾引，藕为多丝屡断莲。堪笑金人成佛后，葛藤依旧满身缠。

【校注】

①嘉定：今四川省乐山市。

和桐城姚姬传（鼐）①太史见寄元韵并附寄祝芷塘袁香亭②两同年（二首）

自分相思梦寐间，忽闻消息慰颓颜。九年坐拥南京席，万卷高于北峡关。闻与王维谈佛近③，应知袁虎共舟还④。自惭苏老甘心退，尚悔从前作《辩奸》。

桐城驿路雪霜间，忆在君家醉别颜。往日争驰龙尾道，只今高卧鹿头关⑤。故人半受衡文聘，英物先看夺锦还⑥。我辈功名真是戏，何须核实辨忠奸。

【校注】

①姚鼐：字姬传，安徽桐城人，清代文学家，“桐城派”主要作家，癸未进士，历官刑部郎中，历主江宁、扬州书院四十年，治学以经为主，兼及子、史、诗文。有《惜抱轩全集》。选有《古文辞类纂》、《五七言今体诗钞》。

②袁香亭：《雨村诗话》卷十四云：“袁香亭树，子才弟，余癸未同年，官粤东太守。”

③自注：“谓王梦楼先生。”

④自注：“谓袁子才前辈。”

⑤鹿头关：位于四川省罗江县西南十里鹿头山。

⑥自注：“长君已登壬子乡荐。”

答学士王春甫懿修寄怀原韵（并序）

辛巳①孟春，忽接春甫同嗣君编修莲甫宗诚书并以诗问讯。有“身倦暂思依锦里，才高直欲上青天。荆高燕市歌相和，目断冥鸿向左绵”之句。时春甫已予告，留京就养，莲甫即乙卯蜀闱朝岦座师也。余醒园竹林有“何须问”三字，用王子猷事，来书以为佳，故末句答之。

宦海真如海上船，云帆转眼忽无边。我无官兴应归矣，君有微痾可霍然。却羡小郎扛大鼎，频教短李望长天。竹林实有“何须问”，乞赐书题到左绵。

【校注】

①辛巳：此诗收入《童山诗集》卷三十五丁巳。按：“辛巳”误，当为“丁巳。”即嘉庆二年（1797）。

玉溪夏日寄怀诗二首有“如何闲却丝纶手只向西湖下钓竿”之句依韵答之（二首）

万金买得自由身，野鸭山猿分外亲。豪气未除犹倔强，机心已尽尚难驯。花开萱草增新恸，果熟文林感旧臣。纵使朝庭不遗旧，为言已作废材人。

脚不穿鞋首不冠，客来最怕叙温寒。愁迎官府长称老，喜见儿孙屡问安。亦有西湖供啸傲，偶逢东郭便盘桓。六旬又五终何用？十四年来一钓竿。

夏日春行十绝句

日上禾林似火燃，草耕初露尚涓涓。偶来细径携筇过，无数蝦蟆[①]跃入田。

暑天处处火云蒸，喜见云晴雨又兴。自是近来蔬米贵，兼将豇豆种禾塍。

携得解人何体斋[②]，随身笔砚早安排。每逢水际听莺去，不觉穿林到界牌[③]。

四面山光扑翠微，出门处处斗芳菲。蜻蜓也有随游兴，故向前途导客飞。

忽见青苗苞渐抽，今年不患不丰收。稻花最怕狂风雨，暗祷天公锁石尤。

沙钻袜底水钻鞋，不用人扶岂用佁。莫道村行无好处，隔溪一朵槿花开。

秧田缺处水争鸣，尚似春耕水不平。我晓水声无别意，稻黄该让水长行。

榉柳当天日正中，浓阴也算小苍穹。乘凉不用蒲葵扇，享受人间自在风。

叩门得遇好邻居，一碗清茶一火炉。便有老农来共话，裸裎袒裼讲唐虞。

刘家五尺小书童，见我如逢圯上翁。揖入董帷深处坐，今番不怕螟蚊虫。

【校注】

①蝦蟆：青蛙。

②何体斋：绵州诸生，李调元女婿何异斋（耀如）族弟。

③界牌：安县界牌乡。

乐闲堂（并序）

山林之乐，实有可不与俗人言者。唐人诗曰："相逢尽道休官去，林下何曾见一人。"盖叹世人沉酣于名利中，而莫不知也。夫政务之忧，孰与琴书之娱？冠裳之拘，孰与野服之适？午门待漏寒温逼，孰与睡觉东窗日以红？况夫炙热易嗔，冰山难靠。陆潘名士，尚趋谒于世开；刘柳大家，且失身于叔文。一朝瓦解，万事灰飞。不但巢卵不完，抑且身名贻臭。此余所以甘居林下而不悔者，职是故也。陈眉公云："未老得闲方为闲。"予自五十归来，可谓未老矣。不料其闲，而天偏赐之以闲。今六十六矣，虽闲居十六年，须鬓尚黝，岂不可乐乎！因筑乐闲堂三楹，终日徜徉其间。其乐也，盖亦庶己乎"不知老之将至云尔"。堂成，适阅《邸报》，有感首相和公①及二吴②、二李③事，因作诗以记。时嘉庆四年正月十八日也。

十六年前已见几，非因不用叹知希。材同樗栎宜时弃，志峦山林合早归。万卷书多逾宝阁，三间花绕胜珠围。君看昔日冰山靠，见晛如今似雪飞。

【校注】

①和公：和珅。

②二吴：都察院左都御史吴省钦及其弟工部侍郎吴省兰。

③二李：侍郎李潢、太仆寺卿李光云。

重阳后一日登半天亭

一枝藤杖蹑云耕，前有儿扶后有孙。昨日萸囊都不带，今朝菊酒尚盈尊。云开屋后山如画，雨落岩前水似奔。道我童心君不信，看余老尚学埋盆。[1]

【校注】

①自注："今年雨水较多，自七月至九月，重阳后一日始晴。"

七月初一日入安县界牌闻禁戏答安令

言子当年宰武城，割鸡能使圣人惊。前言戏耳聊相戏，特送弦歌舞太平。

昔日江东有谢安，也曾携伎遍东山。自惭非谢非携伎，几个伶儿不算班。

和严丽生（学淦）[1]题《童山续集》原韵二首（选第一首）

忧到苍生但察眉，愁来濡笔便淋漓。一生爱学青莲体，只恐三分略似诗。

【校注】

①严学淦：字丽生，江苏省丹徒人，川东道道员严筠亭子。

闻万卷楼火和潘东庵[1]三十韵（并序）

调元家世藏书，有楼五楹，名曰万卷。分经史子集四十厨，内多宋椠，抄本尤夥。四月初六日，被土贼火焚，余时在成都，闻之一恸几绝。曰："烧书犹烧我也！"友人潘东庵，用为起句，作诗三十韵见唁，因和成《哭书诗》一首。

烧书犹烧我，我存书不在。譬如良友没，一恸百事废。我欲临其穴，其奈寇未退。不如招魂来，梦寐相晤对。我闻古人言，物聚于所爱。借书固一痴，积书亦痴态。平生作宦囊，尽化飞灰碎。亦思早迁移，万牛不能载。潘子同心人，知我难忍耐。作诗来相唸，真语去雕缋。本欲开予怀，翻益胸蔽塞。胡不止燔庐，无庐犬可吠。胡不焚我身？我身有玉佩，胡不燔妻孥？其家本卖菜。胡不伤我嗣，有孙堪负耒。如何火吾书，一炬似一刈。无数古圣贤，飞升引成队。亦有群仙姝，腾空犹绿黛。君诗诚爱我，恕字毋乃碍。不欲则勿施，抚躬思请再。我笑虽颐解，我泪已眶内。自诩颇达观，到此复愚昧。问天我何辜？天高不闻嘅。问地我安居？地默言难代。恨不排云汉，早决天河溃！击之以雷霆，沐之以沆瀣。刳出祖龙心，祭起羲黄辈。人生莫读书，书呆实褦襶。不能剸贼胸，但解背詈谇。哭罢天亦愁，白日变阴晦。

【校注】

①潘东庵：潘元音，字希声，号东庵，四川华阳人，与李调元同科中举，屡试不第大挑选授教职，官山东阳山知县，后解官回蜀，曾主讲中江书院。

和吴寿庭[①]先生见题《续集》原韵

自我走险来成都，急何能择颇似鹿。丈人[②]屋上乌虽好，爰止不知究谁屋。惟新观察吾故人，展谒不暇脱山服。览君闻我进城诗，千古知心思君独。就中难别惟书楼，老眼尚未详加嘱。昨朝家信报火焚，使我泪咽不能读。适逢麾盖降蓬门，相对唏嘘泪重续。从来世事皆关数[③]，理有循环思烂熟。匹夫怀璧乃其罪，不贪为宝安用玉。多文虽非璧玉同，亦有富名祸所伏。况兼文字觑天巧，造物所忌撑肠腹。如今内外空空如，休题贮书首西蜀。

【校注】

①吴寿庭：吴树萱，字寿庭，江苏吴县人。乾隆四十五年（1780）进士，改庶吉士，乾隆五十八年（1793）任四川学政，六十年（1795）回京升司封，嘉庆四年（1799）复授观察入蜀，署盐茶道。著有《霁春堂诗

集》。

②丈人：李调元第四子岳丈，绵州训导、成都人杜庆乾。

③自注："余前和君诗有'楼中酒别诗千卷'句，今君题诗尚未得信，而诗中已有'抛却书楼不再读'句，乃知皆谶语也。"

和严丽生（学淦）《吊书长短歌》原韵

我朝文教光烛天，宏开四库乾隆年。弟兄中秘我畿辅，秘书钞录兼雕镌。携归岁月宽如此，偏欲学蜂钻故纸。今朝烈焰休吁天，正坐贪书不知止。我闻秦有阿房金屋藏，美女玉帛来六王。楚人一炬成焦土，虐甚嬴政焚文章。又闻宋有艮岳饶花石，二帝远去沙漠北。金人一火宫殿红，至今汴梁土如墨。此皆珍宝汗牛充，毋怪火声如水汹。尧亦出十日，舜亦有四凶。口不敢言心敢怒，何必毒怨新祖龙。况止缥缃付一烬，无非先进与后进。过眼如云烟，垂吊谁相怜。梁元帝见贮书处，万卷图书焚乃去。蜀秀才亦藏书人，自以献爕无王署，灰不复燃何处寻？岂仍一字能千金。望乌龙兮短气，问松楸兮痛心。朝隐几兮颓似病，暮投床兮梦若瘖。从此日面壁，腹笥何处觅。东邻亦有储粟仓，红朽如燎安可当，如何荧惑所照偏无光；西家亦有防身钱，逾垣岂不惧戕骨，如何祝融到彼忽焉没？书本吾家龙颔珠，焚珠亦伺睡斯须。从此南村少颜色，困园四岸皆成枯。

和赵云崧①观察见寄感赋四律原韵

江南来远使，欧北寄长笺。接到新诗日，逢回故里年②。室多薪木毁，家少肯堂贤。危坐方酬和，千愁集目前。

万卷成灰灭，重楼亦烬余。今生无力购，来世再储书。闻火君当贺，遗金我自疏。乞师终不出，无路学包胥③。

我已才甘退，君何誉不虞。自忘名赫赫，乃反羡区区。袁蒋④同分鼎，王朱⑤若合符。自惭非大国，独霸亦良图。

寄我名山业⑥，遥知岁月侵。封时付春舫，到日已秋砧。文字千秋事，才名一样心。拙编容乞序，定不让题襟。

【校注】

①赵云崧：赵翼，字云崧，号瓯北，江苏阳湖人。乾隆二十六年(1761)探花，授编修，官至贵西兵备道，中年辞官家居，主讲安定书院，专心著述。著有《瓯北诗集》、《诗话》、《廿二史札记》、《陔余丛考》；论诗主张“独创”，反对摹拟。

②自注：“是年（嘉庆五年）始从成都回绵”（罗江）。

③自注：“屡向州尊乞追火贼，尚未弋获。”

④袁蒋：袁子才、蒋心余。

⑤王朱：王阮庭、朱竹垞。

⑥自注：“君以新篡《陔余丛考》、《廿二史札记》见寄。

书家二首和唐子范①韵

不使坟埋骨，偏教冢葬书。焚如秦政虐，庄似陆浑居。人火同宣榭，藜燃异石渠。不如竟烧我，留我待何如?

云绛楼成烬，天红瓦剩坯。半生经手写，一旦遂心灰。獭祭从何检，龙扛漫逞才。读书无种子，一任化飞埃。

【校注】

①唐子范：唐张禄，字子范，绵竹举人。

十一月初三日①小万卷楼成

朱昂小万卷②，我老岂其人。万卷天收去，幸犹留老身。

【校注】

①十一月初三日：嘉庆七年（1802）十一月初三日。

②朱昂句：《宋史·朱昂传》云：“昂字举之。朱遵度好读书，人号之为‘朱万卷’，且昂为‘小万卷’。真宗时累官翰林学士致仕。”

叹 老

人寿虽百年，一看一回老。草生虽一年，一看一回好。草能转春色，人不回春容。一去少不来，百病来相攻。我愿人到老，求天变作草。但留宿根在，严霜打不倒。

蠢翁词

清·李调元著　赖安海校注

目　录

蠹翁词

卷 上

定西番

万里沙漠谁至，都说道，有人来。李陵台。　　汉使昔年持节，雁回人不回。闻玉关此日，塞悔开。

长寿乐　闻谪伊犁作①

无端掩袂。记去年，寿域宏开之际。弦管声中，珠帘门内，负持千娇百媚。又谁知，今日离愁，万般牵系。空几度、遣人投玟问筮。　　总难凭，怕对锦衾绣被。闻人说。此一去，万里边城迢递。忙检箱寄春衣，未曾全检，先盈眸揽涕。

【校注】

①乾隆四十七年十二月二十日，李调元因攻讦遭诬罢职入狱。《童山自记》："不等案遂，定问余虽属失察，与故纵无异，问发伊犁，充当苦差。"

凤楼春

好事太匆匆。才共房栊。笑春风。一朝离别去如鸿。珠粉坠，髻云松。那得误人年少日，日守绣帏空。　　雨声中。帘雾溟濛。倚阑斜望，一双蝴蝶，趁花飞过墙东。莫个书通，生恨千里五花骢。惯驮即去，欺我鞋弓。

好事近　荷包牡丹

个个好香囊，谁做这般精致。想见嫩红轻茜，费尽春心思。　　牡丹虽唤不同开，何况色香异。却怕问他根底，题当归名字。

锦堂春

风动帘钩响月，云笼宝鸭吞烟。门外辚辚车至，疑人到堂前。　　对镜翠蛾再点，啼珠红蜡重燃。相逢各诉相思梦，啼醒梦依然。

定风波　寄内

日暖风和柳絮香。一池春水浴鸳鸯。谁遣狂风兼骤雨。波起。陡教双翼各分张。　　一霎开尘似洗。波止。只应作主有东皇。重整菱花当日镜。心定，绣茵深处话凄凉。

感皇恩　被赦放归[①]作

湖上载扁舟，早决此意。非为浮家泛宅计。簑衣卧月，任我日高慵起。问先生醒未，茶烟细。　　潞河[②]虽好，风波无际，不如归来潺江[③]里。花汀竹屿，绕艇无非香气。同心如少友，鹭鸥替。

【校注】

①赦放归：《童山自记》：（乾隆四十八年）二月十六日，余母遣侄孙朝全于袁公（新任直隶总督）处具呈情，愿变产捐银二万两为子赎罪。时圣驾展谒西陵，袁公于三月十六日半壁店面奏，荷蒙恩允。四月初五日，袁公（清恪）命余在保省养病。

②潞河：在河北省通州。

③潺江：又名罗纹江，在四川省罗江县。

满庭芳

袅袅亭亭，香车初卸，移步上瑶阶。洞房初见，便听别离催。真个无缘会合，背地里、含泪疑猜，春归也，空帏凝望，肠断日千回。　　乍狂风骤雨，寻花已倦，忽地抽回，问桃源洞口，桃可先开。早见猩红满地，衣涴处、露湿苍苔。还相问，难逢玉趾，今后可常来。

千秋岁　寄墨庄①

春愁如海。海让愁来大。波拍处，心先碎。任酒浇胸垒，醒后愁仍在。何况又，空瓶小市无人卖。　　耿耿休言介。咄咄休书怪。人世事，多机械。足恭吾不耻，匿怨吾当戒。回头笑，今生总是前生债。

【校注】

①墨庄：李调元从弟李鼎元，号墨庄。乾隆四十三年三甲第一名进士，改翰林，官至宗人府主事。

后庭花　听王四儿歌扑蝴蝶

日长金缕垂深院。满庭花片。一双蝴蝶南园见。溜波偷眄。　　和身倒扑去、轻罗扇。腕露黄金钏。才得又飞情犹恋，一声莺啭。

又　赠王四儿二首

当筵一曲如珠串。面流香汗。六幺催唱重呼唤。樱桃微绽。　　满堂宾欲散，重开宴。遏云声达旦。歌舞教成炎凉判。回首云汉。

又

姻缘虽小同亲眷。肯教人见。且留待我书香案。拭笺擎砚。　　人间天上遍，何曾见。恁百长百擅。争不教人心儿恋。双眸双腕。

更漏子

春夜阑，春雨歇。柳外一钩残月。春露坠。春风斜。晓莺啼落花。
春日媚，苦思睡。金鸭篆香萦穗。春色老，燕泥残。燕还人未还。

解连环

此身谁托。嗟邮亭驿阁，半途飘泊。忆昨岁、华宴繁吹，乍云散雨收，恁般寥落。鹦鹉楼前，燕泥污，一床弦索。想春将尽也。绕砌应生，手种红药。　　人生苦为名缚。看杨花点点，飞过墙角。暗屈指，惊换流年，把拖紫纡青，总待高阁。锦里花开，定不少，茶炉酒杓。拼归来，看水看山，全凭草屩。

昭君怨

画里宫人老尽。未得翠华巡幸。远嫁出宫门。是君恩。　　莫恨匈奴远，临去留行未晚。底事拍琵琶。尚忆家。

忆秦娥

边城里。匆匆此去何时抵。何时抵。空教老了，繁花细蕊。　　愁来怕把阑干倚。马蹄万里犹不止。犹不止。几多风沙，几多烟水。

江神子

落花飞絮又成团。倚阑干。晚妆残。锦字无凭，再细把书看。节到清明人准到，寒食过，尚长安。　　别时容易见时难。空误妾。一春闲。生怕还山，添恨上眉端。寄语归来须趁早，梅结子，半含酸。

减字木兰花

韶光去了。杜宇声中春悄悄。一枕轻霞。尚有红妆不让花。　　兰闺夜永。独背银缸和泪寝。才梦还家。又被窗前闹曙鸦。

又　为含笑娘作四首

小梅十二。未解人前偷送媚。含笑含羞。却把珠帘下玉钩。　　灵犀一点。惹得回身门半掩。莫便轻狂。不是陈家小素娘。

又

司空见惯。偏是分司肠欲断。欲遣杨枝。白傅情怀尚属伊。　　那堪巾帚。瓜字含瓤不禁剖。玉杵无缘。从此蓝桥路隔天。

又

聚来浓雨。满地芳菲谁作主。讬与东风。莫遣杨花入绮笼。　　蝶残蜂去。毕竟春光留不住。卷尽余花。梁燕喃喃也咒他。

又

天边远戍。海样深恩难细述。感荷情亲。烦将锦字寄良人。　　尚闻消息。恩放归来不须忆。纵有明珠。恨不相逢未嫁初。

谒金门

春雨细。满院梨花深闭。黯黯帘栊慵不起。睡拥鬟堕髻。　　已听莺声学语。又见燕来凝睇。看看穿帘飞尽絮。尚无归信递。

又

风过处。吹落一庭轻絮。帘外归来双燕语。又是黄昏雨。　　蜂惊蝶舞，往往来来无数。试问落花谁作主。只流莺未去。

菩萨蛮

红炉暖阁笙萧沸。隔屏影影饶春气。歌罢出门行。长途芳草生。梦里时时恋。何日重相见。天晓有乌啼。天涯人未归。

又

京华一去无归信。娇儿向母牵衣问。问爷几日回。欺他说便来。忽闻骢马返。又过燕山远。教送复教归。回车涕满衣。

塞翁吟　代内

闻塞翁此去，边上雨雪霏霏。正是燕语莺飞。忍独守空闺。纵有木兰从军志，恐被认出雄雌。只落得、泪沾双袖，检寄征衣。　　非非。纵靡盐，不皇自主，也应念，白发慈帏。况乐广，羸休文瘦，潘郎鬓，不为莼鲈，也合来归。尚能归去，愿守春晖，甘老柴扉。

点绛唇

冷屋香销日长，帘幕光阴过。夜来慵卧。暗卜金钱课。　　针线慵拈，却背灯儿坐。情无奈。待他归来。烂嚼红绒唾。

浣溪沙

滴滴花光润欲酥。迷迷草色浅成铺。一年好事在春初。　　树听鹁鸠呼妇侣，巢看燕子试新雏。薄情一去肯归无。

又

斜掩金铺日影移。水晶帘子画长垂。春愁一半化游丝。　　浅黛画成杨柳妬，细腮匀能杏花嗤。独立无人不语时。

又

红减双腮翠蹙眉。夜来春雨小楼知。更无魂梦到空帏。　　玉步摇收拢髩懒，金泥裙卸解腰迟。人间无药治相思。

蝶恋花

夜雨空留花一半。春睡迟迟，唤醒梁间燕。霞印枕痕留玉脸。眼波斜溜身犹倦。　　猛听书来愁已散。泪迸书词，更界胭脂面。越替解心心越乱。除非此刻真相见。

钗头凤

春光冥。寒宵永。小园骤雨声声猛。东君恶，无人讬。杏腮啼红，新柳怨弱，薄、薄、薄。　　晨初起，风犹劲。一池渔藻天如镜。花开落，今非昨。万般皆命，何厚何薄。各、各、各。

怨东风

凤帐熏炉冷，菱花羞对影。鱼书一去竟浮沉，恨、恨、恨。雨夕风朝，几番春愁，几番春病。　　闺里空多困，帘前人语静。待将心事倩宾鸿，闷、闷、闷。无影无声，半天月朗，半天星耿。

鹧鸪天

满院春风锁绿杨。一双娇燕语雕梁。纤纤玉笋拈花嫩，步步金莲帖草香。　　匀睡脸，洗残妆。薛笺亲写寄檀郎。侬家春色深深闭，不许狂蜂过短墙。

酒泉子

花笑东风，何事任他狂絮。卷成团，深柳处。雨濛濛。
才见花开又花落。洞房仍寂寞。掩香闺。垂翠箔。月明中。

南歌子

麗綮钗垂镜，玲珑玉卷帘。鹦鹉伴凉蟾。忆君君不至，泪痕添。

生查子　忆　旧

君家住那边，妾住清溪曲。一自送君归，春水年年绿。　　上滩还下滩，目断双蛾蹙。毕竟几时来，泪洒江边竹。

又

斜阳独倚楼，一江风雨细。草色动清愁，黯黯生天际。　　镇日悄无言，谁解人憔悴。惟有睡鸳鸯，知我凭阑意。

南乡子　估客乐

绿水涨平桥。桥下年年度画桡。叶叶风帆俱不是，无聊。早晚愁随早晚潮。　　潮水有时消。愁是潮来刻不饶。寄语乘潮来去客，纤腰。不是当年旧柳条。

归朝欢　涿州春游①

人过桃园宜载酒，尽道楼桑深处。正杏花零落怨东风，十分春色今无九。绿野明似绣，看看飞絮皆辞柳。问红楼，牧童摇指，正是他家有。　何须拨捻曹纲手，不用咿呀樊素口。但教滴破小槽红，浇愁一斗愁何有。他乡须得友连镳，况复亲和旧。笑人生为名为利，空把春辜负。

【校注】

①原版为“涿州春游二首”，词只载一首，去“二首”二字。

百字令

路平沙软，正芳郊雨过，绿阴初满。无奈东风吹落絮，细逐马蹄轻卷。墙外秋千，桥边碌碡，又是谁家院。垂杨枝上，一声蓦地莺啭。且向野店青帘，无心更去，趁蜂狂蝶恋。宦海风尘，知负了，多少良宵欢宴。两鬓堆霜，双眸笼雾，忍使芳菲晚。遥村何处，卖花声里人远。

清平乐

远山频皱。乍觉纤腰瘦。怕见同心罗带旧。犹系别时红豆。　　画梁燕子呢喃。声声为报春三。乍听初回塞北，传闻又去江南。

诉衷情

落花无主春已去，雨霏霏。芳草湿。风起，杏交飞。满院蝶蜂稀。依依。玉门归[1]未归，寄春衣。

【校注】

①归：李谊《历代蜀词全辑》作“人”。

梦江南

千万恨，日暮望归舟。无限波涛无限恨，几回风雨几回愁。一雁去汀洲。

又

千万恨，垂柳复垂杨。长绊春风牵客恨，惯和烟雨断人肠。无语倚斜阳。

卷　下

十六字令

清，柳际秋蝉不断声。无人听，又向别枝鸣。

捣练子

风过处，雨初收。柳外烟汀荡小舟。一曲采莲归去晚，夕阳犹在水西楼。

渔家傲　留别陈韫山

梦里南柯休再述。百年转瞬如一日。交尽黄金无典质。归计必。山中奴婢千头橘。　　得失人间虫唧唧。龙丘访得还丹术。若待向平婚嫁毕。甚时节。渔樵一见应遭诘。

临江仙
送岳梅巢之任山左参军，仿东坡体

管鲍只今君第一，一言九鼎谁同。人生真是马牛风。去来都是走，顺逆总难逢。　　此去青齐烟九点，大明绿树濛濛。劝君一饮拚千钟。先生真醉也，唤取密云龙。

又　忆万姬①

雪是香腮云是鬓，杏油轻点檀唇。一回相见一回亲。无言推刺绣，有泪怕沾巾。　　记得兰闺情定日，楚宫柳样腰身。为他眉黛远山春。自应非蜀客。不解爱文君。

【校注】

①万姬：李调元簉室，成都人，能诗。乾隆三十八年产后患恶露卒于京。

又

眼底韶光心底路，天涯芳草凄然。断肠春色是今年。清明愁满地，风雨睡连天。　　何日此身真我有，峨眉看月山巅。不求成佛不求仙。酒中消永日，花里乐余年。

行香子　送六弟、九皋归蜀

圆月当空，归兴何浓。拼今宵，须倒千钟。烦君归去，传语山僮。添屋边桂，坞边竹，涧边松。　　名利场中，争看匆匆，十年来、勘破穷通。从今归去，作个渔翁。钓一江月，一江雨、一江风。

眼儿媚

一捻纤腰是柳揉。无力织新愁。秋波乍溜，远山半皱，长是低头。

晓来底事开唇笑，问着却含羞。绿窗深处，樗蒲齿里，赢得头筹。

调笑令　送汝聪兄归蜀

君去，君去，正是垂杨飞絮。那堪两鬓风尘，千里迢迢苦辛。辛苦，辛苦，屈指抵家端午。　　分付。分付。说与东津渔父。茅庐结傍云山。塞上行人要还。还要。还要。添个石矶共钓。

又

风搅，风搅，惊散沙边鸲鸟。波平一只飞回，一只独留未归。归未，归未。应识人间风味。　　听语，听语。堂上倚门望汝。须知家本孤寒。要把愁怀解宽。宽解，宽解。书看五车亲买。

西江月

时序疾于奔湍，人情险过峰巅。等闲打破名利关，只在黄粱枕畔。
不必君平善卜，何须管辂如仙。穷通只看邓通钱，命定不由人算。

又

懒把云鬟重理，羞将粉面轻匀。不言不笑惯嗔人，喜鹊从来无信。
曲槛丝垂金柳，小窗弦阁银筝。闲听小巷马嘶声，遣婢门前试问。

如梦令

人去天南天北，两岸蘋花初拆。春水满塘生，不见归舟消息。空忆，空忆。飞起一双鸂鶒。

又

几点海棠初吐。粉蝶双双飞舞。获取小猩红，莫教拂残莺语。记取，记取。又是一庭疏雨。

又

记得宝鞍轻别，恰是小春时节。春去又清明，兀自杳无消息。何日，何日。江上满帆风急。

又

庭下丁香初结，屈指半年离别。最怕是黄昏，一点孤灯明灭。呜咽，呜咽。窗外子归啼月。

又　陈华国闻予出京，由务关追至涿州，旅店话别

塞外行程将动。百里故人趋送。孤馆话三更，但道一声珍重。谁共，谁共。惟有明月随鞚。

又

草草长亭鞍马，系在绿杨桥下。此地一分襟，回首斜阳高挂。休怕，休怕。到处云山如画。

一剪梅　二月十八日涿州作

春气融和放柳绵。花也嫣然，鸟也翩然。平郊一望草芊芊，山也光

鲜，水也明鲜。　　多病多愁已半年，绝少人怜，长得人怜。无拘无碍乐天全，诗里神仙、酒里神仙。

甘州子

梦回午枕画帘前。拈翠管，写银笺。惜红词就日痕偏，换袂艳阳天。春渐暖，团扇一番圆。

又

踏青时节放风鸢。绳断也，倩谁牵。盼郎心逐半空悬。何日续胶弦。春渐暖，又近麦秋天。

沁园春　新号蠢翁自赞

朱紫丛中，富贵皆尝，此日休题。便前头各有，风云际会，何妨勇退，甘老蓉溪[①]。新舍初成，开尊行乐，任我狂歌醉似泥。回头笑，这蠢翁真蠢，觉路长迷。　　此翁蠢更难齐，负骨气何曾头略低。有羊肠熊耳，甘遭倾跌，龙鳞凤翼，懒上攀跻。山峤蜗庐，水村渔舍，归去应无别个挤。官休做，莫蠢将极处，送去伊犁。

【校注】

①蓉溪：四川省罗江县芙蓉溪，在县城西。

摸鱼儿　感　怀

叹平生，向人肝胆，他心难似他口。云雨翻覆思前事，处处老拳毒手。蜗左右蛮触斗，十年梦觉徒搔首。此生大谬。算燕许文章，范韩功业，素志竟空负。　　潺江水，难涤衣间积垢。秋风开遍菱藕。五十齐头今衰矣，只可鹭朋鸥友。听击缶。君不见，纷纷鹬蚌争何有。渔翁在后。

问昔日陶潜，归来为甚，非为一杯酒。

木兰花

今年春来关心事，月未圆时人未至。闭门花落雨声中，镇日昏昏只思睡。　晓来窗外有乌啼。百日归期恰应时。黄莺久住成相识，细把离情诉柳枝。

满江红　癸卯四月初八日回通州作十首

笑问青铜，谁使汝、鬓添霜雪。人住久，驿亭春过，幽禽调舌。刮地风犹连日横，中天月是何时缺。望九重、谁送赦书来，灯花结。　儿女泪，悲休咽。昆弟劝，言何切。要田禾亲种，园花亲折。不课成丁、黄犊饮，且求向丙嘉鱼穴。待邻翁，曝背话君恩，从头说。

又

去暴何严，谁令尔、如汤灌雪。今始悔、不如冯道，但深藏舌。皎皎由来原易玷，峣峣漫说终难缺。笑从前、谈笑伏兵戎，深相结。　非痴绝，由忍咽。非性直，由心切。奈天加怜惜，人偏磨折。勋业站鸢、愁堕水，利名斗鼠余空穴。想当年、炙手辄遭嗔，低声说。

又

不合时宜，嗤越犬、从来吠雪。曾五岭、两经龙窟，多遭鸩舌。漫说可磨圭不玷，难言已破瓯无缺。笑年来、无计洗烦愁，肠千结。　三更泪，寒泉咽。千条计，云山切。悔宁为柔废，何为刚折。堕鸟顾巢、频认树，丘狐守旧唯思穴。话知心、除是鹡鸰原，同他说。

又

少列金闺，曾共忝、梁园赋雪。休再忆、步趋螭首，口唧鸡舌。丹笔已书安国皆，黑衣谁补舒祺缺。对窗前、仰看日光移，香烟结。　曾直把，危言咽。曾直把，忠言切。记当年廷槛，朱云曾折。魏博即今、悲铁错，鸿胪自昔嗤金穴。赖何人、乞得此身回，直难说。

又

非见青天。谁便许、沉冤一雪。何必又、巧言如鸟，向春饶舌。蛇足添来翻是累，兔唇补去终嫌缺。算此生、都是命安排，前因结。　离虎口，翻悲咽。思鸟道，转凄切。笑颜真难厚，腰真难折。杯酒易生、蛇角影，风波难信鳅鱼穴。笑从今，有话只三分，逢人说。

又

塞外荒寒，今幸免、阴山踏雪。前数定、蓍龟难信，不须摇舌。水到满时当必覆，月将圆处先防缺。待从今、春过定归期，黄梅结。　花满地，莺吟咽。杨糁径，蝉鸣切。看萧敷虽好，兰摧甘折。剑气已离、雷焕狱，枕边早梦卢生穴。要生还、须问紫芝翁，听渠说。

又

负债如山，谁教尔、清如冰雪。须信道、于垣防耳，厉阶防舌。毁岂能伤曾子孝，过须学补周公缺。欲浇愁、沽酒典春衣，衣鹑结。　螬食李，由他咽。鲇上竹，非吾切。要人情尝遍，如肱三折。只道桥平、驴稳跨，不防堤坏蝼穿穴。笑平生、亦有范张交，谁先说。

又

江上蓑翁，常劝我、寒江钓雪。从此去、筑庐高卧，闭门藏舌。只倩长绳将日系，何须炼石愁天缺。问他时、归去作何人，为元结　　春酿熟，新槽咽。春雨过，提壶切。要陶潜巾漉，林宗巾折。天外翔鸿、防下薮，水中智獭居高穴。问行藏、渔父最知几，休浪说。

又

自笑髫年，何苦学、囊萤映雪。今老矣、砚田犹在，只宜耕舌。文字不留他日谤，残书尚守当日缺。望峨眉、万点蜀山尖，归思结。　　三月暮，鹃声咽。三峡暗，猿啼切。想家园垂柳，行人都折。鹖冠子、唯贪著述，鹿皮翁本甘岩穴。待回时、读尽各奇书，同儿说。

又

虽是安贫，何便少、烹茶扫雪。如见问、但随张口，教他看舌。起舞原须鞭著早，高歌漫把壶敲缺。笑去年、为我寄征衣，忧思结。　　莺再啭，笙箫咽。鲈再脍，鸾刀切。幸前番生别，未成簪折。天上何曾、银作汉，人间尚有丹成穴。问谋生、推醉只摇头，醒来说。

贺新郎　怀　归

借得谁家屋。更闲将、旧时经史，剪灯重读。忠孝原皆吾儒事，误我子张干禄。看古今、人情翻覆。已悔亡羊迟未补，又安知、失马非为福。燃灰事，思烂熟。　　将军恩重难书牍。问何人？贤如晏子，解骖为赎。三径蓬蒿荒也未，归去云龙山麓。正故里、邻翁酒漉。得失鸡虫何日了，如以为、未足今知足。辞去陇，只望蜀。

又　落凤坡吊庞士元墓谒龙凤祠

白马原非马。是坡前、将星应落，箭锋齐下。猿鸟至今号日暮，涧水满山哀泻。更苦雨、松风潇洒。试问刘璋今何在，鹿头关、百战空堆瓦。三分事，一兰若。　　纶巾羽扇虽风雅。想当年、伏龙凤雏，共齐身价。鱼水君臣千古契，应悔酒间闲话。得益州、君谋是也。尽道名成八阵少，又岂知、三策功高寡，为此论，是谁者。

竹　枝　十六首，在广东作

清溪深处种桃家（竹枝）。春后春前村晚霞（女儿）。洞口谁家红袖女（竹枝），木兰船系木兰花（女儿）。

又

槿花篱外竹横桥（竹枝）。日日溪边荡小桡（女儿）。借问侬家住何处（竹枝），蛎墙低处认红蕉（女儿）。

又

荷花相映海南天（竹枝）。趁着鸳鸯去采莲（女儿）。水上游人沙上女（竹枝），齐声拍唱相夫怜（女儿）。

又

耳空瑟瑟脸如莲（竹枝）。翠袖红妆半在船（女儿）。细嚼槟榔赧两颊（竹枝），笑招行客吃潮烟（女儿）。

又

水国偏桡蚌与螺（竹枝）。采真珠处水风多（女儿）。浪姿赤脚归残照（竹枝），障面团荷共踏歌（女儿）。

又

秋入南天暑未收（竹枝）。桄榔叶暗蓼花愁（女儿）。家家结伴收红豆（竹枝），未解相思已解羞（女儿）。

又

淘沙浪里弄斜晖（竹枝）。两两三三何处归（女儿）。孔雀自怜金翠尾（竹枝），惊人猛起贴波飞（女儿）。

又

袖敛鲛绡窈窕娘（竹枝）。采香人晚但闻香（女儿）。椰子内边有佳酒（竹枝），笑铺葵席倩人尝（女儿）。

又

白蘋香里水淇开（竹枝）。两脚如霜水面来（女儿）。岛上阴阴秋色暮（竹枝），满船载得蚬儿回（女儿）。

又

风雏波纹动画桡（竹枝）。采菱藤笼竞相邀（女儿）。回塘深处长相见（竹枝），不在晨潮在夕潮（女儿）。

又

照水红妆处处迷（竹枝）。梅州无数鹧鸪啼（女儿）。醉入花丛深处宿（竹枝），行人肠断是清溪（女儿）。

又

荔枝初结绿婆娑（竹枝）。蜓户人家笑语多（女儿）。避暑信船轻浪里（竹枝），闲招女伴簇笙歌（女儿）。

又

朱蕉衫子绿罗衣（竹枝）。载得羊城绝世姝（女儿）。家在越王台下住（竹枝），画眉京兆入时无（女儿）。

又

弄珠估舶与楼齐（竹枝）。家在木绵西更西（女儿）。行客候潮天欲曙（竹枝），猩猩愁听雨中啼（女儿）。

又

刺桐花落又花开（竹枝）。属意郎君来不来（女儿）。暗里故抛红豆去（竹枝），背人骑象却先回（女儿）。

又

玛瑙堆盘剥荔枝（竹枝）。琵琶一曲说相思（女儿）。夜凉不用摇葵扇（竹枝），只着轻衫一藕丝（女儿）。

临江仙 三月三日喜大儿朝础携孙至通来迎，相遇于涿

面带红尘衫带泪，疑从梦里相逢。不须信字亟开封，平安谁问竹？荒废尚非松。　　来往云山几万里，衣经慈母亲逢。从今归去作山依。孙儿如犊健，老子未龙钟。

浪淘沙 三月十八日移居吴宅纪梦

无意理丝桐。人困东风。窗前又见月朦胧。梦里浑忘身作客，只似家中。　　幸有主人翁。花满帘栊。酒兴不如归兴浓。雨已辞云云更远，回首千重。

小重山

选得幽居聊避谇。槐阴深碧处，是谁家。朱扇翠箔绿窗纱。人声悄。灯下按琵琶。　　恨煞绕枝鸦。不知心里事，苦呀呀。隔帘又见月痕斜。魂销也，一曲后庭花。

阮郎归

凤衾鸾枕似当初。郎心恨不如。去年犹有数行书。今春书亦疏。眉倦画，髻慵梳。秋怀不自书。消愁有酒只成虚。那堪和酒无。

减字木兰花 涿州店中记所见

双鬟覆额，小小楚腰裙衩窄。只在墙边，望断桃花洞口泉。　　唤人假问，翩若惊鸿终不近。底事风狂，为见乔家小窈娘。

菩萨蛮

天晴四野烟花媚，两行柳色浓阴翠。麦浪不多翻，趁人峰尚喧。野翁溪上住，绕舍桃花树。疑有武林春，更无人问津。

水调歌头　送陈韫山永定河道之任

无笑白圭治，天子重河防。惊闻九重，舞凤下诏简贤良。百里潞河风快，千里浑河浪涌，喜气共洋洋。贾谊疏宜上，平当策尤长。　昨陈来，今李去，后先望。黄鸡白酒，吾正归兴动家乡。一处朝朝相聚，两处悠悠相忆，儿女况成行。勋业看廊庙，踪迹隔沧浪。

水龙吟　决计归山

男儿奋翅腾骧，封侯万里平生意。一朝敛缩，功名豪兴，付之流水。匣里龙泉，枕中鸿宝，总归抛废。看拥书万卷，酒经茶传，闲来读，无穷味。　杜甫草堂深处，想浣花风流未坠。桤林笼竹，直须缚个，茅庐傍寺。犀浦晴烟，鸡坊晚雨，足供诗思。倘逢李八百，相期汗漫，话烟霞事。

西　河　乙巳三月二十九日赠沈老

蕉窗外。朦胧一声啼鸟。何人携榼款吾门，隔墙沈老。酒阑多慨听清谈，殷勤留语真好。　问君去，何太矫，岁寒看生春草。平陂往覆理当然，何为苦恼。请看巧宦势熏天，赢饥何似肥饱。　田园归计直须早。在家纵贫、亦云好。世路阅人多矣。看南来北去，何时方了，去也峨眉天之表。

雨村词话

清·李调元著
赖安海校注

目　录

雨村词话

序

词非诗之余，乃诗之源也。周之《颂》三十一篇，长短句居十八。《汉郊祀歌》十九篇，长短句居五。至《短箫饶歌》十八篇，篇皆长短句。自唐开元盛日，王之涣、高适、王昌龄绝句流播旗亭，而李白《菩萨蛮》等词亦被之管弦，实皆古《乐府》也。诗先有《乐府》而后有古体，有古体而后有近体。《乐府》即长短句，长短句即古词也。故曰词非诗之余，乃诗之源也。温、韦以流丽为宗，《花间集》所载南唐、西蜀诸人最为古艳。北宋自东坡"大江东去"，秦七、黄九踵起，周美成、晏叔原、柳屯田、贺方回继之，转相矜尚，曲调愈多，派衍愈别。鄱阳姜夔郁为词宗，一归醇正。于是辛稼轩、史达祖、高观国、吴文英师之于前，蒋捷、周密、陈元衡、王沂孙效之于后，譬之于乐，舞箾至于九变，而叹观止矣。流传既广，互有月旦，而词话生焉。陈后山不工词，而词话实由之祖。自是以来，作者指不膝屈。而吾蜀《升庵词品》，最为允当，胜弇州之英雄欺人十倍。而祈近日徐釚有《词苑丛谈》[①]一书，聚古今之词话，汇集成编，虽不著出处，而掇拾大备，可谓先得我心矣。然则余又何词之可话也。大凡表人之妍而不使美恶交混曰话，摘人之媸而使之瑕不掩亦曰话。余之为词话也，表妍者少，而摘媸者多，如推秦七，抑黄九之类，其彰彰也。盖研不表则无以著其长，媸不摘则适以形其短，非敢以非前人也，正所以是前人。存前人之是，正所以正今人之非也。非特以正今人之非，实以证己之非也。五十无闻，学可知矣，而犹老少知耻，争辨于剪红刻翠之间，又不知后有何人复议余之妍媸也。予家藏有常熟吴氏讷所汇《宋元百家词》写本，即朱竹垞所谓抄传绝少未见全书者，并汲古阁所刊《六十名家词》，日披阅之，而择其可学者取以为法，其不可学者取以为鉴。录成，目曰《雨村词话》。夫见贤思齐，见不贤自省，亦圣贤之事也。其必如是，刺刺何也，诚以词也者，非诗之余，乃诗之源也。蜀绵州李调元童山撰。

【校注】

①《词苑丛谈》十二卷，清徐釚撰。“谈”：通“谭”，据《四库大辞典》改。

卷 一

1. 太白遗词

“河汉女，玉炼颜。云軿往往在人间。九霄有路去无迹，袅袅香风生珮环。”吴虎臣云：“此太白遗词，有得于石刻而无其腔，刘无言倚其声歌之，音极清雅。见《词综》。按：此腔即《桂殿秋》也。

2. 罷 毲

温庭筠喜用罷毲及金鹧鸪、金凤凰等篚字，是西昆积习。金皆衣上织金花纹[①]，罷毲今垂缨也。

【校注】

①“纹”误作“文”。改。

3. 团 苏

温庭筠《南歌子》“团苏握雪花”，言花之白如团苏也。与酥同义。

4. 觜

皇甫松词《天仙子》云：“踯躅花开红照水，鹧鸪飞绕青山觜。”觜，喙也，前此未入词。其字始于杜少陵“麟角凤觜世莫识”，今俗作“嘴”字，非。

5. **界**

词用“界”字始韦端已，《天仙子》词云：“泪界莲腮雨线红。”宋子京《蝶恋花》词效之云：“泪落胭胭，界破蜂黄浅。”遂成名句。

6. **驮**

毛文锡《西溪子》云：“娇妓舞衫香暖，不觉到斜晖。马驮归。”东坡《临江仙》云：“细马远驮双侍女。”“驮”字本此。

7. **鞴**

今人呼马加鞍辔曰鞴马，见《花间集》。薛昭蕴词：“宝马晓鞴雕鞍。”

8. **轮　台**

牛峤《更漏子》：“星渐稀，漏频转。何处轮台声怨。”按《汉书·武帝下》：“轮台之诏。”语本此。

9. **镇、锁二字**

张舍人泌[①]词如其诗，《花间集》所载皆可入选。更工于用字，如《浣溪沙》云：“翠钿金缕镇眉心。”又：“断香轻碧锁愁深。”“镇”、“锁”二字，开后人无限法门。

【校注】

①“张舍人泌”误作“白舍人佖”。据《花间集》改。

10. **烘**

“烘”字宋词多用，如《烘堂词》及“一烘人烟”之类。唐张泌[①]有“马嘶尘烘一街烟”之句。“烘”字始此。

【校注】

①唐张泌，误作“唐张佖”。据《花间集》改。

11. **淘　金**

古淘金多妇女，大约出于两粤土俗。毛文锡中《兴乐词》云："豆蔻花繁烟艳深。丁香软、结同心。翠鬟女，相与共淘金。红蕉叶里猩猩语。鸳鸯浦。镜中鸾舞。丝雨隔，荔枝阴。"皆粤中俗也。今楚蜀多有之，然皆用男子矣。

12. **银　字**

和凝《山花子》云："银字笙寒调正长。"按：《唐书·礼乐志》备四本属清乐，形类雅音，有银字之名，中管之格，音皆前代应律之器也。《宋史·乐志》："太平兴国中，选东西班习乐者，乐器独用银字。"咸栗，小笛，小笙。白乐天诗"高调管色吹银字"，徐铉"檀的慢调银字管"，吴融诗"管纤银字密，梭密锦书匀"，故词中多用之。蒋竹山词"银字笙调、雁字筝调"所由来也。

13. **折腰句法**

顾夐《献衷心》词"绣鸳鸯帐暖，画孔雀屏攲。"此词中折腰句法也，今作谱并断为句。非。

14. **闯**

王之道《桃源忆故人》词，有句云："滴尽柳梢残雨。月闯西南户。"闯读若郴。《左传》："闯然公子阳生也。"

15. **战**

孙光宪《菩萨蛮》词："碧烟轻袅袅，红战灯花笑。""战"字新。

16. **厮　鳖**

扬无咎《天下乐》词前段云："雪后雨儿雨后雪。镇日价、长不歇。今番为寒忒太切。和天地也来厮鳖。""价"字，"忒"字，"厮鳖"字[①]，皆曲中借用俗语，不可入调。厮鳖，即脾鳖之类。

【校注】

①“字”，误作“自”。依上句改。

17. 织

词用“织”字最妙，始于太白词“平林漠漠烟如织”。孙光宪亦有句云：“野棠如织。”晏殊亦有“心似织”句，此后遂千变万化矣。

18. 益 壽

沈竹斋瀛寿人《减字木兰花》词，有句云：“跪花献酒。清彻云璈歌益壽。”按《太平广记》云：“老子父为上御大夫，娶益壽氏女嬰敷，生老子。”壽，古寿字。

19. 镂

李珣工于《浣溪沙》词，其词类七言，须于一句中含无限远神方妙。如“入夏偏宜淡薄妆①”，又“暗思何事立残阳”，又“断魂何处一蝉新”，皆有不尽之意。至“六街微雨镂香尘”，“镂”字则尖新少意味矣。

【校注】

①“入夏偏宜淡薄妆”，误作“入夏偏宜浅淡妆”。据《花间集》李珣《浣溪沙》改。

20. 陈 媪

王实之迈《贺新郎》词，为刘后村母夫人寿，末句云：“笑陈媪、三题柱。”自注：“有陈夫人者题闽帅厅柱云：‘尝侍父、从夫及就养，三至此厅。’”亦佳话也。

21. 渔歌子

世皆推张志和《渔父》词，以“西塞山前”一首为第一。余独爱李珣词云：“柳垂丝，花满树。莺啼楚岸春山暮①。棹轻舟②，出深浦。缓唱渔歌归去。　　罢垂纶，还酌醑[③]。孤村遥指云遮处。下长汀[④]，临浅渡。惊起一行沙鹭。”不减“斜风细雨不须归”也。

【校注】

①“春山暮”，误作“春天暮”。

②“棹轻舟”，误作“掉轻舟”。

③“还酌醑”，误作“还酌醺”。

④“下长汀”，误作“下长江”。

上皆据《花间集》李珣《渔歌子》其三改。

22. 也　啰

赵长卿《摊破丑奴儿》词：“也啰，真个是可人香。”“也啰”二字，乃歌词助语辞。南曲《水红花》亦用此二字。按：佛经，啰作罗打切，俗语亦有“啰哩啰嗹”之说。而向来南曲俱唱作“罗”字音。故《浣沙记》有唱“一声水红花也啰”，不知曲中有“月明千里古人来也啰”，仍叶罗打切也。

23. 割

词非诗比，诗忌尖刻，词则不然。魏承班《诉衷情》云：“皓月泻寒光，割人肠。”尖刻而不伤巧。词至唐末初盛，已有此体。若东坡“割愁还有剑铓山”，巧矣，以之入诗，终嫌尖削。

24. 闵　子

赵长卿《簇水词》云：“闵子里施纤手。”闵子里：即《西厢》“酩子里”，乃“暗地里”之谓也。

25. 套　袭

太白词有“云想衣裳花想容”已成绝唱。韦庄效之，“金似衣裳玉似身”，尚堪入目。而向子諲[①]“花想容仪柳想腰”之句，毫无生色，徒生厌憎。此皆李赤之于李白，黄乐地之白乐天，杜荀鸭之于杜荀鹤，无赖之类所为也。

【校注】

①“向子諲”误作“向子锺。刻误，改。

26. **东坡点金**

蜀主孟昶“冰肌玉骨”一阕，本《玉楼春》调，苏子瞻《洞仙歌》隐括其词，反为添蛇足矣。《词综》谓为点金，信然。

27. **小山《乐府》补亡**

晏几道小山，词似《古乐府》。余绝爱其《生查子》云：“长恨涉江遥，移近溪头住。闲荡木兰舟，卧入双鸳浦。　无端轻薄云，暗作廉纤雨。翠袖不胜寒，欲向荷花语。”公自序云：“补亡一篇，补《乐府》之亡也。”可以当之。

28. **游仙词**

诗有“游仙”，词亦有“游仙”，人皆谓柳三变《乐章集》工于闱帐淫蝶之语，羁旅悲怨之辞。然《集》中《巫山一段云》词工于《游仙》，又飘飘有凌云之意，人所未知。词云：“清旦朝金母，斜阳醉玉龟。天风摇曳六铢衣。鹤背觉孤危。　贪看海蟾狂戏。不道九关齐闭。相将何处寄良宵。还去访三茅。”又“萧氏贤夫妇，茅家好弟兄。羽轮飚驾赴层城。高会尽仙卿。　一曲云谣为寿。倒尽金壶碧酒。醺酣争撼白榆花。踏碎九光霞。”末二句真不食烟火语。

29. **淫　词**

柳永“淫词”莫逾于《菊花新》一阕，见升庵《词林万选》。词云：“欲掩香帏论缱绻。先敛双蛾愁夜短。催促少年郎，先去睡鸳衾图暖。　须臾放了残针线。脱罗衣姿情无限。留著帐前灯，时时待看伊娇面。”

30. **四　影**

张三影已胜称人口矣，尚有一词云：“无数杨花过无影。”合之应名四影。

31. 永叔《十二月鼓子词》

王荆公尝对客诵永叔小阕云："'五彩新丝缠角粽。金盘送。生绡画扇盘双凤。'曰：三十年前见其全篇，今才记三句，乃永叔在李太尉端愿席上所作《十二月鼓子词》，数问人求之不可得。"按：公此词名《渔家傲》，按十二月作，如其数，皆工腻熨贴，不独"五彩"数佳也。荆公以不可得为恨，而选词家多不采，今并载于此。词云：

正月斗杓初转势。金刀裁剪工夫异。称庆高堂欢幼稚。看柳意。偏从东西春风至。　　十四新蟾圆尚未。楼前乍看红灯试。冰散绿池泉细细。鱼影戏。园林已是花天气。

二月春耕昌杏密。百花次第争先出。惟有海棠梨第一。深浅拂。天生红粉真无匹。　　画栋归来巢未失。双语款语怜飞乙。留客醉花迎晓日。金盏溢。却忧风雨飘零疾。

三月清明天婉娩。晴川祓禊归来晚。况是踏青来处远。犹不倦。秋千别闭深庭院。　　更值牡丹开欲遍。酴醾压架清香散。花底一樽谁解劝。增眷恋。东风向晚无情绊。

四月园林春去后。深深密幄阴初茂。折得花枝犹在手。香满袖。叶间梅子青如豆。　　风雨时时添气候。成行新笋霜筠厚。题就送春诗几首。聊对酒。樱桃色照银盘溜。

五月榴花妖艳烘。绿杨带雨垂垂重。五色新丝缠角粽。金盘送。生绡画扇盘双凤。　　正是玉兰时节动。菖蒲酒美清尊送。叶里黄鹂时一哢。犹鬟松。等闲惊破纱窗梦。

六月炎天时霎雨。行云涌出奇峰路。沼上嫩莲腰束素。风兼路。梁王宫阙无烦暑。　　畏日亭亭残蕙炷。傍帘乳燕双飞去。碧碗敲冰倾玉处。朝与暮。故人风快凉轻度。

七月新秋风露早。浦莲尚拆庭梧老。是处瓜华时节好。金尊倒。人间采缕争祈巧。　　万叶敲声凉自到。百虫啼晚烟如扫。箭漏初长天杳杳。人语悄。那堪夜雨催清晓。

八月秋高风历乱。衰兰败芷红莲岸。皓月十分光正满。清光畔。年年常饮琼筵看。　　社近愁看归去燕。江天空阔云容漫。宋玉当时情不浅。成幽怨。乡关千里危肠断。

九月霜秋林已尽。烘林败叶红相映。惟有东篱黄菊盛。遗金粉。人家帘幕重阳近。　　晓日阴阴晴未定。授衣时节轻寒嫩。新雁一声风又劲。云欲凝。雁来应有吾乡信。

十月小春梅蕊绽。红楼画阁新妆遍。鸳帐美人贪睡暖。梳洗懒。玉壶一夜轻澌满。　　楼上四垂帘不卷。天寒山色偏宜远。风急雁行吹字断。红日晚。江天雪意云撩乱。

十一月新阳排寿宴。黄钟应管添宫线。猎猎寒威云不倦。风头转。时看雪霰吹人面。　　南至迎长催漏箭。书云纪候冰生研。腊近探春春尚远。闲庭院。梅花落尽千千片。

十二月严凝天地闭。莫嫌台榭无花卉。惟有酒能欺雪意。增豪气。直教耳热声歌沸。　　陇上雕鞍惟数骑。猎围半合新霜至。霜重鼓寒声不起。千人指。马前一雁寒空坠。

32. 袅　蹄

欧阳永叔玉词，无一字无来处。如《南乡子》词“偷得袅蹄新铸样”，俗作“马蹄”。本《汉书·武帝诏》，以黄金铸麟趾、袅蹄以叶瑞。又《少年游》词“归路似章街”，本《文选》　“走马章台街”。今俗作“草街”，误。

33. 夭　邪

东坡《荷花媚》词有句云：“妖邪无力。”按：妖应作夭，音歪。出白乐天《长庆集》诗自注。今俱作妖，刻误也。

34. 春色三分

宋初叶清臣，字道卿，有贺圣朝词云：“三分春色二分愁，更一分风雨。”东坡《水龙吟》演为长句云：“春色三分，二分尘土，一分流水。”神意更远。

35. **唤作儿**

人谓东坡长短句不工媚词，少谐音律，非也，特才大不肯受束缚而然。间作媚词，却洗尽铅华，非少游女孃语所及。如有感《南乡子》词云："冰雪透香肌。姑射仙人不似伊。濯锦江头新样锦，非宜。故着寻常淡薄衣。　　暖日下重帏。春睡香凝索起迟。曼倩风流缘底事，当时。爱被西真唤作儿。""唤作儿"三字出之先生笔，却如此大雅。

36. **淮海遗词**

秦淮海遗词散失，多见别本，而时刻不载。如《虞美人》影云："碧纱影弄东风晓。一夜海棠开了。枝上数声啼鸟。妆点知多少。　　妒云恨雨腰肢袅。眉黛不堪重扫。薄幸不来春老。羞带宜男草。"可知此外轶多矣。

37. **山谷改少游词**

万氏《词律》，少游《河传》词末句云："闷损人，天不管。"按：山谷和秦尾句云："好杀人，天不管。"自注云："因少游词，戏以"好"字易"瘦"字。是秦词应作"瘦杀人"，今刊本皆作"闷损人"，盖由未见山谷词也。然巧拙亦于此一字见之，黄九不敌秦七，亦是一证。

38. **衠**

秦少游《品令》后段云："须管啜持，教笑又也何须胳织。衠倚赖脸儿得人惜，放软顽道不胳。织、衠、倚赖，皆俳语。衠音谆，《西厢》"一团衠是娇"，又一首云："棹又擢。天然个品格，于中压一。"棹又擢，压一，皆彼时歌伶语气也。末云："语低低，笑咭咭。"即乞乞，皆失声。

39. **舀**

少游罪谪藤州。一日，醉野人家，作《（醉乡春》词云："唤起一声人悄。衾冷梦寒窗晓。瘴雨海棠开，春色又添多少。过社瓮酿成微笑。
半缺椰瓢共舀。觉倾倒。急投床，醉乡广大、人间小。"舀音咬，以瓢去取酒也。本集不载，见于地志。或不识舀字，妄改可笑。

40. 七急拍七拜

毛滂《剔银灯》词题云："同公素赋，侑歌者以七急拍七拜劝酒。"有"频《剔银灯》，别敲牙板，尚有龙膏堪续"。此等劝酒法，在宋时所仅见。

41. 山谷十六岁作

秦少游《淮海集》，首首珠玑，为宋一代词人之冠。今刊本多以山谷作杂之，黄九之不逮秦七，古人已有定评，岂容溷入。如《画堂春》词："东风吹柳日初长。雨余芳草斜阳。杏花零乱燕泥香。睡损红妆。　　宝篆烟消龙凤，画屏云锁潇湘。夜寒微透薄罗裳。无限思量。"气薄语弱。此山谷十六岁作也，不应杂入。

42. 宝宁勇禅师《渔家傲》

山谷《渔家傲》云："予尝戏作诗云：大葫芦挈小葫芦，恼乱檀郎得便沽。每到夜深人静后，小葫芦入大葫芦。"又云："大葫芦枯有此道，大道无此令人老。不问恶与好，两葫芦俱倒。"或请以此意倚声律作词使人歌之，为作《渔家傲》云："踏破草鞋参到老。等闲拾得衣中宝。遇酒逢花须一笑，重年少。俗人不用嗔贫道。　　是处青旗夸酒好。醉乡路上多芳草，提着葫芦行未到。风落帽。葫芦却缠葫芦倒。"又，江宁江口阻风，戏效宝宁勇禅师作古《渔家傲》，王环中云：庐山中人颇欲得之，试思索始记四篇。"万水千山来此土，本提心印传梁武。对朕者谁浑不顾。成此语。江头暗折长芦渡。　　面壁九年看二祖。一花五叶亲分付。只履提归葱岭去，君知否？分明忘却来时路。"又，"三十年来无孔窍。几回得眼还迷照。一见桃花参学了。呈法要。无弦琴上单于调。摘叶寻枝虚半老。拈花特地重年少。今后水云人欲晓。非元妙。灵云合被桃花笑。"又，"忆昔药山生一虎，华亭船上寻人渡。散却夹山拈坐具，呈见处。系驴橛上合头语。　　千尺垂丝君看取。离钩三寸无生路，摹手一桡亲子父。犹回顾，瞎驴丧我儿孙去。"又，"百丈峰头开古镜，马钩踏杀重苏醒。接得古灵心眼净，光炯炯。归来藏挂袈裟影。　　好个佛堂佛不圣。祖师沉醉犹看镜，却与斩新提祖令。方猛省，无声三昧天皇饼。”鲁直少时使酒玩世，喜造织淫之句。法秀道人诫曰：“笔墨劝淫，应堕犁舌地狱。”鲁直答曰：“空中语耳。”晚年来亦闲作小词，往往借题捧喝，拈示后人。如效宝宁勇禅师《渔家傲》机关，不与桃叶团扇斗妖艳，其悟深矣。

43.《醉落魄》旧曲

山谷《醉落魄》题云：旧有一曲：“醉醒醒醉，凭君会取这滋味。浓斟琥珀香浮蚁。一入愁肠，便有阳春意。　须将幕席为天地。歌前起舞花间睡。从它兀兀陶陶里，犹胜醒醒，惹得闲憔悴。”此曲亦有佳句，而多斧凿痕。又语高下不甚入律，或传是东坡语，非也。与“蜗角虚名”、“解下痴条”之曲相似，疑是王仲文作。因戏作二篇呈吴元祥、黄中行，似能厌道二公意中事。词云：“陶陶兀兀，樽前是我华胥国。争名争利休休莫。雪月风花，不醉怎归得。　邯郸一枕谁忧乐。新诗新事因闲适。东山小妓携丝竹。家里乐天，村里谢安石。”公自注：“石曼卿自嘲云：‘村里黄幡绰，家中白侍郎’。”此段可备词话一则，前人所未采，今补于此。

44. 驳坊本刻辛稼轩《丑奴儿近》之误

万红友《词律》云：《啸余》及《图谱》收辛稼轩《丑奴儿》近一调，今查系全误，特照旧刻录之，并驳正于后，览者当为一噱词。

第一段：“千峰云起，骤雨一霎而价。更远树斜阳，风景怎生图画！青旗卖酒，山那畔、别有人家。只消山水光中，无事过者。一霎午睡醒时，松窗竹户，万千潇洒。野鸟飞来，又是一。”第二段：“飞流万壑，共千岩争秀。孤负平生弄泉手。叹青衫帽几许红尘。还自喜，濯发沧浪依旧。”第三段：“人生行乐耳，身后虚名，何似生前一杯酒。便此地结吾庐，待学渊明，更手种、门前五柳。且归去，父老约重来，问如此青山，定重来否”？此词自来分三段，其字一百四十六。从《稼轩旧集》，汲古阁板皆同。其后《啸余谱》等书，因从而分字句，论平仄为图，并考证于下。盖欲以此号召天下，后世学词者从而信之、守之，俱谓《丑奴儿近》有此一格，相与模仿填之矣。余向疑之，谓：此词必有错简，非仅字句叶韵之差也。如“又是一飞流壑”句，稼轩必不至如是不通。且用韵或一二假借，亦必无前后分异若此。因于暇日再四绸绎讽咏，忽焉得之。盖其所谓第一段者，实《丑奴儿》之前段也。所谓第二段者，则前半仍是《丑奴儿》，而后半则非《丑奴儿》矣。“午睡”以下十二字，原是本调，分作三句，洒字是叶韵者。其下则此调残缺不全。“野鸟飞来又是一”七个字，“野”字之上缺一字，“又是一”之下竟全遗失矣。至“飞流万壑”以下及所谓第三段者，则系完全一首《洞仙歌》。前段“依旧”止，后段“人生”起也。细细校对，无一字不合，只叹“轻衫帽”之“衫”字下，落一“短”字耳。历来俱以《洞仙歌》全首强[①]借为《丑奴儿》之尾，岂非怪事。又考稼轩原集《丑奴儿近》之后，即载《洞仙歌》五阕，当时不知因何遗失《丑奴儿》后半，竟将《洞仙歌》一阕错补其后，故集中遂以《丑奴儿》作一百四十六字，而后《洞仙歌》止存四阕矣。读者未尝熟玩《洞仙歌》句法，安能觉齿吻间有此声响乎！且见各家《谱图》凿然注明，更无疑惑，遂认定《丑奴儿》另有此一体。然则读者之不详审，其过尚轻，而向来刻词者之过较重。至作谱作图，为定格以教后人，其误不浅。此词自稼轩迄今五百七十余年，至今日始得洗出真面目，亦大快事也。今录其《洞仙歌》五首之一以备考，可知也。词云：“松关桂岭，望青葱无路。费尽银钩榜佳处．怅空山岁晚，窈窕谁来，须着我，醉卧石楼风雨。　　仙人琼海上，握手当年。笑许君携半山去。劖叠嶂，卷飞泉。洞府凄凉，又却怕、先生多取。怕夜半，罗浮有时还，好长把云烟，再三遮住。”此段另具只眼，可证诸家之失，因载之。

【校注】

①强：原作“疆”。刻误，据文意改。

45. 山谷误记杜诗

山谷《减字木兰花》题云：“丙子仲秋，黔守席上，客有举岑嘉州《中秋》诗曰：‘今夜鄜州月，闺中只独看。遥怜小儿女，未解忆长安。’因戏作。”按：此诗乃杜少陵，非岑嘉州也。系山谷误记。

46. **欧梅二妓**

“欧舞梅歌君更酌”，山谷《玉楼春》词末句也。注云：“梅、欧，当时二妓。

47. **帧**

山谷《南乡子》句“画出西楼一帧秋”。帧，陟孟反，开张画缯也，见《龙龛手鉴》。

48. **连台拗倒**

山谷《清平乐》词句，自注：“唐龙朔中，子母相去，连台拗倒。”俗谓杯盘为子母，又盘为台。

49. **挏　就**

山谷词酷似曲，如《归田乐》云：“对景还消受。被个人、把人调戏，我也心儿有，忆我又唤我。见我瞋我，天甚教人怎生受。看承幸则勾。又是尊前眉峰皱。是人惊怪，冤我忒挏就。弃了又舍了，一定是这回休了，及至相逢又依旧。”挏，如专切，挨也。赵长卿《簇水》词亦有“试挏就”句，又有“百挏百就”句。

50. **讪尿哻訾**

后山谓“今词家惟黄七秦九”，此语大不可解。山谷惟工诗耳，词非所长。《望远行》云：“自见来虚过，却好时好日。这讪尿粘腻，得处煞是律。据眼前言定，也有十分七八，冤我无心徐告佛。　管人间底，且放我快活哻。便索訾别茶只待，又怎不遇偎花映月。且与一斑半点，只怕你没丁香核。”词共七十六字，《乐府》用谚语《诗余》亦多徘体，然未有如此可笑者。讪尿、哻訾等字，即云是当时坊曲优怜之言，而至此俗亵，如何可入风雅乎。且经传讹已久，字画亦差，字数亦未确，愈为无理。涪翁诗故为赘牙，当时宗尚西江，且为鼻祖，实非大雅正传，此词尤为恶道。《词综》云：“于黄作去取特严。”未肯深论。愚则有所不耐。

51. **字　谜**

山谷有《同心词》云："你共人女边着子，争知我门里挑心。"字谜入词始此，乃"好闷"二字也。

52. **嗽**

山谷《少年心》后段词云："便与拆破。待来时，鬲上与厮嗽则个。温存着、且教推磨。"字字令人粲齿。按：字书无"嗽[①]"字

【校注】

①字书无"嗽"字，误。"嗽"（xīn 心），亲吻、动、开。《牡丹亭》有："咱嗽这口，待酬言。"

53. **尿　躂**

黄山谷词多用俳语，杂以俗谚，多可笑之句。如《鼓笛令》词云："共道他家有婆婆．与一口管教尿躂。"又云："副靖传语木大，鼓儿里，且打一和。更有些儿得处啰。"又一首云："打揭儿非常惬意。又却跛翻和九底。"又一首云："冻著你影躂村鬼。"此类甚多，皆不可解。且"尿躂"二字，字书不载[①]，意即什么之讹也。又如别词中"奚落"、"忔憎"、"啰"、"嗽"等字，皆俗俳语也，元人曲有之，皆不宜入词。

【校注】

①"尿躂"二字，字书不载。《字海》有：尿同启（dū 督），肛门；蜂或蝎子尾部毒刺。

54. **奴　奴**

《乐府》，女人自称只言奴，惟山谷词始有"奴奴睡，奴奴睡也奴奴睡"句。后始用双字，亦犹称人为人人之意。

55. **娶**

陈后山词喜用尖新字，然最稳。如《浣溪沙》："安排云雨娶新晴。"

娶字未经人道。

56. **伊　凉**

乐天诗："樱桃樊素口，杨柳小蛮腰。"伊州、凉州，古舞曲地名也。后山《西江月》云："正需蛮素作伊凉。"笔力虽好，终嫌杂凑。先生尝有词自赞"黄秦去后无强敌"可谓言大。

57. **湿红笺**

后山有《渔家傲》词，咏苏州湿红笺，有"色斗朝花光触日"句，疑即今硃砂笺也。

58. **初　杨**

后山《减兰》，有"白下门东，谁见初杨弄晚风"。以新柳为初杨，甚新异。

卷　二

1. 词话始陈后山

宋人诗话甚多，未有著《词话》者。惟《后山集》中载吴越王来朝、张三影、青幕子妇妓、黄词、柳三变、苏公居颖、王平甫之子七条，是《词话》当自公始。

2. 择　腔

晁补之有《斗百花》词，杨诚斋云："词须择腔，如《斗百花》之无味。因此，后作此腔者寥寥。"今按词后段云："低问石上凿井，何由及底。微向耳边，同心有缘千里。"句法本《古乐府》，更工于言情，乃知诚斋非深于此道者。

3. 梅花第一词

各家梅花词不下千阕，然皆互用梅花故事缀成，独晁无咎补之不持寸铁，别开生面，当为梅花第一词。《盐角儿》云："开时似雪，谢时似雪，花中奇绝。香非在蕊，香非在萼，骨中香彻。　占溪风，留溪月。堪羞损山桃如血。直饶更疏疏淡淡，终有一般情别。"

4. 拨燕巢

周邦彦《片玉词·南乡子》云："轻软舞时腰，初学吹笙苦未调。谁遣有情知事早。相撩。暗举罗巾远见招。　　痴呆一团娇。自折长条拨燕巢。不道有人潜看著。从教。掉下鬓心与凤翘。”词景俱新丽动人。此《春闺词》也。刻本题下注：“拨燕巢”三字，蛇足。

5. **张内史**

李之仪《姑溪词》，妙于炼意。如“步懒恰寻床，卧看游丝到地长”。又如“时时浸手心头熨，受尽无人知处凉”。又“拟学画眉张内史，略借工夫”。按《汉书·百官表》：“武帝太初元年更名京兆尹，左内史名左冯翊。”元稹诗：“内史称张敞。”今人但知京兆画眉，不知内史即京兆也。因表出之。

6. **姑溪《古乐府》**

李之仪《卜算子》云：“我住长江头，君住长江尾。日日思君不见君，共饮长江水。此水几时休，此恨何时已。只愿君心似我心，定不负、相思意。”直是姑溪《古乐府》俊语。花庵《中兴词选》不列之南渡诸家①，而各词选亦未有采入者。信遗珠之恨，千古同然。

【校注】

①“南渡诸家”，李之仪北宋人，此误为南宋人。

7. **玲珑罩**

姑溪《点绛唇》云：“匀妆了，背人微笑．风入玲珑罩。”罩所以罩炉者，以铜铁丝为之。

8. **鹅　毛**

李之仪《临江仙》词咏藏春玉云：“青润奇峰名韫玉，温其质并琼瑶，中分瀑布泻云涛。双峦呈翠色，气象两相高。　　珍重幽人诚好事，绿窗聊助风骚。寄言俗客莫相嘲。物轻人意重，千里赠鹅毛。”末二句全用俗谚，而上句先用“俗客莫相嘲”。故用来浑然脱俗，藏春以名其所赠之玉也。

9. **稼轩风**

戴复古石屏《望江南》有壶山词[①]四首、石屏老三首，一时推名作。余尤爱其二词云："壶山好，文字满胸中。诗律变成长庆体，歌词绰有稼轩风。最会说穷通。""中年后，虽老未成翁。儿大相传书种在，客来不放酒樽空。相对醉颜红。""石屏老，长忆少年游。自谓虎头须食肉，谁知猿臂不封侯。身世一虚舟。""平生事，说著也堪羞。四海九州双脚底，千愁万恨两眉头。白发早归休。"稼轩谓辛弃疾也，与石屏同时，其名重如此。

【校注】

①词：原本作"诗"，改。

10. **石屏薄幸**

陶宗仪云："石屏未遇时，流寓江右，武宁有富家翁爱其才，以女妻之，居三年，忽作归计，妻问故，告以曾娶。妻白之父，怒。妻宛释，尽以奁具赠夫，仍饯以词云：'惜多才，怜薄命，无计可留汝。揉碎花笺，忍写断肠句。道旁杨柳依依，千丝万缕。抵不住、一分愁绪。　　捉月盟言，不是梦中语。后回君若重来，不相忘处．把杯酒、浇奴坟上土。'夫既别，遂赴水死。女既贤烈，而石屏何薄幸乃尔也。升庵讥之良是，而毛晋辈又欲为之回护，殆将使有文人皆可无行也，不亦怪乎。"

11. **正　伯**

程正伯垓为子瞻中表弟兄，工于词。如《酷相思》云："月挂霜林寒欲坠。正门外、催人起。奈别离如今真个是[①]。欲住也，留无计。欲去也，来无计。　　马上离情衣上泪。各自供憔悴。问江路梅花开也未。春到也须频寄，人到也须频寄。"此以白描擅长者。

【校注】

①"真个是"，脱"是"。据《宋词鉴赏词典》补。

12. **珠玉词**

晏殊《珠玉词》极流丽，能以翻用成语见长。如“垂杨只解惹春风，何曾系得行人住”。又“春风不解禁杨花，濛濛乱扑行人面”等句是也。翻覆用之，各尽其致。

13. **天为纸**

吕渭老《卜算子》[①]有句云：“若写幽怀一段愁，应用天为纸。”句甚新。

【校注】

①《卜算子》：“子”，原误作“字”。刻误，改。

14. **兜　鞋**

吕渭老词甚新，不独《望海潮》“侧寒斜雨”一阕为升庵所爱也。思佳客云：“梦里相逢不记时，断肠多在杏花西。放开笑语兜鞋急，远有灯光掠鬓迟。　辞永夜，失深期。一枝黄菊对伤悲，夜凉窗外闻裁剪，应熨沉香制舞衣。”调高韵浑，不易得也。兜鞋句尤妙。

15. **窜李后主词**

杜安世词多袭前人，《寿域词》一卷，殊无足观。如《菩萨蛮》：“花明月暗朦胧雾。此时欲往依边去。划袜下香阶，手携金缕鞋。　药阑东畔见，执手偎人颤。奴为出家难，从君恣意怜。”此南唐李后主词，为小周后而作也，脍炙人口已久，略改数字，窜入己集，不顾矗耻。

16. **葱　茜**

“葱茜”亦可作“葱茜”。圣求《点绛唇》词：“御香葱茜。”

17. **纽　鼻**

向子諲词：“正当呆坐，纽鼻须还我。”呆字始见此词。

18. **团霜分冷**

炎正西樵语业有《诉衷情》词云："露珠点点欲团霜。分冷与纱窗。""团霜"、"分冷"四字最工。如《生查子》句云："人好欺花色。""欺"字亦工，盖能炼句故也。

19. **十个你**

宋人多以曲调为词调，如用"十个你"之类是也。石孝友《惜多娇》云："我已多情，更撞着多情的你。把一心十分向你。尽他们劣心肠，偏有你。共你。搬下人，只为个你。　　宿世冤家，百忙里方知你。没前程，阿谁似你。坏却才名，到如今都因你。是你。我也没星儿恨你。"通首不用韵，只以十个你字成韵。元人书皆本此。

20. **忔　戏**

赵长卿《探春令》后段云："幡儿胜儿都姑嫜，戴得更忔戏。"忔戏，市语。观下云："愿新春以后，吉利、吉利，百事都如意。"可知。

21. **腔　儿**

填词调：一名《牌儿》，又名《腔儿》。赵长卿《惜香①乐府·眼儿媚》有句云："纤楚对蛾眉。笑偎人道，新词觅个美底《腔儿》。"《腔儿》谓调名也。

【校注】

①《惜香乐府》："香"误刻"季"。赵长卿撰有《惜香乐府》十卷。

22. **海底猴儿**

石次仲孝友《金谷遗音》用笔超逸，似不食人间烟火，在南宋另是一格。然亦有鄙俗句。如《亭前柳》词后段云："识尽千千并万万，那得凭海底猴儿。这百十钱一个，泼性命不分付，待分付谁。"集中佳词固多，此首颇为白璧之累。且前段有"被新冤家矍索"，按"矍索"二字，曲中少用，亦俗语也。

23. **瞇䁾**

杨炎正桃源《忆故人》词有句云："瞇䁾呷丁些来酒。"又《柳梢青》云："捧杯更着瞇䁾唱。"皆江西土语，犹言随意也。"瞇"，字书不载①。

【校注】

①"瞇䁾"，媚视也。今《字海》有载。

24. **词中白描**

词中白描高手无过石孝友。《卜算子》云："见也如何莫，别也如何遽。别也应难见也难，后会难凭据。　去也如何去，住也如何住。住也应难去也难，此际难分付。"所谓不著一字，尽得风流。至《惜奴娇》仍然一种笔意，然却开曲儿一门矣。

25. **阿滥**

贺方回铸登采石蛾眉亭《天门谣》云："牛渚天门险。限南北，七雄豪占。清雾敛，与闲人登览。　待月上潮平波滟滟，塞管轻吹新阿滥。风满槛，历历数、西州更点。"阿滥即鹦滥也。《隋唐嘉话》："明皇御玉笛将其声翻为曲，名鹦滥堆。"张祜诗云："至今风俗骊山下，村笛犹吹鹦滥堆。"今讹为阿滥。

26. **绮语债**

张辑《东泽绮语债》，皆取词中字题以新名。如《桂枝香》名《疏帘淡月》；《齐天乐》名《如此江山》；《长相思》名《山渐青》；《忆秦娥》名《碧云深》；《点绛唇》名《南浦月》，又名《沙头雨》，《渴金门》名《花自落》，又名《垂杨碧》；《忆王孙》名《阑干万里心》。《好事近》名《钓船笛》。虽于题下自注寓某调，已属掩耳盗铃。乃后世作谱，好一一改旧易新，极无意味，见之令人呕恶。

27. **小金坛**

彭城伎陈文，晚年入道。友古蔡伸重于崔守席上见之，有《小重山》。后段云："功行满三千。婴儿并姹女，炼成丹。刘郎曾约共升仙。十个月，养个小金坛。"可谓善谑。

28. **剿　袭**

杨用修云："《毛幵小词》一卷，惟余家有之，极赏其'泼火初收'一阕。"余近得毛氏所藏杨梦羽秘本《樵隐诗余》一卷，多剿袭前人句。如《玉楼春》"来如春梦几多时，去似朝云无觅处"，乃欧阳永叔现成对语[①]，平仲岂未知耶。余殆不足观矣。

【校注】

①乃白乐天句，引误。

29. **放翁词似诗**

《放翁词》似诗，然较诗浓缛，所欠一醒字，而《破阵子》词却甚工。词云："仕至千钟良易，年过七十常稀。眼底荣华元是梦，身后声名不自知。营营端为谁。　　幸有旗亭沽酒，何妨[①]茧纸题诗。幽谷云萝朝采药，静院轩窗夕对棋。不归真个痴。"此不但句醒，且唤醒世间多少人。

【校注】

①"妨"：误作"姑"。据《陆放翁全集》改。

30. **鞓　红**

陆放翁《桃源忆故人》词"一朵鞓红凝露"，东坡《西江月》词"蓬莱殿后鞓红"。鞓红乃牡丹名。鞓音汀，带革也。无名氏有鞓红词："西厢角带傲黄鞓"。宋待制服红鞓犀带，盖以花色如带鞓之红耳。今所系亦曰鞓带，而字书音为丁，误。

31. 捲

蒋竹山捷《秋夜雨》词有句云："漫细把寒花轻捲。"捲字，字书不载，意即掷字也。

【校注】

①《字海》"捲"："折断"，"抓"。意非"掷"。

32. 竹山词有奇气

蒋竹山词堆玉砌金，少疏荡。独《沁园春》为老人书南堂壁，甚有奇气。人多不选，今录之。词云："老子平生，辛勤几年，始有此庐。也学那陶潜，篱栽些菊，依他杜甫，园种些蔬。除了雕梁，肯容紫燕，谁管门前长者车。怪近把，一庭明月，却借伊渠。　　鬓边白雪发纷如，又何苦招宾纳客欤。但夏榻宵眠，面风欹枕，冬檐昼短，背日观书。若有人寻，只教僮道，这屋主人今自居。休羡彼，有摇金宝辔，织翠华裾。"又次韵云："结算平生，风流债负，请一笔勾。盖攻性之兵，花团锦阵，毒身之鸩，笑齿歌喉。岂识吾儒，道中乐地，绝胜珠帘十里迷。楼因底，叹晴干不去。待雨淋头。　　着甚来由，硬铁汉从来气食牛。便只有千篇，好诗好曲，都无半点，闲闷闲愁。自古娇波，溺人多矣，试问还能溺我否。高抬眼，看牵丝傀儡，谁弄谁收。"每读之爽神数日。"晴干"二句，见《五灯会元》，守初禅师语也。俗语入词，必有所本方可用。

33. 竹山遗词

蒋竹山词，有全集所遗而升庵《词林万选》所拾者，最为工丽。如《柳梢青》云："学唱新腔。秋千架上，钗股敲双。柳雨花风，翠松裙褶，红腻鞋帮。　　归来门掩银缸。淡月里、疏钟渐撞。娇欲人扶，醉嫌人间，斜倚楼窗。"又《霜天晓角》云："人影窗纱. 是谁来折花。折则从他折去，知折去、向谁家。　　檐牙，枝最佳。折时高折些。说与折花人道，须插向、鬓边斜。"

34. 蜜　炬

吴梦窗《塞垣春》云："换蜜炬花心短。"蜜炬，烛也。见《周礼》。今作密炬，非。

35. 文章孔孟

词至南宋而极，然词人之无行亦至南宋而极，而南宋之无行至康与之尤极。与之有声《乐府》，受知秦桧，桧生日，献《喜迁莺》词，中有"总道是文章孔孟，勋庸周召"，显为媚灶，不顾非笑，可谓丧心病狂。人即谄谀，何语不可贡媚，未有敢于亵孔、孟、周、召者，无耻至此，留为百世唾骂。乃黄昇[①]《花选词》取为压卷，且有"此词虽佳"等小跋，亦可为花庵咏相鼠之什矣。

【校注】

①黄昇误作"黄昃"。《宋词鉴赏词典》：黄昇，号花庵词客，所选《花庵词选》为宋人选本中的精品。

36. 上元词

伯可词名冠一时，有上元《宝鼎现》词，首句"夕阳西下"。蒋竹山捷同时人，作《女冠子》词咏上元，结句云："笑绿鬟邻女，倚窗犹唱，夕阳西下。"其推重当时如此。

37. 曒

陈同甫亮《彩凤飞》词云："一一旧时香案曒经惯。"曒宜作煞，音曒忒煞也。曒则为日晒字。东坡词"时与曒渔篑"是也。

38. 闽音锁为扫

南宋林外过垂虹桥题《洞仙歌》词云："飞梁压水，虹影清光晓。橘里渔村半烟草。叹今来古往，物换人非，天地里，唯有江山不老。　雨巾风帽，问我谁知我，一剑横空几番过。按玉龙嘶未断，月冷波寒归去也，林屋洞门无锁。认云屏烟障是吾庐，任满地苍苔，年年不扫。”题词时不书姓名，人疑仙作，传入禁中。孝宗笑曰：“以锁字叶老字，则锁当音扫，乃闽音也。”后访之，林果闽人，旧草堂收之，颇未详考。沈天羽际飞改我为道，改过为到，不知三韵同用，皆叶音。又加点窜。各图谱因之，殊失本来面目。

39. **西湖八景**

《西湖八景》词，古今咏者甚多，唯陈西麓允平词皆可传。如《苏堤春晓》云：“惟有踏青心，纵早起，不嫌寒峭。”《平湖秋月》云：“采菱人散，望中水天一色。”《断桥残雪》云：“茸衫毡帽，冷香吹上吟鞭。”《雷峰落照》云：“暝烟带树，有投林鹭宿，凭楼僧话。”《花港观鱼》云：“宫沟泉滑，有题红句。”《南屏晚钟》云：“鱼板敲残，数声初入万松里。”皆清丽芊绵之作也。

40. **天水碧**

周公谨密宾洲《渔笛谱》二卷，人皆未见全集，独余家有之。遭事后，旋为宾僚等窃携而去。今记其《天水碧》一阕云：“天水碧。染就一江秋色，鳌戴雪山龙起蛰。快风吹海立。　数点烟鬟，一杼霞绡红湿。白鸟明边帆影直。隔江闻夜笛。”此《谒金门》调也，“直”字字锦。

41. **南宋白石派**

白石自制词在南宋另为一派，盛行于时，学之而佳者二人。王沂孙字圣与，号中仙。有《碧山乐府》二卷，一名《花外集》，盖取比《花间集》而名也。其词以韵胜，如《琐窗寒》起句云：“趁酒梨花，催诗柳絮，一窗春怨。”末句云：“夜月荼蘼院。”皆倩丽宜人。同时张叔夏炎亦作《琐窗词》，自注云：“王碧山其诗清峭，其词闲雅，有姜白石意趣，今绝响矣。”余悼之句云：“自中仙去后，词笺赋笔，便无清致。”又“料应也孤吟山鬼。那知人是弹折素琴，黄金铸出相思泪”。可想见平生服膺矣。“黄金”句无理而奇，最妙。炎自号乐笑翁，有《玉田词》三卷，郑思肖为作序，亦白石一派也。

42. **罗　江**

张叔夏《西子妆》题云："吴梦窗自制此曲，余喜其声调婀雅，久欲效而未能。甲午春，寓罗江，陈文卿闲行江上，景况离离，因填此词，惜旧谱零落不能倚声歌也。"词云："白浪摇天，清阴涨地，一片野情幽意。杨花点点是春心，替风前万花吹泪。遥岑寸碧，有谁看，朝来清气。自沉吟，甚流光，轻把繁华如此。　斜阳外，隐约孤村，隔坞闲门闭。渔舟何似莫归来，想桃源路通人世。危栏静倚。千年事，都消一醉。谩依依，愁落鹃声万里。"吾邑罗江之名，不意又见于此，岂其别一地耶。然"落鹃声万里"，则西川有杜鹃可证，疑即吾邑也。

43. **王生陶氏**

吴礼之有《顺受老人词》，中载王生、陶氏月夜共沉西湖，赋此吊之。词云："连环易阙。难解同心结。痴呆佳人才子。情缘重，怕离别。意切，人路绝。共沉烟水阔。荡漾香魂何处，长桥月。短桥月。"事奇词亦奇。

44. **闾邱次杲**

闾邱次杲词，有"渔唱不知何处，多应只在芦花。"可称逸品。

45. **霞山词**

赵霞山《如梦令》云："小砑红绫笺纸，一字一行春泪。封了更亲题，题了又还折起。归未，归未。好个瘦人天气。"寄笔墨于意外，不知《草堂诗余》何以不收。

46. **吾　侬**

世传石屏《沁园春》自述一词，余嫌其粗俚。如云："赢得穷吟诗句清。夫诗者，皆吾侬平日愁叹之声。"大似今制义文中俗调，而杂以吾侬语可乎？按：吴人谓我曰"侬"。

47. **石　州**

杨升庵《词林万选》，载无名氏《豆叶黄》词云："轻罗团扇掩微羞，酒满玻璃花满头。小板齐声唱石州。月如钩。一寸横波入鬓流。”此词系吕渭老作，见《圣求词》集中。渭老即升庵所谓“侧寒斜雨”用侧字，甚新之人也。岂未见《圣求词》耶。《古乐府》有《石州慢》。

48. **白日见鬼**

余阅刘过《龙州词集》，有学辛稼轩而粗之评。其寄辛稼轩《沁园春》同设为白香山、林和靖、苏东坡问答，有“被香山居土，约林和靖与坡，坡谓西湖正如西子。二公都皆掉头不顾”①。又“逋曰不然，须径去，访稼轩未晚，且此徘徊”②等句，余初阅即批“白日见鬼，四字。后阅《草堂别集》，岳亦斋云：“出王勃体而又变之。余时与之饮西园，改之中席。自言：‘掀髯有得色。’余率然应之曰：‘词句固佳，然恨无刀圭疗君白日见鬼耳。’坐中哄然一笑。”又升庵谓改之似辛稼轩之豪，而未免粗。此评真不能为改之讳。词至宋末，多堕恶道，有目人所共知。又窃幸予与升庵论之若合符也。

【校注】

①《宋词鉴赏词典》刘过原词作：“被香山居士，约林和靖，与坡仙老，驾勤吾回。坡谓‘西湖正如西子，浓抹淡妆临镜台。’二公者，皆掉头不顾，只管传杯。”

②刘过原词作：“逋曰：‘不然，暗香浮动，不若孤山先探梅。’须晴去，访稼轩未晚，且此徘徊。”

49. **毒**

张孝祥于湖《醉落魄》词，有“一点秋波，闲里觑人毒”。“毒”字险而稳，人不敢下。

50. **袢、皵、褑**

卢炳自号丑斋，有《烘堂词》一卷，喜用僻字。如《念奴娇》之“短发萧萧襟袖冷，便觉都无袢溽”。袢字。《减兰》咏梅“皴皵寒枝，未必生绡画得宜”。“皵”字。《少年游》词“绣罗褑子间金丝”。“褑”字。

51. **伞**

丑斋《菩萨蛮》句“伞低半遮身”，词中用伞字始见此。诗俱用作缴，“日高黄缴下西清”，见苏诗。

52. **者也之乎**

诗至晚唐，有卢延让不同文赋，“易为著者之乎”，风斯下矣。乃词至晚宋，又有王千秋审斋《临江仙》“者也之乎真太错”，不更下乎。此等直不可学。

53. **竹斋诗余**

黄机《竹斋诗余》，清真不减美成，而《草堂集》竟不选一字。竹垞谓《草堂》“最下，最传”，信然。如《鹊桥仙》云：“薄情也见，多情也见，不似这番著相。如何容易买归舟，报南浦、桃花绿涨。　随君无计，留君无计，留得泪珠两行[①]。斜阳明处一回头，有人在、高楼凝望。”言贱而意远。

【校注】

①行：原注“去声”。

卷 三

1. 西湖第一词

西湖词甚多，然无过高观国《竹屋痴语》所载《霜天晓角》词云："春云粉色，春水和云湿。试问西湖杨柳？东风外、几丝碧。　望极，连翠陌，兰桡双桨急。欲访莫愁何处，旗亭在、画桥侧。"初春情景，此词尽之矣。

2. 稷　雪

毛氏谓张元干《庐川词》无一字无来处，如"洒窗间、惟稷雪。"稷雪，霰雪也，形如米粒，能穿窗透瓦，见毛诗。今本改作霰雪，非。

3. 元干忠义

元干字仲宗，平生忠义，见于"梦绕神州路"一词。绍兴辛酉，胡澹庵邦衡上书乞斩秦桧被谪，仲宗作《贺新郎》一阕送之，坐事与作诗王名瞻除名。今其词列卷首，其人可知矣。词云："梦绕神州路。怅秋风，连营画角，故宫离黍。底事昆仑倾砥柱。九地黄流乱注。聚万落千村狐兔。天意从来高难问，况人情易老悲难诉。更南浦，送君去。　凉生岸柳催残暑。耿斜河，疏星淡月，断云微度。万里江山知何片[①]。回首对床夜语。雁不到，书成谁与。目尽[②]青天怀今古。肯儿曹恩怨相尔汝。举大白，听金缕。"此大异康与之之文章孔孟也。

【校注】

①“片”，误作“处”。据《宋词鉴赏辞典》张元干《贺新郎》改。

②缺“尽”。据《宋词鉴赏辞典》张元干《贺新郎》添补。

4. **红 蕊**

芦川云：“余儿时不知有荔子，自呼为红蕊，父母以其名新，昔所未闻，殊尽形似之美，久欲记之而因循。比与诸公和长短句，故及之以《诉衷情》。有‘儿时初未识方红，学语问西东。对客呼为红蕊，此兴已偏浓’之句。”此名可补《荔支谱》所未载，因记之。

5. **稼轩喜用《四书》成语**

辛稼轩词肝胆激烈，有奇气，腹有诗书，足以运之，故喜用《四书》成语，如自己出。如“今日既盟之后，贤哉回也，先觉者贤乎”等句，为词家另一派。然学之稍粗则堕恶道。其时为稼轩客如龙洲刘过，每学其法，时多称之，然失之粗劣。独《西江月》一词有句云：“天时地利与人和，燕可伐与曰可。”用《四书》语，颇有稼轩气味。

6. **秦黄并称**

刘后村克庄词以才气胜，回非剪红刻翠比。然服膺周清真邦彦不容口，见之于《最高楼》一词云：“周郎后，直数到清真。欺贺晏，压黄秦。”人因有小周郎之目，本此。贺、晏、黄、秦，谓方回、小山、山谷、少游也。当时黄、秦并称，大有老子、韩非同传之叹.

7. **后村别调**

刘后村克庄有《满江红》十二首，悲壮激烈，有敲碎唾壶，旁若无人之意。南渡后诸贤皆不及。升庵称其壮语足以立懦，信然。自名《别调》，不辜也。今具载左方。夜雨凉甚，忽动从戎之兴云：“金甲雕戈，记当日，辕门初立。磨盾鼻、一挥千纸，龙蛇犹湿。铁马晓嘶营壁冷，楼船夜渡风涛急。有谁怜、猿臂故将军，无功级。　　平戎策，从军什，零落尽，慵收拾。把《茶经》《香传》，时时温习。生怕客谈榆塞事，且教儿诵《花间集》。叹臣之，壮也不如人，今何及。”又二月二十四夜饮海棠花下作云：“老子年来，颇自许、心肠铁石。尚一点、销磨未尽，爱花成癖。懊恼每嫌寒勒住，丁宁莫被晴烘折。奈喧风、烈日太无情，如何得。　　张画烛，频频惜。凭素手，轻轻摘。更一番雨过，彩云无迹。今夕不来花下饮，明朝空向枝头觅。对残红，满院杜鹃啼，添愁寂。”又范尉梅谷云：“赤日黄埃，梦不到、青溪翠麓。空健羡、君家别墅，几株幽独。骨冷肌清偏要月，天寒日暮尤宜竹。想主人、杖履绕千回，山海北。　　宁委涧，嫌金屋。宁映水，羞银烛，叹出群风韵，背时装束。竞爱东邻姬傅粉，谁怜空谷人如玉。笑林逋，何逊谩为诗，无人读。”又送宋惠父入西江幕云：“满腹诗书，余事到、穰苴兵法。新受了、乌公书币，著鞭垂发。黄纸红旗喧道路，黑风青草空巢穴。向幼安、宣子顶头行。方奇特。

豁峒事，听侬说。龚遂外，无长策。便献俘非勇，纳降非怯。帐下健儿休尽锐，草间赤子俱求活、到崆峒，快寄凯歌来，宽离别。”又云：“落日登楼，谁管领、倦游狂客。待唤起、沧浪渔父，隔江吹笛。看水看山身尚健，忧晴忧雨头先白。对莫云、不见美人来，遥天碧。　　山中鹤，应相忆。沙上鹭，浑相识。想石田茅屋，草深三尺。空有鬓如潘骑省，断无面见陶彭泽。便倒倾，海水浣衣尘，难湔滌。”又送王实之云：“天壤王郎，数人物、方今第一。谈笑里，风霆惊座，云烟生笔。落落元龙湖海气，琅琅董相天人策。问如何、十载尚青衫，诸侯客。　　易爱底，些官职，难保底，些名节。拟闭门投辖，剧谈三日。畴昔评君天下宝，当为天下苍生惜。向临分，慷慨出商声，摧金石。”又寿王实之云：“鹤驭来时，长占定、一年绝清。九万里、纤云收尽，帝青空阔。月露偏为丹桂地，风霜欲放黄花节。听玉笙、缥缈度缑山，次初彻。　　曾直把，龙鳞批。曾戏取，鲸牙拔。向绛河濯足，咸池晞发。俗子底量吾辈事，天仙不枉臞儒列。世岂无，瑶草与蟠桃，堪攀掇。”又贺王实之韵送伯昌云：“怪雨盲风，留不住、江边行色。烦问信、冥鸿高士，钓鳌词客。千百年传吾辈话，二三子系斯文脉。听玉郎、一曲玉箫声，凄金石。　　晞发处，怡山碧。垂钓处，沧溟白。笑而今拙宦，他年遗直。只愿长留相见面，未宜轻屈平生膝。有狂谈，欲吐且休休，惊邻壁。”又云：“三黜归来，饭蔬食。

浑无愠色。中年后、家如旅舍，身如行客。轩冕岂非庞赘具，烟霞已是膏肓脉。有些儿、隙地更疏泉，堆卷石。　　邻媪饷，新笋碧。溪友卖，鲜鳞白。向陈编冷笑，孔明元直。俗事不教污两耳，燕居聊可盘双膝。取当年，行脚一枝筇，悬高壁。”又云：“畴昔胪传，仗下奏，祥云五色。何况是、西山弟子、鹔山宾客。上帝照临忠义胆，老师付受文章脉。问此君。仿佛似何人，徂徕石。　　园官菜，登盘碧。田舍米，翻匙白。懒投诗见素，寄书构直。德耀不嫌为隐髻，龟儿已解摇吟膝。有谁怜，给札老相如，家徒壁。”又云：“下见西山，料他日、画无惭色。君记取、不为吕党，亦非秦客。(桧有十客)①有意挽回当世事，无方延得诸贤脉。笑海波、渺渺几时平，空衔石。　　园五亩，分红碧，家四世，传清白。任天孙笑拙，□□②嫌直。老去何烦援以手，向来不要加诸膝。待深山、深处著茆斋，看青壁。”

【校注】

①自注。

②脱二字。

8. 窅　窊

葛立方即作韵语阳秋者，有《归愚词》一卷。《清平乐》句云：“蟾窟澄辉天似洗，折得窅窊丹桂。”“窅窊”二字，见《汉书》安世房中歌“都荔遂芳，窅窊桂华”。孟康注：“窅出窊入，都良薜荔之香，鼓动桂华也。”

9. 安阳好

王安中初寮词，人甚称其《安阳好》九阕，《六花冬》词六阕，俱有口号。然《安阳》只叙人物风土，而鸳瓦飞甍，层见叠出，了无意味。《六花》如“云破月来花下住”，袭张三影句，而以“下住”二字代之，真仙凡别矣。九阕六阕，无一足采，宜乎初为东坡门下士，其后附蔡叛苏也。周益公称其诗文似坡公暮年，殆无目者。

10. 同甫无媚词

陈同甫无媚词，与稼轩同唱和，笔亦近之。余甚爱其《水调歌头》一阕云：“不见南师久，谩说北群空。当场只手，毕竟还我万夫雄。自笑堂堂汉使，得似洋洋河水，依旧只流东。且复穹庐拜，会向藁街逢。 尧之都，舜之壤，禹之封。于中应有，一个半个耻臣戎。万里腥膻如许，千古英灵安在？磅礴几时通。胡运何须问，赫日自当中。”读之令人神往①。

【校注】

①神往，误作“神王”。据文意改。

11. **和清真**

《和清真》词韵，不独方千里也。杨泽民亦有《和清真》词，宋末人合《和清真》为《三英集》。《花庵词选》及方而不及杨，何也？

12. **兰陵王**

《升庵词品》云：“李公昂，名昂英，监石人。”朱家藏《文溪词》又云：“名公昂，字俊明。鄱阳人。因《摸鱼儿》词送太平州太守王子文词得名。叔阳亦止选此一调，称为‘词家射雕手’。”今按其词有“长生寿母，更稳步安舆，三槐堂上，好看彩衣舞”句，乃献寿俗套谀词，不知当日何以得名。升庵独称《兰陵王》一阕，最为有眼。如“阶除拾取飞花嚼，是多少春恨，等闲吞却”句，前人所未经道。

13. **夏侯衣**

丹阳葛胜仲鲁卿《浣溪沙》题云：“少蕴内翰同年宠速，遣妓隐帘吹笙，因成一阕”。有句云：“缥缈幸闻缑岭曲，参差犹隔夏侯衣。”夏侯衣，帘也，见《南史》。夏侯亶性俭率，晚年颇好音乐，有妓妾十数人，并无被服姿容，每有客，令隔帘奏之，时谓帘为夏侯妓衣。

14. **驹照花**

《鲁卿集》有《蝶恋花》次韵张千里“驹照花”花，今《花谱》中无此名。词云“红光万丈腾天半”殆与木棉相似。

15. **懒　窟**

《懒窟》词，宋侯寘作也，字彦周，晁氏甥。毛氏谓渭阳之谊甚笃，见于《瑞鹧鸪》一词。末句云："后夜萧萧葭苇岸，一尊独酌见离情。"王弇州病，彦周[1]不解作情词，此殆非情词者。宣和而后，士大夫争为献寿之词，连篇累牍，无谓极矣。吾蜀魏了翁华甫为宋名臣，乃词非寿不作，虽《花庵》选入数首，余终不取。

【校注】

①"彦周"，误作"周邦彦"，改。

16. **支　子**

介庵赵彦端《清平乐》词云："桃根桃叶，一树芳相接。春到江南二三月，迷损东家蝴蝶。　殷勤踏取青阳。风前花正低昂。与我同心支子，报君百结丁香。"此词清丽，为集中之冠，题原本作席上赠人，《花庵》改作"闺思"，非。支子即栀子也。

17. **成　语**

洪咨夔平斋词，喜用成语作起句。如《沁园春》云："诗不云乎，蒹葭苍苍，白露为霜。"又云："归去来兮，杜宇声声，道不如归。"皆极自然。按《宋史》，公毁邓艾祠，更祠诸葛武侯。告其民曰："毋事仇雠而忘父母。"其忠鲠直亮可知。故其词轩轩多爽致。

18. **洪　瑹**

洪瑹字叔屿，自号空同，词如"断虹远饮横江水，万山紫翠斜阳里。燕子又归来，但惹得满身花雨"。可谓朽腐神奇。

19. **十二岁词**

连可久十二岁时，其父携见熊曲肱，适有渔父过前，命赋《清平乐》词，援笔立成，四座叹服，后果为江湖得道之士。词云："阵鸿惊处。一网沉江渚。落叶乱风和细雨，拨棹不如归去。芦花轻泛微澜。篷窗独自清闲。一觉游仙好梦，任他竹冷松寒。”今载《六十名家空同集》中。误。

20. **金　瓯**

鲁纯甫觌与龙大渊同为孝宗潜邸知客旧人，觞咏酬唱，字而不名，怙宠恃势，纯甫尤甚，故陈俊卿、虞允文交章逐之。然文藻有可观，如《京师望丛台》诸作，语多感概，令人生麦秀黍离之感。与张抡不时进御，赏赉甚渥。至进月词《壶天慢》，上皇大喜曰：“从来[①]月词，不曾用金瓯事，可谓新奇。”赐金束带，紫番罗，水晶碗。上亦赐宝盏，至一更五点还宫，是夕西兴共闻天乐，岂天神亦不以人废言乎。词云：“素飚漾碧，看天衢稳送，一轮明月。翠水瀛壶人不到，比似世间秋别。玉手摇笙，一时同色。小按霓裳叠[②]。天津桥上，有人偷记阕阕。　　当日谁幻银桥，阿瞒儿戏，一笑成痴绝。肯信群仙高宴处，移下水晶宫阙。云海澄清，山河影满，桂冷吹香雪。何劳玉斧，金瓯千古无缺。”

【校注】

①“从来”，原误作“后来”，改。

②“霓裳叠”，原误作“霓裳垒”刻误，改。

21. **两无咎**

扬无咎字补之，清江人。晁无咎亦字补之，济北人，俱以词名。杨名《逃禅集》，晁名《琴趣外篇》，而《花庵》于二补之俱不采入，只《草堂》载痴男呆女一词，又逸其名，妄注毛东堂，可慨也。近阅汲古阁本，亦多错简。如杨有赵育才席上赠歌者，用东坡韵，而后段末句不用原韵云：“换羽移宫，绝唱谁能和。伊知么。暂听些个。已觉丝成堁。”堁者，尘起貌，言其声之绕梁也，作“里”字误。

22. **史梅溪摘句图**

史达祖梅溪词最为白石欣赏，炼句清新，得未曾有，不独《双双燕》一阕也。余读其全集，爱不释手，闲书佳句，汇为摘句图。起句云：“杏花烟，梨花月。谁与晕开春色。”又，“馆娃春睡起。为发妆酒暖，脸霞轻腻。”又，“蕙花老尽离骚句。绿染遍，江头树。”又，“秋是愁乡。自锦瑟断弦，有泪如江。”又，“雨入愁边翠树，晚无人，风叶如颤。”又，“秋风早入潘郎鬓，斑斑遽惊如许。”又，“阑干只在鸥飞处。”又，“鸳鸯拂破蘋花影，低低趁凉飞去。”又，“西风来劝凉云去，天东放开金镜。”又，“好领青衫，全不向诗书中得。”又“人若梅娇，正愁横断坞，梦绕溪桥。”又，咏雪云：“梦回虚白初生，便疑冷月通窗户。”又，尾句云：“明朝双燕定归来，叮嘱重帘休放下。”又，“深闭重门听夜雨。”又，“如今但柳发晞春，夜来和露梳月”。又，“直须吟就绿杨篇。湾头寄小怜。”又，“将愁去也，不成今世，终误王昌。”又，“记取崔徽模样，归来暗写。”又，“莫教无用月，来照可怜宵。”又，“想吾曹便是神仙也，问今夜是何夜。”又，“向来箫鼓地；犹见柳婆娑。”又，“瘦因缘此瘦，羞亦为郎羞。”又，“常待不吟诗，诗成癖。”又，“换尽风流性，偏恨鸳鸯不念人。”又，“料也和前度金笼鹦鹉，说人情浅。”散句云：“无人深巷，已早杏花卖。”又，“最妨他佳约风流，钿车不到杜陵路。”又，“燕子不知愁，惊堕黄昏泪。”又，“梅春人不春。”又，“还因秀句，意流江外，便随轻梦，身堕愁边。”又，“讳道相思，偷理绡裙，自惊腰衩。”又“余花未落，似供残蝶经营。”又，“蝴蝶一生花里活。”又，“船向少陵佳处放。”又“怕见绿荷相倚恨，恨白鸥占了清波阔。”又，“截取断虹堪作钓，待玉奁今夜来时节。”又，“青榆钱小，碧苔钱古，难买东君住。”又，“西湖游子，惯识雨愁烟恨。”又，“沙鸥未落，怕愁沾诗句。”又，“卖花门馆生秋草，怅弯弓、几时重见。”又，“愁在何处，”不离淡烟衰草。”又，“想凄凉欠郎偎抱。”又，“还被乱鸥飞去，秀句难续。”又，“可怜闲叶，犹抱凉蝉。”又，“谢娘悬泪立风前。”又，“见说西风，为人吹恨上瑶树。”又，“时有露萤自照，占风裳可喜影麸金。”又，“想思因甚到纤腰，定知我、今无魂可销。”又，“秦楼楚殿可怜身。”又，“一程烟草一程愁。”又，“江痕妥贴，日光熨动黄金叶。阑干直下愁相接。一朵红莲，飞上越人楫。”又，“闭门明月关心，倚窗小梅索句。”此皆史氏碎民。

23. 白石《鹧鸪天》

姜白石夔《鹧鸪天》词三首，如“鸳鸯独宿何曾惯，化作西楼一缕云”。不但韵高，亦由笔妙。何必石湖所赞自制曲之敲金戛玉声，裁云缝月手也。

24. 叶少蕴全用东坡诗

叶梦得少蕴《鹧鸪天》词：“一曲青山映小池。绿荷阴尽雨离披。何人解识愁堪美，莫为悲秋浪赋诗。　携浊酒，绕东篱，菊残犹有傲霜枝。一年好景君须记，正是橙黄橘绿时。”自注：“梁范坚常谓欣成惜败者，物之情，秋为万物成功之时，宋玉作悲秋。”非是，乃作《美秋赋》云：“秋堪美”三字如此不轻下，然何后三句全用东坡诗，只少“荷尽已无擎雨盖”句耳。如此作词，太容易也。

25. 坡　翁

今称东坡为坡翁，在宋时已然。沈端节克斋《朝中措》词末句云：“解道浅妆浓抹，从来惟有坡翁。”

26. 芸　窗

人谓张榘《芸窗词》饶贫气，今观其全集如“小楼燕子话春寒”。又“秋在黄花羞涩处”。又“苦被流莺蹴翻花影，一栏红露”，俱不减少游丰韵。

27. 虚斋梅花词

虚斋《梅花词》云：“江南春早。问江上寒梅，占春多少。几点残星细，万里春风到。幽香不知甚处，但迢迢、满江烟草。回首谁家竹外，有一枝斜好。　记当年，曾共梅花笑。念玉雪襟期，有谁知道。唤起罗浮梦，正参横月小。凄凉更吹寒管，谩想思鬓华惊老。待觅西湖半曲，对霜天清晓。”可谓一尘不染。其时张方叔榘次“好”字韵云：“此际虚斋心事，与此花俱好。”相去不啻万里。

28. 玉东西

竹坡周紫芝《南柯子》自序云：“方钱废出侍儿，范谢州要子作此词云：'蝉薄轻梳鬓，螺香浅画眉。西湖人道似西施，人似西施，浓淡更相宜。　　画烛催歌板，飞花上舞衣。殷勤犹劝玉东西，不道使君，肠断已多时。'"玉东西，酒也。本黄山谷"佳人斗南北，美酒玉东西"。令人谓物件曰"东西"，玉状酒色也。

29. **汉　蜡**

万俟《雅言三台》末段"汉宫传蜡炬"，疑蜡炬二字重出。后得粤中藏书家元刻本作"汉蜡传宫矩"，为之爽然。

30. **万俟雅言**

《雅言》精于音律，自号词隐。宋崇宁中，充大晟府制撰，依月用律，有《大声集》五卷。后山称为一代词人。沈氏谓《雅言三台》作杂沓不伦，过接换应，虚字少力。余谓卷中长篇多流丽瑰伟，乃遭痛贬。岂沈氏所作《如梦令》之"逗下心头一块"，《一剪梅》之"别又难搂"等句，为有伦有力乎。人苦不自知，信然。

31. **饯**

花庵黄昇①，自号玉林，尝辑绝妙词选，附以自制，其词工于炼字。如《鹧鸪天》句云："一行归鹭拖秋色，几树鸣蝉饯夕阳。"拖字犹人所及，饯字人所不及也。

【校注】

①"黄昇"：误作"黄炅"。据《宋词鉴赏词典》改。

32. **项羽庙词**

天机《余锦》载无名氏题项羽庙《念奴娇》一阕云："鲍鱼腥断，楚将军、鞭虎驱龙而起。空费咸阳三月火，铸就金刀神器。垓下兵稀，阴陵道狭，月暗云如垒。楚歌喧唱，山川都姓刘矣。　　悲泣唤醒虞姬，为君死别，血刃飞花碎霸业。销沉骓不逝。气尽乌江江水。古庙颓垣，斜阳红树，遗恨鸦声里。兴亡休问，高陵秋草空翠。"用笔颇有鞭虎驱龙之势，应为咏项羽第一词。

33. **易　安**

易安在宋诸媛中，自卓然一家，不在秦七、黄九之下。词无一首不工。其炼处可夺梦窗之席，其丽处真参之班。盖不徒俯视巾帼，直欲压倒须眉。

卷 四

1. 恽 生

元好问有《青玉案》代赠钦叔所亲《乐府·恽生》。词云“西城流水东城雨，绿叶成阴惯相误”之句。疑所谓“恽生”，犹狚一流人也。

2. 伯生词

《虞伯生集》词，一洗铅华，有《鸣鹤余音》一卷，余已校刊矣。尚记其南乡《一剪梅》词招熊少府云：“南皋小亭台，薄有山花取次开。寄与多情熊少府，晴也须来、雨也须来。　随意且衔杯，莫惜春衣坐绿苔。若待明朝风雨过，人在天涯、春在天涯。”

3. 弇州不工词

王弇州《四部集》汗牛充栋，有明文人，无出其右，号为渊博。然不工于词，以只解唱“大江东去”也。当时地位既高，似富家翁铺张锦锈，却欠文雅。

4. 山和尚水秀才

杨用修西庄《鹧鸪天》词句云：“弹声林鸟山和尚，写字寒虫水秀才。”山和尚谓山鹊，水秀才滇中虫名也。

5. **厕　神**

用修荆州元夕《南乡子》词，有“闷上紫姑香火会”句，今人皆习用而不知颠末，且谓不切元夕也。按《氏族谱》，紫姑姓何，名媚，莱阳人，寿阳李景纳为妾。大妻妒之，正月十五日阴杀之于厕中，后封为厕神。岁时祀①，元夜迎紫姑神以卜。”谓此。

【校注】

①岁时祀：原本误作“岁时记”。刻误，改。

6. **绮园怀古**

怀古词宜用《望海潮》调，始于秦少游广陵诸怀古及越州怀古等阕。本朝吴绮园菘于此体尤工，有《怀古和韵》五阕，直压前人。今录之以备览。《金陵》云：“长江波绕，冶城云接，谁家麦饭园陵。萧帝雄才，孙郎霸业，惟余战血楼蝇。谶语记神僧。只台城芳草，绿满寒汀。多少青山，夕阳何处暮烟凝。　　六朝往事难凭。叹金莲零落，玉树纵横。擒虎频来，蟠龙安在。萧条白鹭空亭。王气亦何曾。想东南自古，未补天倾。醉误兰成一赋，野鬼哭秋灯。”《钱塘》云：“万山晴雨，四时歌舞，天教石上流魂。梦里牵衣，图中立马，兴亡忽似朝昏。我道果然村。把荷烟桂露，销歇难存。剩得冬青，春来还发古苔痕。　　休将南渡重论。但同心可结，有盏须吞。一别吴山，长怜蜀道，槐安蝼蚁偏尊。作客信乾坤，恨青骢嘶断，红袖频分。何处花钿陌上，扶醉酒家门。”《吴门》云：“横塘堤畔，长洲苑里，弓弯踏尽春阳。响屧廊空，浣纱人去，东风不到钗梁，种罢紫兰香。笑他家乌啄，也自云亡，岂有蛾眉，曾教歌舞翠红乡。
人间何限悲凉。任狂吟慷慨，醉墨淋浪。有恨山川，无情麋鹿，看残过客壶觞。宝剑枉成双。怅专诸巷冷，伍员祠荒。还是金阊亭下，艇子系青阳。”《扬州》云：“花留仙种，柳称官姓，从来南兖名州。凤舸迎来，鸡台舞罢，天教鹿起毛头。镜影入边愁。纵春魂化燕，难上帘钩。灯火无情，夜深还照十三楼。　　当时薄幸嬉游。为寻香侧帽，殢酒沾裘。谁赋芜城，重经故国，空怜岁易星流。山翠夕阳收。问玉人何处，侬许谁留。

莫听雷塘暝笛，吹断六朝秋。”《吴兴》云：“蘋花洲渚，荷香城郭，人经王谢颜苏。十载寻春，一麾乞郡，风流杜牧偏殊。故态笑狂奴。把当年公事，分付禽鱼。霅馆吟秋，新诗留得满江湖。　水嬉往事何如。有窪尊石古，韵海楼虚。词客漂零，酒徒流落，高台空听啼乌。风雨战菰蒲。看亭皋叶下，烟影难扶。不信重睡西楚，醉眼未全舒。”

7. **竹 垞**

本朝朱彝尊竹垞，词名冠一时，有《江湖载酒集》三卷，《静志居琴趣》一卷，《茶烟阁体物集》二卷，《蕃锦集句》一卷。余酷喜其自题画像《百字令》云：“菰芦深处，叹斯人枯槁，岂非而穷士。垞有虚名身后策，小技文章而已。四十无闻，一邱欲卧，漂泊今如此。田园何在，白头乱发垂耳。　空自南走羊城，西穷雁塞，更东浮淄水。一刺怀中磨灭尽。回首风尘燕市，草屧捞虾，短衣射虎，足了平生事。滔滔天下，不知知己谁是。”又戏题竹垞壁风中柳云：“有竹千竿，宁使食时无肉。也不须更移珍木。北垞也竹、南垞也竹。护吾庐几丛寒玉。　晚来月上，对影描他横幅。赋新词竹山竹屋。郫筒一束。笋鞋三伏。竹夫人醉乡同宿。”《竹山》，蒋捷词名。《竹屋》，高观国词名也。发语尤趣，可想竹垞之高风。至世所称《洞仙歌》十七阕与诗集中《风怀》百首，则似近狭邪，不无宋玉登徒子之讥，虽艳丽，非余所好也。

8. **三 绿**

王阮亭金钗涧上桃源《忆故人》词云：“金钗涧上人如玉。解唱春波新曲。画扇船纱十幅。春水平帆绿。　三三五五鸳鸯浴。触忤闲愁春目。戏掷菱花相逐。又向花房宿。”程村云：“昔应子和以‘蜡炬短烧红，风雨落花红，两岸夕阳红’。名‘三红’。今阮亭有‘春水平帆绿’，‘梦里江南绿’，‘新妇矶头烟水绿’，不将更称‘三绿’耶。人遂有王三绿之目。然不及公《浣溪沙》‘绿杨城郭是扬州’一语用‘绿’字尤妙，可敌一篇《江都赋》也。”

9. **用晋贴语**

渔洋有《卜算子》[①]，起句云：“天气近清明，汝定成行否。”用晋贴语入妙。

【校注】

①《卜算子》：原本作《卜算字》。刻误，改。

10. **炊闻卮语**

西樵王士禄与渔洋齐名，人称二王，有《炊闻卮语》。自序云："康熙甲辰三月，余以磨勘之狱，入羁于司勋之署。于时捕檄四出，未即对簿。伏念日月旷邈，不有拈弄，其何以荡涤烦懑，支拒幽忧。忆自髫齿，颇耽词调，虽未能研审其精妙，聊可借彼抗坠，通此蕴结。因取《花间》、《尊前》、《草堂》诸体，稍规柷为之，少即一二，多或六七，设然随意，都无纳限，既检积稿，遂逾百篇，旧作二十首亦附见焉。曰炊闻者，兀兀南冠石硃，邯郸一枕，故取杜陵诗语《断章》而命之也。"今观《满庭芳》用坡公韵词云："白日为心，朱绳比质，平生自负峨峨。司空百炼，绕指已无多。到眼浓阴欲满，心忧矣、谣罢还歌。细屈指、古来谁似，磨蝎说东坡。　茫茫无可语，朅来千缕，暗纬愁梭。更溶溶漾漾，难剪如波。可耐春光万里，尚寥落、卧盼庭柯。问何日，盟烟狎水，鸥鹭媚渔蓑。"古今才人，沦落不偶，读此可为之一恸。

11. **悔庵论诗余**

尤悔庵侗序彭羡门廷露词云："诗何以余哉，'小楼昨夜'，《哀江头》之余也。'水殿风来'，《清平调》之余也。'红藕香残'，《古别离》之余也。'将军白发'，《从军行》之余也。'今宵酒醒'，《子夜懊侬》之余也。'大江东去'，《鼓角横吹》之余也，诗以余亡，亦以余存，非诗余之能存亡，则诗余之人存亡之也。"论"诗余"二字独得。

12. **目　成**

羡门延露词率多悲壮，不减稼轩。如《念奴娇》长歌四首、《沁园春》酒后作歌四首是也。然其艳体独步，不特阮亭所称"子城一带绿阴中"也。《长相思》云："启围屏，下重旌。解意银缸故不明，今宵始目成。

夜香清，坠钗横。灯下频频相唤声。教人待怎生。”咏目成情景，皆以静会得之。

13. 挂逗二字

“金作勒，玉为羁。小马惊香何处嘶。红板桥头扉半掩，几丝杨柳挂黄鹂。”此武进董文友以宁《捣练子》词也。挂字殊新颖。其弟董俞亦有句云：“独坐数归禽，疏钟逗远林。”“挂逗”二字俱妙。

14. 青　到

宋荔裳琬《浣溪沙》咏芳草，有“几时青得到郎边”之句。余有“万山青到马蹄前”句，足以当之。琬有《二乡亭词》。

15. 酒骨董

嵇叔子宗孟，有《酒骨董词》。骨董羹见唐《类函》，今人讹为古董，以名其词也。

16. 潇湘神

毛西河奇龄《采衣堂词》，《潇湘神》云：“丛嶂迷，青草凄。黄陵朝幕鹧鸪啼。神女不知何处去，行云渺渺数峰西。”不减刘宾客。

17. 多咏伎

曹硕庵尔堪《南溪词》多咏伎作，亦词人之玷也，然亦足资考证。如《虞美人》词云：“轻衫窄袖身材入小，影向银灯好。珠歈劝饮恰平肩。无奈尊前侍立暗生怜。　　牡丹亭榭花如绣，巧对江儿瘦。初开豆蔻苟含春，转是五更风雨会愁人。”余澹心云：“河北伎驯谨，侍客不敢坐，非若江南之倨也。”又《木兰花令》云：“木瓜香遍钟山道，桂子倩人斜插帽。歌摇朱雀桁前花，酒溅乌衣堂下草。　　十年浪迹浮云杳。画槛生烟无客到。沙家零落寇家贫，若个琵琶传贺老。”沙、寇盖往年曲中最知名者。

18. 女　伶

女伶即古舞伎也，惟江左最盛，今俱禁绝。晋之大同尚有之，梁苍岩大司农棠村词，有《满庭芳》观女伶演淮阴故事云："绛烛清宵，彩云华馆，蛮腰细舞回风。蝉娟忽变，绣袄染腥红。锁甲艳分雪色，兜鍪小，双颊芙蓉。氍毹映，将军红粉，锦缴黛眉同。　　登坛当日事，衣冠优孟，写出偏工。叹英雄佳丽，一样飘蓬。飞絮落花旧恨，谁怜取，桃李春浓。乘月夜，夜香人面，莫放酒杯空。"尤悔庵侗云："女伶，晋妓文玉也。戊申，予在宗伯斋头观演此出，作《南乡子》赠之，有"锦伞将军小黛娥"，及"春草江南细马驮"之句。宗伯颇为称赏。

19. **凤归云词**

邹程村祗谟丽农词，以典丽为宗，而稍失之浓缛。余喜其《凤归云·偶作》云："吾老矣。去日光阴，那堪屈指。任侠疏狂，蹴鞠樗蒲，不痴不慧，无才无技。况生来、本磨蝎为宫。穷鼯学计。问人生、何处堪出世。应有淡月微风，剩山残水。　　还自去、守我良方，钻他故纸。不过是，一卷《离骚》，几叶《楞严》，破除万事，颓然坐废。曾消受得蛮触功名，邯郸滋味。而今后拚得无萦系。永教毁砚焚书，渔樵同醉。"阮亭谓"块垒一时，睥睨千古"，信然。

20. **巖堂词**

西陵释正岩字巖堂，所著有《同凡草词》。有湖上《点绛唇》一阕，题圣因寺壁间，最工致，余及见之，后不知为何人拭去。词云："来往烟波，此生自号西湖长。轻风小浆。荡出芦花港。　　得意高歌，夜静声偏朗。无人赏。自家拍掌。唱得千山响。"出语不凡。奇僧也。

21. **鬃**

仁和沈去矜谦有《东江词》，曾于王志周斋中见之，余最赏其《菩萨蛮》一阕云："相携斗草长春洞。垂鬃覆额眉痕重。惯会发娇嗔。自轮翻打人。　　玉阑今再见，熟面如生面。低唤小时名，回身不肯应。"颇得生趣。鬃，韵府不载，殆"鬟"字之讹。

22. **湘　蘋**

近来才女，应以徐灿为第一，灿字湘蘋，长洲人，归海宁陈素庵之遴，所著有《拙政园词》，皆绝工艳流丽。尤喜其《菩萨蛮》二词云："困花压蕊丝丝雨，不堪只共愁人语。斗帐抱春寒，梦中何处山。　卷帘风雨恶，泪与残花落。羡杀是杨花，输他先到家。""一春谁试桃花雨，游丝只共晴烟舞。燕也不曾来，湘帘空自开。　起看花影午，鸾镜双蛾俯。徙倚却黄昏，泪如红蜡痕。"皆秀品也。

23. 指　螺

毛先舒骙，号稚黄，作《填词名解》四卷，能发人所未发，较胜《图谱》，然观其自作莺情词则多俗，何也？至《清平乐》[①]。特新妙。词云："春深无那，独向幽窗坐。看着玉纤闲不过。细数指螺几个。　晓来难自温存。东风吹乱乌云，多谢玉台明镜，为侬长照眉颦。""数指螺"出东坡文："齐安王江上得美石，其纹[②]如指上螺。"

【校注】

①《清平乐》：原作《忆秦娥》。误，改。

②纹：原作"文"。刻误，改。

24. 倩　玉

杨琇，字倩玉，杭州沈遹声副室也。《西江月》云："镜里双娥时蹙，枕边香泪长抛。邻姬无事爱吹箫。不管旁人潦倒。　露下野莲有子，风凉秋燕离巢。银河千丈也填桥，天上为凭巧。"出语殊有仙气。

雨村赋话

清·李调元著

肖勇、陈仕恩校注

目　录

雨村赋话

序

古有诗话、词话、四六话、而无赋话。徐锴[1]之集唐宋律赋为《赋苑》二百卷，李鲁之《赋选》五卷，杨翱之《典丽赋》六十四卷，唐仲友之《后典丽赋》四十卷，马称之《赋门鱼钥》十五[2]卷，搜辑则该博矣，抉择则精粹矣，然衹帖括之津梁，而非作赋之法门也。故虽体物浏亮，为士人占毕之具，而其中有蕴奥焉，尚隐而未发也，故亦不可以赋话名。予视学粤东，经艺之外，与诸生讲论，尤津津于声律之学。凡岁试月课之余，有兼工赋者，莫不击节叹赏，引而启迪之，而苦未有指南之车也。因于敝簏中，见杭郡汤稼堂前辈刻有《律赋衡裁》一书，颇先得我心，爰出予少时芸窗所艺习者，并列案头，以日与诸生相指示。时用纸条摘录其最典丽者各数联以教之，使知法；而又间以稼堂所评骘者拈出之，以定其归。庶几乎溯流穷源，不至断港绝潢，而悉如百川之至于海也。新旧所得渐多，因汇为一集，名曰《赋话》，付诸梓，以示诸生。使诸生一一披阅而寻味之，亦足以代予之谆谆面训也乎。

乾隆四十三年戊戌又六月，巴西李调元书于连州试院。

【校注】

①原误作徐铉，据《宋史·艺文志》改。

②原脱“十”字，据《宋史·艺文志》补。

卷　一

巴西李调元赞庵雨村

新话一

1. 论诗有摘句之图，选赋亦有断章之义。盖一篇之中，玉石杂揉，弃置则菁英可惜，甄采则瑕病末除，不得不掇砾搴稂，略存去取。爰仿殷璠、高仲武之例，撮其佳语，悉属妍辞，亦文囿渔猎之资，艺苑笙簧之佐云尔。

2. 赋用八字韵脚，原始见于《能改斋漫录》，云："赋家者流，由汉晋历隋唐之初，专以取士，止命以题，初无定韵。至开元二年，王邱员外知贡举，试《旗赋》，始有八字韵脚，所谓'风日云浮、军国清肃'，见伪蜀冯鉴所记《文体旨要》。"

3. 杨、马之赋，语皆单行，班、张则间有丽句，如"周以龙兴、秦以虎视"，"声与风翔，泽从云游"①等语是也。下逮魏晋，不失厥初。鲍照、江淹，权舆已肇；永明、天监之际，吴均、沈约诸人，音节谐和，属封密切，而古意渐远；庾子山沿其习，开隋唐之先躅。古变为律，子山实开其先。

【校注】

①声与风翔，泽从云游：原作“声与风游、泽従云翔”，据《文选》改。

4. 古变为律，兆于吴均、沈约诸人；庾子山信衍为长篇，益加工整，如《三月三日华林园马射赋》及《小园赋》，皆律赋之所自出。

5. 周庾信《小园赋》，故国旧都之感，惓惓于怀，不似沈隐侯赋《郊居》，盛夸其亭榭之美，游赏之适，顿忘为家令时也。江揔持《修心赋》，悔心忽动，有托而逃禅，亦有闵惜。但子山以出使见羁，揔持以生降委贽，故词旨之隐显不同，而人品亦于此判矣。

6. 东汉张衡《天象赋》云：“双三夹斗，两乙宾门。”双三，泰阶六符也。两乙，天乙、大乙也。又云：“毕露云油，箕躔吹发，枢降轩而绕电，景瑞尧而丽月。”撰句工丽，是六朝人语。通篇文气平顺，不似东汉人手笔；且用殷馗[①]识曹公、李郃知汉使二事，其为伪托无疑。

【校注】

①馗：原作“堪”，据《三国志·魏志·武帝记》改。

7. 宋谢壮《赤鹦鹉赋》云：“云移霞峙，霰委雪翻。陆离晕渐，容裔鸿轩。跃林飞岫，焕若轻电溢烟门；集场栖圃，晔若夭桃被玉园。”希逸此赋，袁太尉所见而阁笔者。属对工整，应是律赋先声。

8. 齐王俭《灵丘竹赋》云：“翠叶与飞雪[①]争采，贞柯与层冰竞鲜。”庚兰成“落花芝盖”一联，句法实仿于此。

【校注】

①雪：原作“云”，据《艺文类聚》改。

9. 梁吴均《八公山赋》云：“桂皎月而常团，云望空而自布。”又

"文星乱石，藻日流阶"，章句益工，而气味渐薄。初唐人沿袭此种，遂一变而有律赋，其去魏、晋，远矣。

10. 陈张正见《石赋》，如"鱼跃湘乡之水，雁浮平固之湖。堕山鹊之金印，碎骊龙之宝珠"。通章无句不对，实开律赋之先。

11. 梁沈约《郊居赋》云："来风南轩之下，负雪北堂之垂。"简文帝《晚春赋》云："水筛空而照底，风入树而香枝。"炼字新隽，是永明以后风气，去魏晋已远。唐王勃《春思赋》云："叶抱露而争密，花牵风而乱下。"李白《剑阁赋》云："云愁秦而冥色，鸿别燕兮秋声。"皆李谔所谓"风云月露，争一字之巧"者。后来尖颖一派，从此脱胎。

12. 梁沈约《高松赋》云："经千霜而得拱，仰百仞[①]而方枝。""得"字、"方"字清劲有力，可为琢句之法。谢玄晖、王仲宝俱有《和竟陵王高松赋》，而此篇有"平台北园"及"邹枚之客"等语，想亦同时应教所作。竟陵王，齐武帝之子萧子良也。

【校注】

①仞：原作"尺"，据《艺文类聚》改。

13. 邺中小赋，古意尚存。齐梁人效之，琢句愈秀，结字愈新，而去古亦愈远。录休文《桐赋》"喧密叶于凤晨，宿高枝于鸾暮"，即古变为律之渐矣。

14. 唐初进士试于考功，尤重帖经、试策，亦有易以箴论表赞，而不试诗赋之，时专攻律赋者尚少。大历、贞元之际，风气渐开；至大和八年，杂文专用诗赋，而专门名家之学，樊然竞出矣。李程、王起最擅时名；蒋防，谢观，如骖之靳，大都以清新典雅为宗。其旁骛别趋，元、白为公。下逮周繇、徐寅辈，刻酷锻炼，真气尽漓，而国祚亦移矣。抽其芬芳，振其金石，亦律体之正宗，词场之鸿宝也。

15. 唐太宗《小山赋》云："松新翠薄，桂小丹轻。""才有力以胜蝶，本无心而引莺。半叶舒而岩暗，一花散而峰明。"《小池赋》云："牵狭镜兮数寻，泛芥舟而已沉。涌菱花于岸腹，劈莲影于波心。减微涓而顿浅，足一滴而还深。"渲染"小"字，工妙乃尔，可见才大者心必细。

16. 唐太宗《风赋》："有一威风，憩翮朝阳，晨[①]游紫雾，夕饮元霜。"出题最为清娇。

【校注】

①晨：原作"景"，据《全唐文》改。

17. 张说《奉和圣制喜雨赋》云："天文则云汉昭回，天泽则江河滂霈。"取材宏瞻，而以沉郁之气行之，较之刻琢字句者，真有霄壤之别矣。故能雄视一代，蔚为词宗。

18. 唐张何《蜀江春日文君濯锦赋》云："夺五云长风未散，泫[①]百花微雨新洗。"设色浓至，琢句新颖，气味亦雅近六朝。

【校注】

①泫：原作"泣"，据《全唐文》改。

19. 初唐人丽语尚带沉郁古拙之气。高阳缪公许敬宗《麦秋赋》如"扇渐秀于梅风，润岐苗于谷雨"，"畴中气爽，垄际风清"，独字字贴妥，恬雅近人。而《掖庭山赋》更为应制之极则。而其为人，心术之倾险如此。乃知千古小人未有不能作软语者，词章固不足以定人品。

20. 初唐四子词赋多间以七字句，气调极近齐梁，不独诗歌而然也。而王勃《九成宫东台山池赋》如《序》所云："金石千声，云霞万色。"壮雅浓丽，遂为馆阁诸公所撦挦，剩馥残膏，沾句者不少。

21. 唐杨炯《浮沤赋》云："雨密稠生，风牵乱上。"八字赋物之妙，工细入微。沈休文所谓"指物呈[1]形，无假于题署上"[2]者也。

【校注】

①呈：原作"程"，据《全唐文》改。

②上：原作"土"，刻误，据文意改。

22. 唐陶举《花萼楼赋》云："叶聪明于六圣，敦孝友于四遐。睦亲亲以相及，乐炜炜以同华。汉后龙宫，建邸园之水树；梁王雁沼，通禁掖之烟花。"明皇即潜邸建楼，为与诸王宴集之所。诸作无一语及此，而侈陈赐酺、观灯等事，便失本旨，唯此数语得之。赵自励《八月五日花萼楼赐百官明镜赋》云："均曲池之引照，或浅或深；比太阳之圆明，不盈不阙。"[1]八月五日，明皇千秋节也，"太阳"二语，妙能映合本题。

【校注】

①阙：原作"缩"，据《全唐文》改。

23. 唐萧颖士《听早蝉赋》云："《尔雅》辩其名体，诗人咏夫章句。味编《本草》之录，声彻《上林》之赋。歌郧宰之化，偶范绥而见称；饰赵王之冠，兴貂尾而胥附。庄篇载痀偻之志，孔氏感螳螂之捕。"疏蝉事以成文，犹是初唐风气。后来名手，校炼益精。题有"听"字"早"字，必须从此着笔。撦挦故实，已落第二义矣。

24. 唐无名氏《仁寿镜赋》云："化自天钧，质非镕造。亭午光射，灵朝曙早。""光能照垂，不遗罔象之珠；迹在幽岩，为启崆峒之道。"天宝初，有献书阙下者，言巴蜀之间有石镜，见于岩之半，"仁寿"之字昭然。兹篇实赋此事，非《陆士衡传》中所云"仁寿殿前铜镜"也。

25. 唐崔损《凤鸣朝阳赋》云："旁应元律，调十二管于四时；上凌紫烟，击九万里而一息。"案：崔谍《壮子音义》"鹏"、"朋"，皆古"凤"

字，对语本此，非借鹏以拟凤也。徐晦《海上生明月赋》云：“希逸之赋可称，界于斜汉；玄晖之诗有作，映彼清淮。”关合海①上，属对颇工。但“月映清淮流”是何仲言诗中语，而曰玄晖，误矣。钱起《象环赋》云：“循环无极，参日月之在躬；佩服有常，于韦弦而戒事。”“日月”句雅切孔子，下句亦未免凑泊。

【校注】

①海：原作“诲”，刻误。

26. 题中正面无可刻划者，势不得不间见侧出，以敷佐见奇。然须隽不伤雅，细不入纤，方为妙绪茧抽，巧思绮合。否则刻鹄类鹜，无所取焉。唐钱起《尺波赋》云：“流脉中移，类蠖影求伸之际；浮光上射，若雪华呈瑞之初。”谢观《初雷启蛰赋》云：“似桴鼓之才终，戈铤熠熠；如击石之止后，鸟兽跻跻。”柳喜《日浴咸池赋》云：“红光下射，疑萍实之欲沈；赤气上浮，讶林云之不息。”白行简《五色露赋》云：“花禽拂著，宛如陈宝之鸡；平野染成，焕若徐方之土。”薛逢《天上种白榆赋》云：“或全或缺，陋蟾桂于月中；莫往莫来，鄙蟠桃于海上。”郑宗哲《温洛赋》云：“霁日初悬，似阳燧之藏轻濑；红霞不散，若阴火之在空波。”王棨《回雁峰赋》云：“亦犹鹳鸡，逾清济以无因；何异鸲鹆，渡澄江而不得。”《梦为鱼赋》云：“庄生化蝶之言，昔时未信；公子为乌之验，今日方知。”证佐典切，比拟精工。凡此数联，犹不失比兴之遗意。

27. 唐李铎《密雨如散丝赋》云：“原夫清毕启阴，夕阳向暮，散轻霞以成绮，矗玄云而似布。于是霡霂郊野，霏微草树。蔽重霄之霭霭①，犹委绪风；映远岫之蒙蒙，乍迷谷雾。”从旁渲染，映带极工。其正写处云：“织妇停梭，似曳乃轻之绪；舟人罢钓，疑牵或跃之鱼。”“绝而复寻，等蛛网而共挂；垂之如坠，连雪絮以轻飞。”极力形容，非不巧合，但刻划伤雅，便入纤小家数矣。

【校注】

①霭霭：原作“蔼蔼”，通“霭”，改。

28. 唐刘禹锡《秋声赋》云：“送将归兮临水，非吾土兮登楼。”化熟为生，意味隽永。宋汪应时《历象赋》云：“戒黄人兮守日，顾青女兮为霜。”吐属颇似宾客，而俪语更工。唐王泠然《止水赋》云：“浮芥则敖吏措杯，种瓜则幽人抱瓮。”李子卿《聚雪为小山赋》云：“峡里则秋月长悬，封中则晓云犹白。”句法原本子山，命意遣词，咸有深秀之致。

29. 唐元稹《善歌如贯珠赋》云：“以节为珠，以声为纬。渐杳杳而无极，以多多而益贵。悠扬绿水，讶合浦之同归；缭绕青霄，贯五星以一气。”“合”与“同”、“五”与“一”，所谓当句对也。《奉制试乐为御赋》云：“蟠乎地而极乎天，周流既超于马力；发乎迩而应乎远，驰声亦倍于鸾和。”爽健之句。此调亦创自微之，后来永叔诸公，专学此种。

30. 唐白居易《射中正鹄赋》云：“正其色，温如洒如；游于艺，匪疾匪徐。”妙能曲尽，勇可贾余，此数语乃自道其行文之乐也。《敢谏鼓赋》云：“洋洋盈耳，幽赞逆耳之言；坎坎动心，明启沃心之谏。”取材经籍，撰句绝工，所谓“不烦绳削而自合”者。高郢《献凯乐赋》云：“播师律于六律，寰海用宁；扬军声于五声，华夷知劝。措语典重，亦欲竞爽香山。”

31. 唐人试赋，极重破题。白居易《性习相近远①赋》云：“噫！下自人，上达君，咸德以慎立，而性由习分。”李凉公逢古大奇之，为写二十余本。韦彖《画狗马难为功赋》云：“有丹青二人，一则矜能于狗马，一则夸妙于鬼神。”吴学士融方称是题，见之，遂焚所著，其价重一时如此。迄今观之，亦不过疏解明晰耳。陈佑《平权衡赋》起句云：“俾民不迷，兹器维则。”八字典重而浑成，殆欲与“日华”、“天鉴”之句并躯中原矣。

【校注】

①近远：原作“远近”，二字误倒，据《全唐文》改。

32. 唐高郢《痀偻丈人承蜩赋》云：“期于百中，则啼猿之射乎；曾不孑遗，殊慕鸿之弋者。”无名氏《垓下楚歌赋》云：“两雄较武，焉知刘氏昌乎；四面闻歌，是何楚人多也。”一点一拂，摇曳有神。皆因韵限虚字而然，非故作折腰龋齿之态也。宋范仲淹《铸剑戟为农器赋》云：“前王锋镝，不得已而用之；此日镃基，有以多为贵者。”以子对经，铢两悉称；流丽之至，倍见庄严。押虚字者，此叹观止矣。

33. 唐陆贽《圣人苑中射落飞雁赋》云：“彼搏空之逸翰，尚无所违；矧荒服之逆命，曷不咸归？”裴度《三驱赋》云：“背主而去者，以其逆而必杀；委贽而来者，以其顺而必全。”言外指点，煞有关系，真是救时宰相语！宋李纲《有文事必有武备赋》云：“夹古之会，真儒相事。谓敌国素称乎多诈，而上策莫善于自治。”又云：“德以服人，义存御侮。有所济者，以威之克爱；无能达者，以仁而不武。”借题发挥，语语切中时病。凡此皆所谓言之有物者。

34. 唐李绅《寒松赋》云：“濯影后凋，一千年而作盖；留形入梦，十八岁而为公。不学春开之桃李，秋落之梧桐。”公垂立朝，盖不肯苟随流俗者，观其与韩吏部争台参事可知，庶几不负斯语矣。李德裕《瑞橘赋》云：“贞枝凝碧，蔚湘岸之夕阴；华实变黄，动江潭之秋色。”四语工妙，“秋色”句尤佳。然垂老投荒，抑亦机动于此。

35. 唐王起《元日上公献寿赋》云：“拱北辰之尊，不异其台居列宿；献南山之寿，更闻乎岳视三公。”贾馀《中和节百辟献农书赋》云：“是蔗是蓘，将致乎千斯仓；爰始爰谋，必因乎四之日。”措语庄雅而切。谢观《清明日赐百官新火赋》云：“出禁署而萤分九陌，入人寰而星落千门。”亦秀句也。无名氏《千亩望幸赋》云：“是宜率诸侯大夫，以行乎周礼；不可使四年正月，独称于晋时。”对法矫变，善于运古，固是间道奇兵。

36. 唐王起《南蛮北狄同日朝见赋》云："卉服云集，旃裘风趋。骏奔而无远不到，麇至而实繁有徒。"李程《太常释奠观古乐赋》："朱弦徐泛，觉虞舜薰；玉戚载持，想周武之山立。"周鍼《同人于野赋》云："情由田波注，将符若水之时；德宇馨香，用法如兰之道。"谢观《以贤为宝赋》云："吐清词之粲粲，心水含珠；见正色之温温，情田积玉。"《舜有膻行赋》云："行叶扬芳，言兰芬馥。"取镕经语，未尝不错采镂金，何必以纤靡侧诡之辞，自矜巧密。

37. 唐李程《破镜飞上天赋》云："意迢递而难明，半生象外；岂别离之可赠，余在人间。"王棨《缀珠为烛赋》云："风来不动，凝四座之清辉；夜久逾明，贮一堂之虚白。"羌无故实，妙得神理。刘彦和所谓"隐秀"者，此两联庶几近之。

38. 唐王颜《京兆府献三足乌赋》云："瑞于帝室，表大孝于天衷；献自尹京，验长安之日近。"韩镃《乌巢大理寺狱户赋》云："苍鹰莫击，宁怀狱吏之忧；疎网不加，岂有虞人之惧。"不必工于肖物，而雅切本题，使事可谓精当。

39. 唐人琢句，雅以流丽为宗，间有以精峭取致者。皇甫湜《山鸡舞镜赋》云："类凤因箫感，哂鹤为禽召。"赵蕃《月中桂树赋》云："谓扇花薄，如珪玷浮。"杨宏真《隙尘赋》云："疑琢玉成环，环中屑坠；若窥壶入洞，洞里云残。"张随《海客探骊珠赋》云："初辞碛砾，讶潭下星悬；稍出涟漪，谓川旁月上。刻酷锻炼，皆所谓字去而意留者。"无名氏《箜篌赋》云："青楼何处，倚城向日九乌鸰；绮帐初开，彩绥衔花双凤子。"七字成句，原本齐、梁。阎宽《温汤御毬赋》云："捎虚而讶人手长，攒角而疑马身小。"造语非不新颖，但失之凿矣。

40. 唐高郢就府解后，时试官别出题目，曰《沙洲独鸟赋》。郢援笔即成，有云："鸿志非燕，鹤群岂鸡。虽孕形于羽族，谅禀性于天倪。慎其独焉，知无心于党与；需于沙者，必不至于沉泥。"其年首送。乔彝赴京兆解，被酒失期，搥院门求试，作《渥洼马赋》，斯须而就。其警句云："四蹄曳练，翻翰海之霜华；一喷生风，下胡山之木叶。"试官曰："乔彝峥嵘甚，当以解副处之。"令狐楚[①]镇同、华，时及秋赋，特加置五场，莫有至者。独卢宏正诣华请试，楚命日试一场。盖诗、歌、文、赋、帖经为五场也。宏正已试两场，而马植下解。植，将家子弟，从事辈皆窃笑楚曰："此未可知。"既而试《登山采珠赋》，略曰："文豹且异于骊龙，采斯疎矣；白石又殊于老蚌，剖莫得之。"楚大服其精当，遂夺宏正解无。数事略相类，三赋至今犹存。高贞公雅有寄讬，身分自高，乔、卢[②]两篇，全体率易，颇与此数语不称。

【校注】

①楚：原作"陶"，据《新唐书》改。

②卢：原作"马"，刻误，据文意改。

41. 唐乔潭《秋晴曲江望太一纳归云赋》云："落日将曛，山衔断云。绿气阴郁，岚光氤氲。横截高岩，惊数峰之顿失；却临幽石，与残雪而无分。"妙于"纳"字有洗发。关图《巨灵擘太华赋》云："岚光两向，犹连松柏之声；黛影中开，已断云霞之色。"从"擘"字着笔，虚实兼到，纸上有声。

卷 二

巴西李调元赞菴雨村

新话二

1.《文苑英华》所载律赋，至多者莫如王起，其次则李程、谢观。大约私试所作而播于行卷者，命题皆冠冕正大。逮乎晚季，好尚新奇。始有《馆娃宫》、《景阳井》及《驾经马嵬坡》、《观灯西凉府》之类，争妍斗巧，章句益工。而《英华》所收，顾从其略，取舍自有定则，固以雅正为宗也。元和、长庆以后，工丽密致而又不诡于大雅，无逾贾相者矣。

2. 唐贾悚《日月如合璧赋》云："瑞至德于尧年，契昌期于汉日。"按:《宋书·符瑞志》："尧时日月如合璧。"《汉书·律历志》："邓平《太初历》晦朔弦望最密，日月如合璧，五星如连珠。"两事双点，极为周匝。又云："不缩不盈，自契于三年之闰；无偏无党，何忧乎十月之交。"押"交"字韵，十分稳惬。

3. 唐李程《日五色赋》起句云："德动天鉴，祥开日华。"杨于陵深赏之。已而榜落，于陵携赋谒主司曰："今场中有此赋，何以待之。"主司曰："非状元不可。"于陵曰："苟如此，已遗贤矣。"亟命取所纳卷对之，擢第一。今按：篇中云："非烟奉于圆象，蔚矣锦章；余霞散于重轮，焕然绮丽。"又云："泛草际而露相鲜，动川上而荣光乱出。"句句精神，字字庄雅，胜人处尤在“故曰惟天为大，吾君是则”一结。李缪公后为河南尹，闻浩虚舟应宏词，复试此题。颇虑浩赋逾己，专驰一介取本。既至，启缄尚有忧色，及睹浩破题云：“丽日焜煌，中含瑞光。”喜曰：“李程在里。”至末韵“侵晚水以芒动，俯寒山而秀发。”大咍曰：“李程赋且在，瑞日何为到夜秀发?”虚舟亦八韵中作手，起结数语，不逮李公远甚，固应擅美一时。

4. 唐郑锡《日中有王字赋》云：“其初见也，昭昭彰彰，流晶曜芒，若神龙负图兮，呈八卦于羲皇；其少登也，发色腾光，乍见乍藏，状灵龟衔书兮，锡九畴于夏王。”写“王”字最典切，唐人律赋中最发皇者。

5. 唐无名氏《庆云报日赋》，题既云“庆云”，又云“报日”，是兼二瑞矣。通篇分发到底，极有斟酌。其警句云：“灿玉叶以繁布，抱金轮而半出。灼烁兮，乍似汉祖隐居横紫气；瞳昽兮，又若楚王乘舟捧萍实。”

6. 唐蒋防《姮娥奔月赋》云：“振环锵佩，杂珠露之珊珊；云帔花冠，渡银河之耿耿。”写“奔”字最佳。中幅云：“初疑妆以临镜，形影犹分；终类冰之在壶，辉华相失。”刻划精妙，乃在无字句处着笔，所以为高。至云“往而不返，谁谓与子偕行；仰之弥高，孰行不我遐弃”。贪用成语，此宋人所心慕手追者，然未免质直，于题不配。按：此题限“一升天中，永弃尘俗”为韵，第五段失点“一”字，韵亦疎。

7. 唐卢肇《天河赋》云：“渡蟾魄之孤轮，不闻濡轨；涨鹊桥之远岸，讵见操舟。”又云：“拂远树以将低，误一苇于天际。”最为警策。按：卢歙州极为李文饶所知，王文懿公知举，因取之以作状头。《海潮赋》一篇，雄视千古。降为八韵，亦复清丽芊眠。士固不妄有名，宜其见赏于贤哲。王损之有《曙观秋河赋》云：“孤星迥泛，状清浅之沉珠；残月斜临，似沧浪之垂钓。”又云：“远想牵牛，渐失迢迢之状；遥思弄杼，无闻轧轧之声。”句甚娟雅。卢作专赋天河，此则处处不脱“曙”字。前人审题如此，若后人则惟知勦袭矣。

8. 唐元稹《郊天日五色祥云赋》，以题为韵。其起句云："臣奉某日诏书曰：惟元祀月正之三日，将有事于南郊。"中云："于是载笔氏书百辟之词曰"，"象胥氏译四夷之歌曰。"后云："帝用愀然曰。"皆以古赋为律赋。至押"五"字韵云："当翠辇黄屋之方行，见金枝玉叶之可数。陋泰山之触石方出，鄙高唐之举袂如舞。昭示于公侯卿士，莫不称万岁者三；竝美于麟凤龟龙，可以与四灵为五。"纯用长句，笔力健举，帖括中绝无仅有之作。至押"色"字句云："因五行以修五事，遵五常而厚五德。正五刑以去五虐，繁五稼而除五贼。苟顺夫人理之父子君臣，则安知云物之赤黄苍黑。"微嫌稍拙，然皆就五色上生发，语无泛设。

9. 唐侯喜《秋云似罗赋》云："拟六铢而披拂，伴仙女降衣；临七夕以轻盈，助牵牛纳采。"亦有生趣。按：韩门诸子，如叔迨、持正辈，率不肯作软熟语，施之帖括，颇有生梗病，但精警处自足胜人。凡赋题限韵，莫不于本题相附丽。惟此题限以"兰亦堪采"为韵，殊属风马牛，此唐人赋题所少。

10. 唐陈章《风不鸣条赋》云："似有心于松柏之内，上下依依；类无言于桃李之蹊，往来默默。"写"不鸣条"三字，极善刻划。作者赋皆高雅，惟此赋以"天下和平则如此"为韵，第二段失点"则"字，是其小疵。

11. 唐王棨《凉风至赋》其警句云："倏摇曳于红梁，潜催归燕；乍离披于碧树，渐息鸣蝉。"又："恨添壮士，朝晴而易水寒生；愁杀骚人，落日而洞庭波起。"又："虚槛清冷，颇惬开襟之子；衡门凄紧，偏惊无褐之人。"又："张翰庭前暗度，正忆驴鱼；班姬帐下爰来，已悲纨扇。"按：晚唐律赋较前人更为巧密，王辅文、黄文江，一时之瑜、亮也。文江戛戛独造，不肯一字犹人；辅文则锦心绣口，丰韵嫣然，更有渐近自然之妙。汤惠休云："颜光禄如镂金错采，谢康乐如初日芙蓉。"借以品藻二人，确不可易。

12. 唐林滋《小雪赋》云："微交月影，天边之孤雁应迷；稍助山明，松际之浮烟已失。"四语摹绘入微。下二句更胜："遥情远韵，明秀绝伦。"又云："初疑画阁，妆奁之香粉微微；又若琼筵，玉箸[1]之凝酥点点。"小"字刻划、不就"雪"字铺排，细入毫发。

【校注】

①箸：原作"筋"，据《全唐文》改。

13. 唐王棨《江南春赋》云："烟幕历以堪悲，六朝故地；景葱茏而正媚，二月晴晖[1]。"又："几多嫩绿，犹开玉树之庭；无限飘红，竞落金莲之地。"又："蝶影争飞，昔日吴娃之径；杨花乱扑，当年桃叶之船。"又："幕幕而云低茂苑，谢客吟多；萋萋而草夹秦淮，王孙思起。"流丽悲倩，而句法处处变化，此为律赋正楷。尤妙于"有地皆秀，无枝不荣"，字字写尽江南春色，为一篇之筋节。此赋在当时极有名，《唐文粹》所载陈黯[2]《送王郎中棨序》最击赏末"今日并为天下春，无江南兮江北"二语。

【校注】

①晖：原作"时"，据《全唐文》改。

②黯：原作"岾"，据《全唐文》改。

14. 唐黄滔《秋色赋》云："华岳峰高，染莲花而翠活；湘川树老，换枫叶以霞生。"最为警切。又第五段云："遂使隋堤青恨，吴岭绿愁。庐阜之蟾开石面，钱唐之雪入涛头。空三楚之暮天，楼中历历；满六朝之故地，草际悠悠。"句句有"色"字，不是悲秋泛语。又："海上而轻笼皓月，皎洁成冰；陇头而惹着阴云，沧茫欲雨。"又："数声之玄鹤惊时，九皋摇落；一夜之新霜扑处，百卉离披。"句雕字琢，务去陈言，是诗中东野、长江一辈人。

15. 唐王冷然《新潭赋》云："骑影攒临，变作桃花之浪；衣香乱入，翻为莲叶之津。"观作者《与御史高昌宇书》，盖偏狭躁竞之士也，然能作尔语，固宜空翼北之群。

16. 唐无名氏《七夕赋》云：“斗水移涧之箭，鱼关惊钥。槎客河低，针楼月落。”清丽芊眠，雅与题称，似胜王子安作。又《驾幸芙蓉园赋》云：“鸣管则娇鸟不飞，拂簟则轻花自落。”又：“千锺献尧之酒，五弦歌舜之风。”秾丽似齐梁间人手笔，不似唐人。

17. 唐白居易《动静交相养赋》云：“所以动之为用，在气为春，在鸟为飞，在舟为楫，在弩为机。不有动也，静将畴依？所以静之为用，在虫为蛰，在水为止，在门为键，在轮为柅。不有静也，动奚资始?”超超玄箸，中多见道之言，不当徒以慧业文人相目。且通篇局阵整齐，两两相比。此调自乐天并为之，后来制义分股之法，实滥觞于此种。

18. 律赋起句，多先用单联对起，不用四六排，此正法也。唐刘允济《明堂赋》独用排起，如“大哉乾象①，紫微疏上帝之宫；邈矣坤与，丹阙披圣人之宇”。势极雄峻。则贵相题，又不可以一律论也。通篇铺张处多，征实处少，此应制体中取巧省力之法，然讨好亦在此。

【校注】

①乾象：原作“乾元”，据《文苑英华》改。

19. 唐贾悚《蜘蛛赋》云：“其身也，或垂之如坠；其丝也，亦动而愈出。成章无札札之声，不漏得恢恢之质。夜居于外，同熠耀之宵行；日就其功，异蚊子之时术。”么么小题，却能驱使六籍，由其读书贯串，故信手拈来，无不入妙也。宋以后人，都不解如此运用矣。

20. 唐杨誉《纸鸢赋》云：“力不培风，势将控地。绘形逼肖。”又云：“才与不才，且异能鸣之雁；适人之适，将同可狎之鸥。”熟于庄列，触手圆灵。如此属对，真是神来之笔。

21. 唐陆龟蒙《采药赋》云："问人则不屈不宋，说地则非潇非湘。""只言长信长门，年年可恨，未必倾城倾国，个个生悲。""江仆射之孤灯向壁，不少凄迷；张记室之少妇当罏，应还细丽。"句法生动，在唐人中，吾见亦罕。

22. 唐人中作赋者，杜少陵直接张平子，陆鲁望追步庾子山。《三大礼赋》高古奇横，三唐无与抗手。鲁望刻意生新，芊眠蒨丽，句调之奇变，音韵之妍靡，评书家所云"行间茂密，实亦难过"者，移以品题，殆非溢美之辞也。其《中酒赋》云："愁应平子分与，渴是相如传得。""谢月镜共王清，去去不乏风流；杜兰香别张硕，来来更无消息。""麟毫帘近，遮云海母不足惊心；琥珀钏将，还玉儿未能回首。"数联茂密似庾子山，而绮丽过之，令人目迷五色。

23. 唐司空图《春愁赋》云："林幽莺吊，院古苔新。"眼前景，口头话，一经组织，字字颖妙，读之若旦晚脱笔砚者。晚唐诸名家，若司空表圣、陆鲁望，吴子华，大致以新颖为宗，而词必已出，面目各不相似。宋人所尚者，清便流转，好用现成语，乏锻炼刻琢之功，欲语雷同，畦町不化，所以不逮唐人也。

24. 唐萧颖士《至日圜丘祀昊天上帝赋》首段云："日之至也，所以明气之至；丘之圆也，亦以象天之圆。"本笺疏语，正以朴至胜人。

25. 诗家以炼字为主，惟赋亦然，句中有眼，则字字轩豁呈露矣。唐黄文江滔单讲此诀，词必己出，苦吟疾书，故能于帖括中自竖一帜。其《融结为河岳赋》云："则有龟负龙擎，文籍其阳九阴六，共触愚移，倾缺其天枢地轴。如疏朴略，波万壑以派分；似截渟浤，仞千岩而云矗。"戛戛独造，不肯一字犹人。

26. 唐丁春泽《日观赋》云："蒙水气以珠暗，露松阴而壁碎。霞色收锦，天风敛黛。"又踰[①]悚《仙掌赋》云："斡开元气，剖破凝碧。"俱以琢句见长，而气味较浑古。

【校注】

①踰：原作“喻”，据《全唐文》改。

27. 踰悚《仙掌赋》，相题立制，固应从“掌”字生情，如“夕清而丹桂轮低，疑将褫佩；书短而六龙驾逸，似欲攀髯”。已嫌不伦，然尚雅饬。至“毛女同掌上之人”等句，殊非此赋佳处，明眼人自能辨之。

28. 作赋全在起首，须令冠冕涵盖，出落明白。余最爱唐王棨《芙蓉峰赋》首联云：“叠翠重重数千仞兮，俏若芙蓉。非华岳之高掌，是衡山之一峰。朝日耀而增鲜，岚光欲坼；秋风击而不落，秀色长浓。”点撇明划。末句云：“夸娥二字，胡不移来与莲华而相向?”缴应起处，章法最密。

29. 唐周铖《登吴岳赋》云：“中隐深溪，日月之光不到；外连层阜，龙蛇之势斯蟠。”又云：“西窥剑阁，霜地表之千镡；东瞰蓬莱，黛波间之数点。”“霜”字“黛”字，捶字结响，得古人活用之法。又《海门山赋》云：“当晴书而纤雾[①]豁开，大吞江汉；值阴霾而浓云交翳，暗锁乾坤。”俱长于锤炼，意态雄杰。此二赋足以凌跨一时，然他赋则不称是，如《同人》、《于野》等篇，殊少细腻风光。乃知高下咸宜，此境固未易到。按：王定保摭言云：“周缄者，湖南人，咸通中以词赋擅名。”考其年代，即是此人，但“铖”、“缄”字有一误耳。

【校注】

①雾：原作“露”，据《全唐文》改。

30. 赋贵与题相称。如《禹凿龙门赋》，则不得泛做龙门，须就禹功设想。庄重典切，方不令阅者目厌。唐陈山甫句云：“四载之劳，终成于舜日；九年之患，空愧于尧人。”又“不愧锡圭之命，宁惭斩拓土之功”。

此等是也。至写"凿"字、"门"字，不过如"畚锸具势蹙风云，岩岫分而状成阛阓"足矣，不可不知。

31. 唐王棨《曲江池赋》中忽缀五字句云："有日影云影，有凫声雁声。"横空盘硬，音韵铿然，真千古绝唱。但一往皆轻俊之气，沉郁浑古，不逮前贤。盖唐赋之后劲，宋赋之先声也。

32. 唐林滋《阳冰赋》云："别浦宵凝，狐听之声乍绝；回汀晓合，虫疑之质俄生。"又云："不解东风，谅难资于履薄；非藏北陆，复何患于攻坚。"刻划工细，隽不伤雅。

33. 唐李子卿《驾幸九成宫赋》云："始地蝶而天旋，终电驰而飙疾。翻飞而八骏骞腾，霍濩而六龙奔逸。"酷似文选中句。

34. 唐人赋韵，有云"次用韵"者，始依次递用；否则，任以己意行之。晚唐作者，取音节之谐畅，往往以一平一仄相间而出。宋人则篇篇顺叙，鲜有颠倒错综者矣。唯唐无名氏《望春宫赋》无"次用韵"三字，而后先不紊。其做"望"字警句云："伟凤阙之楼台，万邦仰止；盼龙鳞之原隰，五稼惟时。"

35. 开元遗事，已见于《津阳门诗》，《连昌宫辞》，不意郑渎复有《吹笛楼赋》，叙次凄怆，堪与鼎足为三。其句有云："绮窗萧索以将毁，绣岭连延而若故。竟无六律，继当时紫府之清音；空有一条，是往日翠华之来路。"又云："三山迢递在何处，万姓凄凉无见时。"于天宝以前盛事，则详叙之；于潼关陷殁，则置而不言。只从弓剑星霜寄慨，尤不失温柔敦厚之旨。

36. 唐黄滔《馆娃宫赋》，昔盛今衰，各以三韵叙次，布置停稳，尤妙在起韵末联云："舞榭歌台，朝为宫而暮为沼；英风霸业，古人失而今人惊。"对法变化，恰好领起下文"想夫桂殿中横，兰房内创"一段，此赋家正眼法门。

37. 唐王起《墨池赋》云："映杨髻之鲤，自谓夺朱；沾曳尾之龟，还同食墨。"又云："倘北流而浸稻，自成墨黍之形；如东门之沤麻，更学素丝之变。"详雅安和，不露刻划痕迹，非晚季诸人所能望其背项。仆射致位台司，四知贡举，主文柄者二十余年，其风慨从可知矣。

卷 三

巴西李调元赞菴雨村

新话三

1. 唐王棨《一赋》云:“鹗百鸟而非匹,龙三人而共为。”又:“虽云管仲能匡,因成霸业;未若萧何如画,永作邦基。”句句暗藏“一”字,说来仍有片段。良工镶嵌,巧不可阶。

2. 唐韩愈《明水赋》云:“夜寂天清,烟消气明。桂华吐耀,兔影腾精聊①。设监以吐水,伊不注而能盈。霏然而象,的尔而呈。始漠漠而霜积,渐微微而浪生。”屈豪横之才,以俯就绳尺,文公所谓“自取所试读之,类于俳优者之辞,颜忸怩而心不宁者”。然质重庄雅,何尝不独出冠时也。是岁得人最盛,《英华》所录,多至六篇,终以此赋为第一。

【校注】

①精聊:原脱“聊”字,据《文苑英华》补。

3. 唐王起《庭燎赋》最脍炙人口。其警句云:“琉旒将出,方熠熠以星悬;彩仗徐来,已煌煌而电设。”又“远而瞻之,谓焚裘之烟昭俭于晋帝;迫而察之,似流屋之火呈瑞于周王”。又“昭其明也,叶天鉴之穆清;望而畏之,契天威之咫尺”。按:王举之仆射,以文学致通显。《文苑英华》采其律赋不下数十篇，断以此篇压卷，华而重，典而清，三唐人不知谁与抗手。

4. 唐柳宗元《披沙拣金赋》云："潜虽伏矣，获则取之。"用成语，巧不伤雅。又"皎如珠吐，类剖蚌而乍分；粲兮星繁，似流云之初卷"。独见老成。考柳州四六最工，在礼部时，笺表多出其手。贬谪之后，如《贺破东平表》、《讨黄少卿蝶》等作，载于集中者颇多。其为当时所推重可知也。施之帖括，固宜精警绝伦。

5. 唐白行简《金跃求为镆铘赋》云："迸紫光而傍射，期游刃以刬犀，烘赤气而上冲，愿成形于斩马。"又："自殊美玉，岂韫椟以沽诸；愿比琱戈，庶因兹而砺乃。"力写"求"、"为"二字，作作有芒，熊熊有光。字里行间，皆挟精悍之色，亦如跃冶之祥金。

6. 唐李程《金受砺赋》，双起双收，通篇纯以机致胜，骨节通灵，清气如拭，在唐赋中又是一格。毛秋晴太史谓："制义源于排律。"此种亦是滥觞。分合承接，蹊径分明，颖悟人即可作制义读。又排句之下，每用单句收束，亦是创格。

7. 唐元稹《观兵部马射赋》云："初听采苹之章，共调白羽；次逞穿杨之妙，忽纵青丝。"又砉而摧班，示偏工于小者；安然飞鞚，固无忧于殆而。"子山马、射分叙，此则马、射夹写。能使争先斗捷之态，跃露纸上，精锐处殆欲突过前人。

8. 唐贾悚《太阿如秋水赋》云："千里万里之斜汉，耿耿方侔；八月九月之洞庭，沉沉相似。"又"流影耀金精之上，涯涘皆空；凉飙鸣玉匣之中，波涛不起"。刻琢中仍带清劲。论其品概，固当度越晚唐。

9. 唐元稹《镇圭赋》云："作山龙之端表，我则清光皎然；杂蒲谷以成行，而乃鞠躬如也。"句长而气甚流走。律赋多有四六，鲜有作长句者。

破其拘挛，自元、白始。乐天清雄绝世，妙悟天然，投之所向，无不如志；微之则多典硕之作，高冠长剑，璀璨陆离，使人不敢逼视。盖太傅天怀高旷，而元颇锐志于功名，学焉，而各得其性之所近也。

10. 唐王起《蒲轮赋》末云："岂比夫织而为席，表臧孙之不仁；缉以成宫，昭令尹之非礼。"天然有此妙衬。原本经传，确切不移。

11. 唐郑锡《长乐钟赋》中云："夫其逐吹含空，驿烟驿雾。俳徊宫阙，演漾官署。虎啸空中，龙吟何处。近从丹庭之室，远尽青门之树。劀之以剑，思利器之一挥；击之以莛，叹清音之难遇。岂独称凫氏于周典，发鲸鱼以汉赋。"能以盛气举之，对偶之迹都化。唐人律赋中，唯此君能以气胜。

12. 唐白居易《鸡距笔赋》云："视其端，若武安君之头小；窥其管，如玄元氏之心空。"滑稽之谈，意外巧妙。其通[①]篇变化纵横，亦不似律赋寻常蹊径。千古绝作也！

【校注】

①通篇：原作"变篇"，刻误，据文意改。

13. 唐吴融子华，律赋流传者绝少。其《古瓦砚赋》云："陶甄已往，含古色之几年；磨莹俄新，贮秋光之一片。"即此可见一班。音韵凄清，词华茂密，天随子之流亚也。

14. 唐陆环《曲水梧赋》云："宁酒流而生祸"，"岂杯渡以凭虚。"点缀依媚，而高雅之致尚存，正喜其略带一分朴质。

15. 宋苏轼《浊醪有妙理赋》云："得时行道，我则师齐相之饮醇；远害全身，我则学徐公之中圣。"穷达皆宜，才是妙理道篇。豪爽而有隽致，真率而能细入。前无古人，后无来者。

16. 唐陈章《水轮赋》云："虽破浪于川湄，善行无迹；既斡流于波面，终夜有声。"如此运古，墨痕都化。其中巧构形似之言，却不堕纤靡一派，所以为高手。

17. 唐浩虚舟《盆池赋》云："空庭欲曙，通宵之瑞露盈盘；幽径无风，一片之春水在地。"此等题不难于尖颖，而难于浑融。细腻风光，不露刻画痕迹。此作者高人一等处。

18. 唐张莒《紫宸殿前樱桃树赋》，字字庄雅，不着色相。赋殿庭中花树，体固应而。与王右丞"芙蓉阙下"一章，可谓异曲同工。

19. 唐崔镇《尚书省梧桐赋》，意味浑厚，兼有劲气。律赋中之近古者。

20. 唐温岐《再生桧赋》云："以状而方，生荑之枯杨若此；以理而喻，易叶之僵柳昭然。"以史对经，铢两悉称。飞卿此赋，作于未更名之时，盖其少作也。史称其才思艳丽，工于小赋。每入试押官韵作赋，凡八叉手而八韵成，多为邻铺假手。而律赋流传者，仅此一篇，想散掷不复收拾耶。天骨开张，刊落浮艳，使作俪体，当不减玉溪生。

21. 唐白居易《荷珠赋》云："若转于掌，乃是江妃之珠；如凝于盘，遂成泉客之泣。"能于两旁渲染，故虚实兼到而不入纤靡。

22. 唐陆龟蒙《书带草赋》云："有味非甘，莫共三山芝校；无香可媚，难将九畹兰争。"又："霜亦曾沾，潘令偏知白薤；风当遍起，宋生惟道青苹。"天随子擒词新变，兹篇俯就绳墨，更属雅音。

23. 唐白居易《黑龙饮渭水赋》起句："云龙为四灵之长，渭居八水之一。"独有千古。其余英气逼人，光明俊伟。结联云："逼而察也，类天马出水以游；远而望之，疑长虹截涧而饮。"风驰雨骤，到此用健句压住，如骏马之勒缰，是为名构。

24. 唐王起《蜃楼赋》云：“出彼波涛，必丽天以成象；化为轩槛，宁假日以销忧。”对法活泼，善于运古。

25. 唐王损之《汗血马赋》云：“映白驹之群，皆疑失素；齐紫燕之匹，不可夺朱。”沉着警快，而意致雅近自然。

26. 唐王维《白鹦鹉赋》韵限以“容日上海，孤飞色媚”八字，而赋止五韵。首尾完善，不似脱简。岂如祖咏之赋终南山雪、崔曙之咏明堂火珠，意尽而止，不复足成邪？至其笔意高隽，自是右丞本色。按乾符中蒋凝应宏辞，为赋只及四韵，遂曳白而去。试官叹息久之，顷刻之间，播于人口。或称之曰：“白头花钿满面，不若徐妃半妆。”观此，则唐人应试恒有任意多寡者，不独右丞为然也。

27. 唐皇甫湜《鹤处鸡群赋》收句云：“每戒比之匪人，常耻独为君子。时乎有在，物不终否。尔恶能浼我哉？吾当一举千里。”妥帖排奡。韩门高弟，固应有此笔力。再赋中多用成句相对，如“和而不同、卑以自牧”、“拔乎其萃、莫之与京”之类。

28. 唐谢观《越裳献白雉赋》云：“作献靡辽东之豕，不缁殊墨子之丝。一以见泽兼鸟兽，一以彰德被蛮夷。”带定“献”字落墨，不是专赋白雉。古人相题精审如此。

29. 唐张仲素《反舌无声赋》云：“伴玄燕之辞巢，秋而俱去，陪黄鸟之迁木，春以为期。”取材于经，不复旁杂，中唐人矜慎乃尔。若入晚季诸人手，则新颖有余，而典雅不足矣。考唐人举进士者，诗赋并习，往往不能兼工。初盛唐无论矣，肃、代代以降，帖括盛行，王举之李表臣之流，诗篇传诵者绝少。大历十子中钱仲文外，罕有见其赋者。可知雕虫小技。亦自有专门名家也。张绘之以诗鸣于时，律赋中亦可高置一席，此殆兼才。

30. 唐王棨《延州献白鹊赋》云："望云将献，鹊归齐使之笼；拜表初行，雉别越裳之国。"上三字必如此安顿，方不寂寞。

31. 唐无名氏《炼石补天赋》云："卿云初触。当碧落以丽乎；银汉同流，激清霄而节彼。"押"彼"字，用歇后语。原本经籍，便不涉纤。崔损《霜降赋》云："笳声乍拂，怨杨柳之衰兮；剑锷可封，发芙蓉之砺乃。"亦用此法。韦肇《瓢赋》云："安贫所饮，颜生何愧于贤哉；不食而悬，孔父当嗟夫吾岂。"押"岂"字更妙合自然。

32. 唐郑遥《初月赋》云："出城中兮，才广于眉；入堂上兮，不盈于手。"句调益工，气味更薄。较之齐梁间小赋，又数纍以下矣。风会因人而变，殆其信乎。

33.《藉田赋》，潘黄门作，已擅美于前矣。而唐石贯一篇，周匝而简严，亦堪并美。

34. 唐顾况《黄钟宫为律本赋》云："或煦或吹，根初九爻而立纪；日来月往，首十二管以成功。"字字典核，才是宫为律本。后来作者俱不及。

35. 唐李远《蝉蜕赋》云："擘肌分理，有谢于昔时；露胆披肝，请从于今日。"么么小题，亦复托深远。

36. 唐陈砌《螳螂拒辙赋》，句句匠心，笔力亦倔健可喜。如"观卧辙之时，似当黄霸；想埋轮之处，何惮张纲"。又"死且如归，路何能让"？"睅其目，曾不见机；挥以肱，岂为知量"？又"在圣人之经，诚宜避地；非长者之辙，讵肯回车"？

37. 唐陈章《腐草为萤赋》云："无声无臭，同朽苇之成蛩；有显有微，殊积谷之为虫。"天然有此确证。

38. 唐司空表圣论诗，首尚雄浑，唯赋亦然。唐无名氏《华山为城赋》云："天包地束，鸟过云轻。万仞垂峭，千峯入冥。仿佛虹蜺，尽识旌旗之色；依稀星月，皆分弧矢之形。"《襄华贯红河赋》云："俯临迫察，诡丽雄悍。峻势危而不骞，灵源注而常满；积阴腾气，与岚色而相鲜；烁日生霞，连荣光而不断。"皆所云"真力弥满，万象在旁"者也①。

【校注】

①"者也"二字原脱，据文意补。

39. 唐蒋防《雪影透书帷赋》云："澄笔海之波澜，皆为练色，耀书林之杞梓，尽作琼枝。"李君房《海人献文锦赋》云："临风始启，全含琪树之芳；向阙爰开，遥写蜃楼之色。"无名氏《风不鸣条赋》云："契彼无言，静入桃蹊之上；示诸者德，潜来草偃之余。"张仲素《回文锦赋》云："居人言念，缄万恨而在中；君子置怀；字三岁而宁减。"胡权《饮贪泉赋》云："量比沧溟，能控清而引浊；心如白水，可原始以要终。"郑宗哲《温洛赋》云："夏虫不疑，失轻冰于曲渚；秋鸿欲去，恋微煖于通津。"王棨《白雪楼赋》云："楚山入座，黛千点而暮青；汉水横帘，带一条而春绿。"此例六七联，细腻风光，明艳欲绝。长其声价，固当一字一缣。

40. 唐李程《华清宫望幸赋》云："竹花虽吐，如含待凤之诚；云气才升，若睹从龙之状。"杜觊《集贤院山池赋》云："禁林余雨，增曲霤之华清；御苑晴烟，借遥岩之积翠。"林琨《驾幸温泉宫赋》云："玉堂凭良，面鹑野以高明；石溜象蒙，绕龙宫之清毖。"张良器《集灵台赋》云："千峯转日，迎秀色于琼楼；万岁传声，和幽音于地籁。"皆庄雅得应制体，而词气更清隽，不似后人一味颟顸。

41. "言对为易，事对为难；反对为优，正对为劣。"唐白行简《澮台灭明斩龙毁壁赋》云："纷然电散，谓齐后之碎连环；骈尔星分，同亚父之撞玉斗。"张随《上将辞第赋》云："王翦请贻乎子孙，与兹难并；晏婴敢烦乎里旅，相去不遐。"宋范镇《长啸却胡骑赋》云："若楚军夜遁之时，闻歌于四面；异汉将道穷之日，振臂而一呼。皆所谓事对也。"唐蒋防《聚米为山赋》云："起自纤微有类积尘为岳；终非奇幻，那同画地成川。"王起《辕门射戟枝赋》云："若喻同失鹄，我艺自忝其叠双；倘妙等丽龟，尔心固宜其如一。"黄滔《周以龙兴赋》云："孟津契会，此时不愧于云从；羑里栖迟，昔日何伤于鱼服。"皆所谓反对也。属辞比事，不失絫黍，可谓优且难矣。陈章《斗牛间有紫气赋》云："贯斗牛于九霄，正当吴分；藏镳铲于午夜，远在丰城。"徐寅《斩蛇剑赋》云："磨霜砺雪兮，荧煌错落。伊逐鹿之英圣，有斩蛇之锋锷。"全从字面取巧。乾符、咸通之间，风尚如此，而世运亦靡靡日下矣。文章可以觇气化信然。

卷　四

巴西李调元赞庵雨村

新话四

1. 唐人限韵有云："以题为韵者，则字字叶之；以题中字为韵者，则就中任用八字，不必字字尽叶也。"唐郑锡《正月一日含元殿观白兽率舞赋》率用题字，而独遗"月"字不叶，于两者皆不合。至其典丽而雄伟，则律赋中煌煌大篇矣。

2. 唐陆贽《冬至日陪位听太和乐赋》，先叙冬至，至叙陪位，然后叙作乐，末以听字作收煞。循题布置，浑灏流转，盖题位使然，不必尽以雕镂澡缋为工也。

3. 唐张说《奉和圣制喜雨赋》典赡丽则，是燕公本色。一时同赋者，名作极多。徐安贞云："八水青田，千门紫极。洗原隰于龙鳞，拂甍标于凤翼。"韩休云："天垂贯斗之云，神召离星之月。"李宙云："霏微露立之坛，霡霂风旋之步。"皆佳句之可诵者。

4. 唐谢观《周公朝诸侯于明堂赋》，即明堂本文而次以韵语，不漏不支。李玉溪所谓点"串尧典舜典字，涂改清庙生民诗"。

5. 唐白敏中《息夫人不言赋》，其中佳句最多。如“触类无言，似峡谷为云之女；含情不①语，如山头化石之人”。如“翠羽常低，多值敛眉之日；瓠犀难见，少逢启齿之时”。如“起居有节，惟闻佩玉之声；应对无词，不吐如兰之气”。皆脍炙人口。其通篇章法，有秾至处，有疎越处，皆见不苟。总之，中唐人手笔高雅，不似后来一味繁密也。

【校注】

①不语：原误作“吐语”，据文意改。

6. 唐浩虚舟《行不由径赋》云：“花间绝迹，念蹊树之徒芳；原上无人，惜皋兰之暗老。”又“颜生负郭之田，有时窥矣；谢登山之屐，无所用焉”。以极迂腐题，写得如许葱蒨，的是隽才。

7. 唐宋言《渔父辞剑赋》出题一段云：“稽其去国无途，迷津独立。前临积水之阻，后有追兵之急。踌躇而鹤发相哀，顾盼而渔舟可入。忧心尽展，凭刳木以何虞；渡口虽遥，挂轻帆而已及。”将赠剑以前多少情事尽于此六句中，笔何轻妙乃尔！又云：“连环吐月，空临玉匣之间；一叶乘风，渐入寒烟之际。”清词丽句，不减王辅文郎中，惜不多觏。

8. 唐黄滔《汉宫人诵洞箫赋》，最多丽句，传在人口。如“十二琼楼，不唱鸾歌于夜月；三千玉貌，皆吟凤澡于春风”。又“如燕人人，却以词锋而厉吻；雕龙字字，爰于禁署而飞声”。又如：“一千余字之珠玑，不逢汉帝；三十六官之牙齿，讵启秦娥。”皆极清隽永。按：文江律赋，美不胜收，此篇尤胜，句调之新异，字法之尖颖，开后人多少法门。

9. 唐宋言《学鸡鸣度关赋》云：“念秦关之百二，难启狼心；笑齐客之三千，不如鸡口。”眼前语运用异样，便成妙句。唐以律赋名家者不下十余人。言与李求古所传只两首。所谓威凤一羽①，之以验其五德。

【校注】

①一羽：原误作“一毛”，据文意改。

10. 唐贾悚《庄周梦为蝴蝶赋》，押“者”字一韵最工，句云：“形随梦改，岂必大人占之；心与物迁，孰云夫子圣者?”以超隽之思，写渊妙之理，向、郭而后复见替人。

11. 唐白居易《汉高祖斩白蛇赋》，乃贞元中应宏词试所作。因“不知我者，谓我斩白蛇；知我者，谓我斩白帝”四语，考落下第。然登科之人，赋并无闻。白公之赋，传于天下。

12. 初唐人排律不过六韵、八韵，杜陵始有长篇；至元、白而沾沾自喜，动辄百韵矣。唐时律赋，字有定限，鲜有过四百者。驰骋才情，不拘绳尺，亦唯元、白为然。微之《五色祥云赋》、《观兵部马射赋》，乐天《鸡距笔赋》，以及白乐天《斩白蛇赋》，踔厉发扬，有凌轹一切之概，皆杰作也。

13. 唐王棨《沛父老留汉高祖赋》，以题之曲折为文之波砾，指点生动。不寂不喧，此妙为王郎中所独擅。如《四皓辅太子》、《西凉府观灯》等作，意匠皆同，而此篇尤脍炙人口。

14. 作赋贵相题立制。如唐王起《宣尼宅闻金石丝竹之声赋》，不过用“遐想乎返鲁之年，追思乎在齐之月”等语，自成绝唱。若此等题，着一新异之语，便缪以千里矣。

15. 唐康僚《汉武帝重见李夫人赋》云：“盈盈不笑，如羞久别之容；眷眷无言，莫问平生之事。”又“翡翠帘前，怅望三千之女；芙蓉帐里，分明二八之人”。自然娟丽，不假雕饰。东坡所谓“却扇一顾时”也。

16. 唐黄滔《明皇回驾经马嵬赋》云：“褒云万叠，断肠新出于啼猿；

秦树千层，比翼不如于飞鸟。”至为凄怆。又：“六马归秦，却经过于此地；九泉隔越，几凄恻于平生。”归秦、隔越，是借对法，皆极华赡风雅。按：此等题指斥先朝，颇嫌轻薄。唐人咏马嵬诗甚多，文江更演之为赋耳。芊眠凄戾，不减《长恨歌》、《连昌宫此》。

17. 唐黄滔《送君南浦赋》云：“一川之烟景茫茫，横冲楚徼；两岸之风涛渺渺，直截炎荒。”又：“须知赤帝之江头，两心似火；莫自苍梧之岸曲，一去如云。”凝炼而意不滞，刻琢而气不伤，的是高手！

18. 赋押虚字，惟“亦”字最难自然。如侯喜《秋云似罗赋》以“兰亦堪采”为韵，赋末押“一言有以，千秋只亦”之类。又赋押“于”字最难，生别相于所于之外，不见可用者。唐陈章《水轮赋》：“罄折而下随崄彼，持盈而上善依于。”生别而弥复自然也。其赋中警句亦多，如：“虽破浪于川湄，善行无迹；即斡流千波面，终夜有声。”又：“钩深致远，沿洄而可使在山；积少之多，灌输而各由其道。”又：“当浸稻之时，宁非沃壤；映生蒲之处，相类安车。”如此运古，墨痕都化，乃为巧而不伤雅。凡形似题当仿此。

19. 唐人有言曰：“许浑诗、李远赋，不如不做。”丁卯[①]固未尝以八韵擅名，且有揶揄之以为口实者。然求古篇什，雄视晚唐；而此君律赋，亦精妙无匹。如《题桥赋》云：“神催下笔，俄闻风雨之声；影落中流，已动龙蛇之状。”皆能于虚[②]处传神。一时爱憎之口，固不足以为定评。亦可见唐人诵法高雅，今之所谓工丽绵密者，在当日则卑之无甚高论者。

【校注】

①丁卯：原误作“求古”。丁卯为许浑号，求古为李远号，改。

②虚处：原误作“处处”，刻误，据文意改。

20. 唐无名氏《鹤归华表赋》，通篇情致苍凉，雅与题称。

21. 唐王损之《饮马投钱赋》云："隐金沙之中，迷于赤仄；落苹蘩之上，混彼青蚨。"又："致香醪而一醉，且乏杖头；入春溜以俱沉，不漂榆荚。"笔趣高雅，不规规以刻划见长，点染处自然工切。

22. 唐蒋防《荧光照字赋》，篇幅甚仄，仅二百余字，然极精炼夺目。如"缥帙时开，玉篆共丹辉并耀；银钩下映，繁星与片月俱生"。又"金辉始彻，疑清露之腾文；鸟迹旋分，谓灵鸟之就日"。约而能精，此题绝唱。

23. 辞尚体要，总贵称题。如：《圜立》、《祀天》、《藉田》、《献茧》等题，能援据精祥，简古肃穆，便是第一义矣；若徒句雕字琢，刻意求新，则是错朱紫于衮衣，奏郑卫于清庙，非特大乖体制，转开不学人省力法门。唐李君房《献茧赋》，但将祭义点窜一番，便成佳构。与石贯《籍田赋》，皆质而弥雅，朴而弥华，与经术相表里。读者须于此中著眼。

24. 作赋起法，切要堂皇整肃，遇大题目，更宜留心。如唐裴度《铸剑戟为农器赋》，起句云："皇帝嗣位之十三载，寰海镜清，方隅砥平。驱域中尽归力穑，示天下不复用兵。"数语是何等气象！所谓大人物，方有此大手笔。

25. 圣王制器，首重权衡。《虞典》纪之于巡狩，是五载一行之也；《月令》著之于二分，是一岁再行之也。五载一行者，同之于天下；一岁再行者，平之于国中。唐刘禹锡《平权衡赋》力写"平"字。如云："立规程罔惭夫龟镜，揣钩石宁失乎锱铢。匪假垂钩，而其用不匮；何劳剖斗，而所争自无。"无一字不切"平"。古人之审题精细如此。

26. 唐欧阳詹《王者宜日中赋》云："有隼之墉，匿寸阴而影尽；无禽之井，透百尺以光披。"张何《授衣赋》云："损益从时，取其观古人象；元黄既绩，可以为公子裳。"题本经语，故渲染即用本色。周存《太常新复乐悬冬至日荐之圜丘赋》云："礼乐之仪，虽可久而可大；文武之道，亦一驰而一张。”朱泚乱定之后，修复宫悬。张弛句，用得恰好。

27. 唐人体物最工，么么小题。却能穿穴经史。林滋《木人赋》云：“来同避地，举趾而根祇则无；动必从绳，结舌而语言何有。”又云：“进退合宜，依然在斯。既无丧无得，亦不识不知。迹异草莱，其言也无莠；情同木讷，其行也有枝。”陈章《艾人赋》云：“当户而居，恶莠言兮结舌；负墙而立，甘莱色以安身。”李子卿《水萤赋》云：“色动波间，状珠还于合浦；影悬潭下，若星聚于颖川。”字字典则，精妙无双。宋以后诸公所不能及。

28. 唐王邕《勤政楼花竿赋》云：“初腾陵以电激，绦飘渺而风旋。或暂留以头挂，又却倚而肩连。蹑足皆安，象高梧之凤集；随形便跃，奋乔木之莺迁。”摹拟工细，尽态极妍。金厚载《都卢寻橦赋》云：“拂云端之飘渺，似欲升天；跨橦末之歌危，若有余地。”寻常语，用得恰当，便觉敏妙入神。

29. 唐黄滔《误笔牛赋》云：“临风缅想，满轮之桂月铺开；对景叹嗟，一点之松烟飘着。”题前虚景，生趣盎流。王棨《诏遣轩辕先生归罗浮旧山赋》云：“既臻萝洞，乃辟松轩。别后而岚光未老，来时之春色依然。白鹿青牛，却放烟霞之地；玉芝瑶草，终存雨露之恩。”兜里全题，情味浓至。晚唐时有此好手，固文囿之两雄。黄滔《狎鸥赋》云：“因唫鸿渚。盖春去以秋来；翻笑鹊河，竟离长而会促。”《戴安道碎琹赋》云：“焉有平生，操乐府铮锹之妙，爰教一旦，厕侯门戛击之徒。”绮交脉注，跗萼相衔。句法亦峭蒨可喜。

30. 唐无名氏《绘事后素赋》，所限之韵，以“黄流在中”为“于中”。赋中亦押“于”字，非误也。唐人赋韵以四平四仄为率。唐庄宗时复试进士，翰林学士承旨卢质以《后从谏则圣》为题，以“尧、舜、禹、汤，倾心求过”为韵，五平三仄，大为识者所诮。可见当时自有定格，故涂改诗句以迁就平仄耳。其详载于《容斋随笔》中。

31. 唐无名氏《黄云捧日赋》云："风以动之，谓奉中央之帝，人皆仰也，如披元吉之裳。"杨宏贞《溜穿石赋》云："进寸退尺，常一以贯[①]之，日往月来，则就其深矣。"独孤铉《鉴屋偷光赋》云："守其黑，非吾徒也；用其光，若己有之。"运用成句，间出一奇。宋人则专以此擅长，往往有自然巧合者。文彦博《孝者善继人之志赋》云："其子析薪，孰云负之靡克；若考作室，但见构之方成。"范仲淹《养老乞言赋》云："主善为师，尊从心之耆旧；既饱以德，陈逆耳之谋猷。"然较之唐人，吐属尚有巧拙之别。

【校注】

①贯之：原误作"贞之"，刻误，改。

32. 《懒真子》：王禹玉，年二十许就扬州秋解，试《瑚琏赋》。官韵"端木赐为宗庙之器"。满场多第二韵用"木"字云："惟彼圣人，奥有端木。"禹玉独于第六韵用之："上睎[①]颜氏，愿为可铸之金；下笑宰予，耻作不雕之木。"

【校注】

①睎：原误作"希"，刻误，改。

33. 五代去晚唐不远，然风气迥殊晚唐，人之律赋，精密更甚。如起句云："苍苍茫茫道远，倚倚望望情伤。"用字[①]娟秀，而从前浑古朴至之气，荡然无存。且琢句过于修整，则渐就平芜。遣调必求谐靡，则转入甜俗。此流弊之所必至也。五代承唐制，亦以进士设科，以诗赋取士。如梁嵩《倚门望子赋》，则沿晚唐之格调而流弊。字句既掩沓无味，又委靡不振，风气益下矣。

【校注】

①用字：原误作"用六"，刻误，改。

卷　五

巴西李调元赞菴雨村

新话五

1. 宋初人之律赋最多者，田、王、文、范、欧阳五公。黄州一往清泚，而谏议较琢炼。文正游行自得。而潞公尤谨严。欧公佳处乃似笺表中语，难免于陈无巳“以古为俳”之诮。故论宋朝律赋，当以表圣、宽夫为正则，元之、希文次之，永叔而降，皆横骛别趋而偭唐人之规矩者矣。

2. 路振，宋淳化中举进士。太宗以词场之弊，多事轻浅，不能该实[①]古道，因试《卮言日出赋》观其学术。时就试者数百人，咸不知所出，振所作赋尤典赡，擢甲科。自是王元之辈，又在路之上矣。

【校注】

①“该实古道”，本传作“该贯古道”。

3. 宋王元之《藉田赋序》曰：“臣谨按：周制，孟春之月，天子亲载耒耜，躬耕藉田，所以事天地、山川、社稷、先王，醴酪粢盛，于是乎取之，恭之至也。自周德下衰，礼文残缺，故宣王之时，有虢公之谏。秦皇定霸，鲜克由礼。汉祖龙兴，日不暇给。孝文、孝景，始复行焉。昭帝弄田，亦其义也。后汉永平中，明帝东巡，耕于怀县，非古制焉。魏氏亲耕，阙百官之礼，盖草创耳。晋武太始之年，略修坠典。宋文元嘉之代，亦举旧章。齐用丁亥之辰，梁以建卯之月。后魏、北齐，沿草有异。隋朝、唐室，文物可观。太宗行之于前。明皇继之于后。自兹已降，废而不行。将焕先农，必待真主。皇家享国三十载，陛下嗣统十四年，武功已成，文礼已定，乃下明诏，耕于东郊。百执悦随，三农知劝，礼官、博士，蹈舞而草仪。甸师、啬夫，歌咏而供职。”考索既核，叙次亦工，因附录之。

4. 宋田锡《雁阵赋》云：“单于台下，繁笳之哀韵催来；勾践城边，两槊之幽音惊起。”如此起法，恰好是雁阵先声。又：“羽翼自高，不让于汉家飞将；烟霞远没，疑沉于胡土孤军。”兴会淋漓，音节嘹亮，妍辞腻旨，不让唐人。

5. 宋文彦博《鸿渐于陆赋》云：“翻迅羽以嗈嗈，弋人何慕；冲层峰而翩若，阳鸟攸居。”运成语如自己出。又：“将候雁以同宾，羽翮既就；与时龙而共起，燕雀焉知。”则自然合拍，并忘其为成语矣。

6. 宋人律赋，大率以清便为宗，流丽有余，而琢炼不足。故意致平浅，远逊唐①人。田锡《晓莺赋》云：“关关枝上，带花露之清香；喋喋风前，入月簾之静影。”文彦博《雁字赋》云：“水宿近兼葭露下，垂露势全；云飞经蝃蝀桥边，题桥象着。”范仲淹《天骥呈才赋》云：“首登华厩，嘶风休忆于穷途；高聘康衢，逐日讵思于长坂。”唯此数公，犹有唐人遗意。

【校注】

① “远逊唐人”，原误作“远逊宋人”。

7. 宋徐奭《铸鼎象物赋》云：“足唯下正，讵闻公悚之倾歌；铉乃上居，实取王臣之威重。”真宗好文，虽以文词取士，然必视其器识。每御崇政殿，赐进士及第，必召其高等三四人，并列于庭。更察其形神磊落者，始赐第一人及第，或取其所试文辞有理趣者。奭以此赋得置第一，盖特赏也。

8. 宋范仲淹《临川羡鱼赋》中幅云："惜矣空拳，眷乎须首。止疚怀而肆目，自朵颐而爽口。几悔恨于庖无，徒讽咏于南有。心乎爱矣，愧疏破浪之能；敏以求之，惧速凭河之咎。"虚处传神，句句欲活，唐人无以过之，而前后尚嫌平懈。文彦博《经神赋》结处云："盛德昭然，遗芬若此。""神兮神兮，与百神而有殊，吾亦祷之久矣。"恰好作结，不露押韵痕迹，亦是神来之笔。

9. 宋范仲淹《金在镕赋》云："如令区别妍媸，愿为轩鉴；偿使削平祸乱，请就干将。"文正生平，实不负此四语。此等题，须正寓夹写。考江都本旨，言上之化下，如良冶之铸金。文正借题抒写，跃冶求试之意居多，而正意只一点便过。所谓以我驭题，不为题缚者也。

10. 宋范仲淹《用天下心为心赋》中一段云："于是审民之好恶。察政之否藏。有疾苦必为之去，有灾害必为之防。苟诚意从乎亿姓，则风化行乎八荒。如天听卑兮惟大，若水善下兮孰当。彼惧须苛，我则崇简易之道；彼患穷夭，我则修富寿之方。"此中大有经济，不知费几许学问，才得到此境界，勿以为平易而忽之。

11. 宋欧阳修《藏珠于渊赋》，乃殿试作也。其佳句云："将令物遂乎生，老蚌蔑剖胎之患，民知非尚，骊龙无探颔之难。"又："上苟贱[①]于所好，下岂求于难得。"疏畅之中，时露剀切。他日立朝謇谔，斯篇已见一班[②]。

【校注】

①"苟贱"，原误作"苟赋"，改。

②"班"，通"斑"。

12. 宋欧阳修《鲁秉周礼所以本赋》云："虽周公之才亡美，不行于时；而文王之德之纯，尽在于鲁。"此联属对，传谓当时。然"周公之才之美，申伯于藩于宣"，张燕公《宋广平遗爱碑颂》已开之于前矣。范仲淹《自诚而明谓之性赋》云："文王之德之纯，既由天启；周公之才之美，亦自主知。"施之此题，更为亲切有味，似胜欧公。仲淹《天道益谦赋》云："高者抑而下者举，一气无私；往者屈而来者信，万灵何遁。"取材老、易，俪语颇工。陈襄《损先难而后易赋》云："虽二簋之可用享，心乃先劳；洎十朋之弗克违，事非往蹇。"本地风光，有此对仗，可谓渐近自然。

13. 制诰表启，咸以四六为之，清便流转，直达己见，更以古藻错综其间，便是作家。律赋雅近于四六，而"丽则"之旨，不可不知，则而不丽，仍无取也。宋人四六，上掩前哲；赋学则不逮唐人。良由清切有余，而藻缋不足耳。宋欧阳修《畏天者保其国赋》，虽前人推许。然终是制诰体，未敢为法。

14. 宋苏颂《历者天地之大纪赋》云："制自清台，得举正履端之要；职由太史，尽观文察理之宜。"又云："亦何异鲁经比事，举二中以岁成；义易穷神，合五位而象布。"融会《两汉》，《律历志》而出以疏宕，似平易而实精微。按唐人篇幅谨严，字有定限。宋初作者，步武前贤，犹不敢失尺寸，田司谏、文潞公其尤雅者也。嗣后好为恢廓，争事见长，剽而不留，转觉一览易尽矣。揆厥正宗，终当以唐赋为则。

15.《秋声》、《赤壁》，宋赋之最擅名者。其原出于《阿房》、《华山》诸篇，而奇变远弗之逮。殊觉剽而不留。陈后山所谓"一片之文，押几个韵者"耳。朱子亦云："宋朝文章之盛前世，莫不推欧阳文忠公、南丰曾公与眉山苏公，相继迭起，各以文擅名一世。独于楚人之赋，有未数数然者。"盖以文为赋，则去风雅日远也。惟六一《黄杨树子赋》词气质直，虽是宋派，其格律则犹唐人之遗。

16. 古人作赋，未有一韵到底，刱之自坡公始。《老饕赋》题涉于游戏，而篇幅不长，偶然弄笔成趣耳。元人于《石鼓》等作，动辄学步，刺刺数百言不休，直入跛鳖之追骐骥矣。

17. 宋苏轼《通其变使民不倦赋》云："制器者皆出于先圣，泥古者盖生于俗儒。昔之然今或以否，昔之有今或以无。将何以鼓舞民志，周流化区？王莽之复井田，世滋以惑；房琯之用车战，众病其拘。"《三法求民情赋》云："刑德济而阴阳合，生杀当而天地参。后世不此务，百姓无以堪。有苗之暴，以虐民者五；叔世之乱，以酷民者三。因嗟秦氏之峻刑，丧邦甚速；尚踵周家之故事，永世何惭。"《六事廉为本赋》云："此盖周公差次之，小宰分掌者，考课则以是黜陟，大比则以为用舍。彼六条四日洁，晋法有所亏焉。四善二为清，唐制未之得也。"以策论手段之帖括，纵横排奡；仍以议论胜人。然才气豪上，而率易处亦多，鲜有通篇完善者。朱长文《乐在人和不在音赋》云："兴替关时，盛衰在政。桑濮非能致乱也，乱先起于淫僻；英茎非能致治也，治必逢于睿圣。未有功盛而乐乃不作，未有民困而音能协正。荀公当定于新律，终贻晋室之忧；郑译虽改于旧音，曷救隋人之病。"寓议论于排偶之中，亦是坡公一派。

18. 宋苏轼《明君可与为忠言赋》云："非开怀用善，若转凡之易从；则投人以言，有按剑之莫测。"又："有汉宣之贤，充国得尽破羌之计；有魏明之察，许允获申选吏之公。"横说竖说，透快绝伦，抵一篇史论读。所谓偶语而有单行之势者，律赋之刱调也。

19. 宋秦观《郭子仪单骑见虏赋》云："彼何人斯，忽去幢幡之盛；果吾父也，敢论戈甲之精。"又："据鞍以出，若乘擒虎之骢；失仗而惊，如弃华元之甲。"又："远同光武，轻行铜马之营；近类曹成，独造国良之垒。"叙事工整，竖义透快，兼能摹写一时情景，以此步武坡公，殆有过之无不及也。

20. 宋人律赋篇什最富者，王元之、田表圣及文、范、欧阳三公。他如宋景文、陈述古、孔常父、毅父、苏子容之流、集中不过一二首。苏文忠较多于诸公，山谷、太虚，仅有存者。靖康、建炎之际，则李忠定一人而已。南迁江表，不改旧章。赋中佳句尚有一二联散见别籍者，而试帖皆湮没无闻矣。大略国初诸子，矩矱犹存。天圣、明道以来，专尚理趣，文采不赡。衷诸“丽则”之旨，固当俯让唐贤；而气盛于辞，汪洋恣肆，亦能上掩前哲。

21. 宋李纲《折槛旌直臣赋》，其出落云：“辱师傅之贵，虽曰敢言；干雷霆之威，自应可斩。而天子能恕，将军敢争。因免冠而致悟，乃饰槛以为旌。”以韵语叙事，曲折匠心，无一毫遗漏。中云：“迳命驾去，不为薛宣而少留；趣和药来，更助萧公之引决。惟直情而径行。故太刚而必折。”尤为开合动宕，神明于规矩之中。按忠定律赋，专仿坡公，兼有通篇次韵者，此殆青出于蓝矣。

22. 宋李纲《浊醪有妙理赋次东坡韵》云：“醇德可美，颂瓢觚于刘子；醉乡不远，记风土于无功。”又云：“霞散冰肌，谢仙人之石髓；潮红玉颊，殊北苑之云腴。”可与原唱竞爽，而豪荡之气微不逮矣。通篇次韵到底，创见于忠定此篇。元方虚谷《白鹿洞赋》亦次朱子韵。

23. 宋人律赋，起手亦极重制题。宋祁《王畿千里赋》云：“测圭于地，考极于天。风雨之所交者，道里之必均焉。”陈元裕《大椿八千岁为春秋赋》云：“物数有极，椿龄独长。以岁历八千之久，成春秋二序之常。”熊一元《君人成天地之化赋》云：“物产于地，形钟自天。赖君人之有作，成化工之未全。”率皆流播艺林，奉为楷式。又省试赋题《出天子听朔于南门之外》，满场皆曰“诸南门而听焉”，惟魁多士者以“旨”为“出”，才易一字，独探骊珠，便见得在外意也。

24. 宋郑獬《圜邱象天赋》起句云：“礼大必简，丘圜自然。”语极浑括而肃穆。滕甫破题亦云：“大礼必简，圜丘自然。”以第一人自命，见郑句为之心折。及唱名，郑果第一，滕次之。当时以比“德动天鉴，祥开日华”。但通篇未见出色处，不逮《日五色赋》远矣。

25. 唐人雅善言情，宋人则极讲使事。无名氏《帝王之道出万全赋》云：“一举朔庭空，窦宪受成于汉室；三箭天山定，薛侯禀命于唐宗。”此两事乃人臣，非帝王也。斡旋灵妙，便能点铁成金。陈修《西海想中兴之美赋》云：“葱岭金隄，不日复广轮之土；泰山玉牒，何时清封禅之尘。”运用既切，情致亦深。宜其见赏，阜陵之流涕也。

26. 宋李易安《打马赋》云：“绕床大叶，五木皆卢；沥酒一呼，六子尽赤。平生不负[①]，遂成剑阁之师；别墅未输，已破淮淝之贼。”意气豪荡，殊不类巾帼中人语。

【校注】

①“不负”，原作“不十”，改。

卷　六

巴西李调元赞菴雨村

新话六

1. 金自大定建改①元，颇重进士。历年所命诗赋题及状头名氏，徐梦莘《三朝盟会编》纪载甚祥，而赋罕有流传者。元承金制，赋不限韵。观杨庶夫集中所试帖，元之赋体可知。大率平衍朴遬，不足观览。律赋至元而中息矣。有明馆阁课试，率由学士命题，未有定式，于是八韵之作歇绝者，几四百年。自郐无讥，姑从阙略。

【校注】

①“改”字原误作“建”，据意改。

2. 元人变律为古，大率散漫而平直，非不滔滔清便，而“丽则”之旨亡矣。赵子昂孟頫《修竹赋》如云：“扫石上之阴，听林间之折。”尚与唐人为近。

3. 元人场屋更用古赋，罕有作隔句对者，明人则间有之。宋濂《蟠桃核赋》云：“凤卣鸾彝，同藏真于天府；星形月魄，挟灏气于蓬瀛。”句中各自为对。又徐渭《画鹤赋》云：“应以为真，俨致花之粉蝶；久而始觉，误集障之苍绳。”属对密切，颇近唐人。

4. 明方孝孺《友筠轩赋》云："苍雪洒乎凉飙，绿阴蔽乎清画。"已尽题妙。又云："风徐来而韶合，雨初歇而香匀。"更工。

5. 明高启《闻早蛩赋》云："静院闲宫，荒园废驿；草长幽扉，苔滋坏壁。候月光未旦，听雨声而乍夕。"切"早"字。

6. 赋须琢句新颖，方不落前人窠臼。明沈朝焕《春蚕作茧赋》云："战玄黄于倏忽，藏白贲于韬钤。其缭绕也，如宓妃之缉雾；其鲜洁也，若鲛人之杼冰。周阹以纲，蔽茀以纷。或疏或密，一纵一横，机工墨色而让巧，文士橐管而逊精。凭唇吻以默运，不手足而自营。"末句尤新。

7. 明姚希孟《日升月恒赋》云："又有丹凤楼头，玄菟城角。朝霞薄晓雾以流金，碧海照青天而成彀。东升之鸟，共晨雉而朝飞；南栖之鹊，伴昏鸦而夜啄。于是火珠吐燧，和璧藏钩。起咸而拭浴，倚瑶台以纡眸。驱飙轴于扶桑之巅，转冰轮于蔬圃之陬。其书舒也，驾赭骍，骖朱虬，群真绛节以前麾，百神赤帻而鸣驺；其夜明也，弭素麛，控玉骝，缑岭吹笙而度曲，霓裳振袂以扬讴。"气盛而不碍于排。

8. 明冯有经《日重光赋》云："若乃临紫宸而朗耀，辗碧落以遄征。郁曈昽兮玉树，晰璀璨兮金茎。发华葩而不定，若绮组之相成。"写"重轮"二字，备极精彩。又明黄辉赋云："天无二日，瑞有重光。郁赤文兮内溢，艳丹霞兮外飏。俪醇精而圜报，属盛魄以旁张，眷一体之分气，遂合彩而为章。彬璘兮郁仪媲英，掩抑兮义和丽祥。旦旦重华，差足征于姚帝；离离两作，良有取于庖皇。"

9. 明沈一贯《日方升赋》云："矫矫阳乌击海水，三千而奋翼；辚辚火驭指天衢，九万而驰衡。助青阳之载熙，回寒光以将爚，斗一南而天下春，既万象于焉而生辉；鸡三号而泽中应，故群迷以之而皆觉。"词意包举。又明李维祯赋云："远而望之，红葩灿烂，玉井莲花之初发；迫而察之，朱盘的皪，楚江萍实之半渡。敛积雾于千峰，文腾赤乌；映朝霞之五采，象出金乌。觉曙天鸡，递讦音于翠落，欣旸威凤，哢清吭于苍梧。重轮表瑞，驾义骖而容与；两珥呈祥，缓仙佩以翩翻。蚌甲新分，目炫火齐之色；蜃楼肇启，枝悬若木之暾。”可谓精金美玉，不减唐人，而一种秀润之气，浮于笔端，明之工于律赋者，惟黄辉此君而已。

10. 明夏言《瑞云承月赋》云：“承以嘉云兮，金方应素；环以珠星兮，诸垣隐辅。金桂婆娑兮，绣如绮霞；银蜍陆离兮，文如翠圃。”工于应制，不涉腐烂一派。

11. 明屠隆《五色云赋》云：“或如百珂，或如灵芝，或如玉禾，或如绛纠绡，或如紫纶；或如文杏之叶，或如含桃之颗；或如秋原之草，或如春湘之波。澹修眉之连蜷，呈冶态而婀娜。又如万花竞开，百鸟齐飞，奇姿窈窕，秀色离披。威凤之彩葳蕤，锦鸡之翼差池。屑屑霏霏，丽丽褷褷。纷乎若缬，矗乎若髦。”工于比拟，从昌黎《南山诗》得来。

12. 明屠隆《溟海波恬赋》云：“乃伐鼓撞钟，建羽扬旍，叱咤则喷薄山岳，指顾则旋转沧溟。截水怪，驱蜃精；奔巨鳅，走长鲸。伏罔象之神奸，褫支祁之狰狞。阳侯顿戢其恶风，灵胥不鼓其狂波。琴高伏日月之光景，海童吸阴阳之灵和。奇相助顺于沙汭，岷精呈耀于岩阿。騂马遁迹于重泉，水兕潜形于盘涡。龙鲤一角而驯扰，天吴九首而婆娑。沈游神蠙，屏息灵龟。文魮精丽，其错绮元，蛎光生乎纤罗。楼台结乎蜃气，光芒发于若华。百灵栖息。万怪不讹。”不言“恬”而“恬”在，此高手也。

13. 明钱文《荐夏云多奇峰赋》云：“峭乃崒嵂，空则谽谺。或擢根而连杪。或敷叶而带葩。或凌风而叠雪，或映日而流霞。著色浅澹，布境幽遐。纷纭竞赏，晔煜争夸。仿佛昆仑之五色，依稀嵩少之三花。”磊磊落落，尚有唐人笔法。

14. 明顾起元《元夕赋》云：“蛟冰风断，鱼钥烟开。雾溆风堤，乍旖旎以醒柳；霜墟冰峤，尚参差而落梅。”末段云：“绮纨歙日，歌吹沸天。火城雾簇，星阁烟悬。繁丝欹肉，悽节悲絃。天胡不夜，宵可祈年。”则鲜艳极矣。

15. 瀛州亭为翰苑典版之一。明张鼎有赋云：“金井涌醴泉以洗径，石螭负赤文而开户。于焉休息兮，乃亦沼而亦台，不作观游兮，故非园而非圃。”句有灵气，词亦得体。

16. 明杨循吉《摺扇赋》云：“昔日之班姬所咏，往年之逸少曾持。敛之不盈于把，圆也有中乎规。”写“摺”字最工，小题高手。

17. 明李东阳《鹊赋》云：“乍东乍西，倏近倏远。栖初危而不定，去未极而中返。或周旋其却顾，或轚捷其将转。方小伫于中庭，误迟归于别馆。曳余音于未绝。袅柔条之半馆。若乃玉关迁客，金屋佳人，淹沈幽囿之士，杂还高轩之宾。讬春心于锦字，迓曙色于雕轮。听泥金制小敕，拥织翠之重茵。晓枕惊梦，春山罢颦。莫不穷途拭泪，幽谷生春。或擎杯以酹地，或倒屣而迎门。嗤村鸥于牖户，怪野鹏于承尘。不利俗以投好，徒增疑而召嗔。试此物以引类，信兹禽之足珍。乃有上苑虞人，五陵年少，挟孤弹于怀中，探危巢于木杪。智藏乎其无形，祸出其所不料。岂百金制足图，曾不满夫一笑。物固有所偏工，意固有所独适。故知来岁之风，不能芘一卵于终日；报罗帏之喜，不能解双颜于漆室。彼世态之无常，徒因之而太息。复有梁州金印，月浦银桥。羡崔梁之窈窕，骇鲁木之翔翱。信恍惚而莫宠，徒夸浮而可嘲。吾将使茂先卷舌而却走，成式遁辞而先逃。见天机之流转，知造物之非雕。坐观勿以自适，聊寄情乎《离骚》。”

18. 明张拱机《红鹦鹉赋》：“若夫雀应朱明，鹑躔火德，赤霄吐瑞，丹穴多姿，乃有巧慧工言，绀红负彩，两睑具动，四趾齐分，乾皋载彼《淮南》，鸮状记于《埤雅》。罿中雪女，持齐大士之旁；使者绿衣，锡号玄宗之世。洲草传诸鼓吏，舫题创自西京。秃襟小袖，秦宫调帐底之笙；响板琵琶，蔡相感新州之梦，环供耳目，命制樊笼。要皆质郁，芳蘋汁流，柳神翠翦；间亦体钟，皓壁淡匀，梨面珠胎。乃若象贲离明，身应赤芾，彤文有柄，茜翩于飞。调弄竽簧，朱孔阳而载毯；翩翩锦绣，丹如渥以尤鲜。全披鹤顶之文，宛噀鹃魂之血。斯则涎尾烘晴，繁缨绚罽。羞伍提壶，布谷能谐正始之声；代尽闺紫，妖黄独尚纯骍之产。岂谓多言数穷，被诸赭以恶其佞；抑亦丽人多艳，袭之缯以富其妆。译通秦吉，服炫窃丹。翻妙频伽，衿雄吐绶。枕畔假牝朝之寐，应占翼折双冠；枝头问上皇之安，只见丛中一点。价敌火齐，偏教解语。衫轻浣布，雅擅知音。蓼滩枫叶，经远匝以颜分；霞烂虹蒸，入回翔兮色乱。较书泪染桃笺，犹记巧偷舌本。工部啄残稻粒，便堪踢倒洲名。怜其夙慧，特赐绯衣。宠以修龄，合封绎县。尔其转喉顾影，振味掠翎，初来蛮调。笑郝隆渐习，华啉岳置同庄岳。于是睍睆失媚，格磔惭喧。鹳咳既死，燕喃弱年。闭葳蕤于金锁，唾珠玉于锦笺。羽响屧于幽幕，伴铁马于前檐。或唤妾以拾搔头，或劝郎而将进酒。自叙陇西家世，间通梵本心经。妒杀榴花，耻来赤凤。曾夺胭脂之山。见色斯举；倘集珊瑚之树，闻语方知。此韦皋之石塔，色泽不辉；而麻客之雕篮，威仪逊灿者也。至于红衣缱绻，红袖襄衣，红线穿情，红线绡织恨。凤仙浸甲，戏抛足打相思；猩醉拖群，膏腻唇香度哺。天籁笑啼，态应朱衣之点；人教歌舞，照宜银烛之烧。谓宜开笼放去，解谍纵归，使之颉颃王神，还山止茂。燥漏砂以扶颜，隐招松赤，领霞城而刷翅，熟荐樱朱，不然则排玉户，飏金铺。催妆梳洗，栖温树之菁葱；报晓妃娥，食上林之品料。随鹓游太液之波，流题频叶；学鸦带昭阳之影。闪影朱甍。再纪神雀之年，会续南平之贡。”通篇皆称。

19. 赋有全用典故陪衬者，亦是一法。如明张之象《叩头虫赋》云：“惟在邦而如矢，则史鳍之可希；若枉尺而直寻，赤轲氏之所非。以此齐饿者扬目而不食，钟离意得珠而固辞。周侯持法于细柳，稣武建节于外夷。若乃王丹之饯陈司马，特不拜以为赠；汲黯之过卫将军，但长辑以致敬。见甄后而不伏，固刘桢之守正；向小儿而折腰，斯陶令之解印。马援藐帝婿而不答。颜舍谒丞相而无佞。庚衮重施礼于人亲，卢鸿以罄折为忠信。王祥欲以德而爱人，何点虽箕踞而奚病？至于孟嘉之不知落帽，卞彬之不惔投帻。孙楚参军而称命，郑众奉使而威敌。井丹被褐以凌坐。严遵矫手以应辟。上交不谄，威仪是力。总诸贤而共然，盖有作而在昔。”以上俱用叩头故事，另出一奇。

20. 明宋存标《舞剑赋》云：“俄风雷之乍作，致日月之潜惊。命独赋其磊珂，性恒处乎不平。其光炫然，吞露生烟。其声划然，裂管破弦。”句法苍老。

21. 明王世贞《金鱼赋》云：“冠蹙浪之琼丙，抱舍书之丹乙。鳞奕奕而垂锦，沫霏霏而布瑟。”四语精。

22. 明王世贞《白鹦鹉赋》云：“忽乎穿树，闪银梭之透机；舒而饮泉，俨螺觞之承沥。”秀绝千古。

23. 明郑元《勋雪狮赋》云：“气可碎随兕而零星，力若吸巴蛇于一线。王敬则之梦里，五色目迷。宗充干之军中，百群股战。”语颇工。

24. 明汪伟《落叶赋》云：“初恋条以犹涩，终脱然而别去。忽纷沓以争先，渐悠扬而独下。或既往而独还。或已坠而更举。”句法本太白。

25. 明钱文荐《苔赋》云：“缘披石而字发，为拂水以称衣。”句法、字法俱工。

26. 明张凤翼《菊花赋》云：“云母贞矣，堕于空；大夫荣矣。拟于窃。海棠，神仙也，而让其操；芙蕖，君子也，而逊其节。然则尔固燕山桂子之同盟，庾岭梅花之与列。”其身分最高。

27. 明杨慎《雁来红赋》乃十七岁时所作，如云：“吴台草长，红心不同时节；楚岸枫愁，赤叶远谢辉煌。迎风动彩，泫露生光。耿夫容兮濒枉渚，杂桂芷兮侍君堂。误停车之杜牧，诧剪綵之隋皇。江淹多才，拟抽豪而赋咏；班姬含怨，赤却扇而彷徨。”皆脍炙人口。

28. 明杨慎《药市赋》云："八万四千之人烟，五十四州之谣俗。国无夜户之虞，人有春台之燠。"句极奇丽。

29. 明吴桂芳《木芙蓉赋》云："回蜀城而作锦，点秋水而不寒。"可谓名句。

30. 明黎遂球《素馨赋》最为警策，余尤爱其六句云："德人气而转馥，在晚妆之初洗。围宝髻之盘盘，贯玉屑而齿齿。果并掷于车前，香可分于袖底。"

31. 赋贵艳丽芊绵。皋明张拱机《红鹦鹉赋》如云："罿中雪女，持齐大士之旁；使者绿衣，锡号元宗之世。洲草传诸鼓吏，舫题创自西京。秃襟小袖，秦宫调帐底之笙；响板琵琶，蔡相感新州之梦。"数语可当此四字。

32. 明郑云霄《绿槐赋》云："绿方染兮难就，阴欲簇兮未列。乍上蜂黄，试啼莺舌。"妙于写生。

33. 明钱文荐《蝶赋》云："垂微烟乎远出，遇细雨矣深藏。"句法甚妙，可开后人心芷。

34. 明张明弼《姑射仙人赋》云："尔乃霄中置岭，雯上安台。非因浮至，定是飞来。岩多女娲之雪，壁有农皇之苔。"工于用笔。

35. 明贺裳《腊梅花赋》，独出冠时。如云："萎芭蕉之翠心，碎茱萸之紫药。柳枝憔悴，损张绪之腰肢；蓉叶离披，褪文君之脸色。"又云："怜林樾之萧条，更裁蝶幔；怨芳菲之销歇，独馈蜂粮。漠漠幽香，逐轻风而入幕。离离倩影，携素月以登墙。"又云："效葵妆于秋坂，窃兰气于春林。清露晨流，似隋殿之甲煎朝沃；苍烟暮起，岂魏宫之石叶宵焚。"

又云："苞惹轻尘，赵合德脐藏麝屑；萼濡残雨，飾瑶英舌拥檀津。"又云："雀喜偷尝，莺羞早避。何岩桂之足俦；谅庭萱之难比。岂若分寒枝于陇上，空染啼痕。傅艳魄于罗浮；惟霑醉腻。"无字不炼，无意不搜，至矣，美矣！

36. 明区大相《草蛊投灯赋》云："抑乘夜而变化，将假物以逝迁，孰知夫趋炎之易于烬灭，而处暗之足以自全。"妙于理解，可谓"既明且哲"者乎！

37. 明陈子龙《仓庚赋》云："渫云暮起，零两画联。冥冥丛篠，漠漠平田。"四句为一篇之警策。

卷　七

巴西李调元赞菴雨村

旧话一

1.《释名》曰：“赋，敷也。敷布其义谓之赋也。”《毛诗序》曰：“诗有六义，其二曰赋。”《汉书》曰：“不歌而诵谓之赋。登高能赋可以为大夫。言感物造端，材智深美，可以与图政事，故可以为列国大夫也。”“春秋之后，周道漫坏，聘问歌咏，不行于列国。”“而贤人失志之赋作矣。”孙卿及楚臣屈原，离谗忧国，皆作赋以讽谕，咸有恻隐古诗之义。其后宋玉、唐勒、汉兴，枚乘、司马相如下及扬子云，竞为侈丽闳衍之语，没其讽谕之义。是以杨子称之曰：“诗人之赋丽以则，辞人之赋丽以淫。如孔氏之门用赋也，则贾谊登堂，相如入室矣。”

2.《韩诗外传》：“孔子游于景山之上，子路、子贡、颜渊从。孔子曰：‘君子登高必赋。小子曷言其愿。邱将启汝志。’”

3.《文赋》：“赋体物而浏亮。”“号为曲尽，然泛论纤悉，而实体未该。”又“成公子安选赋而时美①，夏侯孝若具体而皆微。”又“安仁《萤赋》云流金在沙，季鹰《杂诗》云春条若总翠，皆其善者也。”又云：“事对者，并举人验也。宋玉《神女赋》曰毛嫱障袂，西施掩面，此事对之类也。”又云：“言对者，双比空辞也。长卿《上林赋》云修容乎礼园，翱翔乎书圃，此言对之类也。”又云：“王褒《洞箫赋》云优柔温润，如慈父之爱子类也，此以声比心者也。”可谓善言赋矣。

【校注】

①时美：原作“辞美”，据《文心雕龙·才略》改。

4. 钟嵘《诗品》：鲍令晖歌诗，往往断绝清巧。韩兰英绮密，甚有名篇。齐武谓韩云：“使二媛生于上叶，则玉阶之赋，纨素之辞，未足多也。”

5.《文心雕龙·诠赋》篇曰：“赋者，铺也。铺采摛文，体物写志也。”又曰：“及灵均唱骚，始广声貌，然则赋也者，受命于诗人，而拓宇于《楚辞》者也。”

6.《史记·屈原传》“乃作《怀沙赋》，于是怀石遂自投汨罗”。

7. 宋玉《小言赋》云：“楚襄王既登阳云之台，令诸大夫景差、宋玉、唐勒等并造《大言赋》，赋毕，而宋玉受赏。王曰：‘能为《小言赋》者，赏云梦之田。’”玉赋毕，遂赐云梦之田。

8. 挚虞《文章流别论》：“赋者，敷陈之称，古诗之流也。前世为赋者，有荀卿、屈原，尚颇有古诗之义。至宋玉，则多淫浮之病矣。《楚辞》之赋，赋之善者也。故扬子称赋莫深于《离骚》。贾谊之作，则屈原俦也。”

9.《汉书》：“贾谊为长沙王太傅，过湘水，为赋以吊屈原。三年鹏入谊舍，又作《鹏鸟赋》。”又董仲舒集有《士不遇赋》。

10.《汉书·司马相如传》：“客游梁，得与诸侯游，士居数岁，乃着《子虚》之赋。杨得意为狗监，侍上，上读《子虚赋》而善之曰：‘朕独不得与此人同时哉！’得意曰：‘臣邑人司马相如自言为此赋。’乃召。相如曰：‘此乃诸侯之事，未足观也，请为《天子游猎》之赋。’上令尚画给笔札。”按：《游猎赋》即《上林赋》也。又：“天子既美子虚之事，相如见上好仙道，因曰：‘上林之事，未足美也。尚有靡者，臣当为《大人赋》，未就，请具而奏之。’先是相如将献赋，梦一黄衣翁谓之曰：‘可为《大人赋》。’遂言神仙之事以献之。天子览之，飘飘有凌云之志，赐锦白匹。”

11. 司马相如《长门赋序》：“陈皇后别在长门宫，闻相如天下工为文，奉黄金百斤，为文君取酒。因于解悲愁之词，而相如为文以悟主上，皇后复得幸。”

12.《汉武故事》：“汉武好词赋，每所行幸，及鸟兽异物，则命司马相如等赋之。上亦作诗赋数百篇，赋成，初不留思。相如造文迟，弥时而后成。每叹其工，谓相如曰：‘以吾之速易子之迟，可乎？’相如曰：‘于臣则可，未知陛下何如耳。’上大笑而不责。”

13.《西京杂记》：“司马相如之友盛览，字长通，牂牁名士。尝问以作赋，相如曰：‘合綦组以成文，列锦绣而为质。一经一纬，一宫一商。此赋之迹也。赋家之心，包括宇宙，总览人物，斯乃得之于内，不可得而传。’览乃作《合组歌》、《列锦赋》而退，终身不复敢言作赋之心矣。”

14.《西京杂记》：“司马长卿素有消渴疾，及还成都，悦文君之色，遂发痼疾。乃作《美人赋》，欲以自刺，而终不能改。”

15.《汉书》曰：“上令王褒与张子侨等并待诏，数从游，所幸宫馆，则为歌颂。议者多为淫靡不急。”上曰：“不有博弈者乎？为之犹贤乎已。辞赋有仁义讽谕，贤于倡优博弈远矣。”

16.《西京杂记》：“鲁恭王得文木一枚。伐以为器，意甚玩之。中山王遂为赋。鲁恭王大悦，赠骏马二匹。”

17. 《汉书》：枚皋上书北阙，自陈枚乘之子。上得书大喜，召入见，待诏。皋因赋殿中，诏使赋平乐馆，善之，拜为郎。皋不通经术，谈笑类俳倡，为赋颂好僈戏，以故得媟渎贵幸，比东方朔、郭舍人等。武帝春秋二十九，乃得皇太子。群臣喜，故皋与东方朔作《皇太子生赋》。皋从行，上有所感，辄使赋之，为文疾，受诏辄成。故所赋多。司马相如善为文而迟，故所作少。

18. 长安有庆虬之，尝为《清思赋》。时人不之贵也，乃托以相如所作，遂大见重于世。见《西京杂记》。

19. 《汉书》："王褒字子渊，蜀人也。宣帝时，为谏议大夫。帝以太子体不安，使褒等皆之太子宫，娱侍太子，朝夕诵奇文及自所造作，疾平复，归。太子嘉褒所为《甘泉》及《洞箫颂》，令后宫贵人左右皆诵读之。"《文选》作《洞箫赋》。

20. 《扬雄传》："召雄待诏承明之庭，正月，从上甘泉，还，奏赋。是时赵昭仪方大幸，每上甘泉，常法从，在属车间豹尾中①。故杨雄盛言车骑之众，参丽之驾，非所以感动天地，迎釐三神②。又言屏玉女，卻宓妃，以微讽齐肃③之事。赋成奏之，天子异焉。先是时，蜀有司马相如作赋，甚宏丽温雅。雄心壮之，每作赋常拟以为式。

【校注】

①"是时赵昭仪方大幸……"句，原作漏，据本传补。

②神：原作误作"辰"，据《汉书》改。

③肃：原作误作"戒"，据《汉书》改。

21. 《扬雄传》："成帝赵昭仪方大幸，每上往甘泉宫，常从雄奏①。《甘泉赋》以风。"又："雄从至射熊馆，还，上《长扬赋》。皆因笔墨之成文章，故藉翰林吕为主人，子墨为客卿吕风。"

【校注】

①“雄奏”二字据《汉书》补。

22.《扬雄传》：“三月，将祭后土，乃横大河，湊汾阴，迹殷周之虚，眇然思唐虞之风。雄上《河东赋》以劝云。”

23. 扬子：“或问：‘吾子少而好赋？’曰：‘然。童子雕虫篆刻。’俄而曰：‘壮大不为也。’”

24. 桓子《新论》曰：“余少时见扬子云丽文高论，不量年少，猥欲逮及。尝作小赋，用精思太剧，而立感动发病。子云亦言成帝上甘泉，诏使作赋，为之，卒暴倦卧，梦其五脏出地，及觉，大少气，病一岁。余素好文字，见子云工为赋，欲从之学。子云曰：‘能读千赋，则善为之矣。’”

25. 桓子《新论》曰：“余少时为奉车郎，孝成时幸甘泉宫，欲书壁为之赋，以颂美二仙之行。余承命为作《仙赋》，以书甘泉之壁。”

26. 谢承《后汉书》：“桓谭，字君山。年七十，喜非毁俗儒。出为六安郡丞，遂发病卒。因思大道，感而作赋。”

27. 马融《长笛赋·序》：“追慕王子渊、枚乘、刘伯康等箫、琴、笙、颂，惟笛独无，故聊复备数，作《长笛赋》。”

28.《张衡传》：“天下太平日久，王侯踰侈，乃拟两都[1]作《二京赋》[2]以讽谏，十年乃成。安帝雅闻衡学，公车征拜郎中，出为河间相。”见《后汉书》。

【校注】

①两都：原作“南都”，据本传改。

②《二京赋》：原误作《两都赋》，据本传改。

29.《文选》李善曰："张平子《二京赋》，旧注是者，因而留之。并于篇首题其姓名，曰薛综注。"按何焯云："此注疑是假讬，薛综赤乌六年卒，安得见王肃《易注》而引用之耶？《综传》'有述《二京解》'之语，恐亦不谓此赋也。又孙叔然始造反切[①]，未必遽行于吴。"

【校注】

①反切：原作"是物"，据《义门读书记·文选》改。

30.《文选》："张衡，南阳西鄂人也。汉和帝时为侍中，时国政稍弱，专恣内竖。平子欲言政事，又为奄竖所馋蔽，意不得志；欲游六合之外，势既不能，义又不可。但思其玄远之道而赋之，以申其志耳。系曰：'廻志朅来竭玄谋[①]，获我所求夫何思。'思玄而已。"

【校注】

①玄谋：误作"元谟"，据改。

31.《避暑录话》："张子平作《归田赋》，意兴虽萧散，然所序怀乃在'仰飞纤纤，俯瞰清流'。吾谓钓弋亦何足为乐，人生天地间，要与万物各得其欲，不但适一己也。"

32.《张何间集》："南都为光武旧里，以置都焉。桓帝时欲废之，衡作赋以讽。"按赋云："天地之睢剌。"谓新莽也。

33.《刘歆传》："《遂初赋》者，刘韵所作也。歆少通诗书，能作文。帝召为黄门侍郎。歆好《左氏春秋》，欲立于学宫。时诸儒不听，乃移书太常博士，责让深切。为朝廷大臣非疾，求出补吏，为河内太守。又以宗室不宜典三河，徒五原太守。是时朝政已多失矣。歆以论议见排摈，竟不得之官。经历故晋之域。感冷思古，遂作斯赋，以叹往事而寄己意。"按：此即赋序也。

34. 东汉《崔亭伯集》："崔骃作《友都赋》，序云：汉历中绝，京师为墟。光武受命，始迁洛都。客有陈西土之富，云洛邑褊小。故略陈祸败之机，不在险也。"

35.《杜笃传》："光武时，以关中表里山河，先帝旧京，不宜改营雒邑，上《论都赋》。"

36.《叙传》："固弱冠而孤，作《幽通》之赋，以致命遂志。"

37.《后汉书·班固传》："时京师修起宫室，濬缮城隍，而关中耆老犹望朝廷西顾，乃上《两都赋》，盛称洛邑制度之美，以折西宾淫侈之论。"

38. 曹大家《大雀赋·序》："西域都护定远侯班超献大雀，诏令大家作赋。"

39.《烈女传》："袁隗妻伦，马融女，有才辩。伦妹芝亦有才义。少丧亲，长而追感，乃作《申情[①]赋》。"

【校注】

①《申情赋》：误作《申志赋》，据改。

40. 崔琦作《白鹄赋》，以讽梁冀。

41.《梁竦传》："坐兄松，事徙九真，既徂南土，历江湖，济沅湘，感悼子胥、屈原，乃作《悼骚赋》，盘石而沉之。"

42.《李尤传》："尤字伯仁，广汉雒人也。少以文章显。和帝时，侍中贾逵荐尤有相如、扬雄之风，召诣东观，受诏作赋，拜兰台令史。年八十三卒。所著诗、赋等，凡二十八篇。同郡李胜亦有文才，为东观郎，著诗、诔、颂、论数十篇。尤有《函谷关赋》、《东观赋》、《平乐观赋》。”

43.《后汉书》：“马融字季长，扶风茂陵人也。将作大匠严之子。为人美容貌，有俊才，好吹笛。为校书郎。顺帝时，迁南郡太守。与马皇后亲。坐高堂，施绛帐，前授生徒、后列女乐。郑元、卢植皆其弟子。后拜议郎，卒。”作《长笛赋》，序云：“融既博览典雅，精核数术，又性好音律，鼓琴吹笛，而为督邮，无留事，独卧郿县平阳邬中。有雒客舍逆旅，吹笛，为气出精列相和。融去京师踰年，暂闻，甚悲而乐之。追慕王子渊、枚乘、刘伯康、傅武仲等箫、琴、笙颂，唯笛独无。故聊復备数，作，《长笛颂》。”按汉多以赋为作颂，如《洞箫》及此是也。季长自言性好音乐，故集又有《琴》与《围棋》、《樗蒲》等赋。

44.《蔡中郎集》：“邕《述行赋·序》略曰：延熹二年秋，霖雨逾月。是年梁冀新诛，而徐璜、左琯等五侯擅贵于其处，又起显明苑于城西，人徒冻饿，不得其命者甚众。白马令李云以直言死，鸿胪陈君以救云抵罪。璜以余能鼓琴，白[①]朝廷，敕陈留郡守，遣余到偃师。病不前。得归。心愤此事，遂讬所过，述而成赋。”按《中郎集》，《琴赋》有三，余赏其一联云：“屈伸低昂，十指如雨。”

【校注】

①白朝廷：误作“自朝廷”，刻误，改。

45.《王逸传》：“子延寿字文考。有俊才，游鲁国，作《灵光殿赋》。蔡邕亦造此赋，及见延寿所为，遂辍翰而已，曾有异梦，意恶之，乃作《梦赋》以自厉。后溺水死，年二十余。”

46.《后汉书·冯衍传》：“衍不得志，退而作赋，命其篇曰《显志》，言光明风化之情，昭章玄妙之思也。”

47.《赵一传》：“恃才傲物，屡抵罪，友人救，得免。一贻书谢恩：

不敢班班显言，窃为《穷鸟赋》一篇。”

48.《边让传》：“少博辩能属文，作《章华赋》，虽多淫丽之辞，而终之以正，亦如相如之讽也。”

49.《后汉书·祢衡传》：“江夏太守黄祖长子射大会宾客，人有献鹦鹉者，射举卮[①]于衡前曰：‘愿先生赋之。’衡揽笔而作，辞采甚丽。后黄祖杀之，时年二十六。”衡字正平，平原人。

【校注】

①举卮：误作“举札”，据改。

50.《魏志·太祖纪》注曰：“太祖御军三十余年，手不捨书。昼则讲赋策，夜则思经传，登高必赋，及造新诗，被之管弦，皆为乐章。”

51. 魏文帝《柳赋·序》：“昔建安五年，上与袁[①]绍战于官渡，时余始植新柳。自始迄今，十有五载矣。感物伤怀，乃作斯赋。”又《南史·陆从典传》：“十二作《柳赋》，其词甚美。从父瑜特所赏爱。”

【校注】

①袁绍：误作“表绍”，刻误。改。

52. 魏文帝《临涡赋·序》云：“建安八年至谯，余兄弟从上拜坟墓，遂乘马游观，经东园，遵涡水，相徉乎高树之下，驻马书鞭，作《临涡》之赋。”

53.《魏书·陈思王传》：“植字子建。年十岁余，诵读诗论及辞赋数十万言，善属文。太祖曾尝视其文，谓植曰：‘汝倩人耶！’植跪曰：‘言出为论，下笔成章，愿当面试，奈何倩人。’时邺铜爵台新成，太祖悉将诸子登台，使各为赋。植援笔立成，可观。太祖甚異之。”

54.《经籍志》：“《洛神赋》一卷，孙壑注。”按：魏东阿王植，汉末求甄逸女，不遂，太祖回与五官中郎将。植殊不平。黄初中入朝，帝示植甄后玉镂金带枕，时已为郭后谗死。仍以枕赉植，植还度轘辕，将息洛水上，思甄后，忽见女来自言：“我本讬心君王，其心不遂，此枕是我在家时从嫁。今与君王，遂用荐枕席。”言讫，不复见。遂作《感甄赋》。后明帝见之，改为《洛神赋》。

55.《魏略》曰：“卞兰献赋，赞述太子德美。太子报曰：‘作者不虚其辞，受者必当其实。兰此赋，岂吾实哉？昔吾邱寿、王一[①]、陈宝鼎[②]、何武等徒以歌颂，犹受[③]金帛之赐。兰事虽不谅，义足嘉也。今[④]赐牛一头。’”

【校注】

①“王一”，原文脱“一”字。

②“陈宝鼎”，原文脱“鼎”字。

③“犹受”，原文脱“受”字。

④“今”原文误作“令”。

56.《魏志》：“王灿字仲宣，年十七，司徒辟召，除黄门侍郎，不就。乃往荆州依刘表。遂登江城楼作赋。”《文心雕龙》：“反对者，理殊趣合者也。”仲宣《登楼赋》云：“钟仪幽而楚奏，庄舄显而越吟。”此反对之类也。

57. 魏文帝《典论》：“如王粲之《初征》、《登楼》、《槐赋》、《征思》，徐幹之玄猿，《漏卮》、《团扇》、《桔赋》，虽张、蔡不过也。”

58. 魏文帝有《戒盈赋》，陈琳、阮瑀有《止欲赋》，皆见各集中。

59.《魏略》：“邯郸淳作《投壶赋》千余言，文帝以为工，赐帛千匹。”

60.《文士传》:“刘桢在曹植坐,厨人进瓜,命赋,桢赋立成。”

61.《魏志》注:“明帝将东巡,恐夏热,故许昌作殿,名曰:‘景福’,命人赋之。何晏遂有此作。晏字平叔,南阳人。尚金乡公主,有奇才,美容貌。曹爽反,为司马宣王诛。”

62.《魏志·刘劭传》:“尝作《赵都赋》,明帝美之。诏劭作《许都》、《洛都赋》。时外兴军旅,内营宫室。劭作二赋,皆讽谏焉。”

63. 张溥《阮步兵集》:“魏阮籍,瑀之子,作《东平赋》,文清遥古,雅有楚骚之遗则,凡赋中仍沓铺张薰蒸蹇涩诸习,皆洗濯尽去。”按:籍有《猕猴赋》。

64. 杨修有《孔雀赋》。

65.《魏书》:“嵇康,字叔夜,谯国人。拜中散大夫。殊好音乐,作《琴赋》。”

66.《吴志·诸葛恪传》注:“孙权尝飨蜀使费祎。祎停食饼,索笔作《麦赋》;恪亦请笔作《磨赋》。咸称善焉。”

67.《吴志·张纮传》:“纮见称琳作《武库赋》、《与书》深叹美之。琳答曰:‘自仆在河北,与天下隔,此间率少于文章,易为雄伯。今足下与子布在彼,所谓小巫见大巫,神奇尽矣。’”

卷 八

巴西李调元

旧话二

1.《晋书》:“傅玄,字休奕,比地泥阳人。少孤贫,博学,善属文。举秀才。除郎中,迁宏农太守,典农校尉,封鹑觚男。武帝受禅,进爵为子,加驸马都尉,迁大仆。卒,封清泉侯。撰《傅子》内、外中篇,并文集百余卷。”作《紫花赋》,《序》云:“紫华,一名长乐华。旧生于蜀,其东界特饶,中国奇而种之。余嘉其花纯耐久,可历冬而服,故与友生,各为之赋。”按:即今年景花也。

2.《傅休奕集》有《乘与马赋》,《序》云:“往日刘备之初降也,太祖赐之骏马,使自至厩选之。历名马以百数,莫可意者;次之下厩,有的颅马,委弃莫视,疲瘁骨立。刘备抚而取之,众莫不笑之。马超破苏氏坞,坞中有骏马百余匹。自超以下俱争取肥好者,而将军庞悳独取一騧马。形观既丑,众亦笑之。其后刘备奔于荆州,马超战于渭南,逸足电发,追不可逮。众乃服焉。”

3. 傅休奕《斗鸡赋》句云:“得势者凌九天,失据者沦九地。”

4.《晋书张华传》:“初未知名,著《鹪鹩赋》以自寄。阮籍见之,叹曰：‘王佐之才也！’由是声名始著。”

5. 晋《孙楚集》《杕杜赋·序》云：“家弟以虞氏《梨赋》见示，余谓岂以梨有用之为贵，杜无用之为贱？故无用获全，所以为贵；有用获残，所以为贱。故赋云尔。”

6.《晋书·庾凯传》：“著《意赋》以豁情，衍贾谊之鹏鸟也。从子亮见赋问曰：‘若有意也，非赋所尽；若无意也，復何所赋？’答曰：‘在有无之间耳’。”

7. 晋《挚虞传》：“字仲洽，长安人。少事皇甫谧。才学通博，著述不倦。邵檄主簿。虞尝以死生有命，富贵在天，故作《思游赋》。”

8. 晋束皙常为《劝农》及《饼》诸赋，文颇鄙俗，时人薄之。按：皙字广微，元城人。汉太子太傅踈广之后。王莽末，广曾孙孟达避难，徒居沙鹿山南。因去“踈”，之足，遂改姓焉。

9. 晋夏侯湛，字孝若，谯国人。幼有盛才，文章宏富，善构新词，而美容观。与潘岳善，行止同舆接茵，京都谓之“连壁”。作《秋可哀赋》，句云：“月延路以增夜，日迁行以收晖。”

10.《晋书》：“潘岳，字安仁，中牟人。少号为奇童。举秀才。太始中，武帝躬耕籍田，岳作《赋》以美其事。为河阳令，转怀令，调补度支郎，迁廷尉。评免。未几，选为长安令。作《西征赋》述所经。人物、山水，文清旨诣。寻为著作郎，迁给事黄门侍郎。与石崇谄事贾谧。既仕宦不达，乃作《闲居赋》。为孙秀所诬，族诛。”按：《文选》，潘岳尚有《笙赋》、《寡妇赋》、《怀旧赋》、《射雉赋》。何焯曰：“《射雉赋》极体物之妙，虽长卿为之，亦不过尔。”按：《射雉赋》有《序》，而《文选》不载，见唐李善注。《序》曰：“余徙家于琅邪，其俗实善射，聊以讲肆之余暇，而习媒翳之事，遂乐而赋之。”宋徐爰注曰：“媒者，少养雉子，至长狎人，能招养野雉，因名曰媒；翳者，所隐以射者也。”按《文选》尚有《秋兴赋》，序云：“晋十有四年。”李善注：“晋武帝太始十四年也。”按《晋武纪》，太始十一年改元咸宁，则当是咸宁四年。注似误。

11.《晋·陆机傅》：“机字士衡，吴郡人。祖逊，吴丞相。父抗，大司马。少有异才，文章冠世。与弟云俱入洛，造张华。华素重其名，如旧相识，辟为祭酒。以诛贾谧功，赐爵关内侯。齐王冏诛，伦灭死徙边，遇赦而还。冏既矜功自伐，受爵不让。机恶之，作《豪士赋》以刺焉。冏不之悟，而竟以败。机谓成都王颖必能康隆晋室，遂委身焉。假机后将军，河北大都督。机军大败，为宦人孟超所赞言有异志，伏诛。”《文选》云：“机识文体，故作《文赋》。”

12.《困学纪闻》：“《陆机传》云：‘弟云尝与书曰：君苗见兄文，辄欲焚其笔砚。’君苗未知氏姓。考之云集，有《与平原书》云：‘前登城门，意有怀，作《登台赋》，极未能成。而崔君苗作之，聊复成前意。’始知其为崔君苗也。”

13.《张华传》：“初，陆机兄弟志气高爽，自以吴之名家，初入洛，不推中国人士。见华，一面如旧。钦华德范，如师资之礼焉。华诛后，作诔，又为《咏德赋》以悼之。”

14. 陆机《赋·序》：“友人有作《嘉遁赋》与余者，作赋应之，号曰《应嘉》。”

15.《文选》陆士衡《叹逝赋》曰：“悲夫！川阅水以成川，水滔滔而日度；世阅人而为世，人冉冉而行暮。人何世而弗新？世何人之能故？野每春其必华，草无朝而遗露。经终古而常然，率品物其如素。”

16. 晋陆云字士龙，机之弟。六岁能属文，与机齐名。有笑疾。初诣张华，见华帛绳缠鬓，见而大笑。云与荀隐常会华坐，华曰：“今日相遇，可勿为常谈。”云因抚手曰：“云间陆士龙。”隐曰：“日下荀鸣鹤。”颖表为清河内史。颖讨冏，为前锋都督，机败，同遇害。太安二年八月，奸臣羊玄之称乱，凌逼乘舆。大将军身统[①]三军，以谋国难，云作《南征赋》，见本集。按：《文选》有《东征》、《西征》、《北征》，无《南征》。

【校注】

①“统三军”：原作“谋三军”。据本传改。

17.《晋·成公绥传》：“字子安，白马人。少有俊才，词赋甚丽。闲默自守，不求闻达。时有孝乌，每集其卢舍，绥谓有反哺之德，以为祥禽，乃作赋美之。又以天地之盛，古未有赋，遂为《天地赋》。绥雅好音律，尝当暑承风而啸，冷然成曲，因为《啸赋》。”张华每见其文，叹伏以为绝伦。事见张溥本集。

18. 张溥《题三张集》云：“晋代文人，有二陆三张之称。三张者，孟阳载、景阳协、季阳亢也。季阳才藻不逮二昆，文不甚显。”张载为《濛汜池赋》，傅休奕见而嗟叹，以车迎之，言谈竟日，为之延誉，遂知名。协亦有《洛禊赋》，俱见本集。

19.《张翰传》：“翰因秋风起，乃思吴中菰莱、蓴羹，鲈鱼鲙，曰：‘人生贵适意耳，何能羁宦数千里以要名爵乎？’遂命驾归。著《首邱赋》，人谓之见几。”按：翰字季鹰，诗有“黄花如散金”，唐人以命题试士，士多以为菊，合式者不满其数。

20.《左贵嫔传》：“左贵嫔名芬，兄思。芬少好学，善缀文，名亚于思。武[①]帝闻而纳之，拜修仪，受诏作《离思赋》。”

【校注】

①武帝：原作文帝。据传改。

21. 王隐《晋书》："左思父雍，起小吏，以能擢殿中侍御史。思少学钟繇书及鼓琴，皆不成。雍谓友人曰：'思所晓解，不及我少时也。'思乃发愤，造《齐都赋》，一年不出户牖。"

22. 《文苑传》："左思欲赋《三都》，移家京师，诣著作郎张载，访岷、邛之事。及赋成，皇甫谧为赋序，张载为注魏都，刘逵注吴、蜀。"张华见而叹曰："班、张之流也。"《世说》："左思作《三都赋》，十年而成。门庭、户席皆置笔砚，遇得一句，即便疏之。陆机入洛，欲为此赋，闻思作之，与弟云书曰：'闻有伧父欲作《三都赋》，须其成，以覆酒瓮耳。'及思赋出，机叹服。"孙绰云："三都、二京，五经之鼓吹也。"

23. 《世说》："左太冲作三都，初成，时人互有讥訾，思意不协。后示张华，张曰：'此二京可三，班、张之流也。使读之者尽而有余，久而更新。然君文未重于世，宜以经高名之士。'"思乃询求于皇甫谧，谧见之嗟叹，遂为作叙。于是先相非贰者，莫不敛衽赞述焉。

24. 《思别传》曰："思造张载，问岷蜀事，交接亦疎。皇甫谧，西州高士。挚仲治，宿儒知名，非思轮匹。刘渊林，卫伯舆。并蚤终，皆不为思赋序、注也。凡诸注解，皆思自为，欲重其文，故假时人名姓也。"

25. 《文士传》："何桢，字元幹。青龙元年诏曰：'扬州别驾何桢，有文章才识，使作《使作赋》，成，封上，不得令人见。'"桢遂造赋上。

26. 《世说》曰："孙兴公作《天台赋》，成，以示范荣期云：'卿试掷地，要作金石声。'范曰：'恐子之金石，非宫商中声。'然每至佳处，辄云："应是我辈语。"

27. 《孙绰传》："绰字兴公，少与许询俱有高尚之志。居于会稽，游放山水十有余年，乃作《遂初赋》以致其意。"又："大司马桓温以河南粗平，将移都洛阳，绰上疏，温不悦曰：'致意兴公，何不寻君《遂初赋》，知人家国事耶?’”按：本集《遂初赋》只有序，而佚其赋。序云：“余少慕老、庄之道，仰其风流久矣。却感于陵贤妻之言，怅然悟之，乃经始东山，建五亩之宅，带长阜，倚茂林，孰与坐华幕、及击钟鼓者同年而语哉!”

28.《晋书·郭璞传》：“璞著《江赋》，其辞甚伟，为世所称。后复作《南郊[1]赋》，元帝见而嘉之，以为著作佐郎。”

【校注】

①《南郊赋》：原作《南都赋》，据本传改。

29.《晋书·顾恺之传》：“恺之傅学有才气，曾为筝赋，成，谓人曰：‘吾赋可比秘康琴，不赏者必以后出相遗，识者亦当以高奇见贵。’”

30.《续晋阳秋[1]》：“袁宏为大司马记室参军，后为《东征赋》，悉称过江诸名望。时桓温在南州，宏语众云：‘我决不及桓宣城。’时伏滔在温府，与宏善，苦谏之，宏笑而不答。滔密以启温，温甚忿。以宏一时文宗，又闻此赋有声，不欲令人显问之。后游青山饮酌，既归，公命宏同载，众为危惧。行数里，问宏曰：闻名君作《东征赋》，多称先贤，何故不及家君？宏答曰：‘尊公称谓，自非下官所敢专，故未呈啟，不敢显之耳。’温乃云：‘君欲为何辞?’宏即答云：‘风鉴散朗，成搜或引，身虽可亡，道不可陨。则宣城之节，信为允也。’温泫然而止。”

【校注】

①原作《续晋阳春秋》。据《世说新语》改。

31.《世说》：“袁宏始作《东征赋》，都不道陶公。胡奴诱之狭室，临以白刀，曰：‘先公勋业如是，君作《东征赋》，云何相忽略?’宏窘蹙无计，便答：‘我大道公，何以云无?’因诵曰：‘精金百炼，在割能断。功则治人，职思靖乱。长沙之勋，为史所赞。’”二说不同。

32.《世说》："桓宣武命彦伯宏作《北征赋》，时宏从温征鲜卑故也。既成，公与时贤共看，咸嗟叹之。时王珣在坐感云：'恨少一句，得写字足韵，当佳。'袁即于坐揽笔益云：'不绝于余心，泝流风而独写。'公谓王曰：'当今不得不以此事推袁。'"

33.《晋[1]书》："庾阐，字仲初。九岁能属文，元帝时为散骑常侍。作《扬都赋》，见重于世。"世说："庾阐始作《扬都赋》，道温、庾云：'温挺义之标，庾作民之望。方响则金声，比德则玉亮。'庾公闻赋成，求看，兼赠贶之。阐更改'望'为'俊'，以'亮'为'润'云。"按：临川原本又云："赋成以呈庾亮，亮以亲族之怀，大为其名价云：'可三《二京》，四《三都》。'于是人人竞写，都下为之纸贵。谢太傅云：'不得尔，此是屋下架屋，事事拟学，而不免俭狭。'"

【校注】

①《晋书》：原误作《普书》。

34.《山堂肆考》："褚陶，字季稚，褚先生后也。年十三作《鸥鸟赋》。宛陵严仲弼见而奇之，曰：'褚先生复作矣！'"

35.《傅亮传》："亮见少帝失德，内怀忧惧，直宿禁中，睹夜蛾赴灯，作《感物赋》以寄意。"

36.《朱昂传》："尝读陶潜《闲情赋》而慕之，因广甚辞。"陶潜《闲情赋·序》："初，张衡作《定情赋》，蔡邕作《静情赋》。始则荡以思廉，而终归闲正。"梁昭明太子《陶潜集·序》："白璧微瑕，惟在《闲情》一赋。"

37. 宋鲍照《舞鹤赋》云："烟交雾凝，若无毛质。风去雨还，不可谈悉。"按：何焯批《文选》，极赏四句。

38. 鲍照《芙蓉赋》："感衣裳于楚赋，咏忧思于陈诗。"属对最工。

39.《文选》李善注鲍照文最有名者，《芜城赋》。何焯云："世祖孝建三年。竟陵王诞据广陵反，讨平之。芜城，广陵也。"

40.《宋书》："颜延之与陈郡谢灵运俱以词彩齐名，自潘岳、陆机之后，文士莫及也。"按：杨慎曰："延之《赭白马赋》云：'戒出家之败御①，惕飞鸟之时衡。''出'字不如'突'字。诗文有作者未工而后人改定着胜，如此类②多有之。"

【校注】

①"败御"：原文为"败驾"。

②"类"：原文脱。据《诗话》补。

41.《偶隽》："宋谢庄为庶子时，南平王献赤鹦鹉，诏群臣为赋。太子左卫率袁淑，文冠当时。赋毕，赍示谢侍中庄。时庄赋亦竟，其文云：'陆离羣渐，容与鸿轩。跃林飞岫，焕若轻雷激银汉；集场栖圃，烨若天桃被玉园。'又云：'月圆光于绿水，云泻影于青林。遡还风而耸翮，霑清露而调音。'袁见而叹曰：'江右无我，卿当独秀；我若无卿，亦一时之杰也。'遂隐其赋。"（按《光禄集》，原赋通篇只二十二句。"激银汉"本作"溢烟门"。）

42. 宋谢希逸庄《月赋》云："擅扶光于东沼，嗣若英于西冥。引元兔于帝台，集素蛾于后庭。歌曰：'美人迈兮音尘阙，隔千里兮共明月。临风叹兮将焉歇，川路长兮不可越。'"孝武帝吟叹良久，谓颜延之曰："希逸此作，可谓前不见古人，后不见来者。"延之对曰："美则美矣，但庄始知隔千里兮对明月。"帝召庄，以延之答语语之，庄应声曰："延之作《秋胡诗》，始知生为久别离，没为长不归。"帝抚掌笑曰："人好嘲谑，未有不遇其敌者。"

43.《宋书》："谢灵运为黄门侍郎，奉使慰劳高祖于彭城，作《撰征赋》，迁相国从事中郎。坐辄杀门生，免官。少帝即位，出为永嘉太守。郡有名山水，灵运素所爱好，有终焉之志，作《山居赋》，并自注，以言其事。"后诬叛，诛。

44.《偶隽》："谢惠连尝为《雪赋》，以高丽见奇。其文曰：'始缘甍而冒栋，终开簾而入隙。既因方而为规，亦遇园而成璧。眄隰则万顷同缟，瞻山则千岩俱白。'说者谓与谢庄《月赋》为一时劲敌。"按：《雪赋》首四句"岁将暮，时既昏。寒风积，愁云繁"。已开《阿房》发端。

45.《纪事》："唐张祜《爱妾换马诗》载：月夜，有人谓谢庄赋云：'斜汉左界，北陆南躔。白露暧空，素月流天。'对曰：'何不见赏风齐地表，云敛天末。洞庭始波，木叶微脱？'两人皆紫衣冠，似对者谢希逸，谓者江文通也。"

46.《谢庄传》："庄迁右卫将军加给事中，时河南献舞马，诏群臣为赋，庄所作为佳。又使庄作《舞马歌》，令乐工歌之。"

47.《宋书》："沈璞尝作《旧宫赋》，久而未毕。瑢与璞疏曰：'卿尝有速藻，《旧宫》何其淹耶？想行就耳。'璞因事陈答，辞义可观。"按：璞，约父也。

48. 宋何承天，东海人。为祠部郎。十六年，除著作佐郎，撰国史。有《木瓜赋》，见本集。

49. 宋《傅亮传》：字季文，灵州人。征武帝入辅，受禅，封建城县公。废少帝，立文帝。加左光禄大夫，进爵。始兴公伏诛初，少帝失德，内怀忧惧，直宿禁中，睹夜蛾赴烛，作《感物赋》以寄意。

50. 齐王俭有《和竟陵王萧子良高松赋》，谢朓亦有《奉竟陵王教作高松赋》，与《竟陵王集》无之，想佚之矣。本传：竟陵[①]文宣王萧子良，字云英，武帝第二子也。

【校注】

①原文漏“竟陵”二字。

51.《齐书·张融传》：“浮海至交州，于海中作《海赋》，文辞诡激，独与众异。后还京，以示顾凯之。凯之曰：‘此赋实超玄虚，但恨不道盐耳。’融即求笔注之曰：‘漉沙构白，熬波出素。积雪中春，飞霜暑路[①]。’此四句后所足也。”

【校注】

①“路”：原文为“露”。刻误，改。

52.《文章志》：“广川木华为《海赋》，文甚俊丽，足[①]继前良。”

【校注】

①“足”：原文为“足”。刻误，改。

53.《齐书传》：“潘尼与同僚饮，主人有琉璃碗，使客赋之，尼词甚工。”按：尼本晋荥阳人，字正叔，安仁从子。见几早归，封太常。齐初卒，谥曰贞。

54.《齐书》：“谢朓，字玄晖，陈郡阳夏人。少好学，长五言诗。沈约尝云：‘二百年来无此诗。’”有《酬[①]德赋》，为沈约作也。

【校注】

①“酬”：原文为“训”。刻误，改。

55.齐王融有《应竟陵王教桐树赋》，集中止十二句。又有《拟风赋》，止八句。

56.《梁高祖本纪》：帝天情睿敏，下笔成章。千赋百诗，直疏便就。六艺备闲，棋登逸品。作《围棋赋》。帝兼笃信正法，尤长释典。制《涅槃》、《大品》、《净名》、《三慧》诸经义记，数百卷。听览余闲，即于重云殿及同泰寺讲说，名僧、硕学、四部听众常万余人。作《净业赋》，又作《赋体》八句。

57. 梁武帝至性淳孝，六岁，献皇太后崩，水浆不入口三日。及丁文帝忧，气绝久之，每哭辄呕血数升。腹内不复尝米，惟资大麦，日止二溢。拜扫山陵，涕泪所沾，松草变色。即于钟山造大敬爱寺，青溪边造智度寺，又于台内立至敬等殿。月中再过，设净馔，每至展拜，恒涕泗滂沱。作《孝思赋》。俱见《自序》云。

58. 梁简文帝，六岁便属文。既长，篇章辞赋，操笔立成。《筝赋》云："谐云门与四变。杂六列与咸池。王赞既工。阮赋亦奇。"从来未经人道。

59. 梁元帝七岁封湘东王，试会稽太守，寻入尹丹阳，出牧荆州，召为护军，领石头戍。至是褰帷江州，作《玄览赋》。铺叙宦迹，该乎此篇。太清中，岳阳王府僚蔡大宝使江陵，帝示此赋，令注解，三日而毕。帝大嗟赏，赠遗甚厚。

60. 昭明太子有《铜博山香炉赋》。

61.《梁书》本传："江淹，字文通，考城人。仕梁，封醴陵侯。凡所著述三百余篇，自撰为前后集。"《梁典》："淹尝梦郭璞谓之曰：'君借我五色笔，今可见还。'淹郎探怀以笔付璞，自此才思稍减。"见《文选》、《恨》、《别》二赋小注。朱超支曰："《文通集》中有《去故乡赋》、《待罪江南思北归赋》，缠绵悱恻，风致与《恨》、《别》二赋略同，岂五色花管独工于言情之作耶?”

62. 江淹《醴陵集》十卷，赋分二卷，除超之所引外，尚有《倡妇自悲赋》、《哀千里赋》、《青苔赋》、《石劫赋》、《水上神女赋》、《泣赋》、《莲华赋》、《丹砂可学赋》、《灵北竹赋》、《赤虹赋》、《四时赋》、《金灯草赋》、《横吹赋》、《扇上彩画赋》、《伤友人赋》、《丽色赋》、《翡翠赋》、《江上之山赋》、《灯赋》、《知己赋》、《空青赋》、《学梁王兔园赋》、《伤爱子赋》，见裔孙炎云重刻本。首冠淹《自序传》，末云：“人生当适性为乐，安能精意苦力求身后之名哉！故自少及长，未尝著书，惟集十卷，谓如此足矣。重以学不为人交不苟合，又深信天竺缘果之文，偏好老氏清净之术。仕所望不过诸卿二千石，有耕织伏腊之资，则隐矣。尝愿幽居筑宇，绝弃人事，苑以丹林，池以绿水，左倚郊甸，右带瀛泽。青春爰谢，则接武平皋；素秋沉景，则独酌虚室。侍姬三四，赵女数人，不则逍遥经纪，弹琴咏诗，朝露几闲，忽忘老之将至。”淹之所学，尽此而已矣。

63. 梁沈约，字休文，武康人。仕齐为五兵尚书，迁国子祭酒，改授冠军将军。劝高祖受禅，为尚画仆射，封建昌侯，寻迁尚书念。约性不饮酒，虽时遇隆重，而居处俭素。主①宅东田，瞩望郊阜，尝为《郊居赋》。卒七十三，谥曰隐。

【校注】

①“主”：原文为“立”。刻误，改。

64.《梁书·王筠传》：沈约制《郊居赋》，构思积时。尚未都毕，乃要王筠示其草。筠读垒“雌霓连踡”，约抚拳欣忭曰：“仆常恐人乎为霓。”次至“坠石磓星”及“冰悬埳而带坻”，筠皆击节称赏。约曰：“知音者希，真赏殆绝，所以相要，正在此数句耳。”又云：“筠年十六为《芍药赋》，甚美。”

65. 梁陶弘①景，字通明，秣陵人。齐时为诸王侍读，永明十年上表辞禄，止句曲山，自号华阳隐居。卒，时年八十五，谥贞白先生。善辟穀导引之法，作《水仙赋》。

【校注】

①“弘”：原误为“宏”。改。

66. 梁丘迟，字希范，乌程人。八岁便属文，拜中书郎，迁司徒。作《思贤赋》。

67. 梁任昉，字彦升，乐安人。四岁诵诗数十篇，八岁能属文。掌东宫书记，转御史中丞、秘画监。自齐永元以来，秘阁四部篇卷纷杂，昉手自校雠，由是第目定焉。出为新安太守，以清洁著名。聚书至万余卷，率多异本。及卒后，武帝使学士贺踪共沈约勘其书目，官无者就其家取之。有《答陆倕知己赋》，又作《赋体》八句。

68. 梁陆倕，字佐公，吴人。天监初为参军。与乐安任昉友善，为《感知己赋》以赠昉，昉因此名以报之。除国子博士，中庶子，中正。又作《赋体》八句。

69. 梁刘潜，字孝仪，彭城人，秘书监孝绰第也。兄弟并工属文，孝绰常曰：“三笔六诗。”三，即孝仪；六，孝威。潜有《叹别赋》，孝威有《白雀颂》。孝绰，小字阿士。王融尝曰：“天下文章若无我，当推阿士。”

70. 梁何逊，字仲言，东海郯人。天监中兼尚书水部郎。有《穷乌赋》。文章与刘孝绰并见重，时谓之“何刘”。

71.《梁书·王规传》：“天监十二年，造太极殿，规献《新殿赋》，其辞甚工。”

72.《金楼子》：“刘体元好学，有文才，为《水仙赋》，人以为不减

《洛神》。”

73. 《文学传》：“周兴嗣博学，善属文。梁天监初，奏《休平赋》，其文甚善，武帝嘉之。又河南献舞马，诏兴嗣与待诏到沆、张率为赋，帝以兴嗣为工。”

74. 《梁书传》曰：“张率为待诏，赋奏之，甚见称赏。手敕答曰：‘相如工而不敏，枚皋速而不工。卿可谓兼二子于兹矣。’率字士简。同兴嗣献《舞马赋》，庾肩吾曰：张士简之赋。”

75. 梁吴均，字叔庠，吴兴故鄣人。与何逊为武帝进倖，后稍失意，帝曰：吴均不均，何逊不逊。待诏著作奉朝请。先是均将著史以自名，欲撰《齐书》，求借《齐起居注》及《群臣行状》，武帝不许，遂私撰《齐春秋》奏之。书称帝为齐明帝佐命。帝恶其实录，敕付省焚之。坐免职。均注范烨《后汉书》九十卷，文集二十卷，有《吴城赋》、《八公山赋》。

76. 《梁书·萧子显传》：“好学工文，尝著《鸿序赋》。尚书令沈约见而称曰：‘可谓得明道之高致，益《幽通》之流也。’”

77. 萧子云，字景乔。子显弟。作《玄圃园讲赋》，见《续文选》。

78. 《梁书·刘杳传》：“以本官兼廷尉正，又以足疾鲜。著《林庭赋》，王僧儒见之叹曰：‘《郊居》以后，无复此作。’”

79. 《续文选》：“梁张缵，字伯绪，范阳方城人，为湘州刺史，述职经途，作《南征赋》。”

80. 梁王僧儒作《赋体》八句。

81. 《陈后主集》有《夜亭度雁赋》。

82.《陈书》："徐陵，字孝穆，东海郯人。仕陈为尚书左仆射。自有陈创业文，檄军书及①禅、授诏、策，皆陵所制，而《九锡》尤美。陵为一代文宗，其文颇变旧体，缉裁巧密，多有新意。每一文出手，好事者已传写成诵，被之华夷，家藏其本。集存着三十卷。"

【校注】

①檄军书及："军书及"三字，原省，据本传补。

83.《陈书·陈炯传》："武康人。梁元帝征为黄门侍郎，荆州陷，为西魏所虏。炯以母老在东恒，思归国，恐魏人爱其文才而留之，恒闭门却埽，无所交遊。时有文章，旋即弃毁，不令流布。尝独行，经汉武通天台，为表奏之，陈己思归之意。其夜梦见有宫禁之所，兵卫甚严，炯便以情思陈诉，闻有人言：'甚不惜放卿还，几时可至?'少日，便与王克等并获东归，乃作《归魂赋》。"

84.《陈书》："江总，字总持，考城人。仕梁，为宣城王参军。诏以总权兼太常卿，御侯景，守小庙台。城陷，总避难，崎岖累年，至会稽郡，憩于龙华寺，乃制《修心赋》，略序时事。流寓岭南，征还，直侍中省。后主即位，迁尚书仆射，日与后主游宴后庭，当时谓之狎客，以至国亡。有文集三十卷。"集中《贞女峡赋》、《南越木槿赋》，皆岭南作也。

85.《陈书》："张正见，字间颐，武城人。由参军迁度支郎。初遭梁季丧乱，避地于匡俗①山。"作《衰桃赋》以自寓。

【校注】

①俗：原作"谷"，据本传改。

86.《虞世基传》："仕陈，为尚书左丞。陈王尝于莫府山校猎，令①世基作《讲武赋》，于坐奏之，陈主嘉之，赐马一匹。"

【校注】

①令：原作“今”，刻误，改。

87. 袁枢在陈为秘书监。后主闻其才，诏为《月赋》一篇，洒然无留思。后主曰：“谢庄不得独美于前矣。”见《唐书》。

88.《南史》：“陈顾野王，字希冯，吴人。九岁制《日赋》，朱异见而奇之。”

89.《陈书·蔡凝传》：“凝字子居，为晋熙[1]王府长史，郁郁不得志，因制《小室赋》以见志，甚有辞理。”

【校注】

①晋熙：原文脱“熙”。据本传补。

90. 北魏高允，字伯恭，渤海人。拜中书令。明算术。享寿九十八，谥曰文。有《鹿苑赋》。

91. 唐令狐德芬《北周·庾信传》：“庾信，字子山，南阳新野人也。父肩吾，仕梁中庶子。东海徐摛为作卫率，摛子陵及信并为抄撰学士。父子在东宫，出入禁闼，恩礼莫与比伦。既有盛才，文并绮艳，故世号为《徐庾体》焉。当时后进竞相模范，每有一文，京都莫不传诵。累迁尚书度支郎，为郢州别驾，聘东魏。还，为东宫学士。侯景乱，简文帝命信营朱雀航。景至，台城陷，信奔江陵，除御史中丞。来聘，遂留长安。孝闵帝践祚，封临清县子。出为宏农郡守，迁骠骑大将军开府，拜洛州刺史，爵义城县侯。时陈氏与朝廷通好，南北流寓之士，各许还其旧国。高祖惟放王克、殷不害等，信及王褒留而不遣。信虽位望通显，常有乡关之思，乃作《哀江南赋》以致意云。”著述二十卷，止入魏以来，见北周滕王逌[1]《庾信[2]集序》。按：晁氏云：“太宗端拱中，进士刘安国酷爱《哀江南赋》，虽日旰未食而不饥，盖词气鼓动，快哉惬心而已。故前贤评品，以为风雅之变，而流宕之胜者。”

【校注】

①滕王逌：原作“滕王宇”。据《周书》本传改。

②庾信集序：原作“庚子集序”。据《文苑英华》改。

92.《朝野佥载》：“梁庾信初至北周，文士多轻之。信将《枯树赋》以示之，于后无言者。”

93. 姚旅《露书》莆田姚园客曰：“庾信《华林园马射赋》曰：‘千乘雷动，万骑云屯。’曰：‘选朱汗之马，开黄金之埒。’曰：‘鸣鞭则汗赭，入埒则尘红。’曰：‘马似浮云向埒。’一事屡见，不免重叠。然犹意异，古或不忌。至如‘驺虞九节’，后曰：‘诗歌九节。’如‘吟猿落雁’，后曰：‘雁失群而行断，猿求林而路绝。’如‘缫则锦市俱移，钱则铜山合徙’，后曰：‘水衡之钱山积，织室之锦霞开。’则不胜重犯矣。盖子山只务琢句，不计文理故耳。”按齐魏收曾谓邢邵于《沈约集》中作贼，余亦谓唐王勃尝于庾信赋中作贼，盖《滕王阁序》“落霞与孤鹜齐飞，秋水共长天一色”。实偷子山《华林园马射赋》“落花与芝盖同飞，杨柳共春旗一色”也。如姚所摘，实皆警句，不得以重叠疵之。

94. 北周滕王逌，字尔固突，撰《庾子山集序》云：“信降山岳之灵，缊烟霞字秀”；“妙善文词，犹工诗赋。”洵哉言也！庾赋，集中共十四篇，无不工丽，如《小园赋》、《伤心赋》、《春赋》、《七夕赋》、《荡子赋》、《竹杖赋》、《笻竹杖赋》、《象戏赋》、《镜赋》、《灯赋》、《对烛赋》、《鸳鸯赋》，及《枯树》、《哀江南》，其警句摘之不胜其摘。而零金断玉，尚有《愁赋》数语，见宋叶廷珪《海录碎事》，犹堪令人讽诵不已。赋云：“谁知一寸心，乃有万斛愁。”又云：“攻许愁城终不破，荡许愁门终不开。何物煮愁能得熟？何物烧愁能得然？闭门欲驱愁，愁终不肯去。深藏欲避愁，愁已知人处。”

95.《齐书》："邢邵，字子才，河间鄚人。十岁便能属文，除著作佐郎。自孝明之后，文雅大盛，邵雕虫之美，独步当时。每一文出，读诵俄遍远近。与济阴温子升为文士之冠，世论谓之《温邢》。"有《新宫赋》。

96.《齐书》："魏收，字伯起，曲阳人。年十五颇已属文，初除太学博士，迁侍郎，典起居注，并修国史。孝城狩于嵩少之南，旬有六日，时天寒，朝野嗟怨。收欲言则惧，欲默不能已，乃上《南狩赋》以讽焉，时年二十七。虽富言淫丽，而终归雅正。帝手诏报焉，甚见褒美，除从事中郎。收不敢辞，乃为《庭竹赋》以致己意。寻兼中书舍人，兼散骑常侍，副王昕使梁。收在馆买吴婢入馆，其部下有买婢者，收亦唤取，遍行奸秽。在途作《聘游赋》，辞甚美盛，人称其才，而鄙其行。使还，禁昕收其台，久之得释。收位既不遂，求修国史，轻薄尤甚，人号'惊蛱蝶'。久之，仍兼太子詹事。收无子，魏太常刘芳孙女、中书郎崔少师女，夫家作事，帝并赐，收为妻，时人比之贾充置左右夫人。后病甚，恐身后嫡媵不平，乃放二姬。及疾瘳，追忆，作《怀离赋》以申意。收与温子升、邢字才齐誉，世号'三才'。收以温子升全不作赋，邢虽有一两首，又非所长，常云：'会须作赋，始成大才。士唯以章表碑志自许，此外更同儿戏。'自定武二年，国家大事诏命，皆收所作，敏速之工，邢、温所不逮云。"

97.《北史·刘书传》："制一首赋，以六合为名，自谓绝伦。曾以赋呈魏收而不拜。收忿之，谓曰：'赋名《六合》，已是大愚；文又愚于六合。'书以示邢子才，子才曰：'君此赋[1]正似疥骆驼，伏而无妩媚。'"

【校注】

①此赋：原作"此才"。据本传改。

98. 隋卢思道，字子行，范阳人。周武帝平齐，授仪同三司。追赴长安，与阳休之等数人作《听蝉鸣篇》，思道所为词意清切，为时人所重。高祖为丞相、迁武阳太守。非其好也，为《孤鸿赋》以寄其情。

99.《北史[①]·阳休之传》："好学爱文藻，时人谓之语曰：'能赋能诗阳休之。'"

【校注】

①北史：原作《隋书》。误，改。

100.《隋书》："李德林，字公辅，博陵安平人。幼聪敏，年数岁诵左思《蜀都赋》，十余日便度。高隆之见而嗟欢，遍示朝士云：'若假其年，必为天下伟器。'邺京人士多就宅观之，月余日中，车马不绝。及年十五，日数千言，善属文，辞覈而理畅。魏收对高隆之谓其父曰：'贤子文笔，终当继温子升。'隆之大笑曰：'魏常侍殊已嫉贤，何不近比老彭，乃远求温子。'年十六遭父难，归。德林射策五条，考皆为上。以天保季世，乃谢病还乡。皇建初，下诏，追赴晋阳。撰《思春赋》一篇，世[①]称典丽。陈平，授柱国郡公，实封八百户。卒谥曰文。"即唐李百药之父也。

【校注】

①世：原作"代"。据本传改。

101.《隋书·薛道衡传》："字玄卿，汾阴人。年十三，讲《左氏传》，见子产相郑之功，作《国侨赞》，颇有词致，见者奇之。大定中授仪同，兼散骑常侍。聘陈，江东雅好篇什，陈主尤爱雕虫道。衡每月所作，南人无不吟诵焉，道衡每构文，必隐坐空齐，蹋壁而卧，闻户外有人必怒，其沉思如此。"有《宴喜赋》。

102.《隋画·于宣敏传》："常以盛满之诫，昔贤所重，每怀静退，著《述志赋》以见其志焉。"

103.《隋书·潘徽传》："秦孝[①]王俊闻其名，召为学士。尝从俊朝今师，在途，令徽于马上为赋，行一驿而成，名曰《述思赋》。俊览而善之，复令为万字文，并遣撰集字书，名为《韵纂》，凡三十卷。"

【校注】

①秦孝王：原脱“孝”字。据本传补。

104.《隋书·杜正玄传》：“杨素负才傲物，正玄无所屈挠。会林邑献白鹦鹉，素促召正玄，及至，即令作赋，授笔立成。素见文不加点，始异之。”

105.《隋书·王贞传》：“字孝逸。齐王暕镇江都，闻其名，以书召之，作启谢。齐王览所上集，善之。贞后上《江都赋》，赐钱十①万。”

【校注】

①十：原作“百”。据本传改。

106. 明张溥云：“卢子行自齐入周，作《听蝉诗》；迁武阳太守，作《孤鸿赋》；沦滞官途①，作《劳生论》，忧愁所寄，并为时称。然谭世变，刺炎凉，《论》乃独出矣。”

【校注】

①途：原作“凃”，刻误，改。

107.《文士博》：“张俨、张纯、朱异俱童少，往见朱据，据闻三人才名，欲试之，诰曰：‘其为吾各赋一物，然后乃坐。’俨赋犬，纯赋席，异赋弩，三人各随其目所见而赋之，皆成而后坐。据大欢悦。”

108.《南史·卞彬传》：“彬废不得仕进，乃拟赵壹《穷鸟》为《枯鱼赋》，又作《蚤虱》、《蜗虫》、《虾蟆》等赋，皆有指斥。其《蚤虱赋序》云云，皆实录也。”

109.《南史·文学传》：“永明中，琅琊诸葛勗为国子生，作《云中赋》，指祭酒以下，皆有形似之目。”

110.《北史·刘璠传》："曾卧疾居家，对雪兴感，乃作《雪赋》以遂志。"

卷　九

巴西李调元赞菴雨村

旧话三

1. 唐太宗《赋序》:“许敬家有小池，作赋赐之。”

2.《许敬宗传》:“敬宗子娶尉迟敬德女孙，太宗赐长孙无忌《威凤赋》，敬宗猥称赐敬德。”在《唐史·奸臣传》。

3.《唐书·崔仁师传》:“太宗幸翠微宫，上《清暑赋》以讽。帝称善，赐帛五十段。”

4.《唐诗纪事》:“薛收，善属文，为秦王府主薄，金部郎中，武德七年卒。太宗即位，语玄龄曰：‘收若在，朕当以中书令处之。’收与弟德音、元敬齐名，号‘河东三凤’。收为长离，德音为鸑鷟，元敬年最少，为鹓雏。”收《琵琶赋》云：“尔其状也，龟腹凤颈，熊据龙旋。戴曲履直，破觚成圆。虚心内受，劲质外宣。磅礴象地，穹崇法天。侯八风而运轴，感四气而鸣弦。金华徘徊而月照，玉桂的历以星悬。”

6.《纪事》:“虞世南，越州人。太宗称其有五绝：德行忠直、博学、文词、书翰也。”武德四年，太宗为天策上将军。宫城西开文馆，世南与焉。同作《琵琶赋》云："体备商角，韵包宫羽。横却月于天汉，霭回风于洛浦。始闻纮之既调，乃长弄而徐抚。应缓步之疏节，随轻身之妙舞。悲紫塞之昭君，泣乌孙之公主。季伦欢金古之宴，仲容畅竹林之聚。"又云："其奇趣则抑扬嘈噆，联绵断续。纡余双鹄之吟，清壮三秦之曲。望南山之邀翠，见西江之始绿，少年有长命之词，娼女有可怜之调。愿百龄兮眉寿，重千金之巧笑。"

7. 王绩《答冯子华书》："吾往见薛收《白牛溪赋》，韵趣高奇，词义旷远，嵯峩萧瑟，真不可言，杨、班之俦也！吾近作《河渚独居赋》，为仲长先生所见，以为可与'白牛'连类，今写一本相示。"

8.《纪事》："世称王、杨、卢、骆。杨盈川之为文，好以古人姓名连用，如张平子之略谈，陆士衡之所记。潘安仁宜其陋矣，仲长统何足知之，号为'点鬼薄'。宾王文好以数对，如'秦地重关一百二，汉家离宫三十六'，号为'算博士'。"

9.《华国编》："王勃《九成宫东台赋序》'金石千声，云霞万色'，可驾所作《滕王阁序》'落霞与孤鹜齐飞，秋水共长天一色'之上。"

10.《旧唐书》："如意元年七月望日，宫中出盂兰盆，分送佛寺。杨炯献《盂兰盆赋》，词甚雅丽。"

11.《赋格》："杨炯《浑天赋》有名，后两段袭用《天问》，微嫌弩末。"

12.《偶隽》："唐著作局有双槿树，卢照邻同崔少监作赋，序云：'蓬莱山上，即对神仙。芸香阁前，仍观秘宝，金悬秦市，扬子见而无言；纸贵洛城，陆生闻而罢笑。故知柔條朽干，吹嘘变其死生；落叶凋花，剪拂成其光价。方且传石渠之故事，得槿树之新名。足以脂粉仙台，丹青秘府者也。'赋云：'地则图书之府，人则神仙之灵。中有芳蕣，郁郁亭亭。两砌分植，双阶并耀。叶镂五衢，荣分四照。青陆至而莺啼，朱阳升而花笑。紫蒂红蕤，玉蘂苍枝。露华的砾，风色徘徊，寂寞倏利，栖闲此地。委命舒卷，随时荣顇。外无婴夭之祸，内有逍遥之致。’赋出，一时竞写。因名著作局为双槿署云。”

13. 骆宾王在徐敬业府，为敬业檄武后罪状。武氏览及“入门见嫉，娥眉不肯让人，掩袖工谗，狐媚偏能惑主”。微笑而已。至“一抔之土未乾，六尺之孤安在”，不悦曰：“宰相何得失如此人!”敬业败，宾王亡命，不知所之。中宗时诏求其文，得数百篇。有《营火赋》，末联云：“倘余辉之可照，庶寒灰之重然。”亦可哀矣。

14.《困学纪闻》：“骆宾王《萤火赋序》：‘类同而心异者，龙蹲归而宋树伐；质殊而声合者，鱼形出而吴石鸣。’龙蹲，谓孔子。《春秋演孔图》：‘孔子坐如蹲龙，立如牵牛。’”

15. 唐《文艺传》：“谢偃尝作《尘影赋》二篇，太宗爱其文，召见。欲偃作赋，先为序一篇受偃，使赋。偃缘帝指，名篇曰《述圣》。帝悦，赐帛数十。”时李百药善诗，而偃善赋。按：述圣云者，本太宗自序而述之也。《华国编》不知偃作，而附入阙名。且云：“当是房，杜诸公手笔。”岂非呓语？

16.《纪事》：“崔融《瓦松赋·序》曰：‘崇文馆尾松者，产于屋霤之下，谓之木也。访山客而未详，谓之草也。验神农而罕记。’赋云：‘煌煌特秀，状金芝产霤；历历虚悬，若星榆之种天。葩倏郁毓，根抵连卷。开紫苔而裹露，凌碧瓦而含烟。’又曰：‘惭魏宫之乌悲，恧汉殿之红莲。’崔公博学，莫不该悉。岂不知瓦松已有旧说乎？《博雅》云：‘在屋曰昔邪，在墙曰垣衣。’《广志》谓之兰香，生于久屋之瓦。魏明帝好之，命长安西载其瓦至洛阳覆屋。前代词人诗中多用‘昔邪’，梁简文咏蔷薇曰：‘绿阶覆碧绮，依簷映昔邪。’或言屋上木多松栽土，木气洩则瓦松[①]生。出《酉阳杂俎》。乌悲，未详。”大凡武后之诗文，皆元万顷、崔融辈为之，附易之兄弟，朝廷大笔多手敕委之，撰《武后哀册》，最高丽，绝笔而死。时谓思苦神竭云。

【校注】

①瓦松：原作“瓦尾”，改。

17.《李百药传》：“授太子右庶子。太子数戏媟无度，乃作《赞道赋》以讽。他日，帝曰：‘朕见卿赋述古储二事，劝励甚祥。何任卿，固所望耳。’赐綵三百段。”百药幼多病，祖母以百药为名，七岁能属文，有说徐陵文者云：“藉瑯琊之稻。”坐客并不识其事，百药进曰：“传称鄅人藉稻，鄅国在瑯琊开阳县。”人皆惊喜。齐、陆人谓其父云：“此儿即神童。”

18. 刘允济[①]奏上《明堂赋》以讽，则天甚嘉叹之，拜著作郎。

【校注】

①刘允济：原误作“刘允沧”。据《唐书》本传改。

19.《唐书》：“刘知几著《慎思赋》以刺时，苏味道、李峤见之，相顾而叹曰：“陆机《豪士》之所不及也。当今防身要道，尽在此矣。”

20.《纪事》：“崔湜以文词称，附韦后作相，又附太平公主。门下客献《海鸥赋》以讽，湜称善而作不自悛。帝诛萧至忠，赐死荆州。”弟液坐湜，亡命郢州，作《幽征赋》，遇赦还。

21.《唐书》：“徐彦伯七岁能为文。会郊祭，上《南郊赋》一篇，辞致典缛。秉笔累朝，后进翕然慕仿。”《纪事》：中宗景龙二年，始作修文馆。置大学士四员，学士八员，直学士十二员，象四时、八节、十二月。徐彦伯与选直学士。三年十一月乙丑[①]南郊，上《南郊赋》。彦伯为文，多变易求新。以凤阁为鹓阁，龙门为虬户，金谷为铣溪，玉山为琼岳，竹马维篠骖，月兔为魄兔。后进士效之，谓之徐涩体。

【校注】

①十一月乙丑：原作“二十三日”，脱误。据《旧唐书》改。

22.《纪事》：刘禹锡曰：“昔宋广平熄之沉下僚也，苏公味道时为绣衣直指使者，广平投以《梅花赋》。苏盛称之，自是方列于闻人之目，名遂振。鸣呼！以广平之才，未为是赋，则苏公果暇知其人耶？将广平困于穷，阨于踬，然后为是文耶？知英贤卓荦，可外文字，然犹用片言借说于先达之口，席其势而后骧首当时。矧碌碌者，畴能自异？”皮日休曰：“余尝慕宋广平之为相，贞姿劲质，刚态毅状，疑其铁肠石心，不能吐婉媚词。然观其文而有《梅花赋》，清便富艳，得南朝徐、庾之体，殊不类其为人。”

23.《偶隽》：“张曲江九龄在相位，每见帝极言。李林甫方同列，阴欲中之。会将牛仙客实封，曲江称其不可，甚不叶帝旨。他日林甫请见，屡陈曲江诽谤。于时方秋，帝命高力士持白羽扇以赐，将寄意焉。曲江乃献赋自况，其末曰：‘纵秋气之移夺，终感恩于箧中。’又为《燕诗》，末曰：‘无心与物竞，鹰隼莫相猜。’林甫览之，知其必退，恚怒稍解。”

24.唐高盖《花萼楼赋. 序》：“开元中，天子筑宫于长安东郭，以眷夫代邸之义旧者①，中宫起楼，以花萼相辉为名，所以敦友第之义也。有司盛称兹楼，竝命赋之。”

【校注】

①旧者：原作“旧书”。据《全唐文》改。

25.《纪事》：“李白云：‘余昔于金陵见司马子微，谓余有仙风道骨，可以神游八极之表，因著《大鹏赋》以见志焉。’”

26.《唐书》：“杜甫，字子美。玄宗朝献《太清宫》、《乡庙》及《郊大礼赋》三篇。帝奇之，使待制集贤院。数上赋颂，因高自称道。”《纪事》："子美献三赋，崔国辅、于休烈，每称述焉。"

27. 《唐书·艺文志》："李淳风《太乙枢会赋》一卷。又注颜之推《稽圣赋》一卷。"

28. 《唐书·萧颖士传》："为集贤校理，李林甫怒其不下已，调广陵参军事。颖士不能堪，作《伐樱桃树赋》以讥林甫。"

29. 《唐语林》："李华作《含元殿赋》，萧颖士见之曰：'景福之上，灵光之下。'华字遐叔，以文学自名，与萧颖士、贾幼几为友。华作赋云：'星锤电交于万渚，霜锯冰解于千寻。拥梯成山，攒杵为林。'颖士读之，谓华曰：'可使孟坚瓦解，平子士崩矣。'幼几曰：'未若天光流于紫庭，测景入于朱户。腾祥灵于郁霭，映旭日至葱茏。'华曰：'某所自得，惟括万象以为尊，特巍巍于上京。则命征般石之匠，下荆扬之材。操斧执斤者万人，涉碛砾而登崔嵬。'不让《东西二都》也。时人以华不可居萧、贾之间。"与颖士齐名，称萧、李。

30. 《纪事》："陶翰，润州人。开元中为礼部员外郎。以《水壶赋》得名。"

31. 《唐书》："吕向，字子回。开元十年入翰林。时帝遣采天下姝好，号花鸟使。向因奏《美人赋》以讽，帝善之。"

32. 《唐书·岑文本传》："文本，字景仁。父之象仕隋，坐为人讼，不得申。文本年十四，诣司隶理冤。众属目命作《莲花赋》，文成，合台嗟赏，遂得直。"

33. 《纪事》："孙逖，河南人。年十五，崔齐公日用试《土火炉赋》，援翰立成。甫冠，三擅甲科。吏侍王丘试《竹簾赋》降阶约拜，待以殊礼。"

34.《闽川名士传》曰："贞元中，杜黄裳知贡举，试《珠还合浦赋》。进士林藻赋成，凭几假寐，梦人谓之曰：'若赋甚佳，但恨未叙珠去来之意耳。'藻寤视稿，乃足四句。其年擢第。谢日，黄裳曰：'惟林生叙珠来取之意，若有神助。'"

35.《困学纪闻》："钱起，名在第六。《豹舄赋》。"

36. 吕温《由鹿赋序》："贞元丁卯岁，予南出穰樊，遇野人系鹿而至者，问之，答曰：'此为由鹿，由此鹿以致群鹿也。'乃感而作《由鹿赋》。"

37.《纪事》："裴度贞元中作《铸剑戟为农器赋》，其首云：'皇帝之嗣为十三[1]载，寰海镜清，方隅砥平。驱域中尽归力穑，示天下不复用兵。'其后作相，立殊勋，致太平，已见于闻矣。唐赵璘云：'晋公作赋，观其气概已如此。进士李为作《泪》及《轻》、《薄》、《暗》、《小》四赋，李贺[2]作《乐府》，多属意花草蜂蝶之间，二子终不远大。文字之作，可以定相命优劣矣。'"

【校注】

①十三：原作"三十"，倒误，改。

②李贺：原作"李货"，刻误，改。

38.《唐[1]科名记》云："贞元八年，陆贽主司，试《明水赋》、《御沟新柳诗》。其人贾稜、陈羽、欧阳詹、李博、李观、冯宿、王涯、张季友、齐孝若、刘遵古、许季同、侯继、穆贽、韩愈、李绛、温商、庾承、宣员结、胡谅、崔群、邢册、裴光辅、万瑫，是年一榜多天下孤隽伟杰之士，号龙虎榜。"吕大防《韩谱》云："壬申春登进士第，公《上邢君牙书》云：'二十五而擢第于春官。'按：姚康《科第录》，李博实本年末名。科名记录于第四非也。"按赋见公《外集》，诗则逸久矣。

【校注】

①唐：误作“广”。刻误，改。

39.《柳宗元传》：“宗元不得召，内闵悼悔前吝，作赋自儆曰《惩咎》。”《柳河东集》：唐人惟柳柳州可称骚学独擅，凄情哀旨，自怨自悔。虽其人不足言，其志大可悼也。故《惩咎》、《闵生》，足胜昌黎《复志》、《闵己》。

40. 李翱《幽怀赋》序：“朋友有相[1]欢者，赋《幽怀》以答之。”

【校注】

①相：原作“自”。据《全唐文》改。

41.《酉阳杂俎》：“丰都稻名重思，其米如石榴子，粒稍大，味如麦。杜琼作《重思赋》曰：‘霏霏春暮，翠矣重思。云气交被，嘉谷应时。’”

42. 弘农杨敬之撰《华山赋》，李太尉每置座右，行坐讽之。

43.《翰苑新书》：“杨恭之为国子祭酒，为《华山赋》，示韩愈。愈称之，士林一时传布。”

44.《唐书》：“陆扆，帝尝作赋，诏学士皆和。独扆最先就。帝[1]览之叹曰：‘贞元时，陆贽、吴通玄兄弟善内廷文书，后无继者，今朕得之。’”

【校注】

①帝览之：原作“弟揽之”。刻误，改。

45.《唐语林》：“德宗每年征四方学术直言极谏之士，至者萃于阙下，上亲自考试，绝请托之路。上试制科于宣政[1]殿，或下等者，即以笔抹之至尾；其称旨者，必吟诵嗟叹。翌日，遍示宰相学士曰：‘此皆朕之门生。

公卿无不服上精鉴。’宏词独孤绶吏部试《放驯象赋》，上自考之，称其句[②]曰：‘化之式孚，则必受乎来献。物或违性，斯用感于至仁。’上特书第三等。先是代宗时，外方进驯象三十二，上即位悉令于荆山之南。而绶[③]献赋不伤于顾忌，上赏其知去就。”

【校注】

①宣政殿：原作“宣德殿”。据《杜阳杂编》改。

②称其句：原作“称其白”。据《唐语林》改。

③绶：原作“授”。刻误，改。

46.《困学纪闻》：“独孤《驯象》，世以为工；子云《甘泉》，晚而悔作。晏元献谓赋也[①]。独孤绶赋云：‘返诸林邑之野，归尔梁山之隅。时在偃兵，岂婴乎燧尾；上惟贱贿，宁恤乎焚驱。’”

【校注】

①赋也：原脱，补。

47.《白居易集年谱》：“贞元十六年庚辰二月十四日，中书舍人高郢下第四人及第。省[①]试《性习相近远赋》、《玉冰记方流诗》。”《摭言》云：“携谒校书郎李逢吉，初不为意，及览赋头云：‘下自人，上达君。咸德以慎立，而性由习分。’大奇之。”元稹为集序云：“贞元末，进士尚驰竞。高郢始用经艺为进退，乐天一举擢上第。明年拔萃甲科。由是《性习相近远》、《求玄珠》、《斩白蛇》等赋及《百道判》，新进士竞相传于都下矣。”

【校注】

①省试：原脱“省”。据《年谱》改。

48.《纪事》：“刘禹锡附叔文，擢度支员外郎，人不敢斥其名，号二王刘柳。宪宗立，禹锡贬连州。武元衡初不为宗元所喜，及是执政。禹锡久落魄，乃作《问大钧》、《谪九年》等赋，欲感讽权要。久之，召还，乃作《玄都观诗》，贬播州。”

49.《唐书》：“高郢九岁工属文，著《语默赋》，诸儒称之。”《语林》云：“文宗读高郢《无声乐赋》、白居易《求玄珠赋》，谓之玄祖。”

50.《纪事》：“白行简，居易弟，字知退，小字阿怜。以《泸水罗赋》得名，其警句云：‘礁螟之生必全，有以小为贵者；江汉之流虽大，尽可一以贯之。’又曰：‘夕挂于壁，如满月之在天；晓用于人，状圆荷之映水。’”以《五色露赋》登第，一赋载《文苑英华》，其次即贾竦，三即王起也。

51.《赋钞笺略》：“白敏中，字用晦。承学诸兄，长庆初第进士。武宗雅闻居易名，是时居易足病废，宰相李德裕荐敏中文词类其兄，而有器识。即日召入翰林为学士，官至太傅。有《息夫人不言赋》。”

52.《偶隽》：“唐京兆府解送，率以在上十人谓之首送，小宗伯倚而选之，同华解兴京兆无异，若首送无不捷者。元和中，令孤楚镇三峰时，乃秋试榜云：特加试无场。盖诗、歌、文、赋、帖经为五。当年以清要诗题求荐者，率不减十数人。其年莫有至者，惟卢宏正独诣华请试，已试两场，有马植下解状。植，将家子，从事辈皆窃笑。楚曰：此未可知，既而试《登山采珠赋》，略曰：‘文豹且异于骊龙，採斯疎矣；白石又殊于老蚌，剖莫得之。’楚大服其精当，遂夺宏正解头。后宏正自丞郎使判监铁，俄为植所据。宏正以手札戏植曰：‘昔日华元，已遭毒手；今来鹾务，又中老拳。’”

53.《唐语林》：“乔彝京兆府解试，有二试官。彝日午叩门，试官令入，则已醺醉。视题曰《幽兰赋》，彝不肯作，曰：‘两汉相对，作得此题？速改之。’遂改《渥洼马赋》，彝奋笔斯须而就。警句云：‘四蹄曳练，翻翰海之惊澜；一喷生风，下湘山之乱叶。’便欲首送，京兆尹曰：‘乔彝峥嵘甚，以解副荐之可也。’”

54.《玉海》：李程，贞元十二年进士第一人。主司吕渭，试《日五色赋》，其事详见前二卷。按：是年同时如湛贲、崔护赋俱佳。贲句云："光浮石壁，谓娲皇之补天；影入词林，疑江淹之梦笔。祥光傍烛，偏宜连畛之瓜；瑞彩下临，更并建社之土。"护句云："乘虚散彩状朝烟之暖空；缘隙通辉，若晴虹之入户。"连畛瓜，见骆宾王诗："一顷南山豆，五色连畛瓜。"晴虹，用《楚辞》"建雄虹之采旄兮，五色杂而炫耀也"。见《赋汇录要笺略》。

55. 唐潘炎《日抱戴赋. 序》："景龙元年，上党日报戴。圣教之符，孝友之感也。"按《晋书》："在日上为戴，向日是为抱。"潘句去："阳光景耀，抱黄道而在中；喜气氤氲，戴赤霄而直上。惟抱也，同众星之拱北辰；惟戴也，比万帮之奉元后。"同上。

56.《偶隽》："李赞皇德裕尝左宦宜春，卢肇以文见知。肇工于赋咏，见有舞柘枝者，赋云：'帽莹隋蛇，熠熠泛阑之裾；舞翻庄蝶，翩翩狎蕙之风。'牛奇章僧孺亦重其文，尝延于中寝。会侍妾沐发，方捧髻插钗，奇章曰：'何妨一咏。'肇即应声曰：'神女初离碧玉阶，彤云尤拥牡丹鞋。知道相公怜玉腕，故将纤手整金钗。'"

57.《唐书》："卢肇进《海潮赋》。敕曰：'穷测海潮，出于独见。征引有据，图象甚明。足成一家之言，以祛千载之惑。其赋宜宣付史馆。'"

58.《赋钞》："张仲素，字绘之。元和中翰林学士。作《赋枢》三卷。有《回之锦赋》。"

59.《唐语林》："封侍郎知举，首访能赋人。卢骈诣罗邵舆云：'主司爱赋，十九得官。'罗曰：'主司安邑住，邵舆居宣平。彼处爱赋，无由得知。'"

60.《唐语林》："进士举人，各树名甲。元和中语曰：'欲入举场，先问苏、张。苏、张尤可，三杨杀我。’开成、会昌中又曰：‘鲁绍、环、蒙、识即命通。’又曰：‘郑、杨、段、薛，炙手可热。’又有轻薄之徒，多轻侮人，故裴泌侍御作《美人赋》讥之。”

61.《偶隽》：“唐制，举人试日，日暮许烧烛三条。德宗朝，主文权德舆于簾下戯云：‘三条烛烬，烧残举子之心。’举子遂答云：‘八韵赋成，惊破侍郎之胆。’”

62.《唐书·舒元舆传》：“元舆为《牡丹赋》一篇，时称其工。死后，帝观牡丹，凭殿阑诵赋，为泣下。”

63.《本事诗》：“范阳卢献卿，大中中举进士，词藻为同流所推。作《愍征赋》数千言，时人以为庾子山《哀江南》之亚。司空图为注之。”

64.《唐语林》：“大中三年，李褒侍郎知举，试《尧仁如天赋》。宿州李使君弟渎不识题，讯同铺，或曰：‘止于尧之知天耳。’渎不悟，乃为句曰：‘云攒八彩之眉，电闪重瞳之目。’赋成将写，以字数不足，忧甚。同辈绐之曰：‘但一联下添一者也，当足矣。’褒览之大笑。”

65.《吴武陵传》：“太和初，崔郾试进士东都。公卿祖道，武陵后至，谓郾曰：‘君方为天子求奇才，敢献所益。’因出袖中书，郾读之，乃杜牧所赋《阿房宫》。辞既警拔，而武陵音吐鸿畅，坐客大惊。武陵请曰：‘牧方试有司，乞以第一人处之。’”

66.《北梦琐言》：“陈会郎中家以当垆为业，其母甚贤，勉以修进①，不许归乡，以成名为期。郎中业八韵，惟《螳螂赋》大行，太和元年及第。”

【校注】

①修进：原作“进修”。倒误，改。

67.《文苑英华·五色露赋》三人：一白行简、二贾悚、三王起。行简赋云："花柳拂著，宛如陈宝之鸡；平野染成，焕若徐方之土。"悚赋云："炼石初染，状娲皇之补天；鸳瓦缠霑，类彩凤之巢阁。"起赋云："倘在琉璃，味元忝于甘醴；如浮葭菼，色讵变于凝霜。"又见《赋汇录要》。按《纪事》："起字举之。元和末为中书舍人，官至左仆。四典贡举，皆知名士。"

68.《渊鉴类函》："陈黯《送王棨序》曰：'去岁自褒中还辇下，辅文出新试卷相示，其间有《江南春赋》，篇末云：'今日并为天下春，无江南兮江北。'某即贺其登选于时矣。'"

69.《唐诗纪事》："高郢丰亭夜课，有石鳖小如钱，旋走案上。郢取诸试目，散置盘中，祝令衔之，衔得《沙头独鸟赋》题。细搆之，已而，果以是题试第一。"

70.《唐书·孝友傅》："裴敬彝父智周补临黄令，为下所讼。敬彝年十四，诣巡察使唐临直枉。临奇之，试命作赋，赋工，父罪以释。"

71.《北梦琐言》："进士沈光有《洞庭乐赋》，韦岫①谓朝贤曰：'此赋一片宫商也。'"

【校注】

①"韦岫"：原作"韦岸"，据改。

72. 陆龟蒙《幽居赋》序："陆子居全吴，东距长洲故苑一里。欲吟咏性情，曰《卜居》，则屈原有之矣；曰闲居，则潘岳有之矣；曰郊居，则沈约有之矣；乃作《幽居赋》。"

73. 又温庭筠与李商隐齐名，时号"温、李"。才思艳丽，工于小赋。每入试，押官韵作赋，凡八叉手而八韵成。

74.《纪事》:“李商隐赋云:‘岂如河畔牛星,隔年只闻一过;不及苑中人柳,终朝剩得三眠。’”

75.《纪事》:“开成二年,帝命高锴复司贡籍,诏曰:‘夫宗子维城,本枝百代。封爵所宜,毋令废绝。常年宗正寺解送人,恐有浮薄,以忝科名。在卿精拣艺能,勿妨贤路。所试赋则准常规,诗则依齐梁体格。’乃试《琴瑟合奏赋》、《霓裳羽衣曲诗》。主司先进五人诗,其最佳者李肱,次则王收乃以榜元及第。高置之,曰:‘近属如肱者,其不忝乎?’高锴奏曰:‘伏以陛下聪明文思,天纵圣德,今年诗赋题目,出自宸衷。诸生捧读相贺,自古未有。倍用研精覃思,其今年试诗赋,比于去年,又胜数等。臣日夜考较,敢不推公?进士李肱《霓裳羽衣曲诗》一首,最为迥出,更无其比。词韵既好,人才俱美。前场吟咏近三五十遍,虽使何逊复生,亦不能过。兼是宗枝。臣与状头第一人,以奖其能。次张棠诗一首,亦绝好,亚次李肱,臣与第二人。其次沈黄中《琴瑟合奏赋》,又似《文选》中《雪》、《月赋》体格。臣与第三人。其次王收赋,自立意绪,言语不凡。臣与第四人。其次柳棠诗、赋,兴思敏速,日中便成,臣与第五人。凡此五卷诗赋,擢其中科,实所不愧。其余三十五人,或奖旧文,别录人材,非止一途,四面搜采,臣并与及第。伏望圣明俯留宸览李肱等五人诗赋,若有不堪,敢受欺天之罪。如或可采,伏望圣慈特加奖饬。宣示百寮,以劝皇族云云。’”

76.《野获编》:“唐僖宗时,以《至仁伐至不仁》命题。士子作诗云:‘主司何事厌吾皇,却把黄巢比武王。’”

77.《纪事》:“周繇,字为宪,池州人。及咸通进士第,以《明皇梦钟馗赋》知名。”

78. 武宗会昌初年,周墀《木鸡赋》及第。三年,王起仆射再主文柄,起自长庆至此,凡三领贡籍。墀时刺华州,以诗寄贺云:“曾忝木鸡夸羽翼,又陪金马入蓬瀛。”

79.《纪事》："唐以府元被绌者九人，平曾其一也。曾长庆二年同贾阆仙辈贬，谓之'举场十恶'。曾后谒李固言于蜀。幕中皆名士，曾轻忽无所畏。遂献《雪山赋》，李览命推出，不旬日再献《鲧鲠鱼赋》，曰：'此鱼触物而怒，翻身上波，为鸮鸢所获，奈鲂鲔笑何。'李览之，遂不至深罪。"

80.《纪事》："长沙日试万言王璘，词学富瞻，崔詹事廉问表荐于朝。先试之使廨，璘请十书吏，皆给笔扎，璘口授，十吏笔不停缀，首题《黄河赋》三千字，复为《鸟散余花落诗》二十首，援笔而就。时忽风雨暴至，数幅为回飚所卷，泥滓沾渍。璘曰：'勿取，但将纸来。'后纵笔一挥，斯须复十余篇矣。时未亭午，已構[1]七千余言。时路岩方当钧轴，遣一介召之。璘：'请俟见帝。'岩大怒，亟命奏废万言科。璘杖策而归，放旷杯酒间，虽屠沽无间然矣。璘与李群玉相遇岳麓寺，群玉曰：'公何许人？'璘曰：'日试万言王璘。'群玉待之甚浅曰：'请与公联句，可乎？'璘曰：'惟子之命。'群玉破题而授之，璘略不伫思，继之曰：'芍药花开菩萨面，椶榈叶散野叉[2]头。'群玉遂屈。崔詹事遗璘夹缬数匹，璘翌日以作中单襜褕衣之。"

【校注】

①已構：脱"構"字。据《唐事纪事》补。

②野叉头：原作"野人头"；"叉"误为"人"。据改。

81.《纪事》："薛昭纬以侍郎掌贡举，试《未明求衣赋》。杨赞图为榜首。"

82.《偶隽》："晚唐士人作律赋，多以古事为题，寓悲伤之旨。如吴融、徐寅诸人是也。黄文江滔亦以此擅名，赋《唐明皇回驾经马嵬坡》，隔句云：'日惨风悲，到玉颜之死处；花悉愁露泣，认朱脸之啼痕。褒云万叠，断肠新出于啼猿；秦树千层，比翼不如于飞鸟。羽卫参差，拥翠华而不发；天颜怆恨，觉红袖之难留。六马归秦，却经过于此地；九泉[1]隔越，几凄怆于平生。’又赋《景阳井》云：‘莫可追寻[②]，玉树之歌声邈矣；最堪惆怅，金瓶之咽处依然。’又赋《馆娃宫》云：‘恨留山鸟，啼百卉之春红；愁寄陇云，锁四天之暮碧。’又赋《陈皇后因赋复宠》云：‘已为无雨之期，空悬梦寐；终自凌云之制，能致烟宵。’又赋《秋色》云：‘亘三楚之暮天，楼中历历；满六朝之故地，草际悠悠。’凡此十数联，皆研确精微，当时传讽。”

【校注】

①九泉：原作“九皇”。据改。

②追寻：原作“追信”，改。

83.《十国春秋》：“徐寅、字昭梦，莆田人。登唐乾宁进士第，试《止戈为武赋》，一烛裁尽，已就。有‘破山加点，拟戍无人’之句，礼部侍郎李择览而奇之。释褐，授秘书省正字。尝游大梁，以赋谒梁王全忠，误触其讳，梁王变色，寅狼狈出。欲遁去，恐不得出。乃作《过大梁赋》以献，略曰：‘千金汉将，感精魄以神交；一眼伧夫，望英风而胆落。’梁王得赋，大喜，遗缣五百匹。盖全忠，曾梦淮阴侯指授兵法，而晋王[①]克用，则眇一目者也。寅赋脍炙人口，渤海高元固来，言本国得《斩蛇剑赋》、《御沟水赋》及《人生几何赋》，家家皆以金书，列为屏障。其珍重如此。《斩蛇剑赋》略曰：‘磨霜砺云兮，荧煌错落。伊逐鹿之英圣，有斩蛇之锋锷。盖以麾正乾坤，划分善恶。楚国之奸雄，徒尔烹若穷鳞；常山之首尾，胡为断如朽索。斯剑也，哭白帝之亡，符赤帝[②]之昌。虽行大义，亦假雄铓。龟文龙藻，玉镂金装。世乱将用，时清则藏。十二年兮如我淬，七十阵兮摧而刚。空山吞象之虵，岂鈚莲锷；大泽衔珠之血，不污星光。’《御沟水赋》略曰：‘重轮而瑞蘸红日，五色而光摇彩霞。时时而翡翠随波，飞穿禁柳[③]；往往而鸳鸯逐浪，衔出宫花。’《人生几何赋》云：‘七十战争，如虎豹竟到乌江；三千宾客，若鸳鸯鸿难寻珠履。’又云：‘南陵公子，绿鬓改而华发生；北里豪家，昨日歌[④]而今日哭。’又云：‘常闻萧史王乔，长生孰见；任是三皇五帝，不死何归?’初王延彬刺泉州，寅每同游赏，凡十余年。常被病，求药物于延彬。延彬答书：‘善自调护，亦可自开豁。三皇五帝，不死何归?’盖用赋语以戏之也。寅有赋五卷，其最著者《过骊山赋》。略曰：‘宅彼罔峦，光斯陵阙。嫌示俭于当时，更穷奢于既没。融银液雪，疏下地之江河；帖玉悬珠，皓穷泉之日月。嵘嵘层层，不骞不崩。斯高之喉舌方滑，刘项之云雷忽兴。轵道一朝，玺献汉家之主；骊山三月，火烧秦帝之陵。’《勾践进西施赋》略曰：‘宝马腾龙，香车辗风。迎织女于银汉，聘姮娥于月宫。炫耀云外，喧阗洞中。妆成而瑞玉凝彩，服丽而朝霞剪红。晓别越溪，暮归吴苑。越虑计失，吴嫌进晚。歌一声兮君魄醉，笑百媚兮君心卷。坐令佞口，因珠翠以兴言；立遣谋臣，弃洪涛而不返。’”

【校注】

①晋王：原作“晋山”，误，据改。

②赤帝：原作“亦帝”，刻误，改。

③禁柳：原作“柳禁”，改。

④昨日歌：原作“昨日哭”，改。

84.《偶隽》：“五代间士人作赋，用事有甚工者。如江文蔚《天聪赋》云：‘一窍初启，如凿开混沌之时；两瓦鸩飞，类化作鸳鸯之后。’又《土牛赋》云：‘饮渚俄临，讶盟津之捧塞；度关倘许，疑函谷之丸封。’”

85.《偶隽》：“冠豹、谢观同在崔裔孙相公门下，以词藻相尚。豹谓观曰：‘君《白赋》有何佳语?’对曰：‘晓入梁山之苑，雪满群山；夜登庾亮之楼，月明千里。’豹唯唯。观大言曰：‘仆已擅名海内，子才调多，胡不作赤赋?’豹未搜思，厉声曰：‘田单破燕之日，火燎平原；武王伐纣之时，血流漂杵。’观[①]大骇服。”

【校注】

①观：原误作“豹”，据改。

86.《五代史桑维翰传》：“初举进士，主司恶‘桑’与‘丧’字同，有劝不必举进士。维翰著《日出扶桑赋》，又铸铁砚示人，曰：‘砚敝不改。’卒举进士及第。”

87.《五代史传》曰：“扈载[1]善属文，尝次历代废兴治乱之迹，为《运源赋》，甚详。又游相国寺，见庭竹可爱，为《碧鲜赋》，题其壁。世宗闻之，遣小黄门就录，览而称善。”

【校注】

①“扈载”：原作“扈蒙”，据改。

88.《后唐书传》曰：“李琪，少孤贫，苦学，尤精于文赋。赏携赋一轴谒李谿。谿览赋惊异，倒屣迎门。因出琪《哑钟》、《捧日》等赋指示琪曰：‘常患近年文字辞赋，皆数句之后未见赋题。吾子入句见题，偶属典丽。吁，可畏也！’琪由是知名。”

89.《五代史·李怿传》：“张文宝知贡举，所放进士，中书有覆落者。乃请下学士院作诗赋为贡举格。学士窦梦征、张砺等所作不工，乃命怿为之。”

90.《困学纪闻》：“唐律赋《鸡鸣度关》云：‘念秦关之百二，难逞狼心；笑齐客之三千，不如鸡口。’”

91.《一夕话》：“唐诗有童子应试，题为《腐草为萤赋》。童子不知出处，问一老于场屋者，随口答曰：‘草即唐诗青青河畔草；又《论语》：君子之德风，小人之德草。萤即《三字经》如囊萤。’童子遂作一联云：‘昔年河畔，曾邀君子之风；今日囊中，却照圣人之典。’主司击赏，遂中式。老者仍落第。”

卷 十

巴西李调元赞菴雨村

旧话四

1.《宋史·梁周翰传》：“翰字符褒。十岁能属词。乾德中，为右拾遗。会修大内，上《五凤楼赋》。多传诵之。”

2.《宋史》传曰：“赵安仁，太宗制九弦琴、五弦阮时，多献赋颂。时称安仁、李谔、杨亿辞雅赡，诏诣中书奖谕，翌日改迁太常丞。”

3.《和幪传》：“淳化三年春，直集贤院，献《观灯赋》。诏付史馆。”

4.《宋史·陈彭年传》：“彭年师事徐铉为文，太平兴国中举进士，在场屋间颇有隽名。尝因京师大酺，跨驴出游，搆赋，自东华门至阙下，已口占数千言矣。”

5.《夏侯嘉正传》：“嘉正，字会之，江陵人。少有俊才，举进士。使于巴陵，为《洞庭赋》。徐铉见之曰：‘木玄虚之流也。’人多传写。太宗知其名，召试，擢右正言，直史馆。”

6.《钱熙传》：“陈洪进嘉其才，以弟之子妻之，将署熙府职，辞不就，著《楚雁赋》以见志。”

7. 又钱熙，泉南才雄之士，进《四夷来王赋》万余言，太宗爱其才，擢馆职。尝撰《三酌酸文》，世称精绝。略曰：“渭川凝碧，早抛钓月之流；商岭排青，不逐眠云之客。”又：“年年落第，春风徒泣于迁莺；处处羁游，夜雨空悲于断雁。”及卒，李庆孙哭之曰：“《四夷》妙赋无人诵，《三酌酸文》举世传。”

8.《泊宅编》：“王钦臣[1]，召入学士院，试赋一篇。”

【校注】

①王钦臣：原误作“王钦若”，据改。

9.《玉壶清话》：“李南阳至，尝作《亢宫赋》，其《序》略曰：‘予少多疾，羸不胜衣。庚寅岁冬夕，忽梦游一道宫，金碧明焕，一巨殿，一宝床，岿然于中，一金龙蟠踞于床之上，碧鬣金鬐，光射天地[1]。旁有绿衣道士，转盼若岩电，谓余曰：此亢宿之宫也。大象无停轮，宜速拜之。汝将事此龙，积疾亦消。余将拜，龙辄先拜云。’至道初，太宗立真宗为皇太子，命公与李沆相并为宾客。太宗戒真宗曰：‘二臣皆宿儒重德，不可轻待。吾选正人辅导于汝，宗基国本，吾无虑矣。’真宗恭禀皇训，见必先拜，符亢宫之兆也。”

【校注】

①天地：原作“天池”。“池”，刻误，据改。

10.《古今诗话》：“淳化中，合州贡罗江桃花犬。甚小而性慧，常驯扰御榻之前。每坐朝，犬必掉尾先吠，人乃肃然。太宗不豫，犬不食，及上仙，犬号呼涕泗，以至疲瘠。章圣初即位，左右引令前导，鸣吠徘徊，意若不忍。章圣令谕以奉陵，即摇尾饮食如故。后因以毙。诏以敝盖葬于熙陵之侧。翰林学士李至作《桃花犬歌》，王禹偁作《园林犬赋》。”

11.《玉壶清话》:“王元之禹称尝作《三黜赋》以见志。”

12.《赋钞》:“田锡,字表圣,嘉州洪雅人。太平兴国三年进士高等。由监丞迁左拾遗,直史馆。咸平三年,举贤良方正。五年,掌银台。览天下奏章及诏敕不便者,悉条奏。上称得诤臣体,曰:‘此吾汲黯也。’擢右谏议大夫,史馆修撰。六年冬,病卒。著《咸平集》五十卷。有《春色赋》、《晓莺赋》、《春云赋》、《杨花赋》、《雁阵赋》,传诵人口。”

13. 又云:“朱台符。眉州人。俊迈敏传,少有赋名。与同辈课试,以尺度其晷,台符八寸,而一赋已就。凡有所作文字,其雕琢类于赋。又尝为数阕,其略曰:‘歌遏云兮惨容色,舞回风兮腰一搦。’又曰:‘颦多而翠黛难成,望极而乌云易散。’乡人田锡尝曰:‘朱拱正一阕,乃《闺怨赋》一首,只少原夫。”

14.《琅琊代醉编》:“端拱初,宋白知举,取二十八人。物论喧然,以为多遗材。诏复取落下人试于崇政殿,于是再取九十九人。而叶齐犹击登闻鼓,自列。朝廷不得已,又为覆试。颇恶齐嚣讼,考官赋题特出《一叶落而天下秋》,凡放三十一人,而齐乃在第一。”

15. 叶梦得《避暑录话》:“吕文穆公蒙正一举为庭试第一。是时太宗与赵韩王欲广致天下士,以兴文治,而志在幽燕,试《训练将士赋》。文穆词既雄丽,唱名复见容貌伟然。帝曰:‘吾得人矣。’”

16. 又《祖宗故事》:“进士皆试诗赋一篇,惟富郑公弼以茂才异等起布衣,未尝历进士,乃以不能为诗赋恳辞。诏试策、论各一,自是遂为故事。制科不试诗赋,自富公始。”

17. 魏泰《东轩笔录》:“孙何榜,太宗皇帝自定试题《卮言日出赋》,顾谓侍臣曰:‘比来举子浮薄,不求义理,务以敏速相尚,今此渊奥,故使研穷意义,庶浇薄之风可渐革也。’语未已,钱易进卷子,太宗大怒,叱出之。自是科场不开者十年。”

18.《说类》：“太宗时亲试进士，每以先进卷子者赐第一人及第。孙何与李庶几同在科场，皆有时名。庶几文思敏速，何苦思迟。会言事者上言，举子轻薄，为文不求义理，惟以敏速相夸。因言庶几与举子于饼肆中作赋，以一饼熟成一韵者为胜。太宗闻之大怒，是岁殿试，庶几最先进卷子，遽叱出之。由是何为第一。见《归田录》。”

19.《四朝闻见录》：“本朝廷对取士用赋，而不示其所自出。太宗以《卮言日出》试士于廷，孙何等不究厥旨，赋莫能就。遂昧死攀殿陛，而上，请所出与大意。太宗不以为罪，揭示所出及大意，谓卮，润也。是岁以何为状头。其后诸生上请有司揭示，皆始于此。王安石以三经取士，遂罢词赋。”按：何，淳化三年进士第一。云真宗者误。以上三条互有同异，并存之。

20.《四库全书·文恭集》，宋胡宿撰。宿字武平，常州晋陵人。天圣二年进士。由翰林学士拜枢密副使。以太子少师致仕。谥文恭。当时朝廷大著作，典重瞻丽，上法六朝。于韵语尤工。有《正阳门赋》又《颜子不贰过赋》，最工。

21.《蓼花洲间录》：“祥符中，蜀中两举子赴试，夜宿张恶子[①]庙。风雪夜深，席地而寝。忽见庙中灯烛如昼，岳渎贵神相会，商作来岁状元赋，以《铸鼎象物》为题，诸神皆一韵，各删润凋改。既毕，朗诵。两人私喜，谓此为吾二人发也。尽记其赋，无一字忘。至御试，果出是题，韵脚亦同。两人皆昏然，不复记忆，草草完局。及唱名，状元乃徐奭。既见印卖赋，与庙中无一字异也。”

【校注】

①“张恶子”：原文“张亚子”，据改。

22.《渑水燕谈录》："艾颖侍郎，少乡贡入京师。中途逢一叟，谓颖曰：'子相甚贵，此去当第。'授颖书一册，乃《春秋左传》。颖熟读之，礼部试铸《铸鼎象物赋》，出所得书。颖甚喜，援笔立成，若有相之者。擢甲科。"

23.《宋史》："许洞，吴人。大中祥符四年，祀汾阴，献《三盛礼赋》。"召试中书。

24.《渑水燕谈》："王彦祖，初名元宗，庆历二年，方胜冠。廷试《应天以实不以文赋》罢，寝旅舍。一人告之曰：'今年未当中第。'彦祖尤不平，且责之曰：'子未尝见予程文，又未始知予生月，何从而知未中第？'其人笑曰：'君若中选，赋题天字在下，君当三中选，皆然。今题天字在上第二字，是以知其未也。'及唱名，果不预选。次举春试不利，八月再预廷试，又复黜。至皇祐五年，免解赴礼部。前以卧疾困眠，梦至一大府，见二人，因恳求平生禄命。二人笑不答，指面前池水曰：'但此水分流，君即登第。'觉以为无理，久之乃寤。即更名汾，以符水分之兆。及试礼部《严父莫大于配天赋》，廷试《圜丘象天》，皆中高选。后召试学士院，又赋《明王谨于事天》，皆符梦言。"

25.《宋史·晏殊传》："景德初，张知白安抚江南，以神童荐之。帝召殊与进士千余人并试廷中，殊神气不慑，援笔立成。帝嘉赏，赐同进士出身。后二日复试诗赋论，殊奏：'臣尝私习此赋，请试他题。'帝爱其不欺。既成，上称善。擢秘书省正字，秘阁读书。"

26.《东轩笔录》："苗振以第四人及第，既而召试馆职，一日谒晏丞相，晏语之曰：'君久从吏事，必疏笔砚。今将就试，宜稍温习也。'振答曰：'岂有三十年为老娘，而倒绷孩儿者乎？'既而试《泽宫选士赋》，韵押有'王'字，振押之曰：'率土之滨莫非王。'由是不中选。晏公闻而笑曰：'苗君竟倒绷孩儿矣。'"

27.《代醉编》："李文定迪，在场屋有盛名。景德二年，预省试，主司皆欲得之。已而乃不在选。主司意其失考，取所试卷复视之，则以赋落韵而黜也。遂奏乞特取之。王魏公时为相，从其请。既廷试，遂为第一。"

28.《避暑录话》："韩魏公与宋尚书同试中书，赋《琬圭》。宋公文称已著。韩公以二名登科，世尚未尽知也。或问韩公，则愧谢曰：'某其敢望宋公，报罢必矣。'已而韩公为奏篇之首，宋公反出其下。"

29. 何薳《春渚纪闻》："沈晦赴省，至天长道中，梦身骑大鹏，搏风而上。因作《大鹏赋》以纪其事。已而果魁天下。"

30. 朱子《名臣言行录》："蔡齐，字子思。祥符八年，真宗采贾谊置器之说试礼部，所奏《至公赋》，有安天下意。叹曰：'此宰相器也!'亟以第一赐之。"

31.《偶隽》："范希文仲淹少时作《齑赋》。其警句云：'陶家瓮内，淹成碧绿青黄；措大口中，嚼出宫商角徵。'盖亲尝世味，故得齑之妙处。"

32. 又："范希文示遇时，作《金在镕赋》，人皆期其有将相器。"

33.《范忠宣公集》："公纯仁，字尧夫，文正次子。作襄城宰。汝州太守席上作《秋风吹汝水赋》立成。"

34.《名臣言行录》："范忠文公镇，字景仁。少举进士，善文赋，场屋师之。补国子监生及贡院奏名，皆第一。"

35.《说类》："欧阳公为举子时，客随州秋试，试《左氏失之诬论》云：'石言于晋，神降于华[①]。内蛇斗而外蛇伤，新鬼大而故鬼小。'主文以为一场警策，遂擢为冠。盖当时文体云然，胥翰林偃亦然由是知之。文章之弊，非公一变，孰能遽革？公尝云：‘词赋以对的而用事切当为难。’”

【校注】

①华：原误作“萃”。刻误，据改。

36. 张正素云：“庆历末，有试《天子之堂九尺赋》者，或云：‘成汤当陛而立，不欠一分；孔子历阶而升，止余六寸。’意用《孟子》‘曹交言成汤九尺’，《史记》‘孔子九尺六寸’事。有二主司，一以为善，一以为不善事，争久之不决，至上章交讼，传者以为笑。”

37.《野获编》：“欧阳文忠典试，出题《通其变而使民不倦赋》。时谓多一‘而’字，钱氏子因作诗云：‘试官偏爱外生儿’。”

38.《崔公度传》：“闭户读书，欧阳修得其所作《感山赋》，以示韩琦。琦上之英宗，即付史馆。”

39. 许将举进士第一，欧阳修读其赋，谓之曰：“君辞气似王沂公，未可量也。”

40.《梦溪笔谈》：“嘉祐中，刘几累第一，骤为险怪语，翕然成风，欧阳公深恶之。有举人论云：‘天地轧，万物茁，圣人发。’公曰：‘此必刘几。’戏续曰：‘秀才喇，试官刷。’大朱横抹之，谓之红勒帛。后数年，公为御试[①]考官，试《尧舜性仁赋》。有曰：‘静以延年，独高五帝之寿；动而有勇，形为四罪之诛。’公大称赏，及唱名，第一乃刘几，易名辉。公愕然久之，因欲成就其名，小赋有‘内积安行之德，盖禀于天。’公以为‘积’近于学，改为‘蕴’[②]，人莫不以公为知言。”又《笔谈》云：“主司或梦火山军得名，后欧公所取卷，乃刘辉也。”

【校注】

①御试：原误作“御史”，据改。

②蕴：原本脱，据改。

41. 公为御史考官，而几在廷。公曰："除恶务尽，今必痛斥轻薄子，以除文章之害。"有一士人论曰："主上收精藏明于冕旒之下。"公曰："吾已得刘几矣。"既黜，乃吴人萧稷也。

42. 洪迈《容斋随笔》："大中祥符元年，试礼部进士，内出《清明象天赋》等题，仍录题解，摹印以示之。至景祐元年，始诏御药院御试日[①]进士题目，具经史所出，摹印给之。"

【校注】

①日：原作"自"。刻误，改。

43. 《丹渊集》："文同，冯京榜进士第五，《盖轸象天地赋》。"

44. 《鹤林玉露》："冯京，字当世，鄂州咸宁人。家贫甚，读书于潜山僧舍。僧有犬，京与共学者烹食之。僧诉之县，县令命作《偷狗赋》，援笔立成。警联云：'抟饭引来，喜掉续貂之尾；索绹牵去，惊回顾兔之头。'令击节，释之，延之上坐。明年，遂作三元。有诗号《潜山集》。"按《偶隽》所载，又作滕元发。京，皇祐元年进士。

45. 《癸辛杂识》："冯京知举，张芸叟赋《公生明》，重叠用韵，已而为第四名，窃怪主司鲁莽。及元祐中，使虏过北门，冯为留守，始修门生敬酒筵。冯因言昔忝知举，秘监赋重叠用韵，以论策佳，辄为改之，擢置高等，颇记忆否？芸叟方饮，不觉酒杯覆怀，再三愧谢。"

46. 《偶隽》："郑毅夫久负魁望，滕元发文名亦不在其下。及廷试《圜丘象天赋》，将唱名，二公相遇，各举赋破，滕云：'大礼必简，圜丘自然。'郑云：'礼大必简，丘圜自然。'滕即叹服曰：'公在我先矣。'滕尝预为《笏记》云：'朝廷取士，唯求一日之长；畎亩爱君，咸务积年之学。’及唱第，郑果第一，滕第三。郑却无陛谢之备，遂用滕记。”

47.《梦溪笔谈》：“郑毅夫自负时名，国子监以第五人选[①]。意甚不平。谢主司启事有‘李广事业，自谓无双；杜牧文章，止得第五’之句，又云：‘骐骥已老，甘驽马以先之；巨鳌不灵，因顽石之在上。’主司深衔之，他日廷策，主司复为考官，必欲黜落，以报其不逊。有试业似獬者，枉遭斥逐。既而发考卷，则獬乃第一人及第。”

【校注】

①选：误作“送”。刻误，改。

48.《传家集》：“司马温公嘉祐三年八月廿七上《交趾献奇兽赋》。”

49.《乖崖文集》：“张诹作《鯸鮧鱼赋》，《序》云：‘舟人曰：此嗔鱼也，触物即怒，多为鸱鸟所食。因而赋此，以刺世人之褊薄者。’”

50.《公是集》：宋刘敞撰。敞字原甫，新喻人。庆历中举进士，官至集贤院学士。与弟攽齐名，敞尤敏赡。尝直紫微阁，一日追封皇子公主九人，方将下直，止马却坐，一挥九制数千言，文词典雅，各得其体。工律赋，多至二卷。

51.苏东坡前、后《赤壁赋》，高出欧阳文忠《秋声赋》之上。谢叠山云：“学庄、骚文，却无一句与庄、骚相似。”见《辩体》。

52.苏辙《黄楼赋序》：“熙宁十年七月，河决于澶渊，水及彭城，余兄子瞻适为守，吏民为备，故水至而民不恐。水既涸，请增筑徐城，即城之东门为大楼焉。垩[①]以黄土，曰土实胜水。徐人相劝成之，乃作《黄楼》之赋。”东坡尝曰：“子由之文实胜仆，而世俗不知，反以为不知。盖子由为人，不愿人知，故其文似其为人。及作《黄楼赋》，乃稍自震厉，若欲以警，愦愦者。便以为仆代作，此殆见吾善者机也。”按：两苏皆有《屈原庙赋》，元[2]祝尧谓："大苏赋如危峰特立，有崭然之势；小苏赋如深溟不测，有渊然之光。"

【校注】

①垩：误作"亚"。刻误，改。

②元：误作"宋"。据改。

53.《古赋辩体》："苏过，字叔党。以文章驰名，时号'小东坡'。过岭作《飓风赋》，尤为人脍炙。若其《思子台赋》，则有韵之论尔。"

54.《秦观传》："见苏轼于徐，为赋黄楼。轼以为有屈、宋才。"

55.《张耒传》："幼颖异，十三岁能文，十七时作《函关赋》，已传人口。苏轼称其文汪洋冲澹，有一唱三叹之声。"按：耒字文潜，有《大礼庆赋》，原出《雅》、《颂》；《病暑赋》，全用《招魂》。

56.《嘉祐杂志》："章相性简静[1]，差试举人，出《人为天地心赋》。举子白云：'先朝尝开封府发解出此题，郭稹为解元，学士岂不闻乎？'曰：'不知，不知。'匆遽[2]别出一题目：《教由寒暑赋》。既非已豫先杼轴，举人上请：'题出《乐记》，此教乃乐教也，当用乐否？'应曰：'诺。'又一举人曰：'上在谅阴而用乐事，恐或非便。'纷纭不定。为无名嘲曰：'武城庙里沽良玉，夫子门墙弄簸箕。惟有太常章得象，往来寒暑不曾知。'"

【校注】

①静：原作"净"。据改。

②遽：原作"剧"。刻误，改。

57. 又省试《王射虎候赋》云："讲君子必争之艺，俙大人所变之皮。"《贵老为近亲》赋云："见龙钟之黄耇，思彷佛于吾亲。"试官[1]掩卷大噱[2]，传为口实。

【校注】

①“试官”：原作“试卷”，据改。

②“大噱”：原作“大笑”，据改。

58.《吴淑传》：“以近臣荐试学士院，预修《太平御览》、《文苑英华》，又作《事类赋》百篇以献，诏令注释，淑分注成三十卷上之。”

59.《困学纪闻》：“李宗道《春秋十赋》属对之工，如：越椒熊虎之状，弗杀必灭若敖；伯石豺狼之声，非是莫丧羊舌。鲁昭之马将为椟，卫懿之鹤有乘轩。于奚辞邑，而卫人假之器；晋侯请隧，而襄王与之田。星已一终，鲁君之岁；亥有二首，绛老之年。作楚宫，见襄公之欲楚；效夷言，知卫侯之死夷。鸡惮牺而断其尾，象有齿以①焚其身。虞不腊矣，吴其沼乎？蛇出泉台声姜薨，鸟鸣亳社伯姬卒。”

【校注】

①“以”：原作“而”，据改。

60.《春秋类对赋》，将仕郎秘书省校书郎徐晋卿撰，有皇祐三年辛卯正月望日自序。按：《春秋赋》，见《宋艺文志》，有崔升、裴光辅、尹玉羽、李象诸家。而晁氏《读书志》又有杨筠《分门属类赋》十篇，独不载是书。朱氏《授经图》、焦氏《经籍志》亦无之，则诸君子皆未之见者。古人之书，往往不尽传于后世，并其姓氏失之，若秘书赋是也。属对之工，如“施氏沈却犨之子，郑人夺堵狗之妻。晋荀跞掩耳而走，浑良夫被发而譟。吴有越，若腹心之搆疾；虞得号，犹唇齿之相依。七札夸由基之射，六钧传颜高之弓。子千食百人之气，桓子获千室之封。锦二两，子犹受申丰之遗，珠一箪，赵孟得吴三之赐。夫差三年而报怨，长万一日而至陈。叔孙烹狗以啖吏人，华元杀羊而食战士。楚军之恩如挟纩，卫邦之乱若棼丝。臧文仲祀鸟于东门，已称不知；季平子用人于亳社，可谓非仁。子羽知四国之为，使修辞令，赵孟观七子之志，命赋声诗”。

61. 《学易集》，宋刘跂撰。《宣房宫赋》，世尤传诵。然是迩年文体，犹是强追古躅者。若视当时《五凤楼》等作，则又反陋于此矣。

62. 《古赋辩体》："黄山谷诸赋中，惟《悼往赋》犹有意味。他如《江西道院》、《休亭》、《煎茶》等赋，不似赋体，只是有韵之赞铭。"

63. 黄庭坚《赋序》："姨母文城君作《白山茶赋》，盖以自况，类楚人之《橘颂》。感之作《后白山茶赋》。""此木产于临川之崔嵬，是为麻源第三谷。故是花也，禀金天之正气，非木果之匹亚。"按：此赋言木果，似非今之白山茶。

64. 《古赋辩体》："洪舜俞《老圃赋》，虽未免簇事，然治择精，援引工，亦得鲍、谢之祖者也。"

65. 《困学纪闻》："晁无咎補之《求志赋》：'讯黄石以吉凶兮，綦十二而星罗。曰由小綦大兮，何有颠沛？'谓《灵綦经》也。《异苑》云：'《十二綦卜》出自张文成，受法于黄石公。行师用兵，万不失一。东方朔密以占众事。'"

66. 又澹菴云："韩安国不能作赋，罚酒三升。王子敬诗不成，亦饮三觥。一诗一赋，岂足以尽豪杰之士？"

67. 又迂斋谓："唐说斋《中兴赋·序》，得班孟坚《两都赋序》意。"按《中兴赋·序》云："虽词有工拙，学有博陋，气有强弱。思有浅深，要皆变化驰骛，不失古人之法度①。盖用道有夷隆，学有粗密之意。然所取乃委赋，非《两都》比也。"

【校注】

①度：原脱，据补。

68. 《周邦彦传》："邦彦，钱塘人。元丰初游京师，献《汴都赋》万余言，神宗异之，命侍臣读于迩英阁，召赴政事堂。"

69. 又："葛胜仲入为太学正，一日上幸学，多献颂，胜仲独献赋。上命中书第其优劣，以胜仲为乎。"

70. 《刘弇传》："元符中，有事于南郊，弇进《南郊大礼赋》。哲宗览之，以为子云、相如复出。"

71. 《黄伯思传》："伯思，字长睿。尝梦孔雀于庭，觉而赋之，词采甚丽。"

72. 《梁谿文集》："李纲《含笑花赋·序》云：'南方花木之美者，莫若含笑。绿叶素荣，其香郁然。方蒙恩而入幸，价重一时。故感而为之赋。'按：蒙恩句，指朱勔花石纲也。"

73. 《会稽三赋》，宋王十朋撰。一曰《会稽风俗赋》，二曰《民事堂赋》，三曰《蓬莱阁赋》。以上皆高宗绍兴戊寅年秋冬为府签判时作也。明陶望龄合三赋序行，而注之者则渭南逢吉也。

74. 《莆阳知稼翁集》，宋考功员外郎黄公度者。公度，字师宪。绍兴八年进士第一。省试《天子以德为车赋》、解试《和戎国之福赋》，又《贤人国家之利器赋》。

75. 《偶隽》："绍兴间，黄公度榜第三人陈修，福建解试《四海想中兴之美赋》。第五韵隔对云：'葱岭金隄，不日复广轮之土[①]；太山玉牒，何时清对禅之尘。'时诸郡试卷多经御览。高宗亲书此联，粘之殿壁。及唱名，上云：'卿便是陈修。'因诵此联凄然出泪。其年第五人方翥，解试《中兴日月可冀赋》，一联云：'伫观僚属，复光司隶之仪；忍使须臾，咸泣山东之诏。'亦经御览，唱名，特加一资。"

【校注】

①“广轮之土”：原作“广轮之大”，据改。

76.《偶隽》：“周益公，必大，绍兴丁丑词科以《交阯进驯象》命题，就试之士，仅能形容画象及塑象而已，惟公《表》曲尽驯象生意。有云：‘名应周郊之五路，克协驭仪；耳闻舜乐之八音，能忝率舞。’又曰：‘靡惮奔驰，幸舍鸢飞之跕跕；无烦教扰，俾陪舞兽之般般。’主司惊异，遂中首选。”

77.《偶隽》：“孝宗时，上庠试卷，时经御览。辛丑大旱七月，秋试《闵雨有志于民赋》，魁士刘大誉赋中有‘商霖未作，相传说于高宗；汉旱欲苏，烹弘羊于孝武’之句。时赵温叔为相，孝宗遂欲因此罢之。会有诏，迎天竺观音就明庆寺请祷。有为诗旨曰：‘走杀东头供奉班，传宣圣旨到人间。太平宰相堂中坐，天竺观音却下山。’温叔闻之，遂乞免。”

78.《困学纪闻》：“绍兴中，省试《高祖能用三杰赋》，第四韵用‘运筹帷帐’，考官谓《汉书》乃‘帷幄’，非‘帐’字，不敢取。徽棘以语周益公，益公曰：‘《史记》云运筹帷帐之中，非误也。’淳熙中，省试《人主之势重万钧赋》，第一联有用‘洪钟’二字者，考官哂之。洪文敏典举，闻之曰：‘张平子《西京赋》洪钟万钧，此必该洽之士。’遂预选。绍熙中，四明试《航琛越水诗》，有用东坡‘舶趠’二字而黜者。决得失于一夫之目，其幸不幸若此。”

79. 又前辈作《风俗万世之基赋》，末韵云：“东都之季，清议扶之而有余；强秦之末，壮士守之而不足。”《舜由仁义行赋》云：“亶聪明而有作，无作聪明；由仁义以安行，非行仁义。”又：“非刀匕是共，膳宰举席间之觯；释椎凿而对，轮人议堂上之书。”此《工执艺事以谏赋》也。

80. 又袁枢尝以《修身为弓赋》试国子监，周必大、刘珙皆期以为远大器。

81. 苕溪刘一止《三友斋赋·序》："一尘尾[①]命曰白友，一拳石曰碧友，一琴曰黑友。因名其斋云。"

【校注】

①尾：原作"友"，据改。

82.《宋史·赵邻几传》："邻几字亚之。家世为农，少好学，能属文。尝作《禹别九州岛赋》，凡万余言，人多传诵。"

83. 宋本《滋溪书堂记》曰："元祐六年，予初来京师，闻同学贵游称诸生苏伯衡以《碣石赋》中公试，往往诵其警句，名籍甚。"

84. 《齐东野语》："李璧、李埴同登科，皆以文名，而律赋非其所长。"

85.《宋史·选举志》："绍定四年，臣僚言，乞戒饬漕臣，严选考官。地多经学，赋博选通经者；地多赋学，则广致能赋者。主文必兼经、赋，乃可充其职。"

86.《四朝闻见录》："留公元冈，字茂潜，与真文忠公德秀俱以宏博应选，时李公大异，校其卷，于文忠卷首批云：'宏而不博，于留卷首批云：博而不宏。'"

87.《老学庵笔记》："辽相李俨作《黄菊赋》献其主耶律宏基。宏基题其后云：'昨日得卿《黄菊赋》，碎剪金英填作句。神中犹觉有余香，冷落西风吹不去。'"

88. 《辽史》曰："刘三[①]嘏，六符兄[②]也。圣宗一矢毙双鹿，嘏乃献赋，上嘉其赡丽。"

【校注】

①刘三嘏：原脱“三”字，据改。

②六符兄：原作“刘符子”，据改。

89. 又张九龄①，字子寿。帝赐白羽扇，乃献赋自况。帝嘉其才高理妙。

【校注】

①张九龄：原作“张字龄”，据改。

90.《金史·选举志》：“明昌元年，益都童子刘住儿，年十一能诗赋，诵大小六经。上召至内殿，试《凤凰来仪赋》、《鱼在藻诗》，又令赋《旱诗》。上嘉之，赐本科出身。”

91.《金史传》曰：“施宜生试《一日射三十六熊赋》，擢第。”

92. 又曰：“贾铉，泰和六年御试，上曰：‘丞相崇浩尝谓试题颇易，由是诸进士例不读书。朕今欲以《日和天统》为赋题。’贾铉对曰：‘题则佳矣，恐非所以牢笼天下士也。’”

93.《宗室传》曰：“熙宗猎于海岛，三日之内，亲射五虎获之。勖献《东狩射虎赋》，上悦，赐以佩刀、玉带、良马。”

94.《金史传》曰：“郝天挺，元好问尝从学进士业。天挺曰：“今之赋学，以速售为功。六经百家，分裂缉缀，或篇章句读不之知。幸而得之，不免为庸人。”此所以文贵实而不贵华也。

95.《金史·刘昂传》：“曾、高而下，七世登科。昂天资警悟，律赋自成一家。”

96.《金史·郑子聃传》：“及冠，有能赋声。天德二年中第一甲第三人。”

97.《金史·李纯甫传》：“纯甫自负其才，谓功名可俯拾，作《矮柏赋》，以诸葛孔明、王景略自期。”

98.《元史·熊明来传》：“每燕居，鼓瑟而歌以自乐，著《瑟赋》二篇，学者争传诵之。”

99.《元史传》曰：“陈孚，至元中以布衣上《大一统赋》，江浙行省为转闻于朝，署上蔡书院山长。”又曰：“谢端五六岁能吟诗，十岁能作赋。”

100.《辍耕录》：槜李顾渊白恃才傲物，尝入京献《燕都赋》，翰长元复初曰：“今四海一统，六合一家。燕盖昔人战国名，何燕之称？惭恨而归。”

101.《明纪》：“洪武元年十一月，命东宫官作《钟山龙蟠赋》、《时雪赋》，因赐曲宴。又洪熙元年正月，赐三公及九卿《天元玉历祥异赋》。”

102. 宋濂《恭跋御赐诗后》曰：“洪武八年秋八月，上览川流之不息，陋尹程《秋水赋》，言之不契道，乃更为之赋，召禁林群臣观之，且曰：‘卿等亦各撰赋。’皆亲览焉，复置品评于其间。已而赐坐，敕大官进天厨奇珍。”

103.《水东日记》：“闽人郑琳，读书播耨，不求闻达，自号躬犁生。吏部侍郎练子宁为作《躬犁赋》以道其意。”

104. 周叙《送致仕训导彭先生序》曰：“圣天子嗣登宝位，越十有二年，以所著《两京赋》进，极铺张混一之盛，创业守成之规。上嘉之，特赐冠带，俾为致仕训导，归老。”

105.《水东日记》：“临江潘若水与解缙、谢员称吏中三杰，有《桃源赋》。”

106.《明诗纪事》："钱惟善，字思复，钱塘人。至正辛巳，乡试出《罗刹江赋》，锁院三千人皆不知钱塘江为曲江，思复据枚乘《七发》引用，因此得名，遂号曲江居士。"又："高叔嗣，字子业，祥符人。年十六，作《申情赋》万言。"又："文翔凤，字天瑞，三水人。作《金陵三赋》以当帝京。"

107.《明诗纪事》："王燧，字汝玉，良洲人。尝与群臣应制，撰《神龟赋》，汝玉第一。"

108.《偶隽》："杨用修与诸才士宴集，偶谈及唐人谢观《白赋》云：'晓入梁王之苑，雪满群山；夜登庾亮之楼，月明千里。'《赤赋》云：'田单破燕之日，火燎平原；武王伐纣之时，血流漂杵。'一客效之作《黑赋》曰：'孙膑衔枚之际，半夜失踪；达摩[①]面壁以来，九年闭目。'一客赋《青》曰：'帝子之望巫阳，远山过雨；王孙之别南浦，芳草连天。'一客赋《黄》曰：'杜甫柴门之外，雨涨春流；卫青油幕之前，沙含夕照。'或谓月明千里，得白之神。曰火曰血，不免著迹。且燎原事与田单不相干。一客改之曰：'尧时十日并出，烁石流金；秦火三月延烧，照天烛地。'用修谓：'曰血曰火，及十日并出；三月延烧，皆非佳境。'或改之曰：'孙绰赋天台景，高城霞起而建标；杜牧咏江南春，十里莺啼而映绿。'稍有风韵。又赋《黄》曰：'灵均之叹木叶，秋老洞庭；渊明之啜落英，霜清澎泽。'信胜旧矣。《黑赋》亦非佳况。余居尧山堂，与家兄春甫见后谈及此，春甫应声曰：'骊驥成群，云暗阴山之北，乌鸦成阵，风霾栢府之旁。洗砚而墨池浑，回车而耘林暮。'并不作点鬼簿语，因相语鼓障大噱。"

【校注】

①达摩：原作"达磨"。刻误，改。

109.《野获编》："成化宏治年，吴中祝枝山允明，唐六如寅，先后负隽声，饶艳藻。唐有《金粉福地赋》，甚丽，惜予未之见。祝先有《烟花洞天赋》，正堪与唐作对。其后又有《风流遁赋》，则皆俳语也。予少时曾与友人睹抄本，尚忆得一二联。如‘画堂内，传杯递盏；参辏著[①]，玉帐牙旗。绣簾前，品竹弹丝；掩映出，高衙大纛’。又云：‘四边厢眼里火[②]，假捏妖言；一会子耳边风，虚张声势。’又云：‘急邓邓通红粉脸，不过是诈败佯输；颤巍巍咬定银牙，无非是里应外合。’又云：‘寸心千里，坐守老营。一日三秋，肯离汎地。’又云：‘欢娱嫌夜短，惟求却日挥戈；寂寞恨更长，那计闻鸡起舞。’其他皆不及记。词虽淫媟，亦是有致。盖二公皆老公车不得志，多寄跡平康，以销壮心。即见嗤于礼法士，非所计也。”

【校注】

①辏著：原作“辏者”，据改。

②里火：原作“里大”，据改。

110. 刘凤《续吴先贤传》：“唐寅尝作《昭恤赋》以自哀。”

111.《四友斋从说》：“东桥甚重祝枝山文，其所作《观云赋》，盖手书以赠东桥者。东桥每遇文士在坐，即出之展翫，甚相夸诩。然文实不佳，余最不喜之。盖枝山天才非不过人，但既鲜识见，又无古法，终未尽善。其为黄美之作《烟花洞天赋》，倾动一时，大率皆此类也。东桥又称唐六如《广志赋》，即口诵其赋序数十许语，言赋甚长，不能举其词，序讬意既高，而遣词亦甚古，当是一佳作。今吴中刻《六如小集》，独此赋下注一阙字，想其文遂不传矣。”

112.《治世余闻》：“程篁潡学士敏政代谢于朝，注《雪心赋》。”

113.《明诗纪事》：“桑悦字民怿。在燕市见高丽使者市本朝《两都赋》，无有；耻之，作《两都赋》。”

雨村曲话

清·李调元著　米运刚校注

目　录

雨村曲话

序

予辑《曲话》甫成，客有谓予曰："词，诗之余；曲，词之余。大抵皆深闺、永巷，春伤、秋怨之语，岂须眉[①]学士所宜有？况夫雕肾琢肝，纤新淫荡，亦非鼓吹之盛事也，子何为而啧啧不休也？[②]"予应之曰："唯，然。然独不见夫尼山删《诗》，不废《郑》、《卫》；輶轩采风，必及下里乎？夫曲之为道也，达乎情而止乎礼义者也。凡人心之坏，必由于无情[③]，而惨刻不衷之祸，因之而作。若夫忠臣、孝子、义夫、节妇，触物兴怀，如怨如慕，而曲生焉。出于绵渺，则入人心脾；出于激切，则发人猛省。故情长、情短，莫不于曲寓之。人而有情，则士爱其缘，女守其介，知其则而止乎礼义，而风醇俗美；人而无情，则士不爱其缘，女不守其介，不知其则而放乎礼义，而风不淳、俗不美。故夫曲者，正鼓吹之盛事也。彼瑶台、玉砌，不过雪月之套辞；芳草、轻烟，亦只郊原之泛句，岂足以语于情之正乎？此予之所以不能已于话也，而何诮之深也？"客曰："是则然矣。子之言未必其无弊也，乃执月旦[④]以平章曲府[⑤]，司三寸管而低昂之，得无过当乎？"予曰："人之妍，非己之妍也；人之媸，非己之媸也。双眸具在，亦存其论而已矣。"[⑥]绵州童山蠢翁李调元撰。

【校注】

①岂须眉：《童山文集·雨村曲话序》作：岂堂堂。此从嘉庆万卷楼本。

②啧啧不休也。嘉庆万卷楼本作：刺刺不休也。据《童山文集·雨村

曲话序》改。

③必由于无情：《童山文集·雨村曲话序》作：必先曲于无情。此从嘉庆万卷楼本。

④旦：《童山文集·雨村曲话序》作“日”。此从嘉庆万卷楼本。

⑤以平章曲府：嘉庆万卷楼本作：“以平章曲厨”。据《历代曲话汇编——新编古典戏曲论著集成》改。

⑥予曰：“人之妍，非己之妍也；人之媸，非己之媸也。双眸具在，亦存其论而已矣。”《童山文集·雨村曲话序》：“人之善，非己之善也；人之恶，非己之恶也。双眸具在，亦视乎其之眊与不眊而已矣。”此从嘉庆万卷楼本。

卷　上

1. 朱晦庵云："古乐府只是诗中泛声，后八怕失那泛声，逐一添个实字，遂成长短句，今曲子便是。"

2. 《困学纪闻》："古乐府者，诗之旁行也；词曲者，古乐府之末造也。"

3. 王弇洲云："宋未有曲也，自金元而后，半皆凉州豪嘈之习，词不能按，乃为新声以媚之。而一时诸君如马东篱、贯酸斋、王实甫、关汉卿、张可久、乔梦符、郑德辉、宫大用、白仁甫辈，咸富有才情，兼喜音律，遂擅一代之长。所谓宋词、元曲，信不污也。"按：贯酸斋、张可久、宫大用，只工小令，不及马、王、关、乔、郑、白远甚，未可同年语也。

4. 北曲原本乐府歌行，胡应麟《庄岳委谭》：宋词元曲咸以仿于唐末，然实陈、隋始之，盖齐、梁月露之体，矜华角丽，固已兆端。至陈、隋二主，并富才情，俱湎声色，叔宝之《后庭花》，炀之《春江玉树》，宋元人沿袭，滥觞也。

5. 《弦索辨讹》："《三百篇》后变而为诗，诗变而为词，词变而为曲。诗盛于唐，词盛于宋，曲盛于元之北。北曲不谐于南，而始有南曲。南曲则大备于明。明时虽有南曲，只用弦索官腔。至嘉、隆间，昆山有魏良辅者，乃渐改旧习，始备众乐器而剧场大成，至今遵之。”所谓“南曲”，即昆曲也。

6.《啸余谱》有新定乐府十五体名目：一、舟邱体，毫放不羁。二、宗匠体，词林老手①之词。三、黄冠体，神游广漠，寄情太虚，有餐霞服日之想，名曰“道情”。四、承安体，华观伟丽，过于泆乐。承安，金章宗正朔。五、盛元体，快然有雍、熙之治，字句皆无忌惮，又曰不讳体。六、江东体，端谨严密。七、江南体，文采焕然，风流儒雅。八、东吴体，清严华巧，浮而且艳。九、淮南体，气劲趣高。十、玉堂体，公平正大。十一、草堂体，志在泉石。十二、楚江体，曲抑不伸，摅忠诉志。十三、香奁体，裙裾脂粉。十四、骚人体，嘲讥戏谑。十五、俳优体，诡喻淫虐，即淫词。按：此十五体，不过综其大概而言，其实，视撰词人之手笔，各自成家，如马致远之“朝阳鸣凤凰”，则豪爽一路；王实甫之“花间美人”②，则细腻一路。各自成体，不必拘也。

【校注】

①宗匠体，词林老手之词：《历代曲话汇编——新编古典戏曲论著集成》作：宗匠体，词林老作之词。此从嘉庆万卷楼本。

②王实甫之“花间美人”，则细腻一路：嘉庆万卷楼本作：王实甫之“花园美人”，则细腻一路。据《历代曲话汇编——新编古典戏曲论著集成》改。

7.《涵虚曲论》古今群英乐府各有其目：马东篱如“朝阳鸣凤”，张小山如“瑶天笙鹤”，白仁甫如“鹏抟九霄”，李寿卿如“洞天春晓”，乔梦符如“神鳌鼓浪”，费唐臣如“三峡波涛”，宫大用如“西風雕鹗”，王实甫如“花间美人”，张鸣善如“彩凤刷羽”，关汉卿如“琼筵醉客”，郑德辉如“九天珠玉”，白无咎如“太华孤峯”，贯酸斋如“天马脱羁”，邓玉宾如“幽谷芳兰”，滕玉霄如“碧汉闲云”，鲜于去矜如“奎璧腾辉”，商政叔如“朝霞散彩”，范子安如“竹里鸣泉”，徐甜斋如“桂林秋月”，杨淡斋如“碧海珊瑚”，李致远如“玉匣昆吾”，郑廷玉如“佩玉鸣銮”，刘廷信如“摩云老鹘”，吴西逸如“空谷流泉”，秦竹村如“孤云野鹤”，马九皋如“松阴鸣鹤”，石子章如“蓬莱瑶草”，盍西村如“清风爽籁”①，朱庭玉如“百卉争芳”，庾吉甫如“奇峰散绮”，杨立斋如“风烟花柳”，杨西庵如“花柳芳妍”，胡紫山如“秋潭孤月”，张云庄如“玉树临风”，元遗山如“穷崖孤松”，高文秀如“金瓶牡丹”，阿鲁威如“鹤唳青霄”，吕止庵如“晴霞结绮”，荆幹臣如“珠簾鹦鹉”，萨天锡如“天风环珮”，薛昂夫如“雪窗翠竹”，顾均泽如“雪中乔木”，周德清如“玉笛横秋”，不忽麻如“闲云出岫”，杜善夫如“凤池春色”，钟继先如“腾空宝气”，王仲文如“剑气腾空”，李文蔚如“雪压苍松”，杨显之如“瑶台夜月”，顾中青如“雕鹗冲霄”，赵文宝如“蓝田美玉”，赵明远如“太华晴云”，李子中如“清庙朱瑟”，李取进如“壮士舞剑”，吴章龄如“庭草交翠”，武汉臣如“远山叠翠”，李直夫如“梅边月影”，马昂夫如“秋兰独茂”，梁进之如“花里啼莺”，纪君祥如“雪里梅花”，子伯渊如“翠柳黄鹂”，王庭秀如“月印寒潭”，姚守中如“秋月扬辉”，金志甫如“西山爽气”，沈和甫如“翠屏孔雀”，睢景臣如“凤管秋声”，周仲宾如“平原孤隼”，吴仁卿如“山间明月”，秦简夫如“峭壁孤松”，石君宝如“罗浮梅雪”，赵公辅如“空山清啸”，孙仲章如“秋风铁笛”，岳伯川如“云林樵响”，赵子祥如“马嘶芳草”，李好古如“孤松挂月”，陈存甫如“湘江雪竹”，鲍吉甫如“山鲛泣珠”②，戴善甫如“荷花映月”，张时起如“雁阵惊寒”，赵天锡如“秋水芙蓉”，尚仲贤如“山花献笑”，王伯成如“红鸳戏波”，王子一如“长鲸饮海”，刘东升如“海峤云霞”，王文昌如“苍海明珠”，谷子敬如“昆山片玉”③，兰楚方④如“秋风桂子”，陈克明如“九畹芳兰”，李唐宾如“孤鹤鸣皋”，穆仲义如“洛神凌波”，汤舜民如“锦屏春风”，贾仲民如“锦帷琼筵”，杨景言如“雨中之花”，苏复之如“云林文豹”，杨彦华如“春风飞花”，杨大奎如“匡卢叠翠”，夏均政如“南山秋色”，唐以初如“仙女散花”。前九十八人，已经题目。此外一百五人并称杰作，其名为董解元、姚牧庵、景元启、曾瑞卿、李伯瑜、吴克斋、李德载、王和卿、杜遵礼、程景初、赵彦晖、王敬甫、邓学可、沙正卿、赵明道、王仲诚、梦简、李邦基、吕天用、睢玄明⑤、王仲元、高安道、张子友、侯正卿、史九敬先、李实甫、彭伯成、李行道、赵君祥、汪泽民、陆显之、孔文卿、狄君厚⑥、张寿卿、费君祥、陈定甫、刘唐卿、阿里耀卿、王爱山、奥敦周卿、蒲察善长⑦、范冰壶、施君美、黄德润、沈珙之、刘聪、张九、廖宏道、陈彦实、吴中立、钱子云、高敬臣、曹明善、张子坚、王日华、王举之、陈德和、邱士元。按曲话惟此最先。自王弇洲《曲藻》以前，未有论及者，今各家曲虽多失传，存此犹有考其万一。

【校注】

①石子章如"蓬莱瑶草"，盍西村如"清风爽籁"：嘉庆万卷楼本作：石子章如"清风爽籁"。据《历代曲话汇编——新编古典戏曲论著集成》改。

②鲍吉甫如"山鲛泣珠"：嘉庆万卷楼本作：鲍吉甫如"老鲛泣珠"。据《历代曲话汇编——新编古典戏曲论著集成》改。

③刘东升如"海峤云霞"，王文昌如"苍海明珠"，谷子敬如"昆山片玉"：嘉庆万卷楼本：王文昌如"苍海明珠"，前无"刘东升如'海峤云霞'"，后无"谷子敬如'昆山片玉'"。据《历代曲话汇编——新编古典戏曲论著集成》增补。

④"兰楚方"：嘉庆万卷楼本作：楚方。据赵其钧《元曲二百首》（黄山书社）改。

⑤"睢玄明"：嘉庆万卷楼本作：睢元明。据隋树森《全元散曲简编》（上海古籍出版社）改。

⑥狄君厚：嘉庆万卷楼本作：秋君原。据隋树森《全元散曲简编》（上海古籍出版社）和《历代曲话汇编——新编古典戏曲论著集成》改。

⑦蒲察善长：嘉庆万卷楼本作：蒲蔡善长。据《历代曲话汇编——新编古典戏曲论著集成》改。

8. 雕虫馆《曲选》论："元取士有填词科，若今括帖然，取给风簷寸晷之下，故一时名士虽马致远、乔梦符辈至第四折往往强弩之末。"又谓："主司所定题目外，止曲名及韵。其宾白，则演剧时伶人自为之，故多鄙俚蹈袭之语。如《西厢》，亦五杂剧，皆出词人手裁，不可增减一字，故为诸曲之冠。"

9.《太和正音谱》云："《西厢记》，元进士王实甫撰。"按：王实甫，见《元人百种》。曲目十三本，以《西厢》为首。世有谓关汉卿撰者，妄也。汉卿亦元进士，撰曲有六十三本，不载《西厢》，可据。王元美云："实甫原本至'碧云天，黄花地，'而止。此后乃汉卿所补。"则续郑恒事，乃汉卿笔也。世又谓："至《草桥惊梦》而止。"非。按：元天台陶宗仪《辍耕录》："金章宗时，有董解元所编《西厢记》，世代未远，尚罕传者。况今杂剧中曲调之冗乎。"据此，则《西厢》为董解元作。而《啸余谱》载元剧作者一百五人，以董解元居首。但注："仕元，始作北曲。"并未载撰《西厢记》。陶九成[①]，元人，相去未远，必有所据。意董原本，而王、关为润色之欤？董解元，一作金人。

【校注】

①陶九成，元人，相去未远，必有所据：嘉庆万卷楼本作：陶九威，元人，相去未远，必有所据。据《历代曲话汇编——新编古典戏曲论著集成》改。

10.《西厢》工于骈俪，美不胜收。如："雪浪拍长空，天际秋云捲；竹索缆浮桥，水上苍龙偃。"[①]又："法鼓金铙，二月春雷响殿角；钟声佛号，半天风雨洒松梢。"又："系春心，情短柳丝长；隔花阴，人远天涯近。"又："哭声儿似莺啭乔林；泪珠儿似露滴花梢。"又："香销了六朝金粉；瘦减了三楚精神。"又："玉容寂寞梨花朵；胭脂浅淡樱桃颗。"又："他做了影儿里情郎；我作了画儿里爱宠。"他传奇不能道其只字，宜乎为北曲压卷也。

【校注】

①竹索缆浮桥，水上苍龙偃：嘉庆万卷楼本作：竹索缆桥，水上苍龙偃。漏字。据《历代曲话汇编——新编古典戏曲论著集成》改。

11.《西厢》"淡黄杨柳带棲鸦"，本宋贺方回《浣溪纱》词也，王实甫用之，与"嫩绿池塘藏睡鸭"作对，天然巧妙，可谓青出于蓝。

12. 实甫又有《离亭宴煞》云："闲来膝上横琴坐，醉时林下和衣卧，畅好快活，乐天知命随缘过①。为伴侣只三个：明月、清风共我。再不把利名侵，且须将是非躲。"此《丽春堂》剧曲，牌名《离亭宴煞》也。今人多入劝世小说，不知为实甫作也。

【校注】

①乐天知命随缘过：嘉庆万卷楼本作：乐不知命随缘过。据《历代曲话汇编——新编古典戏曲论著集成》改。

13. 马致远，号东篱，元人曲中巨擘也。其《满庭芳》句有"知音到此，舞雩点也，修禊羲之"，语最工。

14. 致远《越调·天净沙》云："枯籐老树昏鸦，小桥流水人家，古道西风瘦马，夕阳西下，断肠人在天涯。"数语为《秋思》之祖。

15. 东篱《陈抟高卧》云："纸窗明觉晓，布被暖如春。"又："丹砂好炼养闲身，黄金不铸封侯印。戴不得幞头紧，穿不得公裳坌。不如我这拂黄尘的布袍，洒浑酒的纶巾。"字句、音律，浏亮动人。

16. 致远曲多俊语："霜清紫蟹肥，露冷黄花瘦。"九日俊语也；"细研片脑梅花粉，新剥真珠豆蔻仁。"咏茶俊语也；"天地安排诗句就，云山失色酒杯宽。"金山寺俊语也。

17. 马东篱《离亭宴煞》："蛩吟一觉才宁贴，鸡鸣万事无休歇，争名利何年是彻？密匝匝蚁排兵，乱纷纷蜂酿蜜，闹嚷嚷蝇争血。裴公绿野堂，陶令白莲社，爱秋来那些；和露摘黄花，带霜烹紫蟹，煮酒烧红叶。人生有限杯，几个登高节，嘱咐俺顽童记者：便北海探吾来，道'东篱醉了也'。"周德清云："此方是乐府。不重韵无衬字，无险语；押韵兼平、上、去，无一字不妥。万中无一，后辈宜法。"按：马致远名曲极多，如《寨儿令》云："数声柔橹江湾，一钩香饵波寒，回头观兔魄，失忆放渔竿，看，流下蓼花滩!”又：《沉醉东风》云：“黄芦岸白萍渡口，绿杨堤红蓼滩头，点秋江白鹭沙鸥，傲杀人间万户侯，不识字烟波钓叟。”① 又：《拨不断·隐居》云：“红尘不向门前惹，绿树偏宜屋角遮，青山正补墙头缺，竹篱茅舍。”又《水仙子》云：“一声梧叶一声秋，一点芭蕉一点愁，三更归梦三更后。”又：“闲花酝酿蜂儿蜜，细雨调和燕子泥。”又：“锦字香粘新泪粉，彩笺红渍旧啼痕。”又：“怕黄昏，不觉又黄昏；不销魂，怎地不消魂？新啼痕厌旧啼痕，断肠人忆断肠人。”又：“西风吹老鲈鱼兴。”又：“长江有尽思无尽。”皆人不能道也。

【校注】

①《沉醉东风》：为白朴所作，曲名《渔夫》。全曲为：“黄芦岸白萍渡口，绿杨堤红蓼滩头。虽无刎颈交，却有忘机友，点秋江白鹭沙鸥。傲杀人间万户侯，不识字烟波钓叟。”（见隋树森《全元散曲简编》，上海古籍出版社。）

18. 东篱《寄生草》云：“长醉后方何碍？不醒时有甚思？醩腌两个功名字，醅淹千古兴亡事，曲埋万丈虹霓志。不达时皆笑屈原非，但知音尽属陶潜是。”命意造词，俱臻绝顶。

19. 致远《黄粱梦》，周德清取《雁儿落》为定格，云：“洞宾出世超凡，本有神仙分，一抹绦，九阳巾。君人，真人!”谓“此调极罕，伯牙琴也”。今曲谱首句无“洞宾”二字，“分”字下作：“系一条一抹绦，戴一项九阳巾，君，敢作个真人!”与此不同。

20. 东篱《岳阳楼》头折词云：“黄鹤送酒仙人唱，主人无量醉何妨。”周德清云：“俊语也。有不识文义，以送为斋送之义，改为对舞。殊不知，黄鹤用仙人以榴皮画鹤一只以报酒家事，初无双鹤，岂能对舞？且失饮酒之意。送者，吴姬压酒之谓。甚矣，俗士之不可医也!”

21. 致远《塞鸿秋》云：“腕冰消松却黄金钏，脂粉浅淡了芙蓉面。

紫霜毫蘸湿端溪砚，断肠词写在桃花扇。风轻柳絮天，月冷梨花院。”音律浏亮，周挺斋极称之。

22. 临川陈克明《春装曲》云：“自将杨柳品题人，笑拈花枝比较春，输与海棠三四分。再偷匀，一半儿胭脂一半儿粉。”后遂名此调为《一半儿》。周挺斋评云：“作者虽众，音律独先。”

23. 周德清《务头定格》载《庐山》《朝天子》云：“早霞，晚霞。装点庐山画，仙翁何处炼丹砂？一缕白云下。客去斋余，人来茶罢，叹浮生，指落花。楚家，汉家，作了渔樵话。”通首完称，对偶、音律俱好①。末句②“楚家、汉家”与“鼎足三分半腰折，魏耶，晋耶？”同一格律。

【校注】

①通首完称，对偶、音律俱好：嘉庆万卷楼本作：通首完称，对偶、音律句好。据《历代曲话汇编——新编古典戏曲论著集成》改。

②“末句”：嘉庆万卷楼本作：“未句”，刻误。据《历代曲话汇编——新编古典戏曲论著集成》改。

24. 元人《雁儿落得胜令》《咏指甲》云：“宜将斗草寻，宜把花枝浸，宜将绣线匀，宜把金针纫。宜操七弦琴，宜结两同心，宜托腮边玉，宜圈鞋上金。难禁，得一掐通身沁，知音，治相思十个针。”咏物俊词也。挺斋云：“《得胜令》务头在起句，头字要属阳，后必要扇面对，方好。”此曲是也。

25. 尚仲贤《归去来词》：“西风落叶山容瘦，呀呀的雁过南楼。”俊语也。

26. 郑德辉《倩女离魂》曲中有“忒楞楞腾”、“疏刺刺沙”、“厮琅琅汤”、“吉丁丁当”、“扑通通咚”①，皆四字成句，盖元人俗语也。

【校注】

①"扑通通咚":《中国古典戏剧论著集成》作:"扑通通梦"。此从嘉庆万卷楼本。

27. 德辉《王粲登楼》《迎仙客》云:"雕檐红日低,画栋彩云飞,十二玉阑天外倚,望中原,思故国,一片乡心碎。"挺斋谓:"《迎仙客》累百,无此调也。美哉,德辉之才,名不虚传!"然余尤喜其"一片乡心碎"之句,《曲藻》:"何元朗极称元人郑德辉《㑳梅香》、《倩女离魂》、《王粲登楼》以为出《西厢》之上。《㑳梅香》虽有佳处,而中多陈腐措大语,且套数、出没、宾白皆剽《西厢》;《王粲登楼》事实可笑,亦厌常喜新之病。"然《㑳梅香》虽不出《西厢》窠臼,其秀丽处究不可没。元朗,名良俊,号柘湖,明松江人。以选贡授南京翰林孔目。

28. "雨过池塘肥水面,云归岩谷瘦山腰"。德辉曲中名语。

29. 乔梦苻《金钱记》:"王孙乘骏马,金鞭拂柳花,游人问酒家,青旗插杏花。"四句用隔句对法,句句用韵,却不伤气。又:"名利酒吞蛇,富贵梦迷蝶。"亦炼。

30. 徐甜斋《红绣鞋》:"一榻白云竹径,半窗明月松声。"又:"青猿藏火枣,黑虎听《黄庭》。"皆险诨妙句。

31. 鲍吉甫《卫灵公》剧:"四边风凛冽,一望雪模糊,行过小溪桥,迷却前村路。"居然唐贤风韵。

32. 费唐臣《贬黄州》[①]云:"新妇矶头,鸥鹭乡中,女儿浦口,鹦鹉洲边,涨一竿春水,带一抹寒烟,掉一只渔船,黑甜一枕睡,灯火对愁眠。"句调甚别。

【校注】

①费唐臣《贬黄州》云：嘉庆万卷楼本作：唐费臣《贬黄州》云。据《历代曲话汇编——新编古典戏曲论著集成》和《中国古典戏剧论著集成》改。

33. 花李朗曲，即娼夫词也，句颇工炼，有《黄粱梦》云："幽窗下寒敲竹叶，前村外冷压梅稍。撩乱野花低，微茫江树杳。"咏雪好句也。

34. 周德清曲不多见，有句云："雨晴花柳新梳洗。"不愧《阳春》曲。

35. 范子安《竹叶舟》剧《煞》云："月黑云愁，风狂雨骤，甚时候，白茫茫银涛不断流，那里也楚尾吴头。"数语气势不凡。

36. 《酹江集》载罗贯中《风云会》云："黄道烟迷，瑞霭盘旋飞凤椅；紫垣风细，御香缭绕衮龙衣。"四句俱用韵，却用隔句对法。

37. 元遗山有小令云："湘燕携雏弄语，有高柳鸣蝉相和。骤雨过，珍珠乱撒，打遍新荷①。"一时传播。今人曲，易牌名《骤雨打新荷》。

【校注】

①骤雨过，珍珠乱撒，打遍新荷：嘉庆万卷楼本作：骤雨过，珍珠乱撒，打编新荷。"编"，刻误。据《历代曲话汇编——新编古典戏曲论著集成》改。

38. 元人咏马嵬事，无虑数十家。白仁甫《梧桐雨》剧为最，《古鲍老》云："红牙箸，趁玉音，击着梧桐按。嫩枝柯，犹未干，更带着瑶琴声范，出几点琼珠似汗。"隽妙乃尔。

39. 王伯成，号丹邱先生，所撰《天宝遗事》如："侍晨妆翠园红簇，恐要侍儿扶，宜写在懒妆图。”风流蕴藉，不减白仁甫也。

40. 《琵琶记》，元末永嘉高则诚撰。《百川书志》作“元永嘉先生撰”，盖因则诚永嘉人而隐其名也。此曲体贴人情，描写物态，皆有生气，且有裨风教，宜乎冠绝诸南曲，为元美之亟赞也。或谓：为王四而作，故以“琵琶”隐四王字；则诚元本止《书馆相逢》，其《赏月》、《扫松》二阕，为朱教谕所补。王已讥其非实。《曲藻》云：“尝见人歌‘浪暖桃香欲化鱼，期逼春闱，诏赴春闱；郡中空有辟贤书，心恋亲闱，难舍亲闱。’颇疑两下句意各重。又曰诏、曰书，都无轻重。后得一善本，上下句作‘期逼春闱，难舍亲闱’，下下句作‘心恋亲闱，难赴春闱’。意既不重，而与上句各相呼应，益见作者之工。”

41. 《琵琶》《烧夜香》句云：“楼台倒影入池塘，绿树浓阴夏日长，一架荼蘼满院香。”写景俊语也。

42. 明太祖尝称：“《琵琶》如珍玉百味，富贵家不可缺。”

43. 《拜月亭》，元施君美撰。何元朗谓：胜《琵琶》，却无裨风教，不似《琵琶》能使人堕泪也。如《荆钗》虽动人而俗，《香囊》虽不动人而雅，亦《琵琶》之类，未可废也。

《卫曲尘谭》：“屠赤水为辞古郁，《昙花》一记，具见婆心。吴载伯、凌初成清言楚楚，词林之彦。”

《吴骚合编》：“王伯良、卜大荒、袁凫公皆生动圆转，声传三籁。”①

【校注】

①《卫曲尘谭》：“屠赤水为辞古郁，《昙花》一记，具见婆心。吴载伯、凌初成清言楚楚，词林之彦。”

《吴骚合编》：“王伯良、卜大荒、袁凫公皆生动圆转，声传三籁。”

以上两段，嘉庆万卷楼本无。据《历代曲话汇编——新编古典戏曲论著集成》增补。

卷　下

1. 臧懋循，字晋叔，号顾渚，长兴人，万历庚辰进士[①]，所选元人杂剧百种二十卷，元一代之曲借以不坠，快事也。尝云："曲自元始有南北，各十七宫调，而《北西厢》诸杂剧无虑数百种，南则《幽闺》、《琵琶》二记而已。自高则诚《琵琶》首为'不寻宫数调'之说，以掩覆其短，今遂藉口，谓'曲严于北而疏于南'，岂不谬乎？大抵元曲妙在不工而工，其精者採之乐府，而粗者杂以方言。至郑若庸《玉玦》，始用类书为之。而张伯起之徒，转相祖述为《红拂记》，则滥觞极矣。何元朗评施君美《幽闺》远出《琵琶》上，王元美谓好奇之过。夫《幽闺》大半已杂赝本，不知元朗能辨此否？余尝于酒次论及《琵琶》《梁州序》、《念奴娇序》二曲不类永嘉人口吻，当是后人窜入，元美尚津津称许，恶知所谓《幽闺》!"

【校注】

①万历庚辰进士：嘉庆万卷楼本作：万历庚辰人。据《历代曲话汇编——新编古典戏曲论著集成》改。

2. 《荆钗》一记，晋叔自谓得元人秘本。信韵叶矣。然如"草舍茅檐"一曲，本用监咸险韵，而又有一二犯韵，何也？至"莫忘雌炊一扊"一语，句则妙矣，然一望而知非元人面目也。

3. 曲不欲多，白尤不欲多骈偶。如《琵琶》、《黄门》诸篇，业且厌之；而屠长卿《昙花》白终折无一曲，梁伯龙《浣纱》、梅禹金《玉盒》终本无一散语，其谬弥甚。汤义仍《紫荆》四记中间，北曲骎骎乎涉其藩矣，独音韵少谐，不无铁绰板唱“大江东去”之病；南曲绝无才情，若出两手，何也？伯龙名辰鱼，字少白，明昆山人，国学生。

4. 明以南曲名于江左者，如祝允明（字希哲，号枝山，长洲人，中乡榜，倅南京兆。）、唐寅（字伯虎，吴人，中解元。）及吴人郑若庸，皆首选也。希哲能为大套，才情富有而多杂；伯虎小词，翩翩有致；郑所作《玉玦记》最佳，他未称是。《曲藻》评论如此。郑特工于用笔耳。《红拂》句如“春眠乍晓，处处闻啼鸟，问开到海棠多少”，又“章柳路渺，天涯何处无芳草”，皆嫌于用成句太熟。

5. 《东郭记》全以一部《孟子》演成，其意不出“求富贵利达”一语，盖骂世词也。剧目俱用《孟子》成语，不出措大习气，曲中之别调也。

6. 《明珠记》即《无双传》，明陆天池采所撰，乃兄浚明给事助成之。王氏以为未尽善①。余以为元美特走马看花耳，未细加涉猎也。曲中佳语虽少，其穿插处颇有巧思，工俊宛展，固为独擅，非梁、梅辈派头。其北《尾》云：“君王的兀自保不得亲家眷②，穷秀才空望着京华泪痕满。”直逼元人矣。元美以为未尽善，以其不用故实也。中有“凤尾笺”、“鲛鮹帕”、“芙蓉帐”、“翡翠堆”等语，未脱时尚，故见《曲藻》，不然则不齿及矣。我谓：未尽善正在此，不在彼也。

【校注】

①王氏以为未尽善：嘉庆万卷楼本作：王氏以未尽善。据《历代曲话汇编——新编古典戏曲论著集成》改。

②君王的兀自保不得亲家眷：嘉庆万卷楼本作：君王的兀自保不得亲家看。据《历代曲话汇编——新编古典戏曲论著集成》和《中国古典戏剧论著集成》改。

7.《洞天元纪》、《陶情乐府》、《续陶情乐府》，俱新都杨升庵撰。流脍人口，北曲为多，而颇不为当行所许。王元美讥为“蜀人多用川调，不谐南北本腔”。妄也。蜀何尝有“川调”之名？南、北《九宫谱》、《中原音韵》，世所通行之谱，岂独吴人许用而蜀人不许乎？各分町畦，互相攻击，虽文人相轻，亦小人党习也。其佳句如“费长房缩不就相思地，女娲氏补不完离恨天。别泪铜人共滴，愁肠兰焰同煎。和愁和闷，经岁经年”；又“傲霜雪镜中紫髯，任光阴眼前赤电，仗平安头上青天”，皆生别不拾人牙慧。乃元美摭拾其“嫩寒生花底”数语，以为“抄录元人秘本，掩为己有”。噫！是何腑肠？必不容升庵出一头地也？亦褊之至矣。

8. 北曲在明，如李空同、王浚川、何粹夫、韩宛洛、何太华、许少华，皆有乐府，未尽传。《曲藻》云：“所知者李先芳、张重、刘时远皆可观。冯惟敏独为深出其板眼，务头、窜抢、紧缓，无不曲尽，而才气亦足发明；只用本色过多，北音太繁，为白壁征类耳。”

9. 作曲最忌出情理之外。王舜耕所撰《西楼记》，于撮合不来时，拖出一须长公①，杀无罪之妾，以劫人之妾为友妻，结构至此，可谓自堕苦海。舜耕，高邮人。

【校注】

①拖出一须长公：嘉庆万卷楼本作：脱出一须长公。据《历代曲话汇编——新编古典戏曲论著集成》改。

10.《西楼》工于调谑。其第六出《私契》所白：“见了《锦帆乐府》，日夜称颂大名。”乃舜耕自负，故云“语儿曹，《阳春》古奏、和者甚寥寥”。

11. 汤显祖，字义仍，号若士，临川人，万历癸未进士。所著“玉茗四种”：《还魂记》、《南柯记》①、《邯郸梦》、《紫钗记》。以《还魂》为第一部，俗呼《牡丹亭》，句如“雨丝风片，烟波画船”，皆酷肖元人。惜其使才，于韵脚所限，多出以乡音，如“子”与“宰”、“叶”之类；其病处在此，佳处亦在此。

【校注】

①《南柯记》：嘉庆万卷楼本作：《烂柯记》。据《历代曲话汇编——新编古典戏曲论著集成》改。

12. 武功康德涵海，以附刘瑾败，家居。能自弹琵琶唱新词。有侍郎杨廷仪者，新都杨介夫廷和弟，即升庵叔也。以使事北上，过康置酒。廷仪徐谓：“家兄恒相念。但得一书，吾为道地史局。”语未毕，康大怒，骂：“若伶人我耶?”手琵琶击之，格胡床，迸碎。杨踉跄走避。康犹口咄咄：“蜀子!”更不相见。“蜀子”，詈语也。“子”者，蜀人骂人之贱称，今犹有“湖广子”、“陕西子”、“江西子”之语。与康同时有王敬夫，鄠杜人。刘瑾以乡人，为吏部，掌文选。瑾败，贬寿州州同。为人傲睨，工词曲。所编有《杜少陵游春》传奇[1]，剧骂李文正公。馆阁皆谓其轻薄[2]。人谗之于李，遂褫官，不复用。二公皆工乐府。敬夫将填词，以厚资募国工，杜门学按琵琶、三弦，尽其技而后出。每敬夫曲成，德涵为奏，云：“虽老乐师不逮也。”然敬夫作南曲“且尽杯中物，不饮青山暮”，以“物”为“护”，王元美谓“南北混淆”。然元美但知“护”非南音，不知“物”非“护”音，而“护”亦非北音。评者以敬夫秀丽雄爽，康大不如；至谓“声价不在关汉卿、马东篱下”。二公皆陕人，工词，皆以瑾败，亦异事也。

【校注】

①所编有《杜少陵游春》传奇：嘉庆万卷楼本作：所编有《杜少陵春》传奇。漏字。据《历代曲话汇编——新编古典戏曲论著集成》改。

②馆阁皆谓其轻薄：嘉庆万卷楼本作：馆阁皆为其轻薄。据《历代曲话汇编——新编古典戏曲论著集成》改。

13. 谷继宗，济南人。所为乐府，颇有才情，尚出诸公之下。此外如赵王之“红笺驿使梅”，杨邃庵之“指冷凤凰笙”[①]，陈石亭之《梅花序》，顾未斋之《单题梅》，皆脍炙人口。然较之专门，终有间也。王威宁越《黄莺儿》，只是诨语，然颇佳。常明卿有《楼居乐府》[②]，虽词气豪逸，亦未当家。（俱见《曲藻》）

【校注】

①杨邃庵之“指冷凤凰笙”：嘉庆万卷楼本作：杨邃庵之“指命凤凰笙”。据《历代曲话汇编——新编古典戏曲论著集成》改。

②常明卿有《楼居乐府》：嘉庆万卷楼本作：常明卿有《楼永乐府》。据《历代曲话汇编——新编古典戏曲论著集成》改。

14. 臧贤，正德嬖伶也。时有号髯仙者，乐府不能如陈大声稳协，而侠少推为渠帅。正德南征，髯仙夤缘贤荐，得幸，令调提六院事。髯仙名霖，失其姓。贤复荐杨南峰循吉，应制成《打虎曲》，称旨，授官如霖，杨大愧骇。曲今存，不大佳。信乎郁轮袍之，不独王摩诘也。

15. 陈大声，金陵将家子。曲多蹈袭。《梅花》一阕，为世所传，然只可供弦索三弄而已。

16. 金白屿銮，有名北里。曲为当家所贵，气弱而才薄。元美赏其“石桥下，水粼粼；芦花上，月纷纷”之句，亦老生常话耳。

17. 王渼陂有“一天霜雪晓排衙”句，为人传播。然多粗句，如“翻身跳出麒麟洞”，大似秦腔。王元美议之，不为苛。

18. 徐文长自号天池生，所著有《四声猿》。袁石公令钱塘，见之，以为明第一曲。《四声猿》者，四剧也，一咏祢衡[①]，一咏玉禅师，一咏木兰，一咏黄崇嘏，取杜诗“听猿实下三生泪”而名也。应以祢衡[②]剧为最。

【校注】

①②祢衡：嘉庆万卷楼本作：弥衡。据《中国古典戏剧论著集成》改。

19.《寻亲记》词虽稍俚，然读之可以风世。又有《后寻亲》，尽取拾前记所未结诸色末[①]。余曾见演者，亦复可观焉。

【校注】

①尽取拾前记所未结诸色末：嘉庆万卷楼本作：尽收拾前记所未结诸色末。据《中国古典戏剧论著集成》改。

20.曲始于元，大略贵当行不贵藻丽。盖作曲自有一番才料，其修饰词章，填塞故实，了无干涉也。故《荆》、《刘》、《拜》、《杀》，为四大家，而长才如《琵琶》犹不得与，以《琵琶》渐开琢句修词之端也。明如汤菊庄、冯海浮、陈秋碧辈，虽无专本，而制曲直闯其藩，元音未绝。自梁伯龙出，始为工丽滥觞。盖其生嘉、隆间，正七子雄长子会，词尚华靡；弇州于此道不深，徒以维桑之谊，盛为吹嘘，不知非当行也。故吴音一派，竟为剿袭，靡词如“诱阁罗帏”、“铜壶银箭”、“紫燕黄莺”、”浪蝶狂蜂”之类，启口即是，千篇一律。甚至使僻事，绘隐语，不惟曲家本色语全无，即人间一种真情话，亦不可得，元音之所以塞而不开也。不知以藻缋为曲，譬如以排律诸联入《陌上桑》、《董妖娆》乐府诸题下，多见其不类，又何曲之足云！

21.《白兔》、《杀狗》二记，今世所传本，谬误至不可读，皆后人窜改。盖其词原太质，人于方言不谙处，辄改之，面目全失矣。《荆》、《拜》二记亦然，然所存原笔处，多有后人不能辨也。元美责《拜月》[①]，以为无词家大学问[②]，正谓其无吴中一种恶套耳，岂不冤甚！观元美于《西厢》只取“雪浪拍长空”、“东风摇曳垂杨线”等句，其所尚可知矣，安不击节于“新篁池阁”、“长空万里”二曲，而谓其在《拜月》上乎？

【校注】

①元美责《拜月》：嘉庆万卷楼本作：元美摘《拜月》。据《历代曲话汇编——新编古典戏曲论著集成》和《中国古典戏剧论著集成》改。

②以为无词家大学问：嘉庆万卷楼本作：以为词家大学问。漏字。据《历代曲话汇编——新编古典戏曲论著集成》改。

22. 沈伯英审于律而短于才，亦知用故实、用套词之非宜，欲作当家本色俊语[①]，却又不能；直以浅言俚句，掤拽牵奏[②]，自谓独得其宗，号称词隐。而越中一二少年，学慕吴趋，遂以伯英为开山，私相伏膺，纷纭竞作。非不东钟、江阳，韵韵不犯，一禀德清；而以鄙俚可笑为不施脂粉，以生硬稚率为出之天然，较之套词、故实一派，反觉雅俗悬殊。使伯龙、禹金辈见之，盖当千金自享家帚矣[③]！

【校注】

①欲作当家本色俊语：嘉庆万卷楼本作：然作当家本色俢语。据《历代曲话汇编——新编古典戏曲论著集成》改。

②掤拽牵奏：嘉庆万卷楼本作：掤拽率奏。据《历代曲话汇编——新编古典戏曲论著集成》改。

③盖当千金自享家帚矣：嘉庆万卷楼本作：益当千金自享家帚矣。据《中国古典戏剧论著集成》改。

23. 张伯起小有俊才，而无长料。颇有一二真语，气亦疏通；一簖故实，便堆砌拼凑，亦是仿伯龙使然。自恐寂寥，有意涂饰，是其病处。

24. 《红梨花》一记，其称琴川本者，大是当家手，佳思律句，直逼元人惜逸其名。所作北词[①]，乃点窜元张寿卿腔，然其文足观也。有武林本，甚不堪。

【校注】

①所作北词：嘉庆万卷楼本作：所作此词。据《历代曲话汇编——新

编古典戏曲论著集成》改。

25. 改北调为南曲者，有李日华《西厢》。增损字句以就腔，已觉截鹤续凫，如“秀才们闻道请”下增“先生”二字等是也。更有不能改者[1]，乱其腔以就字句，如“来回顾影，文魔秀士欠酸丁”是也。“本风欠”删去“风”字，复成何语！盖《西厢》为词宗，欲歌南音，不得不取李本，亦无可奈何矣。

【校注】

①更有不能改者：嘉庆万卷楼本作：更有不能改字。据《历代曲话汇编——新编古典戏曲论著集成》和《中国古典戏剧论著集成》改。

26. 魏良辅《曲律》云：“箫管以尺工，犹琴之勾剔。”

27.《吴骚合编》云：“俗刻《遴奇振雅》，《南词韵选》，大略雷同。”

28.《谭曲杂札》：“《玉环记》‘隔纱窗日高花弄影’，改元剧乔梦符笔也。乔【煞尾】末句云：‘比及你见那负心薄幸，多管我一灵先到洛阳城’[1]。此等语不但惨戚回环，抑且以之作收，力有万钧。今以混入【猫儿坠】中，急腔唱过，大减分数矣。而【尾声】末句，则以‘专听春雷第一声’，收之，岂不村杀！然此记宾白及曲中佳处，亦能仿佛，非近时脚手。”

【校注】

①多管我一灵先到洛阳城：嘉庆万卷楼本作：多管我魂灵先到洛阳城。据《历代曲话汇编——新编古典戏曲论著集成》和《中国古典戏剧论著集成》改。

29.《谭曲杂札》：“吕勤之序彼中《蕉帕记》[1]，有云‘词隐先生之条令，清远道人之才情’。又云：‘词隐取程於古词，故示法严；清远翻抽于元剧，故遣调俊’。又云‘词忌组练而晦，白忌堆积骈偶而宽’。其语良当。勤之，越人，即所称蔚蓝生者也，颇嗜曲而亦见一斑者，故其语若此；乃其所校订友人诸戏，殊少合作。即《蕉帕》一记，颇能不填塞；间露一二佳句，而每每苦稚；至尾必双收，则弋阳之派，尤失正体。”

【校注】

①吕勤之序彼中《蕉帕记》：嘉庆万卷楼作：吕勤之序坡中《蕉帕记》。“坡”，刻误。据《历代曲话汇编——新编古典戏曲论著集成》和《中国古典戏剧论著集成》改。

30. 《衡曲尘谭》：袁凫公奉谱严整，谓“九宫词谱”[①]。

【校注】

①谓“九宫词谱”：嘉庆万卷楼本作：谓“元官词谱”。据《历代曲话汇编——新编古典戏曲论著集成》改。

31. 《五伦全备记》三本，琼台邱濬撰，凡二十八段，所述皆名言。天下大伦大理，尽寓于是；言带诙谐，不失其正。盖邱文庄公假此以劝善者。(见《百川书志》)

32. 《彩毫记》，屠赤水隆作。其词涂金缋碧，求一真语、隽语、快语、本色语，终卷不可得。

33. 《红拂记》，明张伯起所撰。王元美谓“洁而俊，失在轻弱”，亦未必然。如“春丝未许障红楼，帘栊净妇窥星斗”，吐气自不凡也。元美赏其“爱他风雪”等句，则不但袭宋人朱希真词，亦本未见出色。

34. 《惊鸿》、《卧冰》二记，俱词句鄙俚，曲之最下乘也，宜乎其人亦不传。

35. 阅世道人，不著氏名。所辑有《六十种曲》，大抵皆南曲也。但不列撰人姓名。除可考已见前记外[①]，其余撰人皆不可考。今记其全目，以备观览。《双珠记》、《寻亲记》、《东郭记》、《金雀记》、《焚香记》、《荆钗记》、《霞笺记》、《精忠记》、《浣纱记》、《琵琶记》、《南西厢》、《幽闺记》、《明珠记》、《玉簪记》、《红拂记》、《还魂记》、《紫钗记》、《邯郸梦》、《南柯梦》、《北西厢》、《春芜记》、《琵心记》、《玉镜记》、《怀香记》、《彩毫记》、《运甓记》、《鸾锟记》、《玉合记》、《金莲记》、《四喜记》、《三元记》、《投梭记》、《鸣凤记》、《飞丸记》、《红梨记》、《八义记》、《西楼记》、《牡丹亭》、《绣襦记》、《青衫记》、《锦笺记》、《蕉帕记》、《紫萧记》、《水浒记》、《玉玦记》、《灌园记》、《种玉记》、《双烈记》、《狮吼记》、《义侠记》、《千金记》、《杀狗记》、《玉环记》、《龙膏记》、《赠书记》、《昙花记》、《日免记》、《香囊记》、《四贤记》、《节侠记》。

【校注】

①除可考已见前记外：嘉庆万卷楼本作：除可考已见前说外。据《历代曲话汇编——新编古典戏曲论著集成》改。

36. 李渔音律独擅，近时盛行其《笠翁十种曲》。十种者，《憐香伴》、《风筝误》、《意中缘》、《凤求凰》、《奈何天》、《比目鱼》、《玉搔头》、《巧团圆》、《慎鸾交》、《蜃楼》[①]。勾吴虞巍序而行之，称“笠翁妻妾和谐，虽长贫贱，不作《白头吟》，另具红拂眼”。亦可取也。世多演《风筝误》。其《奈何天》，曾见苏人演之。

【校注】

①《慎鸾交》、《蜃楼》：嘉庆万卷楼本，《慎鸾交》后无“《蜃楼》”。据《中国古典戏剧论著集成》增补。

37. 阮大铖，自号百子山樵，所撰《燕子笺》，名重一时。然其人心术既坏，惟觉淫词可憎，所谓亡国之音也

38. 洪仿思升作《长生殿》，尽删太真秽事，时朱门绮席、酒社、歌楼，非此曲不奏缠头。宫詹赵执信以听演去官，不复起，有“可怜一夜《长生殿》，断送功名到白头”之句，可想其工。其《弹词》为一篇警策，所谓：“白头宫女在，闲坐说玄宗”①。

【校注】

①白头宫女在，闲坐说玄宗：嘉庆万卷楼本作：白头宫女在，闲坐说元宗也。据《历代曲话汇编——新编古典戏曲论著集成》改。

39. 孔东塘《桃花扇》，今盛行。其曲包括明末遗事；所写南渡诸人，而口吻毕肖①，一时有纸贵之誉。其首演者，李本庵总宪也，班名“金斗”。

【校注】

①所写南渡诸人，而口吻异肖：嘉庆万卷楼本作：所写南渡诸人，面目毕肖。据《历代曲话汇编——新编古典戏曲论著集成》和《中国古典戏剧论著集成》改。

40. 董恒岩《芝龛记》，特为秦忠州、沈道州二奇女行传①，全写蜀中事。北京棉花七条胡同有石芝龛，为四川会馆②，其遗迹也。而明季史事，一一根据，可为杰作；但意在一人不遗，未免失之琐碎，演者或病之焉。

【校注】

①特为秦忠州、沈道州二奇女行传：嘉庆万卷楼本作：特为秦忠州、沈道州二奇女衍传。据《历代曲话汇编——新编古典戏曲论著集成》和《中国古典戏剧论著集成》改。

②北京棉花七条胡同有石芝龛，为四川会馆：嘉庆万卷楼本作：北京棉花七条胡同有石芝龛，为四川会邸。据《历代曲话汇编——新编古典戏曲论著集成》改。

41. 顾天台《小忽雷》传奇，亦董恒岩笔。董工词而顾工音，故为词家所尚。

42. 今所传若耶野老《载花舲》、《香草吟》二本，词调卑靡，颇不足观。而《香草吟》全以药名演成传奇，虽其家数略小，亦具灵思，曲中之另一体也。

43. 张漱石有《玉燕堂》四种：《梦中缘》、《梅花簪》、《怀沙记》、《玉狮坠》也。《怀沙》撮合《国策》而成，堪称曲史。

44. 杭州夏纶有《无瑕璧》、《杏花村》、《瑞筠图》、《广寒梯》、《南阳乐》、《花萼吟》六种①。其《南阳乐》作诸葛武侯攘星获生，灭魏、吴以成一统，意本之翻精忠②，以平人心。词更慷慨激昂，可歌可颂。

【校注】

①杭州夏纶有《无瑕璧》、《杏花村》、《瑞筠图》、《广寒梯》、《南阳乐》、《花萼吟》六种：嘉庆万卷楼本作：杭州夏纶有《无瑕璧》、《杏花村》、《瑞筠图》、《广寒梯》、《南阳乐》、《花萼吟》四种。刻误。据《历代曲话汇编——新编古典戏曲论著集成》改。

②其《南阳乐》作诸葛武侯攘星获生，灭魏、吴以成一统，意本之翻精忠：嘉庆万卷楼本作：其《南阳乐》作诸葛武侯攘星获生，灭魏、吴以成一统，意本之返精忠。据《历代曲话汇编——新编古典戏曲论著集成》改。

45. 全椒兰皋所撰《旗亭记》①，为诗人争声价。词虽欠老，亦乐府中之一大楔子也。

【校注】

①全椒兰皋所撰《旗亭记》：嘉庆万卷楼本作：全椒兰皋所撰《旗亭记》。刻误。据《历代曲话汇编——新编古典戏曲论著集成》改。

46. 铅山编修蒋心余士铨曲，为近时第一。以腹有诗书，故随手拈来，无不蕴藉，不似笠翁辈一味优伶俳语也。余往粤东，过南昌，其时蒋已入京，其子知廉来谒。问其诗，已付水伯。以所著《空谷香》、《冬青树》、《香祖楼》、《雪中人》，四本见贻。余诗曾有"《空谷香》中人去远"之句，盖怀心余也。

舟中为批点一过，不觉日行数百里，但见青山红树，云烟奔凑，应接不暇，扬帆直过十八滩，浑忘其险也。心余与余交最契。其再补官也，为贫而仕，非其本怀。壬寅相见于顺城门之抚临馆，欢甚。曾许题余《醒园图》。未几，病痹，右手不能书。今已南归矣，然闻其疾中尚有左手所撰十五种曲，未刊。蒋与武陵袁枚，时人有两才子之目。晚年俱落落不得志。余尝欲选二家诗为《袁蒋探骊》，不果。袁诗曾为选刊粤中。蒋诗竟弃波涛，良可惜也。

47. 铨部钱塘韩朝衡开云①，有咏京官曲九折，皆写宅内家人日用琐事。曾记其中二阕云："公堂事了，拜客去，西头路须亲到；借债去，东头铺须亲造。亟归家，栅闭沟开沿路绕（去声）。淡饭儿刚一饱，破被儿刚一觉，怎当得有个人儿细把家常道。""道则道，非絮叨，你清俸无多用度饶，房主的租银绝早，家人的公食嫌少。这一只破锅儿等米淘，那一只寒炉儿待炭烧。且休管小儿索食傍门号，怎当得这哑巴生口无夫草？况明朝，几家分子，典当没丝毫。"情真、景真，闻者莫不绝倒。惜忘其六折。粪沟开，京中四月事。韩曲不多见，惟此最传。

【校注】

①铨部钱塘韩朝衡开云：嘉庆万卷楼本作：铨郎钱塘韩朝衡开云。刻误。据《历代曲话汇编——新编古典戏曲论著集成》改。

雨村剧话

清·李调元著
李宜家 李晢 校注

目　录

雨村剧话

序①

剧者何？戏也。古今一戏场也。开辟以来，其为戏也，多矣。巢、由以天下戏，逢、比以躯命戏，苏、张以口舌戏，孙、吴以战阵戏，萧、曹以功名戏，班、马以笔墨戏；至若偃师之戏也以鱼龙②，陈平之戏也以傀儡，优孟之戏也以衣冠。

戏之为用大矣哉！孔子曰："《诗》可以兴，可以观，可以群，可以怨。"今举贤奸忠佞，理乱兴亡，搬演于笙歌鼓吹之场，男男妇妇，善善恶恶，使人触目而惩戒生焉，岂不亦可兴、可观、可群、可怨乎？

夫人生，无日不在戏中，富贵、贫贱、夭寿、穷通，攘攘百年，电光石火，离合悲欢，转眼而毕，此亦如戏之倾刻而散场也。故夫达而在上，衣冠之君子戏也；穷而在下，负贩之小人戏也。今日为古人写照，他年看我辈登场。戏也，非戏也；非戏也，戏也。尤西堂之言曰："《二十一史》，一部大传奇也。"岂不信哉！

夫百间之屋，非一木之材也；五侯之鲭，非一鸡之跖也。书不多不足以考古，学不博不足以知今，此亦读书者之事也。予恐观者徒以戏目之而不知有其事遂疑之也，故以《剧话》实之；又恐人不徒以戏目之因有其事遂信之也，故仍以《剧话》虚之。故曰：古今一戏场也。

【校注】

①北京中国国家图书馆古籍部藏清乾隆四十九年（1784）《函海·剧

话》初刻本卷首未见序文，今序文录自《童山文集》卷四。

②偃师戏鱼龙系误说。鱼龙指隋代鱼龙百戏（《隋书·音乐志》）。详见陈多、叶长海《中国历代剧论选注》，第370—371页，上海古籍出版社2001年版。

卷　上

绵州李调元童山

1. 唐杜牧《西江怀古诗》:“魏帝缝囊真戏剧”。“剧”，即“戏”也。“戏剧”二字入诗，始见此。

2.《后山诗话》:“范文正《岳阳楼记》用对语说时景，世以为奇。尹师鲁读之，曰：‘此传奇体耳。’传奇，唐裴铡所着小说也。”胡应麟云：“唐所谓传奇，自是书名，虽事藻缋，而气体俳弱，然其中绝无歌曲。若今所谓戏剧者，何得以为唐时？或以中事迹相类，后人取为戏剧张本，因展转为此称耳。”

3. 杨维桢《铁崖集》有诗云：“昨夜阿鸿新进剧，黄金小带荔枝[①]装。”元人工剧，此一征也。

【校注】

①“黄金小带荔支装”，“荔支”当作“荔枝”。改。

4. 王阳明《传习录》:“古乐不作久矣。今之戏本，尚与[①]古乐意思相近。《韶》之《九成》，便是舜一本戏学[②]，《九变》，便是武王一本戏学。

所以有德者闻之，知其尽善尽美。后世作乐，只是做词调，于风化绝无干涉，何以返樸也?”此论最为得旨。“孶”，古文“子”字。

【校注】

①“尚有古乐意思相近”，“有”当作“与”。据文意改。

②“孶”，音zǐ，系古文“子”字。

5. 胡应麟《庄岳委谈》：“优伶戏文，自优孟抵掌孙叔敖，实及汉宦者傅脂粉侍中郎，后世装旦之渐[①]。《乐府杂录》：‘开元中黄幡绰、张野狐善弄参军。’即后世副净矣。又‘范传康、上官唐卿、吕敬迁三人弄假妇人’。即装旦矣。至后唐庄宗自敷粉墨称‘李天下’，而盛其搬演，大率与近世同；特所演多是杂剧，非近日戏文也。杂剧自唐、宋、金、元迄明皆有之。唐所谓优伶杂剧、装服套数，观苏中郎[②]、踏摇娘二事可见。宋杂剧亦然。元世曲调大兴，凡诸杂剧，皆名曲寓焉。教坊名妓多习之。清歌妙舞，悉隶是中。一变而赡缛，遂为戏文。《西厢》，戏文之祖也。《西厢》虽出金董解元，然犹弦唱、小说之类；至元王、关所撰，乃可登场搬演。高氏又一变而为南曲。嗣是[③]作者迭兴，古昔所谓杂剧、院本，几于尽废。”沈德符《顾曲杂言》：“元曲总只四折。自北有《西厢》，南有《拜月》，杂剧变为戏文，以致《琵琶》遂演为四十余折，几十倍于杂剧矣。”涵虚[④]论元杂剧有十二科：“一曰神仙道化，二曰隐居乐道，三曰被袍秉笏，四曰忠臣烈士，五曰孝义廉节，六曰斥奸骂谗，七曰逐臣孤子，八曰拨刀捍捧，即脱膊杂剧，九曰风花雪月，十曰离合悲欢，十一曰烟花粉黛，即花旦杂剧，十二曰神头鬼面，即神佛杂剧。”其科犹可考也。

【校注】

①引文“优伶戏文，自优孟抵掌孙叔敖，实及汉宦者傅脂粉侍中郎，后世装旦之渐”与原书不符，后二句应作“汉宦者傅粉侍中，实后世装旦之渐”。参见《中国古典戏曲论著集成》本校勘记三。

②“书中郎”，当作“苏中郎”。据改。

③“词是”，当作“嗣是”。据改。

④“滋虚”，当作“涵虚”。

6. 祝允明《猥谈》：“南戏出于宣和之后，南渡之际，谓之‘温州杂剧’。予见旧牒，有赵闳夫[①]榜禁，颇着名目。如《赵贞女蔡二郎》等，亦不甚多。以后日增，今遂遍满四方。辗转改益，盖已略无音律腔调。愚人蠢工，徇意更变，妄名如‘余姚腔’、‘海盐腔’、‘弋阳腔’、‘昆山腔’之类，趁逐悠扬，杜撰百端，真胡说耳。”

【校注】

①“赵闳”，当作“赵闳夫”。据改。

7. 叶子奇《草木子》：“戏文始于《王魁》，永嘉人作之。识者曰：‘若见永嘉人作相，宋当亡。’及宋将亡，乃永嘉陈宜中作相。其后元朝南戏尚盛行。及当乱，北院本特盛，南戏遂绝。”《庄岳委谈》：“今《王魁》本不传而传《琵琶》。《琵琶》亦永嘉人作，遂为今南曲首。然叶当国初着书，而云‘南戏绝’，岂《琵琶》尚未行世耶?”按：南戏肇始，实在北戏之先，而《王魁》不传，胡氏谓[①]王实甫、关汉卿《西厢》为戏文祖耳。今戏曲合用南北腔调又始于杭人沈和甫，见钟氏《录鬼簿》[②]。

【校注】

①“胡氏”二字，脱“谓”字，据《汇编》补。

②原作“点鬼簿”，改。

8.《云麓漫钞》：“金源官制，有文班、武班。若医、卜、倡优，谓之‘杂班’。每宴集，伶人进，曰‘杂班上’。”按：此优伶呼“班”之始。《武林旧事》载宋杂剧每一甲有八人者，有五人者。“甲”，犹“班”也。五人，盖院本之制。八人为班，明汤显祖撰《牡丹亭》犹然；多至十人，乃近时所增益。

9. 青藤山人《路史》：“高则诚《琵琶》有第一齣、第二齣。考诸韵书，并无此字，必‘齁’之误也。牛食吞而复吐曰‘齁’，似优人入而复出也。”按：“齁”音“笞”，又音“师”，无读作“折”音者，岂其字形既误，而音读亦因之误耶？

10.《庄岳委谈》：“今优伶辈大率八人为朋，生、旦、净、末，副亦如之。元院本无所谓生、旦者。杂剧旦有数色：谓装旦，即今正旦也；小旦，即今副旦也。或以墨点其面，谓之‘花旦’，今惟净、丑为之。观安节《乐府杂录》称‘范传康等弄假妇人’，则唐未有旦名。宋杂剧名惟《武林旧事》足征。每甲八人者，有戏头，有引戏，有次净，有副末，有装旦；五人者，第有前四色，而无装旦。盖旦之色目，宋已有之，而未盛。元杂剧多用妓乐名妓，如李娇儿为‘温柔旦’，张奔儿[1]为‘风流旦’，时旦色直以妇人为之也。以今忆之，宋之所谓‘戏头’，即生也；‘引戏’，即末也；‘副末’，即外也；‘次净’，即丑；‘装旦’，即旦。而元杂剧之末，乃今戏中之生，即宋所谓‘戏头’也。郑德辉《倩女》，关汉卿《窦娥》，皆以末为生。今《西厢》以张珙为生，当是国初所改。又传奇以戏为称，其名欲颠倒而无实也。故曲欲熟而命以生也，妇宜夜而命以旦也，开场始事而命以末也，涂污不洁而命以净也。”《猥谈》：“生、净、旦、末等名，有谓反称，又或托之唐庄宗，皆谬也。此本金、元阛阓谈吐，所谓‘鹘伶声嗽’，今云‘市语’者也。生即男子，旦曰‘装旦色’，净曰‘净儿’，末乃‘末泥’，孤乃官人：即其土音，何义理之有!”《太和谱》曾略言之。《坚瓠集》：“《乐记》注谓：‘优俳杂戏，如猕猴之状。’乃知：‘生’，‘狌’也。‘旦’，‘狚’也，《庄子》：‘猨[2]猵狚以为雌。’‘净’，‘狰’也，《广韵》：‘似豹一角五尾。’‘丑’，‘狃’也，《广韵》：‘犬性骄。’谓俳优如兽，所谓‘犹杂子女’也。”丹邱云：“杂剧有正末、副末、狚、狐、靓、鸨、猱、捷几、引戏九色之名。正末者，当场男子能指事者也，俗谓之‘末泥’。副末执磕瓜以扑靓，即昔所谓‘苍鹘’是也。当场之妓曰‘狚’。‘狚’，‘猵’之雌者，其性好淫。今俗讹为‘旦’。狐，当场妆官者是也。今俗讹为‘孤’。靓，敷粉墨献笑供谄者也。粉白黛绿，古称‘靓妆’，故谓之‘妆靓色’。今俗讹为‘净’。妓女之老者曰‘鸨’，似鴈而大，无后趾，虎文，喜淫而无厌，诸鸟求之即就，是呼‘独豹’者是也。凡妓女总称曰‘猱’。‘猱’亦‘狷’属，喜食虎肝脑。虎见而爱之，辄负背。猱乃取虱遗虎首，即死，取其肝脑食焉，以喻少年爱色者亦如遇猱然，不致丧身不止也。捷讥，古谓之‘滑稽’，杂剧中取其便捷讥谑，故云。引戏，即院本中之‘狚’也。”

【校注】

①“张奔”，当作“张奔儿”。据补。

②“援”，当作“猨”。刻误，改。

11.《菊坡丛话》：“北曲中有全宾、全白。两人对说曰‘宾’，一人白说曰‘白’。”《西河词话》：“元曲唱者只一人。若他杂色人，第有白而无唱，谓之‘宾白’；宾与主对，以说白在宾，而唱者自有主也。”按：曲白不欲多。惟杂剧以四折写传奇故事，其白有累千言者。观《西厢》二十一折，则白少可见。

12.《辽史·伶官传》：“打诨的不是黄幡绰。”《道山清话》：“刘贡父言每见介甫《字说》，便待打诨。”《古今诗话》：“山谷云：‘作诗如杂剧，临了须打诨，方是出场。’”《石林诗话》：“东坡‘繄懑割愁’之语，大是险诨，何可屡打!”按：《唐书·元结传》：“谐官、颖臣，怡愉天颜。”《李栖筠传》：“赐百官宴曲江，教坊倡颖杂侍。”吕氏《童蒙训》云：“‘颖’，即‘诨’字。”李肇《国史补》云：“颖语始自贺兰广、郑涉。”

13. 元杂剧，凡出场所应有持、设、零杂，统谓“砌末”，如《东堂老》、《桃花女》以银子为砌末，《两世姻缘》以镜、画为砌末，《灰阑记》以衣服为砌末，《杨氏劝夫》以狗为砌末，《度柳翠》以月为砌末。今都下戏园犹有“闹砌末”语。

14. 丹邱《曲论》云：“构市中[①]戏出入之所，谓之‘鬼门道’；言其所扮者皆已往昔人，故云‘鬼门’[②]。愚俗无知，以置鼓于门，改为‘鼓门’，后讹‘鼓’而为‘古’，皆非也。苏东坡诗：‘搬演古人事，出入鬼门道。’”

【校注】

①原作“构肆中”，当作“构市中”，改。

②“鬼门”：原作“鬼道”，改。

15. 陶九成《辍耕录》：“唐有传奇，宋有戏曲、唱诨、词说，金有院本、杂剧、诸宫调。院本、杂剧，其实一也。国朝院本、杂剧始釐而二之。院本则五人：一曰副净，古谓之‘参军’；一曰副本末，古谓之‘苍鹘’，鹘能击鸟[①]，末可打副净，故云[②]。一曰引戏，一曰末泥[③]，一曰孤装[④]。又谓之‘五花爨弄’。或曰：‘宋徽宗见爨国来朝，衣装、鞋履、巾裹、傅粉墨[⑤]、举动如此，使优人效之以为戏。’又有‘龡段’，亦院本之意，但差简耳，取其如火龡易明而易灭也。其间副净有散说，有道念，有筋斗，有科汎。教坊色长魏、武、刘三人鼎新编辑。魏长于念诵，武长于筋斗，刘长于科汎。至今乐人皆宗之。偶得院本名目，用载于此，以资博识者之一览。”其名目有“和曲院本”，如《月明法曲》等十四目；“上皇院本”，如《壶春堂》等十四目；“题目院本”，如《柳絮风》等二十目；“霸王院本”，如《悲怨霸王》[⑥]等六目；“诸杂大小院本”，如《乔记孤》等二百零八目；“诸杂院爨”，如《闹夹棒六幺》[⑦]等一百零二目；“冲撞引首”，如《打三十》等一百零七目；“拴搐艳段”，如《襄阳会》等九十四目；“打略拴搐”，如《星象名》等二十八目[⑧]；“官职名”，如《说驾顽》等四目；“飞禽名”，如《青鹘》等四目；“花名”，如《石竹子》等三目；“喫食名”，如《厨难偌》等二目；“佛名”，如《成佛板》等二目；“难字儿”，如《盘驴》等四目；“酒下拴”，如《数酒》等二目；“唱尾声”，如《孟姜女》等四目；“猜谜”，如《杜大伯》等二目；“和尚家门”，如《秃丑生》等四目；“先生家门”，如《合鬼》等四目；“秀才家门”，如《大口赋》等十目；“列良家门”，如《说卦象》等六目；“禾下家门”，如《万民乐》等四目；“大夫家门”，如《三十六风》等八目；“卒子家门”，如《针儿线》等四目；“良头家门”，如《方头赋》等二目；“邦老家门”，如《脚语》等二目；“都子家门”，如《后人收》等三目；“孤下家门”，如《朕闻上古》三目；“司吏家门”，如《罢笔赋》等二目；“仵作行家门”，如《一片生活》一目；“撅倈家门”，如《受胎成气》一目；“诸杂砌”，如《摸石江》等二十九目。以上，今乐人皆不知其名。九成元人，所纪皆元曲套数，博雅者所当考也。

【校注】

①“能击鸟”，当作“鹘能击鸟”。补。

②“古云”，当作“故云”。改。

③“一曰末”，当作“一曰末泥”。补。

④“一曰狐”，当作“一曰孤装”。补。

⑤“传粉墨”，当作“傅粉墨”。改。

⑥“悲恕霸王”，当作“悲怨霸王”。改。

⑦“闹夹捧六幺”，当作“闹夹棒六幺”。改。

⑧“如《星象名》等二十八目”一句之后有脱文，《中国古典戏曲论著集成》本认定当加“赌楪名，‘照天红’等七目”句。

16. 元人剧本，见于《百种曲》仅十分之一。考陶宗仪《辍耕录》所载，陆显之、李取进、于伯渊、岳伯川[①]、康进之、王廷秀、石子章、赵子祥、范子安、李好古、曾瑞卿、狄君厚、张寿卿、孔文卿十四人，共三十五本。及涵虚子编元群英：马致远、王实甫、关汉卿、白仁甫、乔孟符、费唐臣、宫大用、尚仲贤、庾吉甫、高文秀、郑德辉、李文蔚、侯正卿、史九敬先[②]、孟汉卿、载善夫、张时起、李宽甫、彭伯成[③]、赵公辅、李行道、赵君祥、费君祥、纪君祥、赵天锡、梁进之、汪泽民、杨显之、陈定甫、李寿卿、王伯成、孙仲章[④]、赵明远[⑤]、刘唐卿、李子中、武汉臣、王仲文、姚守中、李直夫、吴昌龄、石君宝、金志甫、陈存甫、睢景臣、周仲彬、沈和甫、鲍吉甫、赵文宝、孙子羽、秦简夫、张鸣善、郑廷玉、范冰壶[⑥]、丹邱[⑦]、王子一、刘东生、谷子敬、汤舜民、杨景言、贾仲名、杨文奎、罗贯中、李致远、杨景贤、张国宾[⑧]、顾仲清[⑨]、无名氏，以上六十七人，共五百四十九本；又娼夫不入群英，如赵明镜、张酷贫、红字李二[⑩]、花李郎四人，共十一本。以上剧本[⑪]，半皆失传，可知此外所佚多矣。中如马致远、李致远、关汉卿、孟汉卿、赵君祥、纪君祥、费君祥、陆显之、杨显之、张寿卿[12]，名多相同，必有讹舛；而一曲[13]或两人撰，如世所传《韩文公雪拥蓝关记》，《太和正音谱》纪君祥有《韩退之记》，赵明远又有《韩湘子》。今剧中[14]《升仙会记》究不知何人所撰。盖元曲已失，可唱者尚流传人间尔。

【校注】

①“丘伯川”，当作“岳伯川”。据改。

②“史九敬”，当作“史九敬先”。

③“彭伯城”，当作“彭伯成”，据改。

④“孙仲立”，当作“孙仲章”。

⑤“韩明远”，当作“赵明远”。据改。

⑥“范玉壶”，当作“范冰壶”。据改。

⑦“何丹邱”，当作“丹邱”。据改。

⑧“张国瑶”，当作“张国宾”。据改。

⑨“顾仲卿”，当作“顾仲清”。

⑩“红字李”，当作“红字李二”。据改。

⑪“剽本”，当作“剧本”。

⑫“张寿卿”之后有脱文，《中国古典戏曲论著集成》本认定当加“李寿卿”。

⑬“曲或两人撰”当作“一曲或两人撰”。

⑭“各剧中”，当作“今剧中”。据改。

17. 赵松雪子昂云：“院本中有娼夫词，名曰‘绿巾’词[①]，虽有绝佳者，不得并称乐府。如黄幡绰、镜敬磨、雷海青皆古名娼，止以乐名呼之，亘世无字。今赵明镜讹传赵文敬，张酷贫讹传张国宾，皆非也。”又云：“良家子弟所扮杂剧，谓之‘行家生活’；倡优所扮，谓之‘戾家把戏’。盖以杂剧出于鸿儒、硕士所作，皆良家也，彼娼优岂能办此?”“故关汉卿以为：‘不过供笑献勤以奉我辈耳。子弟所扮，是我一家风月。’虽复戏言[②]，甚合于理。”按：倡夫自春秋之世有之，盖异类托姓者。今流传赵明镜有《哑观音》、《错立身》、《武王伐纣》三本，张酷贫有《汗衫记》、《高祖还乡》、《薛仁贵衣锦还乡》三本，红字李二有《板踏儿》[③]、《病杨雄》、《武松打虎》三本，花李郎有《钉一钉》、《相府院》二本，多不传；独《薛仁贵》、《武松》二曲，尚属原撰，不可废也。

【校注】

①“名曰‘绿巾’”，当作“名曰‘绿巾’词”。脱“词”，据补。

②“戏宫”，当作“戏言”。改。

③“板杳儿”，当作“板踏儿”。改。

18.《辍耕录》：“达达乐器如筝、纂、琵琶、胡琴、浑不似之类，所弹之曲与汉人曲调不同。其大曲牌名有十五调：一、《哈八儿图》，二、《口温》，三、《也葛倘兀》，四、《畏兀儿》，五、《闵古里》，六、《起土苦里》，七、《跋四士鲁海》，八、《舍舍弼》，九、《摇落四》，十、《蒙古摇落四》，十一、《闪弹摇落四》，十二、《阿耶儿虎》，十三、《桑哥儿苦不丁》（江南谓之‘孔雀双手弹’），十四、《答罕》（谓之‘白翎雀双手弹’），十五、《苦之把夭》（‘品弦’）。其小曲牌名有十七调：一、《阿厮阑扯弼》（‘四盏曲双手弹’），二《阿桑搽》（‘花红’），三、《哈儿火失哈赤》（‘黑雀儿叫’），四、《洞洞伯》，五、《曲律买》，六、《者归》，七、《牝畴兀儿》，八、《把担葛失》，九、《削浪沙》，十、《马哈》，十一、《相公》，十二、《仙鹤》，十三、《阿丁水花》，十四、《回回曲》，十五、《伉里》，十六、《马黑某当当》，十七、《清泉当当》。”凡此，皆达达所弹曲调也。不可解者，半皆番语。

19.刘念台《人谱类记》：“今之院本，即古之乐章。每演戏时，见有孝子、悌弟、忠臣、义士，虽妇人牧竖，往往涕泗横流。此其动人最切，较之老生拥皋比[①]、讲经义，老衲[②]登上座、说佛法，功效百倍。近时所撰院本，多是男女私媟之事，深可痛恨，而世人喜为搬演，聚父子兄弟，并帏其妇人而观之。稍不自制，便入禽兽之门，可不深戒！”

【校注】

①"皋北"：北，刻误，当作"皋比"，改。

②"老袖"：袖，刻误，当作"老衲"。改。

20. 沈宠绥《度曲须知》："北化为南，凡腔俱起于《洪武》而兼祖《中州》，一时有'海盐腔'、'义乌腔'、'弋阳腔'、'青阳腔'、'四平腔'、'乐平腔'、'太平腔'之殊，虽口法不等，而北曲消亡矣。嘉、隆间有豫章魏良辅者，流寓娄东、鹿城之间，生而审音，愤南曲讹陋，别开堂奥，调用水磨，拍捱冷板，声则平、上、去、入婉协，字则头、腹、尾音毕匀，启口轻圆，收音纯细，所度曲皆'折梅逢使'[①]、'昨夜春归'诸名笔，采于传奇则有'拜星月'、'花阴夜静'等词，气无烟火，别有腔板，绝非戏场声口，名曰'昆腔'。自有良辅，而曲词已极抽秘逞妍，后世依为鼻祖，洵曲圣也。"据此，则"昆腔"者，实魏良辅一人所创也。

【校注】

①"析梅逢使"，析，刻误，当作"折梅逢使"。改。

21.《乐郊私语》："海盐少年多善歌，盖出于澉浦杨氏。其先人康惠公梓与贯云石交善，得其乐府之传。今杂剧中《豫让吞炭》、《霍光鬼谏》、《敬德不伏老》，皆康惠自制。家僮[①]千指，皆善南北歌调，海盐遂以擅歌名浙西。"今俗所谓"海盐腔"者，实法于贯酸斋，源流远矣。

【校注】

①"家仅"，当作"家僮"。

22. "弋腔"始弋阳，即今"高腔"，所唱皆南曲。又谓"秧腔"，"秧"即"弋"之转声。京谓"京腔"，粤俗谓之"高腔"，楚、蜀之间谓之"清戏"。向无曲谱，只沿土俗，以一人唱而众和之，亦有紧板、慢板。王正祥谓"板皆有腔"，作《十二律京腔谱》十六卷，又有《宗北归音》四卷以正之，谓："'高腔'即《乐记》'一唱三叹'，有遗风之意也。凡曲藉乎丝竹者曰‘歌’，一人发其声曰‘唱’，众人成其声曰‘和’，其声联络而杂于唱和之间者曰‘叹’，俗谓‘接腔’。‘叹’，即今‘滚白’也。曲本混淆，罕有定谱，所以后学愦愦，不知整曲、犯调者有之，予故定为十二律，以为唱法，亦窃拟正乐之各得其所云。”皆立论甚新，几欲家喻而户晓；然欲以一人、一方之腔，使天下皆欲倚声而和之，亦必不得之数也。

23. 俗传钱氏《缀白裘》外集，有“秦腔”。始于陕西，以梆为板，月琴应之，亦有紧、慢，俗呼“梆子腔”，蜀谓之“乱弹”。金陵许苞承云：“事不皆有征，人不尽可考。有时以鄙俚俗情，入当场科白，一上氍毹，即堪捧腹。此殆如冬烘相对，正襟捉肘，正尔昏昏思睡，忽得一诙谐讪笑之人，为我羯鼓解秽，快当何如！此外集所不容已也。”其论亦确。按：《诗》有正风、变风，史有正史、霸史，吾以为曲之有“弋阳”、“梆子”，即曲中之“变曲”、“霸曲”也。又有“吹腔”，与“秦腔”相等，亦无节奏[①]，但不用梆而和以笛为异耳。此调蜀中甚行。

【校注】

①“节凑”：凑，刻误，当作“节奏”。改。

24. “胡琴腔”起于江右，今世盛传其音，专以胡琴为节奏[①]，淫冶妖邪，如怨如诉，盖声之最淫者。又名“二簧腔”。

【校注】

①“节凑”，当作“节奏”。改。

25. “女儿腔”亦名“弦索腔”，俗名“河南调”。音似“弋腔”，而尾声不用人和，以弦索和之，其声悠然以长。

26. 《文选·长笛赋》：“听簉弄者，遥思于古昔。”注云：“簉弄，盖小曲。”按：汉乐府《满歌行》等篇，谓之“大曲”。“小曲”，当对“大曲”言之，非若今之小曲也。

27.《南史·徐勉传》：“武帝择后宫吴声、西曲女妓各一部，赉勉。”《通典》：“梁有吴安泰，善歌，后为乐令，初改西曲，以别江南《上云乐》。”《乐府诗集》：“《西曲歌》出于荆、郢、樊、邓之间，因其方俗，谓之‘西曲’。”按：今以山、陕所唱小曲曰“西曲”，与古绝殊，然亦因其方俗言之。

28. 今演剧多演神仙鬼怪以眩人目，然其名多荒诞。张果曰“张果老”，及刘海蟾曰“刘海戏蟾”，此类甚多，备见《神仙传》及《云笈七籤》。此不足论。取其略有依据者，别为后卷。

卷　下

绵州李调元童山

1.《太公封神传》剧，按《唐书·礼仪志》："武王伐纣，雪深丈余。五车二马，行无辙迹，诣营求谒。武王怪而问焉。太公曰：'此必五方之神，来受事耳。'遂以名召入，各以其职命焉。"太公《金匮》亦详其事。此《封神》所由来。

2. 考程婴、屠岸贾事，始见《说苑·复恩篇》。公孙杵臼，别见《新序·节士篇》。《左传》无一字及之。今《八义》剧所演鉏麑、提弥明、灵辄三事，乃详宣二年传中；而晋因韩厥之言以立赵武，则在成公四年传。

3.《西施浣纱记》剧，按罗点《闻见录》："世传西施随范蠡去，不见所出，因杜牧'西子下姑苏，一舸逐鸱夷'而附会也。"《修文御览》引《吴越春秋·逸篇》云："吴亡后，西子江令随鸱夷。"① 杜牧乃有此句。考《越绝书》："越王勾践得采薪二女西施、郑旦以献吴王。"实未言浣纱也。

【校注】

①此段引文有误，原书为："吴亡后，越浮西施于江，令随鸱夷以终。"参见《中国古典戏曲论著集成》本校勘记五十一。

4. 元人《冻苏秦》剧及《金印记》，兄弟五人：代、厉、秦、辟、鹄。秦行第三，故云季子。俗乃谓行二，与史传注文不合。

5. 《蝴蝶梦》剧，见《庄子·齐物论》。其鼓盆、髑髅二事，见《至乐篇》。

6. 《苏武牧羊记》剧，见《汉书·苏建传》，特常惠给辞①，非实为也。其余若啮雪、咽毡、卧起、操节，皆实事。

【校注】

①“特常惠给辞”，《中国古典戏曲论著集成》本校改为“雁书事特常惠给辞”。

7. 《救青》剧，事见《汉书·卫青传》：“青姊子夫得入宫，有身。长公主闻而妒之，使人捕青，欲杀之。其友骑郎公孙敖与壮士往篡之，故得不死。敖，义渠人，后封合骑侯。”按：今院本演此事，谓敖为铁力奴，未详所自。

8. 庾吉甫《买臣负薪》①剧，见《汉书》。今俗传此事，大略相符；而言买臣既贵，妻再拜马前求合，买臣取盆水覆地，示其不能更收之意，妻遂抱恨死，此则太公望事，词曲家所撮合也。

【校注】

①“买臣买薪”，当作“买臣负薪”。改。

9. 张时起《昭君出塞》、马致远《汉宫秋》剧，见韩子苍《昭君图序》：“汉时呼韩邪来朝，言愿壻汉氏。元帝以后宫良家子王昭君字嫱者配之，生二子；株累立，复妻之，生二女。”至范书始言“入宫久不见御，因掖庭令请行单于。临辞大会，昭君丰容靓饰，竦动左右。帝惊悔，欲复留而重大信”。班书皆不合①。《西京杂记》又言：“元帝使画工图宫人，昭君独不行赂，乃恶图之。既行，遂按诛毛延寿。”《琴操》又言：“本齐国王襄女[②]，年十七，进之。帝以地远，不幸。及欲赐单于美人，嫱对使者越席请往。后不愿妻其子，吞药而卒。”盖其事杂出，无所考正。至元人《琵琶》剧[③]，石崇《王明君辞序》云：“昔公主嫁乌孙，令琵琶马上作乐以慰其道路之思。其送昭君，亦必尔也。”石崇既有此言，后人遂以实之昭君，误矣。

【校注】

①“班书皆不合”，当作“与班书皆不合”。脱“与”，补。

②“齐国王嫱女”，当作“齐国王襄女”。

③“至元人《琵琶》剧”，《中国古典戏曲论著集成》本校改为“至元人剧中马上弹琵琶事”。

10. 《渔家乐》剧，马融女马瑶草事。按后[①]《汉书》，融女有三：长女不可考；其一字伦，为袁隗妻；一女名芝，女有才义，少丧亲，长而追感，作《申情赋》。今剧场所演云马瑶草者，未知何属。袁氏世为三公，隗少历显官，富奢特甚，马氏装遣亦极珍丽，与剧场简生事适相反。其子[②]久稽良匹，或不为融所受[③]乎？然瑶草字与“芝”义合，疑所指为芝。

【校注】

①“按汉书”，当作“按《后汉书》”。

②“子”，《中国古典戏曲论著集成》本校改为“季”，《汇编》本未校改。存疑。

③“受”，《中国古典戏曲论著集成》本校改为“爱”，《汇编》本未校改。存疑。

11. 高则诚[①]《琵琶记》，见《青溪暇笔》：“元末永嘉高明字则诚，避世鄞之栎社，以词曲自娱。见陆放翁有‘死后是非谁管得，满村听唱蔡中郎’之句，因编《琵琶记》，用雪伯喈之耻。国朝遣使征辟，不就。既卒，有以其记进者，上览毕，曰：‘《五经》、《四书》，在民间如五谷不可缺；

此记如珍羞百味，富贵家其可无耶！’其见推许如此。”《留青札记》：“时有王四者，能词曲。高则诚与之友善，劝之仕。登第后，即弃其妻而赘于太师不花家。则诚恨之，因借此记以讽。名《琵琶》者，取其四王字为王四云耳。元人呼牛为‘不花’，故谓之牛太师。而伯喈曾附董卓，乃以之托名也。高皇微时，尝赏此戏；及登极，捕王四，置之极刑。”“据《说郛》载唐人小说云：‘牛相国僧孺之子繁，与蔡生文字交，寻同举进士。才蔡生，欲以女弟适之。蔡已有妻赵矣，力辞不得。后牛氏与赵处，能卑顺自将。蔡官至节度副使。’其姓相同，一至于此，则诚何不直举其人，而顾诬蔑贤者耶？僧孺二子，曰蔚、曰藂[2]，无所谓繁者，恐《说郛》所载不实。”按：蔡邕父名稜字伯直，见《后汉书》注。其母袁氏，曜卿姑也，见《博物志》。《琵琶记》作蔡从简、秦氏，其故为谬悠欤？抑未考欤？

【校注】

①“高则”，当作“高则诚”。脱“诚”，据补。

②“业”，当作“藂”。改。

12.《刘关张桃园结义》剧，据《三国志·关羽传》：“先主与羽、飞二人，寝则同床，恩若兄弟；而稠人广坐，侍立终日。”世俗由此敷演。至《秉烛达旦》剧，则前无所据见，《少室山房笔丛》驳之最详。《秉烛达旦》剧，元尚仲贤所撰也。关汉卿《单刀会》剧，见《三国志·鲁肃传》有“但诸将军单刀俱会”之语。

13.《月下斩貂蝉》剧，见《升庵外集》：“世传吕布妻貂蝉，史传不载。李长吉[1]《吕将军歌》：‘榼榼银龟摇白马，傅粉女郎大旗下。’似有其人也。元人有《关公斩貂蝉》剧，事尤悠谬。然《羽传》注称‘羽欲娶布妻，启曹公。公疑布妻有殊色，因自留之’。则亦非全无所自。”按：原文关所欲娶乃秦氏妇，不得借为貂蝉证也。

有六，道德为西土宗师，号‘正法藏’奘启以求法意，贤曰：‘吾顷病且死，忽梦文殊⑦谓我曰：‘后三年，震旦有大沙门从汝受道。”‘自尔以来，今三稔矣。’于是慰喜交集。奘从贤穷探大乘，日益智证。至贞观十六年，乃发王舍城，入袛罗国。国王迎问：‘而国有圣人出世，作《小秦王破阵乐》，可为我言之。’奘粗陈帝神武大略，其主大惊，即以青象、名马，助奘驮经而还。以贞观十九年至长安。文帝惊喜，手诏飞骑迎之，亲为经文作序，名《圣教序》云。”按唐《艺文志》有王玄策《中天竺国》行记十卷，《法苑珠琳》谓：“玄策官金吾将军，奉诏扈玄奘往西域取经，归撰此记。”今佚不传。《辍耕录》记元人杂剧有《唐三藏》一段。《庄岳委谈》云：“《圣教序》虽有‘三藏要文’等语，匪玄奘号也。其以称奘，盖以唐僧不空号无畏三藏而讹耳。”

【校注】

①“罽”当作“罽”。改。

②“双树幻杪”，当作“双树幻抄”。“抄”，刻误，改。

③“罽宾”，刻误，当作“罽宾”。改。

④“僕抵国”，当作“僕抵国”。“僕”，刻误，改。

⑤“禄鄞那国”，当作“禄勒那国”。“鄞”，刻误，改。

⑥“雄寇”，当作“雄冠”。“寇”，刻误，改。

⑦“六书”，当作“文殊”。据改。

21.《唐明皇游月宫》剧，见《明皇杂录》：“上与太真及叶法静八月望日游月宫，见龙楼、凤堞、金阙、玉扃①冷气逼人。后西川奏其夕有天乐过。”《龙城录》：“叶法善与明皇游月宫，闻天乐。上问曲名，曰：‘《紫云回》也’。上密记音调，归为《霓裳羽衣曲》。”又见《集异记》、《异闻录》，小异。

【校注】

①“玉扇”，当作“玉扃”。“扇”，刻误，改。

22.《李白令高力士脱靴》剧，见《旧唐书·李白传》。

23.《郭子仪满床笏》剧，据《旧唐书·崔义元传》："开元中，神庆子琳、珪、瑶等皆至大官，群从数十人，趋奏省闼。每岁时家宴，组珮辉暎，以一榻置笏，重叠于其上。"按：流俗以此事属郭汾阳，谬。

24.《双红》剧，一、《红绡》，见《昆仑奴传》所称奴摩勒负崔生至一品院，与歌妓红绡会，逾十重垣，双负出，挝杀猛犬者也。一、《红线》，见《甘泽谣》潞州节度使薛嵩家青衣盗田承嗣金合，一夜去来，辞嵩不知所往者也。沈德符《顾曲杂言》："梁伯龙有《红线》、《红绡》二杂剧，颇称谐惬；今被俗优合为一大本南曲，谓之《双红》，遂成恶趣。"

25.《郑元和绣褥》剧，据白行简《李娃传》："天宝中，常州刺史荥阳公有子弱冠，应秀才举，父丰其给。抵长安，游鸣珂曲，见娃凭一青衣而立，徘徊不能去；密征于友，往谐欢好，并止其家。囊空，鬻骏乘及家童以继。岁余，荡然。娃母意怠，设诡计给生他出，徙宅去。生往来征诘，无音。返旧邸，与人争较。生父方入计在京，所随老竖见之，遽持其袪至父所。父怒其辱门，拉至曲江东，以马捶鞭之毙，弃而去。有歌师往瘞，经宿而活。挞处溃烂，秽甚。同辈复恶而逐焉，遂持破瓯巡里闾，乞食为事。一旦大雪，生冒雪乞，声甚苦。经娃之宅，生不知也。娃辨其音，连步而出。见生枯瘠疥疠，殆非人状，遽前抱颈，以绣褥拥而归之。母大骇，趣令追逐。娃侃词诤，且以积赀自赎，与生税屋别居，劝以温习曩业。三岁，业大就。一赴礼，应直言极谏科，名第一，授成都府参军。时生父由常州拜成都尹，生投谒，大惊；命登阶，抚背恸哭，父子如初。娃留于剑门，筑别馆处之。寻遣媒氏，备六礼，迎为夫妇。生后历仕数郡，娃封汧国夫人。"按：此与今剧场所演，事事相符；惟传不着名，而今云李亚仙、郑元和，乃别见于元石君宝《花酒曲江池》剧；其杀千金五花马，取版肠以供妓馔，则以元王元鼎与顺时秀[①]事牵入。

【校注】

①“国顺秀”，当作“顺时秀”。据改。

26. 马致远《黄粱梦》剧，见李泌《枕中记》所云：开元十九年，卢生遇吕翁于邯郸邸舍，以枕授之。生于寐中列登鼎铉，欠伸而寤，主人蒸黄粱尚未熟也。按：此吕翁非吕洞宾也。洞宾生贞元十四年，举咸通进士，翁则开元时已度人矣。元马致远《黄粱梦》剧谓洞宾遇锺离，此即影袭卢生事。杂剧例多张冠李戴，不必疑也。明汤若士以世多熟梦邯郸，复演卢生，付伶人歌舞之。又《吕洞宾戏白牡丹》剧，乃宋人颜洞宾事，亦误为吕洞宾。《续仙传》：“吕洞宾居岳州白岳寺，有老人自松梢下，曰：‘某松之精也。’”元谷子敬有《城南柳》剧，乃讹“松”为“柳”。

27. 《西厢记》，元王实甫撰。考元稹《会真记》详其事。《辍耕录》以为生即张子野。宋王性之着《传奇辨正》云：“微之作《姨母郑氏墓志》，言其‘既丧夫，遭军乱，微之为保护其家’。又白乐天《微之母郑氏志》言：‘郑济女。’唐《崔氏谱》：‘永宁尉鹏，娶郑济女。’则莺莺乃崔鹏之女，于微之为中表也。”《传奇》言[①]“生年二十二”，征之乐天墓志，决为微之无疑；特郑恒争姻之说，不可晓。按：莺莺后实归恒。《金石文字记》载《唐郑恒暨夫人崔氏墓志铭》，大中十二年秦贯撰文：“崔年七十六，有子六人，与郑合葬。”此铭可证。

【校注】

①“传言”，当作“《传奇》言”。脱“奇”，补。

28. 《白兔记》李洪义剧，《五代史·汉家人传》：“高祖皇后李氏，晋阳人也。其父为农。高祖少为军卒牧马晋阳[①]，夜入其家劫取之。高祖已贵，封魏国夫人，生隐皇帝。”《宋史》：“汉李后弟六人，长洪信，少洪义，皆位至军相。洪义本名洪威，后以避周讳改。周祖起兵，汉少帝诏洪义扼河桥。及周兵至，洪义就降。汉室之亡，由洪义也。”按：今《白兔》剧丑诋洪义，或缘其降周故耶？又何以误指为后兄也？

【校注】

①“晋人”，当作“晋阳”。据改。

29.《雪夜访赵普》剧，见《宋史·赵普传》。

30.《杨六郎》剧，据《宋史》：“杨业以骁勇闻，人号‘无敌’。契丹望见业旌旗，辄引去。主将戍边者，多忌之。雍熙三年，以云州观察使副潘美北征。契丹国母萧氏领众十万陷寰州，业议未可与战，护军王侁沮之。业因指陈家谷言：‘请于此张步兵为左右君翼。俟业转战至此，即以兵来击救之；不然，无遗类矣。’美即与侁领兵阵谷口[①]。自寅至巳，侁使人登台望之，以为契丹败走，欲争其功，乃离谷口；俄闻业败，即麾兵却。业力战，至暮，果至谷口，望见无人，抚膺大恸，再率帐下士战。身被数十创，士卒殆尽，马重伤不能进，遂为契丹所擒。其子延玉亦没焉。业不食三日，死。诏赠太尉、大同军节度，录其子延朗为崇仪副使，次子延浦、延训为供奉官，延环、延贵、延琳为殿直。延朗后改名延昭，真宗嘉其用兵有父风，在边防二十余年，官至保州防御使，契丹惮之，目为‘杨六郎’。”按史，延昭当为长子，而目为六郎，六似非行次矣。业凡七子，延玉先没契丹，或总其见在之兄弟六人欤？潘美，今剧中误为潘仁美。

【校注】

①“阵谷”，当作“阵谷口”。脱“口”，补。

31.《梁灏八十二岁及第》剧，见《锦字笺》：“灏谢表有云：‘皓首穷经，少伏生之八岁；青云得路，多太公之二年’。”《遯斋闲览》：“灏登第诗：‘天福三年来应试，雍熙二载始成名。饶他白发巾中满，且喜青云足下生。’”又一梁灏，登科最早，见《容斋随笔》。

32.《吕蒙正破窑》剧，《避暑录》：“文穆为父所逐，衣食不给。龙门寺僧识其贵人，延至寺中，凿山岩为龛[①]居之，凡九年。后诸子即石龛为祠堂。”按：元关汉卿、王实甫俱撰《蒙正风雪破窑记》。贡性之有《风雪破窑图诗》。破窑，当即石龛。又据《宋史》，与蒙正共沦踬者，母刘氏也，今传奇乃谓蒙正妻。又饭后钟事，见《北梦琐言》，乃段文昌事《摭言》传为王播事，今以移属吕文穆，乃自元人马致远始。又《彩楼》剧馇瓜事，见邵伯温《闻见录》。

【校注】

①“有龛”，当作“为龛”。改。

33.《王曾三元》剧，见《宋史》：“曾字孝先，咸平中由乡贡试礼部，廷对，皆第一。”按：今谓曾为三元，信也；至谓曾子复为右榜三元，则无稽矣。曾无子，以弟融之子绎为后。

34. 包龙图各剧，据《宋史》：“包拯尝除龙图阁直学士。立朝刚毅，贵戚宦官为之敛手。京师语曰：‘关节不到，有阎罗包老。’凡讼诉，径开正门，使得至前陈曲直，吏不敢欺。”按：今童妇辈凡言平反冤狱，辄称“包龙图”，或称“包待制”，且言“死作阎罗”，因“包老”一言也。

35.《平妖传》，见《居易录》：“今小说演义记贝州王则事，其中人多有依据。如马遂击贼被杀，见《宋史》。使马遂乃贾魏公，借作潞公耳。所云成都神医严三点者，江西人，见《癸辛杂志》。其‘多目神’，借用李文靖事。”

36. 杨文奎《王魁不负心》。按：王魁见《齐东野语》：“嘉祐中，王俊民[①]为应天府发解官，得狂疾，取交股刀自裁。左右抱持之。免出试院，医云有痰，以药吐之，中夜洞泄而死。其父诉关道士[②]，道士传冥中语云：‘为五十年前打杀谢、吴、刘不结案事。’因托夏噩姓名作《王魁传》。实其事皆不然。”《书录解题》：“陈翰，唐末人[③]，王魁乃本朝事，当是后人剿入之。”《草木子》：“俳优戏文，始于《王魁》。”即此人。

【校注】

①“王俊名”，当作“王俊民”。据改。

②“问道士”，当作“关道士”。据改。

③唐宋人”，当作“唐末人”。据改。

37.《蔡襄建洛阳桥》剧，见《说郛·洛阳桥记》附录，又见《筠廊偶笔》，云：“明鄞人蔡锡为泉州太守，欲修洛阳桥，以文檄海神。一醉卒趋而前曰：‘我能赍往’。乞酒饮，大醉，自投于海。若有人扶掖之者，俄而以‘醋’字出。锡意必廿一日酉时，遂是日兴工。语载锡本传中，人乃以其事附蔡端明也。”

38.《陈造惧内》剧，见苏诗：“龙邱居士亦可怜，谈空说有夜不眠。忽闻河东狮子吼，柱杖落手心茫然。”黄鲁直亦有与季常简，曰：“公暮年来想渐求清净之乐，姬媵无新进矣，柳夫人比何所念以致疾耶?”又一帖，云：“河东夫人亦能哀怜老大，一任放不解事耶?”则柳氏之妒，固已。按：今南剧搬演“跪池”一事，未免已甚；北剧至有《变羊》剧，尤诞，然亦有本，但不属陈季常。《艺文类聚》：“一士人妇大妬，常以长绳击夫足。士与巫谋，乘妇睡，以绳击羊。妇觉，牵绳而羊至，大惊，问巫。巫曰：‘能悔，可祈请。’妇因悔，誓不妬，巫乃令七日斋，举家诣神祷祝。士徐徐还。妇见，泣曰：‘多日作羊，不辛苦耶?’士曰：‘犹忆噉草不美。’妇后略妬，士即伏地作羊鸣。妇惊起，永谢不敢。”

39. 元吴昌龄“《东坡梦》剧苏小妹”①。按《欧阳文忠集苏明允墓志》云：“君三女，皆早卒。”按：明允一女适其母兄程濬之子之才，一女适柳子玉；而世俗云小妹适秦少游，不见传记，岂明允之最小女耶?惟元吴昌龄《东坡梦》杂剧为是言，并云其妹之名曰“子美”。

【校注】

①原作“东坡，苏小妹”，当作“《东坡梦》剧苏小妹”。据改。

40.《水浒》剧见《游览志余》："钱塘罗贯中，南宋时人，编撰小说数十种，而《水浒传》叙宋江等事，机巧甚详，坏人心术，其子孙三代俱哑。"《七修类稿》："宋江乃施耐庵编。昨见《录鬼簿》[①]载宋江传记之名，则亦有本，因而编成，故曰：'编'。"《庄岳委谈》："《水浒传》所称三十六天罡[②]，见《宋史·张叔夜传》'宋江起河朔，转略十郡，官军莫敢撄其锋'。"《癸辛杂志》载龚圣予《宋江三十六人赞》，备列名号，曰："呼保义宋江、智多星无学究、玉麒麟卢俊义、大刀关胜、活阎罗阮小七、尺八腿刘唐、没羽箭张青、浪子燕青、病尉迟孙立、浪里白跳张顺、船火儿张横、短命二郎阮小二、花和尚鲁智深、行者武松、铁鞭呼延绰、混江龙李俊、九纹龙史进、小李广华荣、霹雳火秦明、黑旋风李逵、小旋风柴进、插翅虎雷横、神行太保戴宗、先锋索超、立地太岁阮小五、青面兽杨志、赛关索杨雄、一直撞董平、两头蛇解珍，美髯公朱仝、没遮拦穆宏、拼命三郎石秀、双尾蝎解宝、铁天王晁盖、金铃班徐宁、扑天鹏李应。"较小说多孙立、晁盖，无公孙胜、林冲；其吴学究不着名，尺八腿、一直撞绰号大异，铁鞭、先锋、赛关索、金铃班小异；先后次第，尤多不同。《宣和遗事》卢俊义作李俊义，杨雄作王雄，关胜作关必胜，并载花石纲等事，皆似是《水浒》事本，而呼保义等号无之。《宋鉴》刘豫所害关胜，或即大刀也。其《燕青赞》云："平康卷陌，岂是知名？太行春色，有一丈青。"然则时固有一丈青者，而不在数中，果复有所谓七十二地煞乎？又高俅事，见《居易录》："乃东坡小史，以属王晋卿诜。诜遣俅送篦刀子于端王邸，令对蹴，大喜，并送人皆留。逾月，王登大宝，眷渥日厚，数年间持节至使相。傅所云'小苏学士'即东坡，而稍变其文耳。都尉，即诜也。"至误走妖魔事，见《钱氏私志》："河北贼方定，蔡京谓徐神翁曰：'且喜天下太平！'徐曰：'天上方遣许多魔君下生人间，作壤世界。'蔡曰：'如何得识其人？'徐笑曰：'太师亦是'。"按：此段即是《水浒》楔子所由演。

【校注】

①"点鬼簿"，当作"录鬼簿"。改。

②"三十天罡"，当作"三十六天罡"。脱"六"，补。

41.《续水浒》诸剧，见《瓮天脞语》载："宋江潜至李师师家，题词于壁。"按：陆友仁《题宋江三十六人画赞》云："睦州盗起尘连北，谁挽长江洗兵革？京东宋江三十六，悬赏招之使擒贼。后来报国收战功，捷书夜奏甘泉宫。"则江降后自有攻讨方腊等事，续传不为无因。

42.《麒麟记》韩蕲王夫人，见《鹤林玉露》："夫人本娼。尝于庙柱下见一虎蹲卧，惊走出。复往视之，乃一卒也。因蹴起，问姓名，为韩世忠，心异之，告其母，约为夫妇。后封梁国夫人。"按：今《麒麟记》演其事。

43.《岳武穆精忠传》何立至丰都事，见《云迈淡墨》，所谓"告相公，东窗事发也"。又《扫秦》剧，见《江湖杂记》："桧既杀武穆，向灵隐祈祷，有一行者乱言讥桧。桧问其居址，僧赋诗有'相公问我归何处，家在东南第一山'之句。"其事又见《邱氏遗珠》。元张光弼有《咏何立事》诗。

44.《荆钗》剧见《鹤林玉露》："龟龄及第甚晚，已有二子，并非新娶，而其母已没。"今之《荆钗》传奇，乃史氏妄作也。《天禄志余》谓："玉莲，王梅溪女。孙汝权，宋进士，与梅溪友善。先生劾史浩八罪，汝权实怂恿之，为史氏所最切齿，遂妄作《荆钗》传奇，谬其事以蔑之。南宋[①]余姚许浩尝赋《荆钗百咏》，即其事也。"《杨升庵外集》谓："潜说友乃宋安抚使，与贾似道同时。"今传奇王十朋有此人，讹以为钱，反以为梅溪前辈，谬也。

【校注】

①"南史"，当作"南宋"。改

45.《玉簪》剧见《古今女史》："宋女贞观[①]尼陈妙常年二十余，姿色超群，诗文俊雅，工音律。张于湖授临江令，宿观中，调之，妙常不纳。载《名媛玑囊》。后与于湖友潘法成私通情洽，密告于湖，以计断为夫妇。”

【校注】

①“女观”，当作“女贞观”。脱“贞”，补。

46.《月明度柳翠》剧，见姚靖《西湖志》：“宋绍兴间，柳宣教履临安尹任，僧玉通不赴庭参，柳便用红莲计破其戒。玉通惭悔而死，托生于柳，隶乐籍，报之。久之，皋亭山僧清了以化缘诣柳翠，为戴面具现身说法，示彼前因。翠悟，沐浴而化。”清了一名月明，故云“月明和尚度柳翠”也。元李寿卿撰曲，见臧晋叔选《百种曲》中。考《咸淳临安志》、《五灯会元》，皆无柳宣教、月明之名。今所演，盖《武林旧事》所载元夕舞队之《耍和尚》也。

47.《黄孝子寻亲》[①]剧，见《元史·孝义传》：“黄觉经[②]，建昌人，五岁遭乱失母。稍长，誓天愿求母所在。愿渡江涉淮，行乞而往。至汝州梁县春店，得其母以归。”

【校注】

①原作“《王孝子寻亲》”，当作“《黄孝子寻亲》”。改。

②原作“王觉经”，当作“黄觉经”。改。

48.《沈万三》剧，见《明史·高后传》：“吴兴富民沈秀者，助筑都城三之一，又请犒军。太祖怒，欲诛之。后谏曰：‘民富敌国，民自不祥，天将灾之，何诛焉？’乃释秀。”秀即沈万三也。明巨富者，谓之‘万户三’。沈本名富，字仲荣。《柳亭诗话》云：“金陵水西门有猪龙为患，相传明祖以沈仲荣聚宝盆镇之，乃止，故名‘聚宝门’。仲荣得张三丰罐火之术，致富敌国。盆，即鼎器也。”

49.《铁冠图》剧见《宋景濂集·张中传》：“中字景善，抚之临川人。举进士不第，遇异人授以太极数学。帝下豫章时，因邓愈荐，遣使召问。

后言事往往奇中。尝戴铁冠，人因号‘铁冠子’。”按《杂说》云：“明祖谕道人：‘汝能先知。试言我国事，直述无讳。’道人口诵数十语，其后多验，即剧所谓《铁冠图》也。”

50.《唐赛儿》剧见《明史·成祖纪》：“永乐十八年二月，蒲台妖妇唐赛儿作乱，安远侯柳升帅师讨之。三月辛巳，败贼于卸石，赛儿逸去。”好事者演其事，谓之《女仙外史》，演剧者本之。

51.《海瑞市棺》剧，见《明史》本传：“上疏时，先市一棺，诀别妻子。”故俗有“海瑞棺材，抬去抬来”之谚，由此。

52.《十五贯》剧况青天，见《悬笥琐探》：“苏州太守况钟刚果练达，多有惠政。九载去任，人呼曰‘况青天’。”

53.《唐伯虎三笑姻缘》剧秋香，见姚旅《露书》，乃吉道人事：与宦家婢秋香遇于虎邱，因道人有姊丧，白衫内服紫裈，风动裾开，秋香见而含笑。道人乃鬻身为宦家奴，伴其子读书，具得欢意。问其欲，求秋香为妻。许之，具数百金装，送秋香归道人。道人名之任，字应生，江阴人；本姓华，为母舅赵子。按：今演其事为剧，移以属唐寅。

跋

李调元是有清一代著名戏剧理论家（李氏生平参见本书“前言”），他以《剧话》与《曲话》构筑了独特的戏剧理论体系，从而奠定了他在中国戏剧理论批评史上的地位。

《剧话》主要论述戏剧。“序言”阐述了戏剧与社会人生的关系，戏剧可以“兴、观、群、怨”的功用，戏剧创作的“虚与实”的关系。“卷上”探讨了戏剧体制的流变，诸如剧作家与创作、角色与表演、乐器与声腔等问题。“卷下”则考释了五十余部剧本的本事及其与演出剧本的关系，回答了“序言”中提出的基本理论问题。总之，《剧话》对戏剧历史的演变、戏剧理论若干基本范畴、特定时代的名家名作做出了令人信服的考释，对戏剧的本质、功能、创作、审美都作出了全面系统的论证。

《剧话校注》采用清乾隆四十九年（1784）《函海·剧话》[①]初刻本为底本（简称《函海》本），以《新曲苑》本[②]、《中国古典戏曲论著集成》[③]（简称《集成》本）、《历代曲话汇编》[④]（简称《汇编》本）作为参校本。在认真研考《函海》本的基础上，充分吸收参校本的校勘成果，对底本进行了定句读、纠讹误、厘篇章等工作。凡现在已经发现底本中存在的问题，一是在本文中加以径改，并在校记中予以说明；二是在本文中不宜径改的问题，则在校记中作出必要的解释。

校注者水平有限，点校中出现的缺失在所难免，敬请方家予以指正。

李宜家　李哲　谨识

【注释】

①《函海·剧话》（清）李调元撰，乾隆四十九年（1784）初刻本，今藏于中国国家图书馆古籍部。

②《新曲苑》，任讷，中华书局1940年版。

③《中国古典戏曲论著集成》，中国戏曲研究院编，中国戏剧出版社1960年版。

④《历代曲话汇编——新编古典戏曲论著集成》，俞为民、孙蓉蓉主编，黄山书社2009年版。

弄谱 附：弄谱百咏

清·李调元著
赖安海校注

目　录

弄　谱

序

谱何以弄名？以所谱[①]皆弄也。弄何以别为一集[②]？玩物丧志，儒者所不道。夷吾弱不好弄，《左传》尝称之矣，故别为一集也。然儒者所以学，为圣人也。昔圣人幼尝戏陈俎豆矣，是圣人有弄也，而不特此也。汉高祖持御史大夫印弄之，而昭帝有钩盾弄田，是上自天子有弄也。晋桓伊贵矣，而为王徽之踞床[③]吹笛作三调弄，是卿大夫有弄也。宗少文善琴。有金石弄，是文人、处士有弄也。当尧之时，康衢之民为之击壤而歌，是庶人有弄也。是虽玩物不同、贵贱不等，而上自天子，下至庶人无不有弄也，则弄何害于儒也。然本弄事而弄，可也；若兵事而弄，则不可也。[④]昔哀公问孔子儒行，而终没其世，不敢以儒为戏，诚不敢以儒为戏也，则弄何害于儒也，则奈何以兵为戏也。[⑤]罗江李调元童山撰。

【校注】

①谱：乾隆甲辰本《弄谱序》作“谈”，据《童山文集·弄谱序》改。

②集：乾隆甲辰本《弄谱序》作“谱”，据万卷楼本《童山文集·弄谱序》改。

③床：乾隆甲辰本《弄谱序》作“胡床”，此从万卷楼本《童山文集·弄谱序》。

④“然本弄事而弄，可也，若兵事而弄，则不可也。”乾隆甲辰本《弄谱序》无，据万卷楼本《童山文集·弄谱序》补。

⑤“则奈何以兵为戏也。”乾隆甲辰本《弄谱序》无，据万卷楼本《童山文集·弄谱序》补。

卷 上

一、把　戏①

苏轼诗："逢场作戏三昧俱见。"《传灯录》："竿木随身，逢场作戏。"又云："游戏三昧。"古人谓"弄"亦曰"戏"，非真作戏也。潜夫论或作泥车、瓦狗诸戏弄之，具以巧诈，小儿皆无益也。《史记》所谓："曩者，霸上棘门军若儿戏耳！"《吴志·孙綝传》："败坏藏中矛戟五千余枚，以作戏。"具即此，所谓："把戏"也。《元史·百官志》："祥和署掌杂把戏，男女一百五十人。"此类是也。故作《弄谱》若戏文，则具截余《曲》、《剧》二话，并不赘说。

【校注】

①《把戏》：为《谱》条目第一则，原本作条文尾注。改移为条文首，以下同。

二、评　话

《七修类稿》："评话谓之淘真，其起处每曰太祖、太宗、真宗帝，四祖仁宗有道君。"盖始宋时。姜南《洗砚杂录》：瞿存斋"陌头盲女无穷恨，能拨琵琶唱赵家"。

三、秧　歌

秧歌本馌妇所唱《武林旧事》，元夕舞队村田乐即此，北人扮杂色跳舞失其意矣。山歌始吴越王乡饮。

四、说　书

《古杭梦游录》："说话有四家。一银字儿，谓'烟粉灵怪之事'；一铁骑儿，谓'士马金鼓之事'；一说经，谓'演说佛书'；一说史，谓'说前代兴废《武林旧事》'。百戏社名小说，为雄辨社。"按：今俗谓之"说书"。"说书"字见墨子《耕柱篇》，能谈辨者谈辨，能说书者说书。然所言与今事别。

五、字　舞

《旧唐书·音乐志》："上元圣寿乐，武后作也。舞者百四十人，行列必成字十六，变而毕。有'圣超千古、道泰百王、皇帝万年、宝祚弥昌'字。"乐录"舞人亚身于地而成字，谓之字舞"。王建《宫词》："每遇舞，头分两向，太平、万岁字当中。"按：今剧场中摆列为"天下太平"等字乃其具。

六、秋　千

《古今艺术图·鞦韆》："本山戎之戏，自齐威公北伐山戎，此戏始传中国。"一云：作"千秋"字，本出汉宫祝寿词，后世误，倒读为秋千耳。

七、魁　儡

《通典》："窟碒子，亦曰魁碒，作偶人以戏。本丧乐也，汉末始用之嘉礼。北齐后主高纬尤所好，今间中盛行。《颜氏家训》："俗名傀儡，为郭秃风俗。《通》谓诸郭皆讳秃。当是前代有姓郭而病秃者，滑稽调戏，故后人为其象耳。"按：《武林旧事》有"悬丝傀儡"、"杖头傀儡"、"药发傀儡"、"水傀儡"、"肉傀儡"诸别。《西河词话》云："宫戏本水傀儡，其制用偶人立板上，浮大池，面用屏障，其下而以机运之；杖头傀儡；以人持其脚，俗谓之捏脚抠；悬丝傀儡，俗谓之提线抠。”

八、影　戏

《东京梦华录》有“董十五、赵七、曹保义、朱婆儿，善弄影戏。”《都城纪胜》：“凡影戏，京师人初以素纸雕镞，后用彩色装皮为之。公忠者雕以正貌；奸邪者雕以丑貌。其《话本》与讲史书者正同。”《夷坚志》载僧惠明咏影戏诗。《武林旧事》载：“百戏社名影戏，曰绘革社青藤山人。”《路史》：“影戏始汉武帝李夫人事。宋仁宗时，市人有能谈‘三国’事者，或采其事加缘饰作人影，始为魏蜀吴战争之象。”

九、猴　戏

《礼记》“优杂女子”注云：“舞者，猴戏。”按：此则以猴为戏，其来最久。《避暑录话》：“唐故事：学士礼，上列弄猕猴戏。”不知何意。又《太平广记》：“蜀中杨于度善弄猢狲，伺养猢狲十余头，能人言，或令骑犬作参军行，则呵殿前后。”

十、盘　舞

《晋书·乐志》：“柘枰舞，手按柘枰反复之。”《通典》：“盘舞，汉曲也。至晋加之以柘。”张衡《舞赋》云：“历七盘而纵蹑。”王灿释云：“七盘陈于广庭。”《乐府》云：“妍袖陵七槃。”鲍照云：“七槃起长袖。”皆以七枚为率，今隶清乐部中。曹植《乐府》：“促尊合坐行觞，主人起舞娑盘。”《抱朴子》：“跳丸弄剑，摘盘缘案。凡人为之，而周孔不能。”按：今之舞盘者，皆以竿作盘底而旋转之，与古之手按反复不同，其伎亦能以一人兼七也。摘盘，盖即指舞盘。

十一、弄　碗

《通典》：“梁有弄碗珠伎。”《宋都城胜纪》：“胜有踢瓶弄碗。”张祜诗：“揭手便拈金碗舞，上皇惊笑悖挐儿。”《吴莱碗珠伎篇》：“碗珠闻自宫掖来，长竿宝碗手中回。日光正高竿影直，风力旋空珠势侧。徘徘徊徊夺日精，欹欹倾倾献玉璎。滑涎器从龙堂出，烨燿命与鬼骨争。”最能形诗态状。按：此伎即由盘舞滋演，今舞盘者具兼能弄之。

十二、蹴　毬

汉《艺文志》："《兵伎巧类》有蹴鞠二十五篇，师古曰：'鞠以韦为之实，以物蹴踏之，以为戏也。'蹴鞠陈力之事，故附于《兵家》焉。"《唐音癸签》："唐变古蹴毬其法，植两修竹，高数丈，络网于上为门以度毬，毬工分左右，朋以角胜负。"按：鞠实以毛，见汉《霍去病传》注。而唐时毬制亦不与旧同，归氏子嘲皮日休云："八片尖斜砌作毬，火中焊了水中揉。一包闲气如常在，惹踢遭拳卒未休。"盖又今之所谓气毬也。

十三、缘　竿

《文选·西京赋》："都卢。"寻橦注引《汉书音义》。"都卢体轻善缘此，即今缘竿戏也。"《北史》："禅定寺幡竿绳绝，沈光口衔索拍竿直上龙头，系毕透空而下，以掌拓地，倒行十余步入号内。"《飞仙朝野佥》载："幽州人刘交戴长竿高七十尺，有女子十二于竿置定，跨盘而立。"按：寻橦戴竿本二舞名，而王建《寻橦歌》云："大竿百夫擎不起，袅袅半在青云里。纤腰女儿不动容，戴行直舞一曲终。"则以一娼戴竿而数娼环舞其上，并之为一戏也。江北有擎梯戏，以一妇仰卧翘双脚，而植两梯柱于足底。使一女僮缘梯而舞，是其遗意。

十四、绳　伎

《两京赋》："走索上而相逢。"薛综注："长绳系两头于梁，举其中央，两人各从一头上，交相度。所谓舞絚者也。"《通典》："高絚伎，今之戏绳也。后汉天子临轩设乐，以两大绳系两柱，相去数丈，二娼女对舞，行于绳上切肩而不倾。"《原化记》："开元中有嘉兴囚能以绳不用系著，将一头手掷空中，劲直如笔，人随绳离地起势如鸟。"《唐书·回鹘传》、王元策《西域行传》皆谓之绳伎。《文苑英华》有《绳伎赋》。

十五、跳　索

《酉阳杂俎》："婆罗门八月十五行像及透索为戏。"按：近世有跳白索即此。《帝京景物略》："元夕二童子引索略地如白光轮，一童子跳光中，曰'跳白索'。或云'百索'，讹也。"又《留青日札》云："今小儿两头曳索对挽之，强牵弱者而朴以为胜负，喧笑为乐。"即唐清明节"拔河"之戏也，见《金坡遗事》，与白索不同。

十六、走　解

彭文宪公《笔记》："五月五日赐文武观走骠骑于后苑，名曰'走解'。""解"字于介切。按："解"似取邂逅之义，言其迅遽也。《西河诗话》谓之"卖解妓"，其戏传流甚久，《汉书·张骞传》注所云"截马之术"，《盐铁论》所云"马戏"，皆是也。《三国志·甄皇后传》注："后年八岁，外有立骑马戏者，家人皆上阁观之，后独不行。"《北史·麦铁杖传》："沈光善戏马，为天下最。"《梦华录》详其戏云："先一人空手出马，谓之'引马'，次一人麾旗[①]出马，谓之'开道旗'，或执旗挺立鞍上，谓之'立马'，或以身下马，以手攀鞍复上，谓之'骗马'，或手握定镫袴以身，从后鞦往来，谓之'跳马'；忽掷脚触地，倒拖顺马而走，谓之'拖马'；或右臂挟鞍，足著地顺马而走，谓之'赶马'。"

【校注】

①麾旗：原作"磨旗"，刻误，改。

十七、长　趫

《三海经》"长股国"，郭璞注曰："今伎家乔人盖象此身。"《通典》："后魏天兴六年增修杂戏，有'长趫'。"《宋书·武三王传》："公主、王妃冬会不得为长趫、透狭等戏。"《武林旧事》："元夕舞队有'踏跷'。"按：乔、趫、跻、跷四字，通用均为双木续足戏也。《列子说符篇》："宋有兰子以枝干，宋元君以双枝长倍其身属其胫，并趋并驰。"此戏自战国时有之矣。

十八、弄　撮

《武林旧事·撮弄》曰："云机社《供奉志》载撮弄杂艺十九人，有

'浑身手'等号。"按：撮弄亦名手技，即俚俗所谓做戏法也。《梦粱录》："杂手伎，有弄斗、打硬、藏人、藏剑、吃针等事。墨客挥犀夏英公见伶杂手技有号藏擫者，赋诗云："舞拂跳珠复吐丸，遮藏巧技百千般。主公端坐无由见，却被旁人冷眼看。"

十九、十不闲

《抱朴子》"祢衡谪为鼓吏，缚角于柱，口就吹之，乃有异声，并举摇鼗、击鼓，闻者不知其一人也。"按：今有打"十不闲"者乃其遗风。

二十、三棒鼓

《留青日札》："吴越间妇女用三棒上下击鼓，谓之'三棒鼓'，江北凤阳男子尤善。"即唐三杖鼓也。咸通中，王文举好弄三杖鼓打撩，万不失一是也。杖音与歌声句拍附和为节，又能夹一刀弄之。

二十一、鼻　吹

《桓谭新论》："方士董仲君能鼻吹、口歌。"《朝野佥》载："寿安男子，不知姓名，肘拍板，鼻吹笛，口唱歌，能半面笑、半面啼。"按：今京师庙集有能鼻吸笛者。

二十二、相　声

《瑯嬛记》："绛树一声能歌两曲。二人细听，各闻一曲，一字不乱。"按：今有相声伎，以一人作十余人。捷辨而音不少，杂亦其类也。

二十三、弄　禽

《酉阳杂俎》载："襄州人王固，作绳虎封阵之戏。"《尚书》、《梦华录》、《京瓦杂技》有刘百禽善弄虫蛾。《癸辛杂志》有："呈水嬉者，龟、鳅、鱼、鳖皆亦名，呼之即浮水面，戴戏具而舞。"《辍耕录》："杭州弄百禽者，有乌龟叠塔，蝦蟆说法等戏。"按：此皆《盐铁论》所谓奇虫者也。

二十四、飞　梯

《通典》："梁有透三峡伎，今透飞梯之类也。"按：《盐铁论》有云：

“唐梯者，与戏马、奇虫并言，似亦指飞梯。”

二十五、透　剑

赵璘《因话录》：“军中有透剑门技，大宴日，庭中设幄编剑刃为榱栋之状，其人乘小马至门审度，马调道端下，鞭而进铮焉。闻剑动之声，既过而人马无伤。宣武军有小将善此伎。”《梦粱录》“百戏伎艺”亦有过刀门。

二十六、投　铗

《列子·说符篇》：“宋有兰子能燕戏。”张湛注云：“如今绝倒投狭者。”张衡《西京赋》：“冲狭燕，濯胸突铦锋。”薛综注：“卷簟席以矛插其中，伎儿以身投，从中过也。”《抱朴子》云：“逾锋投铗。”《宋书》云：“透狭舒剑。”皆指谓此。

二十七、弄　刀

《说符篇》：“兰子弄七剑迭而跃之，五剑常在空中。”《西域行传》：“婆栗闾国王设五女戏，其五女传弄三刀，加至十刀，又虚腾绳上，手弄三仗刀、循枪等种种幻术。”

二十八、吐　火

《史记·大宛传》注：“犁靬多奇幻，能口中吐火，自缚自解。”《汉书·张骞传》注：“眩人即今吐火、吞刀、植瓜、种树、屠人、截马之术也。”《文选·张衡赋》：“吞刀吐火。”

二十九、蟠　扛

梁元帝《纂要》：“百戏起于秦汉，有鱼龙漫延、高絙五案、跟挂腹旋、履索转石诸戏。”傅元《西都赋》亦有“跟挂腹旋”句。按：今北俗所谓蟠扛，乃其类也。又《梦粱录·杂手艺》有“壁上睡，虚空挂”。

三十、掷　倒

《通典》：“掷倒伎，即倒行而舞也。晋咸康中，散骑侍郎顾臻表曰：

‘末代之乐，设礼外之观，逆行连倒，足以蹈天，头以履地，反天地之顺，伤彝伦之大。’乃命太常罢之。”唐《乐录》：“睿宗时，婆罗门献乐舞，人倒行，以足舞于极铦锋刃，旋身绕手百转无已。”《留青日札》：“今杂戏有名‘笃叉子’者。”或即古掷倒之技。

三十一、觔　斗

《乐府杂录》：“寻橦跳丸、旋盘觔斗悉属鼓架部。”崔令《教坊记》：“汉武帝时，于天津桥设帐，殿酺三日。教坊一小儿筋斗绝伦。”朱子诗：“只么虚空打筋斗，思君辜负百年身。”又《语录说》教学：“半云前后，语皆平正，不应得中间翻一个筋斗。”言鲭伎人以头委地而翻斗跳过，且四面旋转如毬，谓之金斗。相传赵简子杀中山王，命厨人翻金斗以击之，已见此三字。”按：“金斗”自是酒器，与筋斗何相涉耶！李氏疑耀云：孙与吾《韵会定正》于“跟”字注云：“脚跟也。”又，“跟头戏，倒头为跟也。‘觔斗’二字当从‘跟头’。今作‘筋斗’两字皆误。”此说甚似有理。

三十二、交　辊

《梦粱录》：“百戏伎有打交辊。”按：辊音衮。转之速也。《说文》引《考工记》：“望其毂，欲其辊。”苏轼《观潮》诗：“雷辊夫差国。”元好问《醉猫图》诗：“侧辊横眠却自如。”《中州集》有张澄咏《辊马图》：“兀兀黄尘辊得休。”《五灯会元》：“闹市里，辊大海底，辊出一轮赫日。”皆用此“辊”字。方夔《杂兴・打毂拳》：“毛马弹筝跕逦娼。”以“辊”为“毂”，随方俗之转音也。

三十三、虎　跳

《云笈七签》：“华佗作五禽之戏，一曰虎戏。虎戏者四肢距地前三掷，却三掷引腰乍起，仰天即返，距行前却各七过也。”按：今以引腰跳掷曰打虎跳，盖由乎此。《吴志・王蕃传》注：“孙皓斩蕃使，亲近将挑蕃首，作虎跳狼争咋啮之以示威。”“虎跳”二字又见此。

三十四、迷　藏

元稹诗：“忆得双文笼月下，小楼前后捉迷藏。”花蕊夫人《宫词》：

“内人深夜学迷藏，绕遍花丛水岸旁。乘兴或来仙洞里，大家寻觅一时忙。”《瑯嬛记》：“元宗与玉真恒于皎月之下，以锦帕裹目，在方丈之间互相捉戏，谓之捉迷藏。”按：俚俗之“捉覗躲”。

三十五、溜　冰

《宋史·礼志》故事：“斋宿幸，后汉作冰戏。”按：此即北方溜冰之戏，始至宋时。

三十六、角　抵

《汉书·武帝纪》：“元封三年，作角抵戏。”注云：“抵者当也，两两相当以角力。”角技艺非谓抵触也。《后汉书·仲长统传》作“角牴”。《述异记》：“古蚩尤有角以角牴人，人不能向。”今冀州有蚩尤戏，头戴牛角而相牴。《武林旧事》以“相扑”为角牴社。《留青日札》：“今小儿俯身，两手据地以头相触，即古角牴之戏。今又谓之扑交，又谓之翻交。”

三十七、击　壤

《韵语》、《阳秋》、《帝王世纪》及《高士传》载：“帝尧时，有八九十老人击壤而歌于康衢。”初不知壤为何物，因观《艺经》，云：“壤以木为之，前广后锐，其形如履。将戏，先测[①]一壤于地，远三四十步，以手中壤击之，中者为上，盖古戏也。”按：今小儿搏土为丸置其一以为标，足蹴他丸击之，瓦用瓦毬，或用胡桃，率以中者为胜，应属击壤遗习。

【校注】

①测：原本作“侧”。刻误，改。

三十八、撞　钟

京中见儿童两人以钱撞墙壁间，视两钱所迸之远近，立其处以近钱打远钱，谓之撞钟。

卷　下

三十九、斗　草

斗百草：儿戏也。刘禹锡有“若共吴王斗百草”句。《七修续稿》谓：“起于吴王。”非也。申公《诗说》：“以芣苡为儿童斗草嬉戏歌谣之词。”则周初已有此戏矣。

四十、木　熙

木熙：出《淮南子》：“木熙者，举梧槚据勾枉蝯自纵，援丰条。”王充《论衡·自纪篇》：“充为小儿，与侪伦遨戏，侪伦戏钱林，充独不肯。”按：此乃缘树以为戏也。今谓之溜树。

四十一、鳌　山

鳌山：始于三国。《艺术传》作山岳，“使木人跳丸掷剑于上”。即元夕鳌山也。实本张衡《西京赋》“神山崔巍”云。

四十二、台　阁

《武林旧事》：“迎引新酒，有以木床[①]铁擎为仙佛鬼神之类架空飞动，谓之台阁。”按：今江浙间迎神会者犹多效之。

【校注】

①木床：原本作“本床”。“本”疑“木”，改。

四十三、竞　渡

《荆楚岁时记》：“五月初五竞渡。俗谓此日“屈原投汨罗，人伤其死。故以舟楫救之”。按：竞渡惟以迅疾争胜。唐王建虽有“竞渡船头插彩旗”句，而未有言其船为龙形者。俗以龙船为竞渡，殆未然矣！《术异记》云：“吴王夫差作天池，池中造龙舟，日与西施为水嬉。”此事尚出屈原前。《晋书·夏统传》：“会上巳，士女骈填。贾充问统能随水戏乎？则其戏演于三月上巳。”《武林旧事》言：“西湖探春者至禁烟为最盛。龙舟十余彩旗叠鼓，交午曼衍，灿如织锦。”而述端午之胜，不言龙舟。见其时犹但于三月为之也。惟元《典章》云：“蕤宾节划掉龙船。江淮、闽、广、江西皆有此戏，合移各路禁治五月之风。”盖特胜于宋末。元初至顺帝于内苑造龙船，自制其样，首尾长一百二十尺，用五彩金装，前有两爪，其龙首、眼、口、爪、尾皆动。见于《元史·本记》。龙形之制，乃于此著明。文若《西都赋》所云：“登龙舟、张凤盖。”及《魏志·文帝纪》、《隋书·炀帝纪》所云：“龙舟则皆以天子所御。”画龙为饰而已。又考马令《南唐书》：“每端午竞渡，官给彩段俾两两较其迟速。胜者加以银碗，谓之打标。”按：此亦竞渡，但争迅疾之证。

四十四、狮[①]子舞

《旧唐书·音乐志·太平乐》：“后周武帝时造，亦谓之五方狮子舞。缀毛为师子，人居其中，像其俛仰驯狎之。容二人持绳秉拂为习弄之状，五师子各依其方色。”白居易《新乐府·西凉伎》篇云：“假面胡人弄狮子，刻木为头丝作尾。金镀眼睛银帖齿，奋迅毛衣摆双耳。”咏其事也。

【校注】

①狮：原本作“师”，据改。

四十五、鬼　面

《汉书·礼乐志》常从“象人”注云：“象人著假面者。”《隋唐嘉话》：

“高齐兰陵王长恭面类美妇人，乃著假面对敌，勇冠三军。齐人壮之为舞，以效其指麾击刺之容。”今大面是也。《桂海虞衡志》：“桂林人以木刻人面极工巧，一枚或值万钱。”《老学庵笔记》：“政和中，大傩下桂林府进面具，比进到称一副。初讶其少，迨见之乃是以百百枚为一副，老少妍陋无一相似者。”《西京赋》：“总会仙倡戏，豹舞罴、白虎鼓瑟、苍龙吹篪。”注曰：“皆为假头也。”按：世俗以刻画一面系著于口耳者曰“鬼面”，兰陵王所用之假面也。四面具而全纳其首者，呼曰“套头”。《西京赋》所云之假头也，《周礼》：“方相士蒙熊皮。”注云：“冒熊皮者，以惊疫疠之鬼。”如今魌头也。魌头犹言假头。字亦作颠倛，《说文》“颠”字注云：“丑也，逐疫有倛头。”荀子《非相篇》：“仲尼面似蒙倛，方相也。然蒙熊皮似非，但纳首而已。”慎子曰：“毛嫱、西施，天下之美姣也。衣之以皮倛，则见者皆走。”可以互参。盖为周身蒙冒之具，亦若狮[1]子舞之缀毛为衣，人具于其中也。

【校注】

①狮：原作“师”，据改。

四十六、打　耗

《太平御览·世说》：“正月十五日祢衡被魏武谪为鼓吏，故世于此日鼓‘渔阳’，掺演‘繁露’。湖州土俗：岁十二月，人家多设鼓乱挝之，至来年正月半乃止。”相传云：“此名打耗。”打耗者，言惊去“鬼祟”也。《世》谓祢衡事，正是正月十五。然其挝不待正月又不相应。按：《荆楚岁时记》：十二月八日为腊。谚云：“腊鼓鸣，春草生，村人并击细腰鼓。”以驱疫则惊祟说，固是有本。

四十七、爆　仗

《神异经》：“西方深山中有人长尺余，犯之则病，名曰‘山臊’。人以竹著火中，烞熚有声，闻即惊遁。”《翁瓮牖闲评》：“宗懔云‘岁旦燎竹于庭’。所谓燎竹者爆竹也。”按：古皆以真竹著火爆之，故唐人诗亦称“爆竿”。后人卷纸为之，称曰“爆仗”。前籍未见，惟《武林旧事》言：“西湖有少年竞放爆仗及设烟火起轮、走线、流星、水爆等戏。”又言：“岁除爆仗有为果子、人物等类。殿司所进假屏风内，藏药线一爇连百余不绝。”盖此等戏具，自宋有之也。

四十八、香　毬

《留青日札》：“金镀金香球如浑天仪，其中三层关棙，轻重适匀，圆转不已。置之被中而火不覆灭。”即《西京杂记》言“巧手丁缓所作者也”。又有以奇香异屑制之者，亦名香毬，乃舞人搏弄以为剧者，故白乐天诗：“柘枝随画鼓，调笑从香毬。”又云：“香毬趁拍回环匝，花盏抛巡取次飞。”按：今辊灯之制又从此仿。

四十九、走马灯

范成大《上元节物》诗：“转影骑纵横。”自注云：“马骑灯。”姜夔《观灯口号》：“纷纷铁马小回旋，幻出曹公大战年。”元郝经、郭天锡皆有“走马灯”诗。

五十、纸　鸢

《七修类稿》：“纸鸢本五代汉隐帝与李业所造，为宫中之戏者。见李业柬而纪。原以韩信为陈豨造，量未央宫之远近。”又曰：“侯景攻梁台城，内外断绝。羊侃令小儿放纸鸢藏诏于中以达援军。二说俱不见《史》，且无理焉。其为李业所始无疑。俗曰：‘鹞子者，以鹞飞不甚高而翅挺直也。’”按：侯景围逼京城，中外断绝，有羊车儿献计作纸鸦系以长绳，藏敕于中，简文出太极殿前，因西北风而放，冀得书达。群贼骇之，谓是压胜之术，又射下之。此《南史·侯景传》文也。《七修》谓不见《史》，谬矣。又，元速不台，攻金城急，金将放纸鸢置文书其上，以诱被俘者，为速不台所觉，哂曰：“金人欲以纸鸢却敌，难矣！”见《续通鉴》。

五十一、竹　马

《后汉书·郭伋传》：“儿童骑竹马迎拜。”《陶谦传》：“年十四，犹乘竹马为戏。”《晋书·殷浩传》：“桓温少时与浩共骑竹马。”竹马盖古戏也。

《武林旧事》："元夕舞队有男女竹马，乃为今俗之'马儿灯。'"

五十二、泥　孩

《老学庵笔记》："鄜州田玘作泥孩儿名天下，一对值[1]至十缣一床、直至三十千一床者，或五或七也。"许棐有咏《泥孩儿》诗。又《方舆胜览》："平江府：土人工于泥塑，所造摩睺罗尤为精巧。"[2]"白獭髓游春黄胖，起于金门，地有杏花园，游人取其黄土戏为人形，谓之湖上土宜。"按：摩睺罗、游春黄胖具泥之别称也。又《广异记》载《韦训卢》赞"善事"，有"帛新妇子瓷，新妇子，乃即今所谓美人儿。而肖婴孩者，亦往往翦帛烧瓷不一"。

【校注】

①值：原作直，据文意改。

②巧：原作功，据《方舆胜览》改。

五十三、沙戏儿

《梦粱录》："大街四时玩具有沙戏儿。"按：今以纸具藏沙少许与其上为椟，外缀以人物。弄者将沙倒注入毙，俾其渐洒于椟，则人物自能运动，即此也。

五十四、踢　揵

《吴氏字汇补》："揵：抛足之戏具也。"刘氏《景物略》载京师谣："杨柳儿死，踢揵子。"按：揵字未见于前字书。《武林旧事》载诸小经纪有鞬子，只借橐鞬，"鞬"字用之。今京师为此戏最工，顶、额、口、鼻、肩、背、腹、膺皆可代足，一人能兼应数敌，自弄则鞬子终日绕身不坠。

五十五、陀　罗

《景物略》："陀罗者，木制，实而无柄，绕以鞭之绳，卓于地，急掣其鞭，则转顶光旋，旋影如不动也。"按：宋时，儿戏物有"千千"，见《武林旧事》。《道古堂集·妆域》诗序云："妆域者形圆圜如壁，径四寸，以象牙为之，当背中央凸处置铁针仅及寸，界以局手旋之，使针卓立轮转如飞，复以袖拂则久久不能停，逾局者有罚。相传为前代宫人角胜之戏，如宋人所谓千千也。”此皆陀罗之类。

五十六、撚　钱

《避暑漫抄》：“光献曹后在母家时，与群女其为撚钱之戏，而后一钱独旋转盘中，凡三五日方止。”按：此事当为旋罗陀之权舆。

五十七、意　钱

《后汉书·王符传》：“或以游博持掩为事。”注云：“掩谓意钱也。”《宋冀传》：“少为蹴踘、意钱之戏。”注云：“即掷钱也。”《资暇录》：“钱戏，有每以四文为一例者。”即《史传》所云“意钱”，世俗谓之“摊钱”。摊铺其钱，不使叠映、欺惑也。

五十八、逼　樵

白居易诗“双声联律句，八面数宫棋”。按：王建、张籍各有《看美人宫》。其诗王云：“宫棋布局不依经，黑白相和子数停。巡时玉砂天汉晓，犹残织女两三星。”张云：“红烛台前出翠娥，海砂铺局巧相和。趁行移收巡收尽，数数看谁得最多。”今人先以棋于黑白杂布局中，各认一子为标，左右巡拾，拾竟以所得多寡较胜负，有挨三、顶四、擦七、驮八罚例，谓之“逼棋”。盖即此耳。

五十九、蹙　戎

《酉阳杂俎》：“小戏中于耍局，一枰各布五子，角迟速，名蹙戎。”《梦溪笔谈》：“《汉书》之格五，虽止用数棋，其行一道亦有能否？徐德占善此，遂至无敌。其法已常，欲有余裕，而致敌人于崄焉耳！”《言鲭》：“今儿童以黑白棋各五，共行中道，一移一步，遇敌则跳越，以先抵敌境为胜，即此。”

六十、投　子

《史记》：“蔡泽说范睢曰：‘博者欲大投裴驷’。”注云：“投：投子也。

班固奕，指博悬于投，不必在行。”《列子说符篇》注：“凡戏，争能取中者，皆曰投。”按：投，取投掷，其义甚显。古人皆用“投”字，唐人始别作“骰”。

六十一、升官图

《却扫编》：“彩选格起于唐李郃。”本朝踵之者有赵明远、尹师鲁。元丰官制行有宋保国皆取时制为之，至刘贡父独因其法，取西汉官秩升黜次第，又取本传所以升黜之语。注其下局终，遂可次第。其语为一传博戏中最为雅。驯房千里，骰子选格，序二、三，子以穴骼双双为戏，更投局上，以数多寡为进身职官差数。卒局。座客有为掾尉而止者，有贵为将相者，有连得美名而后不振者，有始甚微而欻升于上位者，大凡得失在卜其偶不偶耳！按：此即今“升官图”也。房氏《序》作于唐开成三年，而其言如是，可见其与今戏了无殊矣。宋亦谓之选官图，孔平仲《清江集》有“选官图”口号八韵。

六十二、选仙图

王珪《宫词》：“尽日闲窗睹选仙，小娃争觅到盆钱。上筹虽占蓬莱岛，一掷乘鸾出洞天。”虞兆漋天香楼偶得俗集《古仙人》：“作图为戏。用骰子比色，先为散仙，次上洞以渐而至蓬莱、大罗等列。比色时，首重绯为德，次六与三为才，又次五与二为功，最下者幺则谓之过。凡有过者，谪作採樵、思凡之类，遇德复位。”按：此与选官图无他异，为易官为仙，大凡妇女辈无服官之恚，小变其名目焉。郑樵《通志略》有寻仙彩选格，与汉宫仪选文武彩选诸格并录。寻仙彩选当即选仙图耳。

六十三、马　吊

《文献通考·叶子格戏》一卷，不著撰人，世传叶子妇人也，撰此戏。《同昌公主传》：“韦氏诸宗好为叶子戏。”《李洞集》有“打叶子上龙州”韦郎中诗。按：俚俗有以纸牌为戏号曰“马吊”者。或云即唐叶子之遗据，《咸定录》谓李郃与妓叶茂连撰《骰子选》，谓之叶子。以其戏亦兼用骰子与今马吊不同。李易安《打马》序云：“长行叶子世无传者，独彩选打马为闺房杂戏耳！常恨彩选丛繁，劳于简阅，能通者少。打马简要，又苦无文。”令马吊当属易安所谓“打马”，固与“叶子”、“彩选”分别言之。“叶子”则在宋时已无传者。

六十四、豁　拳

《六研斋笔记》：“俗饮以手指屈伸相搏，谓之‘豁拳’。盖以目遥觇人为已仲缩之数隐机斗捷，余颇厌其呶号。然唐皇甫松手势《酒令》五指皆有名目。大指名‘蹲鸱’，中指名‘玉柱’，食指名‘勾棘’，无名指名‘潜虬’，小指名‘奇兵’。掌名‘虎膺’，指名‘私根通’，五指名‘五峰’，则当时已有此戏矣。”按：明王征福有《胟阵谱》专载此戏令辞。

六十五、藏　钩

辛氏《三秦记》：“汉武钩弋夫人手拳，时人效之。目为藏钩也。”《东皋杂录》：唐人诗有：“城头击鼓传花枝，席上搏拳握松子。”乃知酒席猜拳为戏，其来已久。按：今猜拳者有不赌空之说。元姚文奂诗：“剥将莲子猜拳子，玉手双开不赌空。”亦已用之。

六十六、不倒翁

《酒谱》：“酒令有《捕醉仙》者，为偶人转之以指席者。”墨庄《漫录》：“饮席刻木为人，而锐下置之盘中，左右欹侧傞傞然如舞状。久之力尽乃倒，视其传筹所至酬之以杯，亦谓之‘劝酒胡’。”按：俚俗所谓不倒翁盖源于此。

六十七、无声乐

郑厚《艺圃折中》：“童齓时与同队行笑令曰‘无声乐’。十数辈环立相视，笙箫鼓板各司其一，无其事而有其形，手之所指，口之所拟，俨如其部，瞪目禁声，先笑着犯。”按：时俗每以此为酒令以为一时俳谐，不料其亦本于古也。

附：弄谱百咏

弄谱百咏并序①

淫巧警于《泰誓》，奇技戒于《礼》经。百家方术之流，不足伐小人之技以凭君子也。审矣！然而成王即政，娄扶亦贡易形；周穆巡行，偃师能教瞬目；怒东吴而三年大旱，指南车而一旦即成；萦带守而飞梯无声，轮扇连而满堂寒色；棘猴太巧，木鹊偏工；运斤而垩鼻不伤，踏床而爪牙俱动；磨车十斛，运剑一回。斯诚技通天地，艺绝古今矣！若夫尸罗之浮屠十层，季龙之安息五案；葛宏能致神异，武帝亦有辟邪；画地成川，潄水集雨，植瓜种栗，御虎屠龙。术既失传，技尤荒诞。至于反正作排阕之乐，破敌领讶鼓之军，事出偶然，原非率尔；闲尝担簦大邑，蜡屐名山；杜司徒小驷入市，饱看盘铃；张平子载笔西京，备陈漫衍。不谓人情逐年趋变，世事阅日翻新；居然穷寇当追，乃徒去而反送。既云邪匪宜灭，何我见而转逃？假军垒以营财，视干戈同玩戏。因成《弄谱》，各缀寓词。聊为养寇耽愁，庶免玩兵贻悔云耳。

【注释】

①录于李调元《童山诗集》四十卷本（《函海》嘉庆六年万卷楼本）卷三十八己未（嘉庆四年）下。

一、俳　优[1]

俳优班与武文同，竿木随身色色工。
莫把棘门当儿戏，太平天子坐云中。

二、傀儡戏（木偶戏）

公然摇摆著衫巾，今日登场色色新。
泥塑木雕嗤尔辈，一生全靠捉刀人。

三、提　戏

立板浮纱布障悬，提人全在一丝牵。
如何走肉行尸者，纵有人提不肯前。

四、影灯戏

翻覆全凭两手分，无端钲息又钲闻。
分明夺地争城战，大胜连年坐食军。

五、猴　戏

著绯掉戏太婆珊，前世曾居供俸官。
假面靦然还自著，不知原是沐猴冠。

六、被单戏

击鼓其镗曲未终，街头人去忽匆匆。
世间多少无穷事，尽在肩头一担中。

七、十不闲

金鼓齐鸣倾刻间，谁知伎止一青鬟。
投闲幸未此身老，愁听人歌十不闲。

八、三棒鼓

吴姬越女淡娥媚，舞棒如花最解颐。
慢拨轻撩俱不落，爱人尤在夹刀时。

九、像　声（星说铃）

杨州明月二分时，处处能歌绛树词。
万状千声听不尽，杨州只数郭猫儿。

十、连　厢

铮铮竹板响悠扬，巴舞□歌共激昂。　（“□”为脱字）
闻道辽金繁盛日，六街风静听连厢。

十一、巴蕉鼓

鼓环八面五铢钱，手板何如指剔园。
一曲阳春谁和得，声声只唱太平年。

十二、评　话

银字铁骑雄辨社，四家金鼓竞争雄。
要知今古兴亡恨，只在三声醒木中。

十三、闻书调（一名陶真）

曾向钱塘听琵琶，陶真一曲日初斜。
白头瞽女临安住，犹解逢人唱赵家。

十四、档　曲

翠色裙儿杏色裳，双鬟㫚阿俨红妆。
筵前一曲秋波转，无数缠头枉断肠。

十五、秧　歌

村村击鼓并鸣锣，王道先观乡饮多。
要问太平真气象，丰年到处听秧歌。

十六、打花鼓

舞罢霓裳乐未央，六朝烟月又荒凉。
金陵王气今何在？花鼓徒闻说凤阳。

十七、太平鼓

爆竹声喧管动灰，六街儿辈踏歌回。
手如雨点知年近，错认巫师逐疫来。

十八、台　阁（即载竿舞）

高台仙子出凡尘，翠袖飘飘袅娜身。
谁谓娇儿高不仆，虽娇中有铁撑人。

十九、六　幺（一作录要）

教得琵琶指乍调，御前供奉首唐朝。
总因乐世人心乐，水调家家唱六幺。

二十、假　面

假面居然看似真，三军刺击勇无伦。
张良女貌东坡笑，不谓兰陵亦妇人。

二十一、假兽头

拨头纳首冒熊皮，白虎苍龙舞瑟篪。
无怪汉皇求曼衍，仲尼貌取亦蒙其。

二十二、舞狮子

眼镀真金齿帖银，毛衣奋迅舞狮驯。
来宾不纳西凉伎，始信天朝有圣人。

二十三、鳌　山

元宵钲鼓响如雷，争看鳌山动地来。
大雀踆踆龙蜿蜿，不知破费几家财。

二十四、走马灯

铁马团团游又游，短兵相接又相投。
总因一点心头火，追逐刀兵夜不收。

二十五、龙　灯
（即曼衍鱼龙之伎）

绢为鳞鬣烛为胎，蜿蜿蝹蝹去复回。
一片金鸣如地沸，果然甘雨共龙来。

二十六、爆　仗

昔为燎竹今为纸，惊得群儿笑且号。
霹雳声中神鬼遁，山村何处有山臊。

二十七、烟　火

人灵从古夺天灵，走线飞轮变晦冥。
坐令阴晴同一色，元宵夜夜看流星。

二十八、划龙船

竞渡船头列画旗，扬帆击鼓水中驰。
屈原谗死何能救，总是乘舟好水嬉。

二十九、打清醮

除夕能除疠疫无，敲锣击鼓共喧呼。
迩来鬼魅寒林少，又向人家打夜狐。

三十、都卢戏（即缘竿伎）

梯上都卢古所难，巴渝险伎等橦观。
让君尽似猱升木，自笑鲇鱼懒上竿。

三十一、蹓软索（即绳伎）

架橛长绳系两头，锣声催动女娇柔。
翻然欲坠偏无事，多少旁人替尔愁。

三十二、跑解马（一名走边）

截马如飞势莫当，红裙过处土生香。
金莲稳立银鞍上，惜玉登徒枉断肠。

三十三、耍　盘（一名杯盘舞）

椀珠尤爱卓竿奇，覆雨翻云任尔为。
惟有舞盘真妙伎，倾欹终不是倾欹。

三十四、耍　坛（一名蹴瓶伎）

一镡一钵伎非难，妙手抟来似转丸。
我有金声高瓦釜，烦君掷地试听看。

三十五、跳白索（即拔河戏）

元夕清明透索频，白光轮里挽千钧。
怪来儿辈俱争跳，世事全输有力人。

三十六、高　跷（即燕戏）

燕戏多从大礼陈，双枝续胫走如神。
莫嗔此辈频邀赏，先得从来捷足人。

三十七、手扳法

就里机关费揣摩，云机社里漫讥呵。
区区小技还能掩，始悟生平被罔多。

三十八、打筋斗

筋斗教成伎绝奇，汉宫武帝帐前施。
凭君莫说天津事，辜负深恩是小儿。

三十九、翻　刀（古燕濯戏）

弄过三刀又四刀，踰锋投狭似猿猱。
世间只有过刀险，此似人心险更高。

四十、吞　刀

脆喉岂可任刀伤，一见吞刀谓必亡。
漫诧华陀能洗胃，□人公子早无肠。　（“□”为脱字）

四十一、倒　行（一名掷倒伎）

□□咸康伎必争，蹈天覆地岂生成。　（“□”为脱字）
逆施原是途穷像，请禁婆罗舞倒行。

四十二、蟠　杠（即木橦戏）

杠随身动伎偏奇，每坠还将一木支。
巧捷便还终让而，不知身可定安危。

四十三、蹴　踘

蹴踘团团妙转丸，纵横腾踏任人看。
世间乐事知多少，底事乘危博暂欢。

四十四、击　毬

毬场新扫马联翩，唐宋当年乐事全。
新法若能赢告罢，头等绝胜得西川。

四十五、踿　踒

绿云成队斗秋千，上板飘飘似鸟骞。
坠地宝钗人既散，彩绳空挂绿扬烟。

四十六、反　衔（即拗腰伎）

可是蟠桃会上来，白猿偷摘洞门开。
反腰向席非贪饮，衔得金卮当寿杯。

四十七、扳　脚（即加颈伎）

拗腰帖地今犹见，举足朝天古所无。
不用手扳自加颈，问今谁个是陁奴。

四十八、钉　叉（即弄枪伎）

贵贱虽分理不差，千金之子亦非夸。
劝君须保发肤体，莫把微躯受钉叉。

四十九、射地毬（即飞弹伎）

玉勒回时赤汉飞，张弓射弹莫夸稀。
一丸如可雄关塞，三箭天山奏凯归。

五十、角 觝

汉武开边启外患，未央前殿动龙颜。
鸡虫得失何失了，蜗角空争两触蛮。

五十一、接 线（即变线儿）

闻道散钱须索串，只防贯朽欲穿疑。
自能剖断又能续，安得身如变线儿。

五十二、斗 鸡

砺吻振毛首乍低，广场序立到初齐。
大鸡昂然小鸡耸，不但西江两相鸡。

五十三、虎 戏

探喉交朴总无愁，钱满还须以肉投。
莫道人言无足信，市中果有虎来游。

五十四、支解伎

马牛支解尚符咒，瓮里何曾着得躯。
卖药不知人在未，长房竟入小葫芦。

五十五、吐 雾

（吸烟而成，事见《拾遗记》）

动雷起雾亦何元，幻术由来自古传。
笑彼胸中无点墨，也能吐出许云烟。

五十六、火 判

（元旦京师铁门泥塑判官，
用石炭烧之则七窍出火）

年年火判铁门塑，七窍含烟石火熏。
任尔膏明煎到晓，熏香终见自烧焚。

五十七、辊　灯（即古香毬）

象似浑天走不休，辊灯法子至今留。
老来却喜人为暖，闲却薰香旧被毬。

五十八、扑　交

相见持拳两不言，扑交一辊已推翻。
迩来筋力衰颓甚，难向深山礼白猿。

五十九、打　拳

跷捷偏能旁壁行，跃身上屋瓦无声。
此人莫作寻常看，恐是萑苻最有名。

六十、踢　弄

搏土为丸理则那，变为侧木巧如何。
迩来久沐康衢化，□户还闻击壤歌。　（“□”为脱字）

六十一、蚁　戏（一名教蚁戏）

旗分红黑阵成图，鹤鹳鱼丽势不殊。
收入葫芦兵已息，将军不用再追呼。

六十二、蛙　戏

官私漫向尔相嘲，无理只闻闹且譊。
攻木撞钟俱不似，课儿直欲倩蛙教。

六十三、雀　牌

善恶皆非竟孰从，世间处处有机锋。
人而可以不如鸟，鸟解先机辨吉凶。

六十四、龟　塔

叠作浮屠巧绝伦，灵龟本与卦通神。
渐登渐进俱循序，羞煞吾儒躐等人。

六十五、鼠　戏

鼠市曾闻数衡岳，鼠人今复出徽州。
一生受害俱君辈，莫怪将军认作鼪。

六十六、蝇虎戏

合里歌喉能中节，筒中阵脚巧衔枚。
棘樊尚苦营营众，更请君来猎一回。

六十七、意　钱（一名摊钱）

随意摊钱不串穿，四文一拨数厘然。
岭南记得文闱撤，醉看门生拨意钱。

六十八、麻雀宝（即撚钱也）

分明射覆理难谙，只判阴阳北与南。
谁是旋乾转坤手，此中奇耦定能参。

六十九、纸鱼伎

作孽当身岂但歼，羿妻尚未月奔蟾。
不分链鲤终成恨，悔拆当年比目鳒。

七十、射　柳

伐鼓渊渊射柳林，断青削白马骎骎。
劝君没石须加羽，无羽何能贼就擒。

七十一、觥　律

独醒偏于酒兴赊，醒园邀客醉山花。
从来酒令如军令，盟主登坛慎勿哗。

七十二、韵　牌

色分平仄两盘皆，象骨雕成是韵牌。
万卷楼头长有客，酒阑烛灺便安排。

七十三、无声乐

（如笙、箫、鼓、板，各执一器，环立相视，无其事而有其形，先笑者罚）

檀板笙箫技各呈，虽无其事状分明。
何人听解无声乐，此是先天太古声。

七十四、藏　阄（即猜拳）

筵上花枝照蜡红，随拈莲子斗雌雄。
真空两手君休诧，看破乾坤总是空。

七十五、豁　拳

婚娶冬来尽酒筵，每逢杂踏便逾垣。
醉归已是更三鼓，尚有邻家拇阵喧。

七十六、捉迷藏

老年万事不能狂，筋骨逢秋软欲僵。
今日始知年少好，争于月下捉迷藏。

七十七、泥孩儿

浑纯生人自不知，一经穿凿性全漓。
泥孩不是人工巧，造化原来只小儿。

七十八、鼻　吹

宋朝之美鮀之佞，形体供人已绝伦。
鼻吹口歌今出世，胁肩谄笑是高人。

七十九、扳不倒（亦名劝酒胡）

屡舞僛僛向席前，翩翩欲倒尚盘旋。
劝人饮却无唇饮，犹自称名唤酒仙。

八十、踢毽子

戏名抛足让京师，五体皆能代足为。
风俗帝京谣尚□，毽儿飞过柳儿垂。　（"□"为脱字）

八十一、风　筝

纸鸢剪就夹弓弦，唤作风筝响彻天。
每过清明风暖日，天边鸦阵半空悬。

八十二、响　簧

锥卓千千五寸长，亟绳打得溜光光。
忽然平地闻牛盎，知是儿童掣响簧。

八十三、沙戏儿

通脱肌肤绫绢身，沙声撒撒注兜频。
但知土偶为人弄，造物团沙早弄人。

八十四、围　棋

手谈休诧河图数，博弈犹贤论语书。
喜弄尧儿犹不肖，世人何苦学丹朱。

八十五、象　戏

车马纷纷各劲兵，居然两国隔河争。
棘门霸上皆儿戏，试看谁为细柳营。

八十六、投　壶

枉矢哨壶礼所传，只今空作伎家专。
百枭百中终无益，柏棘何如杨叶穿。

八十七、逼　棋（即宫棋）

海沙布局探空枰，暗里摩娑巧自呈。
胜负从来吾不校，何须黑白太分明。

八十八、弹　棋

中央高耸四周低，此伎由来自汉时。
堪笑曹瞒好儿子，偷来天下当弹棋。

八十九、夹马棋（即古四围棋）

夹马虽非古法遗，仍然尉卫四围棋。
儿童小戏却非妄，理贯支干十二时。

九十、格　五
（即五马棋，一名蹙戎戏）

每逢格五即逾沟，迟来谁争第一筹。
休道蹴戎为末技，先登贼垒是良谋。

九十一、裤档棋

小戏由来出牧童，开始又字四边通。
早知有井难逾越，子莫输他稳执中。

九十二、投　子

博齿觚稜二十一，与今投子大相非。
就中四子偏儌倖，一掷君王便赐绯。

九十三、五木亦

樗蒲虽异簺皆同，五子皆雕彩色工。
一喝成虚齐喝彩，终推刘裕是英雄。

九十四、升官图

猢狲布袋古揶揄，各认鸳班谨步趋。
连得美名皆不振，一生正似选官图。

九十五、选仙图

何曾丹汞启金函，各欲乘鸾逐吕岩。
睹到蓬莱先抚掌，不知樵採未离凡。

九十六、双　陆

契丹双陆紫檀盘，握槊长行总近弹。
各把沉香来斗垒，撩零空展画图观。

九十七、打马戏

赏罚严明非等闲，易安词好不须删。
何方望道飞龙苑，运厄难过函谷关。

九十八、除红谱（即骨牌）

猪窝撰本自朱河，採得除红变法多。
堪笑廉夫老诗伯，无聊作谱自消磨。

九十九、斗　虎

格叶由来始自辽，崐山看虎盛前朝。
宫中尚与群臣戏，何怪人间遍喝枭。

一百、马　掉

（一作马吊脚，有谱）

叶子初传叶茂莲，龙犹始著十三篇。
不知闯献谶何起，吊马方传燕子笺。

【注释】

①原著将谱目注于诗末，现改移为诗题并依次编序。

图书在版编目(CIP)数据

李调元著作选/罗江县文化体育广播影视新闻出版局,四川省民俗学会李调元研究委员会编.—成都:巴蜀书社,2013.1

ISBN 978-7-5531-0207-8

Ⅰ.①李… Ⅱ.①罗…②四… Ⅲ.①古典诗歌-诗集-中国-清代②中国文学-古典文学-文学理论-清代-文集 Ⅳ.①I222.749②I206.2-53

中国版本图书馆 CIP 数据核字(2013)第 040187 号

李调元著作选

LITIAOYUAN ZHUZUO XUAN

罗江县文化体育广播影视新闻出版局
四川省民俗学会李调元研究委员会 编

责任编辑 陈 红
封面设计 经典记忆
出版发行 四川出版集团·巴蜀书社
(成都市槐树街 2 号 邮政编码 610031)
发 行 科 028-86259422 86259423
网 址 http://www.bsbook.com
经 销 新华书店
照 排 四川胜翔数码印务设计有限公司
印 刷 成都蜀通印务有限责任公司
成品尺寸 170mm×240mm
印 张 24.5
字 数 500 千
版 次 2013 年 3 月第一版
印 次 2013 年 3 月第一次印刷
书 号 ISBN 978-7-5531-0207-8
定 价 48.00 元
